흥에 겨운
唐詩
300

下

춤추는 唐詩 下 300

기태완·김미영 공역

보고사
BOGOSA

일러두기

1. 『춤추는 唐詩 300』 하권은 『全唐詩』에서 춤 관련 시를 선별하여 뽑은 300수 중 150수를 번역한 것이다. 앞의 150수는 『춤추는 唐詩 300』 상권으로 출간되었다.

2. 원문은 四庫全書存目叢書補編編纂委員會 編, 『四庫全書存目叢書補編』(濟南: 齊魯書社, 2001 影印本)의 『全唐詩』를 저본으로 하였다.

3. 춤 관련 唐詩를 선별하고 분류할 때 『全唐詩中的樂舞資料』(北京: 人民音樂出版社, 1996: 2017)를 기준으로 하였다.

4. 각 시의 구성은 제목·저자·번역문과 원문 순으로 정리하고 저자와 시의 원문에 독음을 표기하였다.

5. 번역은 시의 특성상 함축적이어야 하지만 이해를 위해 풀어서 쓴 것이 많다.

6. 추가 설명이 필요한 것은 각주와 참고에 정리하였다.

7. 중국의 지명을 읽을 때 고대는 우리나라 한자음을 따르고 근대 이후는 중국어음을 따랐다. 단 성과 시 이름만 중국어음으로 썼다.

8. 책명은 『 』, 논문과 詩·詞 등은 「 」, 춤 및 악곡명은 〈 〉로 표시하였다.

9. 역사서나 악서 등에 춤과 노래 제목으로 명확하게 전하는 경우는 〈 〉로 표기하고 그 이외에는 별도로 표기하지 않았다.

10. 참고자료의 인용부분 인용·참조 등의 상세 표현은 생략하고 인용은 " ", 부분 인용 및 참조는 ' '로 표기하였다.

11. 저자 소개는 기태완의 『당시선』 상·하와 임종욱 편저 『중국역대인명사전』 및 중국 자료를 인용하였으며 각각의 출처를 따로 밝히지는 않았다.

12. 이 책은 먼저 당대를 이야기할 때 빼놓을 수 없는 현종과 양귀비의 사랑을 상상하고 느껴볼 수 있는 백거이의 〈장한가長恨歌〉와 예술행위자와 감상자의 내적 교감을 들여다 볼 수 있는 〈비파행琵琶行〉을 소개했다.

13. 상권과 마찬가지로 조선 검무를 상상해 볼 수 있는 이달李達의 「만랑무가漫浪舞歌」를 한 편 실었다. 300수에는 편입하지 않았다.

시작하며

　우리는 가끔 기량이 뛰어난 무자舞者의 춤을 보며 탄성을 지르기도 하고 때로는 그 매력에 빠져 넋을 잃고 바라보기도 한다. 탄성을 지르거나 넋을 잃고 바라보는 것은 모두 그 춤에 빠졌을 때 나타나는 현상現象이다. 우리는 어떻게 춤에 빠지게 되는 것일까? 다시 말해 '그 춤은 감상자를 어떻게 사로잡은 것일까?' 이 질문에 대한 답을 선뜻 말하기는 어렵다. 어쩌면 춤이 우리를 '어떻게' 사로잡는지를 명확하게 설명하는 것은 불가능할지도 모른다.

　그렇다면 초점을 옮겨 '우리는 춤의 무엇에 사로잡힐까?'로 질문을 바꾸어 보자. 그렇게 하면 그 '무엇'은 제각각 다를 수 있겠지만 추상적인 '어떻게'와는 달리 구체적인 '무엇'이 어렴풋하게나마 드러날 수 있을지도 모르기 때문이다. 춤의 문학적 형상화에 주목하는 이유가 바로 여기에 있다. 당시唐詩에 묘사된 춤사위에 관한 시어詩語는 어쩌면 우리를 사로잡은 춤의 '무엇'일 수 있다.

　광활한 문자의 바다에서 아름답게 춤추는 무자를 만나기는 쉽지 않다. 그러나 춤은 늘 인류와 동반했기에 누군가를 사로잡은 춤의 '무엇'은 어느 시대나 있다. 춤의 '무엇'을 찾아 떠나는 당시로의 여정에 동행해서 '어떻게'의 답을 만날 수 있도록 천천히 뚜벅뚜벅 함께 걸어가보자.

목차

〔左部伎・立部伎〕

〔巫舞·廟舞〕

〔抛毬·打毬〕

〔百戱·踏歌·雜舞·劍舞〕

151. 장한가
長恨歌¹

白居易
백 거 이

한나라 황제가 미색을 좋아해 절세미인을 바랬지만

즉위한 지 여러 해 동안 구할 수가 없었네

양씨 집에 딸이 있어 이미 장성했어도

깊은 규방에서 키워 사람들이 알지 못했지

하늘이 낸 미모는 스스로 버리기 어려운 것이라

하루아침에 뽑혀 수왕 곁에 있게 되었네

漢皇重色思傾國²
한 황 중 색 사 경 국

御宇多年求不得³
어 우 다 년 구 부 득

楊家有女初長成⁴
양 가 유 녀 초 장 성

養在深閨人未識
양 재 심 규 인 미 식

天生麗質難自棄⁵
천 생 여 질 난 자 기

一朝選在君王側⁶
일 조 선 재 군 왕 측

---

1 『全唐詩』 권435

2 한황漢皇: 당나라 현종 이융기李隆基(685~762, 712~756 재위). 개원지치開元之治의 태평성세를 만들며 당나라의 전성기를 이끌었지만, 양귀비를 곁에 둔 후 국정을 돌보지 않고 양귀비와 로맨스를 즐기다가 안사의 난을 초래하여 당나라 국운을 쇠퇴기로 이끈 장본인이다. 경국傾國: 경국지색傾國之色을 말하는 것으로 절세미인을 의미한다. 여인의 미색이 뛰어나 군주의 정신을 혼미하게 만들어 군주가 정사를 돌보지 않아 나라가 망한다는 뜻으로, 용모가 빼어난 절세의 미인을 묘사할 때 자주 쓰인다. 경성지색傾城之色, 경국지미傾國之美, 경성지미傾城之美도 모두 미인을 가리키는 말이다.

3 어우御宇: 국가를 통치하는 것. 황제로 즉위한 것을 말한다.

4 양가유녀楊家有女: 이름이 옥환玉環인 양귀비를 가리킨다. 처음에는 수왕壽王(현종의 아들 이모李瑁)의 비였는데 나중에 현종의 총애를 받아 현종의 귀비가 된다. 이후 양귀비의 집안사람들은 모두 부귀를 누렸다.

5 여질麗質: 미색, 미모.

6 양귀비는 개원開元 23년(735)에 현종의 아들인 수왕의 비로 책봉되었다. 그러나 5년 뒤

눈을 돌려 한 번 웃으면 온갖 아름다움 피어나	回眸一笑百媚生[7]
	회 모 일 소 백 미 생

눈을 돌려 한 번 웃으면 온갖 아름다움 피어나　回眸一笑百媚生[7]
회 모 일 소 백 미 생

육궁의 비빈들 안색을 잃게 했고　六宮粉黛無顔色[8]
육 궁 분 대 무 안 색

봄날 추우면 화청지에서 목욕하게 하니　春寒賜浴華淸池[9]
춘 한 사 욕 화 청 지

온천물로 고운 피부 보드랍게 씻어　溫泉水滑洗凝脂[10]
온 천 수 활 세 응 지

아름다웠지만 시녀가 부축해 일으킬 만큼 기력은 없었네　侍兒扶起嬌無力
시 아 부 기 교 무 력

비로소 새로 은택을 받자　始是新承恩澤時[11]
시 시 신 승 은 택 시

구름머리 어여쁜 얼굴에 금보요를 꽂고　雲鬢花顔金步搖[12]
운 빈 화 안 금 보 요

부용장막에서 따뜻하게 봄밤을 지냈지　芙蓉帳暖度春宵[13]
부 용 장 난 도 춘 소

봄밤의 짧음을 한탄해도 해는 높이 떠올랐으니　春宵苦短日高起[14]
춘 소 고 단 일 고 기

인 개원 28년에 그녀를 마음에 둔 현종이 그녀를 도사道士가 되게 하여 태진궁太眞宮에 머물게 했다가 천보天寶 4년(745)에 현종의 귀비로 책봉한다. 여기서 군왕君王은 수왕을 말한다. 이에 군왕을 수왕으로 풀었다. 이하 '군왕君王', '성군聖君' 등 황제나 왕을 지칭하는 용어를 해석할 때 필요에 따라 그 대상을 써서 이해를 돕고자 한다.

7 백미百媚: 온갖 아름다운 자태.

8 육궁六宮: 황후의 침궁寢宮으로 정침正寢이 하나 연침燕寢이 다섯으로 이를 육궁이라고 한다. 분대粉黛: 화장하는 분과 눈썹을 그리는 먹. 여기서는 육궁에 거주하는 비빈들을 의미한다.

9 사욕賜浴: 다른 사람이 목욕을 시켜주는 것. 화청지華淸池: 온천 이름. 여산驪山(산시성陝西省 시안시西安市 임동현臨潼縣 동남) 화청궁華淸宮 안에 있다. 현종과 양귀비가 로맨스를 즐긴 장소로 유명하다. 지금도 둘의 러브스토리를 배경으로 한 관광지로써 많은 사람이 즐겨 찾는 곳이다.

10 응지凝脂: 하얗고 부드럽고 매끄러운 피부.

11 현종에게 새로 승은을 받은 것을 말한다.

12 운환雲鬢: 구름처럼 말린 굽은 모양의 여인의 머리 형태. 화안花顔: 꽃처럼 아름다운 얼굴. 금보요金步搖: 금으로 만든 떨잠. 顔이 冠인 판본도 있다.

13 부용장芙蓉帳: 부용꽃(연꽃) 수가 놓인 장막. 暖度가 裏暖인 판본도 있다.

그때부터 현종은 조회에 나가질 않았네 從此君王不早朝[15]
종차군왕부조조

환심 사서 연회 모심에 한가할 틈이 없고 承歡侍宴無閒暇[16]
승환시연무한가

봄엔 봄나들이 가서 밤마다 연회를 열었지 春從春遊夜專夜
춘종춘유야전야

후궁 미인들 삼천 명인데 後宮佳麗三天人[17]
후궁가려삼천인

삼천 명의 총애가 한 몸에 있으니 三千寵愛在一身
삼천총애재일신

금옥에서 화장하고 아리땁게 밤을 모시기도 하고 金屋妝成嬌侍夜[18]
금옥장성교시야

옥루에서 연회 파하고 취하여 즐거움을 나누기도 했지 玉樓宴罷醉和春[19]
옥루연파취화춘

자매와 형제들이 모두 토지를 하사받자 姊妹弟兄皆列土[20]
자매제형개열토

부러움을 사고 광채가 문호에 생겨나니 可憐光彩生門戶[21]
가련광채생문호

마침내 천하의 부모들 마음 遂令天下父母心
수령천하부모심

---

14 춘소고단春宵苦短: 쾌락의 시간이 금방 사라지는 것을 비유하여 쓴 말이다.

15 여기서 군왕은 현종을 가리킨다. 조조早朝: 조정에서의 조회.

16 승환承歡: 황제의 환심을 사는 것. 『신당서』에 "태진이 총애를 받았는데 노래와 춤을 잘하고 음률을 깊이 깨우치고 지혜롭게 헤아리고 민첩하고 총명하여 황제의 뜻을 금방 알아차렸다. 황제가 몹시 기뻐하여 마침내 규방의 연회를 전담하게 했다[『新唐書』「列傳」 1「后妃」上: 太眞得幸, 善歌舞, 邃曉音律, 且智算警穎, 迎意輒悟, 帝大悅, 遂專房宴]."라고 전한다. 宴이 寢인 판본도 있다.

17 가려佳麗: 아름다운 여인. 後가 漢인 판본도 있다.

18 금옥金屋: 아름다운 집.

19 옥루玉樓: 누각의 미칭美稱. 화춘和春: 남녀가 즐거움을 나누는 것.

20 열토列土: 토지를 분봉함. 천보 4년(745) 양옥환이 귀비에 책봉된 후 부친 현염玄琰은 태위太尉와 제국공齊國公에 추증되고, 세 자매는 한국부인韓國夫人·곽국부인虢國夫人·진국부인秦國夫人이 되고, 종형從兄 괄釗은 홍려경鴻臚卿에 기錡는 시어사侍御史 등이 되고, 쇠釗는 국충國忠이란 이름을 받고 좌승상左丞相이 되었다.

21 가련可憐: 다른 사람의 부러움을 사는 것.

아들 대신 딸 낳기를 바라도록 만들었네 不重生男重生女
부중생남중생녀

여궁은 높고 푸른 구름 속에 있으니 麗宮高處入靑雲[22]
여궁고처입청운

선악소리 바람에 날려 곳곳에 들리고 仙樂風飄處處聞
선악풍표처처문

잔잔한 노랫가락과 고운 춤사위 선율에 머무니 緩歌慢舞凝絲竹
완가만무응사죽

현종은 종일 보아도 만족할 줄 몰랐네 盡日君王看不足[23]
진일군왕간부족

어양의 북소리가 땅을 진동하며 몰려오더니 漁陽鞞鼓動地來[24]
어양비고동지래

〈예상우의곡〉을 산산조각 내버리고 驚破霓裳羽衣曲[25]
경파예상우의곡

구중궁궐에 연기처럼 먼지 일으키니 九重城闕煙塵生[26]
구중성궐연진생

천 수레 만 기마가 서남쪽으로 피난을 가네 千乘萬騎西南行
천승만기서남행

황제의 수레 경황없이 가다가 멈췄는데 翠華搖搖行復止[27]
취화요요행부지

도성 문 서쪽으로 나와 백여리쯤이었지 西出都門百餘里[28]
서출도문백여리

육군이 출발하지 않으니 어찌하리오 六軍不發無奈何[29]
육군불발무내하

---

22 여궁驪宮: 여산 화청궁.

23 看이 聽인 판본도 있다.

24 어양漁陽: 지금의 허베이성河北省 북계현北薊縣. 당나라 때 어양은 범양范陽 절도사가
관할했다. 당시 안록산은 팽로彭盧·범양·하동河東 세 지역의 절도사였다. 안록산의 반란
을 대표하여 어양을 말한 것이다. 비고鞞鼓: 비고鼙鼓. 기병용 작은 북.

25 경파驚破: 산산조각이 난 것을 뜻한다.

26 구중九重: 황제가 거처하는 곳. 성궐城闕: 궁전. 연진煙塵: 연기처럼 일어나는 먼지. 여기
서는 병진兵塵과 같은 말로 전쟁으로 말미암은 어수선하고 어지러운 분위기를 의미한다.

27 취화翠華: 푸른 새 깃털로 장식한 황제의 수레. 요요搖搖: 경황없는 모양.

28 도문都門: 장안 궁중의 연추문延秋門.

29 육군六軍: 천자의 군대. 매 군은 1만 2천 5백 명이다. 無가 知인 판본도 있다.

처연하게 미인이 말 앞에서 죽을 수밖에

화전이 땅에 떨어져도 줍는 사람 없고

취요와 금작 옥소두도 (마찬가지네)

현종은 구할 수 없으니 얼굴만 가리고

돌아보며 피눈물만 서로 흘리네

누런 먼지 어지럽고 바람도 처량하고

구름사다리 구불구불한 검문관을 넘어가는데

아미산 아래엔 오가는 사람이 드물고

햇살 희미해지니 깃발도 빛을 잃네

촉강의 물 푸르고 촉산도 푸른데

현종은 날마다 종일 그리워만 하네

宛轉蛾眉馬前死[30]
완전아미마전사

花鈿委地無人收[31]
화전위지무인수

翠翹金雀玉搔頭[32]
취요금작옥소두

君王掩面救不得
군왕엄면구부득

回看血淚相和流[33]
회간혈루상화류

黃埃散漫風蕭索[34]
황애산만풍소색

雲棧縈紆登劍閣[35]
운잔영우등검각

峨嵋山下少人行[36]
아미산하소인행

旌旗無光日色薄
정기무광일색박

蜀江水碧蜀山青
촉강수벽촉산청

聖主朝朝暮暮情[37]
성주조조모모정

---

30 완전宛轉: 근심 띤 모양. 아미蛾眉: 미인. 양귀비는 안사의 난 때 현종과 함께 촉蜀으로 피난 가던 도중 마외역馬嵬驛에서 군사들의 강요로 목매달아 죽었다.

31 화전花鈿: 금과 보옥으로 상감한 머리 장식.

32 취요翠翹: 취조翠鳥의 긴 꼬리 모양의 머리 장식. 금작金雀: 참새 모양의 금비녀. 옥소두玉搔頭: 옥비녀의 종류.

33 看이 首인 판본도 있다.

34 소색蕭索: 쓸쓸하고 쇠락한 모습.

35 운잔雲棧: 높은 구름 속으로 가는 잔도棧道. 영우縈紆: 구불구불한 모양. 검각劍閣: 검문관劍門關. 검문관은 쓰촨성四川省 검각현劍閣縣 북쪽에 있었다. 紆가 廻인 판본도 있다.

36 아미산峨嵋山: 쓰촨성 아미현峨嵋縣 경계에 있다.

37 성주聖主: 천자를 일컫는 존칭. 여기서는 현종을 말한다. 조조모모朝朝暮暮: 아침부터 밤까지 매일매일.

행궁에서 보는 달빛은 상심한 기색이고	行宮見月傷心色³⁸

행궁에서 보는 달빛은 상심한 기색이고　　　行宮見月傷心色[38]
　　　　　　　　　　　　　　　　　　　　　　행 궁 견 월 상 심 색

밤비 속 방울소리는 애끊는 소리네　　　　　夜雨聞鈴腸斷聲[39]
　　　　　　　　　　　　　　　　　　　　　　야 우 문 령 장 단 성

하늘 돌고 해가 돌아 용수레 되돌려 오는데　天旋日轉廻龍馭[40]
　　　　　　　　　　　　　　　　　　　　　　천 선 일 전 회 용 어

그 자리에 당도하니 주저하며 떠날 수 없네　到此躊躇不能去[41]
　　　　　　　　　　　　　　　　　　　　　　도 차 주 저 불 능 거

마외파 땅 아래 진흙 속에 있으니　　　　　　馬嵬坡下泥土中[42]
　　　　　　　　　　　　　　　　　　　　　　마 외 파 하 니 토 중

옥안을 볼 수 없어 공연히 죽었던 곳만 (바라보네)　不見玉顔空死處
　　　　　　　　　　　　　　　　　　　　　　불 견 옥 안 공 사 처

군신들도 서로 물끄러미 돌아보다 모두 옷자락 적시더니　君臣相顧盡霑衣
　　　　　　　　　　　　　　　　　　　　　　군 신 상 고 진 점 의

동쪽 도성 문 바라보며 말의 발길 따라 돌아가네　東望都門信馬歸[43]
　　　　　　　　　　　　　　　　　　　　　　동 망 도 문 신 마 귀

돌아오니 연못과 원림은 예전 그대로 있고　歸來池苑皆依舊
　　　　　　　　　　　　　　　　　　　　　　귀 래 지 원 개 의 구

태액지의 부용과 미앙궁의 버들도 (그대로네)　太液芙蓉未央柳[44]
　　　　　　　　　　　　　　　　　　　　　　태 액 부 용 미 앙 류

38　행궁行宮: 황제가 도성 밖에 출입할 때 거처하는 궁전.

39　야우문령夜雨聞鈴: 『명황잡록明皇雜錄』에 "명황(현종)이 이미 촉땅으로 행차하여 서남으로 갈 때 처음 사곡斜谷으로 들어가 서리와 빗속을 열흘이나 지나갔다. 잔도棧道의 빗속으로 들어가니 방울소리가 들렸는데 산과 서로 응했다. 임금은 곧 귀비를 생각하며 슬퍼지자 그 소리를 취해 〈우림령곡雨淋鈴曲〉을 지어서 한스러운 마음을 전했다[明皇旣幸蜀, 西南行, 初入斜谷, 屬霖雨涉旬, 於棧道雨中, 聞鈴音, 與山相應. 上旣悼念貴妃, 採其聲爲〈雨霖鈴曲〉, 以寄恨焉]."라고 전한다.

40　천선일전天旋日轉: 시국이 크게 바뀜을 말한다. 지덕至德 2년(757) 9월에 곽자의郭子儀 등이 장안을 수복하자 12월에 현종은 촉에서 장안으로 돌아왔다. 곽자의는 현종·숙종·대종·덕종의 4대에 걸쳐 당 왕조를 위해 일했다. 755~757년 안사의 난을 진압한 것으로 가장 유명하다. 용어龍馭: 황제의 수레.

41　양귀비가 죽은 마외파에 도착한 것을 말한다.

42　마외파馬嵬坡: 양귀비가 죽은 곳. 마외파는 오늘날의 산시성陝西省 싱핑시興平市 서쪽 이가파李家坡 마을 옆에 위치한다. 泥가 塵인 판본도 있다.

43　신마信馬: 말을 제어하지 않고 말이 걷도록 내버려 두는 것.

부용은 그 얼굴 같고 버들은 그 눈썹 같으니 芙蓉如面柳如眉
부용여면유여미

이를 대하고서 어찌 눈물 흘리지 않으랴? 對此如何不淚垂
대차여하불루수

봄바람 불어 복사꽃 오얏꽃 핀 저녁에도 春風桃李花開夜[45]
춘풍도리화개야

가을비 내려 오동잎 떨어질 때도 (눈물만 흘리고) 秋雨梧桐葉落時
추우오동엽락시

서궁 남쪽에 가을 풀 많고 西宮南苑多秋草[46]
서궁남원다추초

낙엽이 섬돌에 가득 붉어도 쓸지를 않네 宮葉滿階紅不掃
궁엽만계홍불소

이원제자는 백발이 되었고 梨園弟子白髮新[47]
이원제자백발신

황후의 시중을 들던 시녀는 노인이 되었어도 椒房阿監青娥老[48]
초방아감청아노

저녁 궁전에 반딧불 날아가니 (양귀비) 생각에 근심하며 夕殿螢飛思悄然
석전형비사초연

외로운 등불 다 타도록 잠 못 이루네 孤燈挑盡未成眠[49]
고등도진미성면

---

44 태액太液: 장안성 동북 대명궁大明宮 내에 있던 연못. 미앙未央: 궁전 이름. 장안성 밖 서북쪽에 있었다.

45 夜가 日인 판본도 있다.

46 서궁西宮: 황제의 비빈이 살던 곳. 비빈의 별칭으로도 불린다. 苑이 內인 판본도 있다.

47 이원제자梨園弟子: 송나라 정대창程大昌의 『옹록雍錄』 권9에 "이원은 태극궁太極宮 서금 원西禁苑의 안에 있었다. 개원 2년(714) 봉래궁에 교방을 설치하고 임금이 스스로 법곡을 가르쳤는데 이들을 이원제자라고 했다. 천보 연간(742~755)에 동궁에 의춘북원宜春北苑 을 설치하고 궁녀 수백 인을 이원제자로 삼았다. 곧 이원이란 것은 악무를 실행하는 곳이 고 가르침에 참여한 자를 제자라고 이름 불렀을 뿐이다[梨園, 在太極宮西禁苑之內矣. 開元 二年置敎坊於蓬萊宮, 上自敎法曲, 謂之梨園弟子. 至天寶中, 卽東宮置宜春北苑, 命宮女數百人 爲梨園弟子. 卽是梨園者, 按樂之地, 而預敎者名爲弟子耳]."라고 전한다.

48 초방椒房: 황후의 거처. 아감阿監: 황후를 가까이 모시며 시중을 드는 궁녀. 청아青娥: 나이 어린 예쁜 궁녀.

49 孤가 秋인 판본도 있다.

더딘 종고소리 (들리니) 비로소 길었던 밤

반짝이는 은하수 흘러가고 날이 밝으려 하네

원앙 기와엔 차가운 서리가 무겁고

비취 이불 차갑지만 누구와 함께 덮겠는가?

생사의 이별 오래되어 여러 해가 지났건만

혼백조차도 꿈속으로 들어온 적 없네

임공 도사로서 장안에 온 객이

정성으로 혼백을 부를 수 있다고 하니

현종은 감동하여 그리움에 잠 못 이루다가

마침내 방사를 시켜 간절히 (혼백을) 찾게 했네

遲遲鐘鼓初長夜
지 지 종 고 초 장 야

耿耿星河欲曙天[50]
경 경 성 하 욕 서 천

鴛鴦瓦冷霜華重[51]
원 앙 와 냉 상 화 중

翡翠衾寒誰與共[52]
비 취 금 한 수 여 공

悠悠生死別經年
유 유 생 사 별 경 년

魂魄不曾來入夢
혼 백 부 증 래 입 몽

臨邛道士鴻都客[53]
임 공 도 사 홍 도 객

能以精誠致魂魄[54]
능 이 정 성 치 혼 백

爲感君王展轉思[55]
위 감 군 왕 전 전 사

遂敎方士殷勤覓[56]
수 교 방 사 은 근 멱

---

50 경경耿耿: 밝고 고요한 모습을 형용.

51 원앙와鴛鴦瓦: 두 조각의 기와가 위아래로 합쳐진 모양의 기와 이름. 상화霜華: 상화霜花
와 같은 말로 서리를 가리킨다.

52 비취翡翠: 비취 새가 수놓아진 이불. 비취 새는 물총새를 일컫는다. 翡翠衾寒이 舊枕故衾
인 판본도 있다.

53 임공臨邛: 쓰촨성 공래현邛崍縣. 홍도鴻都: 낙양 궁문 이름. 장안을 지칭한다. 道家 方인
판본도 있다.

54 『설부說郛』권111「양태진외전楊太眞外傳」에 "도사 양통유는 촉에서 왔는데 현종이 양귀
비를 생각하고 있음을 알고 스스로 말하기를 '이소군의 방술을 지니고 있습니다'라고 했
다. 현종은 크게 기뻐하며 그 혼을 불러오게 했다[道士楊通幽自蜀來, 知上皇念楊貴妃, 自云'
有李少君之術', 上皇大喜命致其神]."라고 전한다. 이소군은 한 무제 시기의 방사로 한 무제
와 당시 사람들에게 신묘한 존재로 여겨졌던 인물이다. 이소군의 이야기는 『사기史記』
권12「효무본기孝武本紀」를 참조하시오.

55 思가 恩인 판본도 있다.

56 방사方士: 도사道士. 은근殷勤: 간절함.

안개 헤치고 구름 타고 번개처럼 내달리며

하늘에 오르고 땅으로 들어가 두루 찾았지

위로는 천상에 아래로는 황천까지 갔으나

두 곳 모두 어둡고 아득하여 찾을 수 없었네

문득 들으니 바다 위에 선산이 있어

산은 천공의 아득한 사이에 있고

누각에선 영롱한 오색구름 일어나는데

그 안에는 아리따운 선자들이 많고

그 가운데 한 사람이 자가 태진으로

백설의 피부 꽃 같은 얼굴이 비슷하다고 하네

금궐 서상의 옥문을 두드리며

소옥으로 하여금 쌍성에게 알리라고 하자

排空馭氣奔如電[57]
배 공 어 기 분 여 전

升天入地求之徧
승 천 입 지 구 지 편

上窮碧落下黃泉[58]
상 궁 벽 락 하 황 천

兩處茫茫皆不見[59]
양 처 망 망 개 불 견

忽聞海上有仙山
홀 문 해 상 유 선 산

山在虛無縹緲間[60]
산 재 허 무 표 묘 간

樓閣玲瓏五雲起[61]
누 각 영 롱 오 운 기

其中綽約多仙子
기 중 작 약 다 선 자

中有一人字太眞[62]
중 유 일 인 자 태 진

雪膚花貌參差是[63]
설 부 화 모 참 치 시

金闕西廂叩玉扃[64]
금 궐 서 상 고 옥 경

轉教小玉報雙成[65]
전 교 소 옥 보 쌍 성

---

57 배운어기排雲馭氣: 안개를 헤치고 구름을 타고 가는 것을 형용. 空이 雲인 판본도 있다.

58 벽락碧落: 천상. 황천黃泉: 지하.

59 망망茫茫: 끝이 없고 불분명한 상태를 형용.

60 허무虛無: 천공天空. 표묘縹緲: 끝없이 넓거나 멀어서 있는지 없는지 알 수 없을 만큼 어렴풋한 것을 형용.

61 閣이 殿인 판본도 있다.

62 字太眞이 字玉眞 또는 名玉妃인 판본도 있다.

63 참치參差: 방불彷彿. 거의 비슷하다는 뜻.

64 금궐金闕: 선경仙境. 상청궁上淸宮 좌측에는 금궐이 있고 우측에는 은궐銀闕이 있다. 서상西廂: 서쪽에 있는 행랑. 옥경玉扃: 옥으로 만든 문. 西가 兩인 판본도 있다.

65 소옥小玉: 오나라 부차夫差의 딸 이름으로 선녀가 되었다고 전한다. 쌍성雙成: 전설 속의

당나라 천자의 사자라는 말을 듣더니

채색 휘장 속 몽혼이 놀라

옷 걸치고 베개 밀치고 일어나 배회하니

구슬발과 은 병풍 연이어 열리네

처음 잠에서 깼으니 구름머리 한쪽으로 치우치고

화관도 바르게 쓰지 않고 당을 내려오는데

바람이 선녀의 소매를 날려 올리니

마치 〈예상우의무〉를 추는 것 같고

고운 얼굴 소리없이 눈물 줄줄 흘리니

배꽃 한 가지가 봄비에 젖은 듯하네

애틋한 마음으로 응시하며 현종에게 감사하면서

한 번 이별로 음성과 용모 모두 아득했다며

聞道漢家天子使[66]
문 도 한 가 천 자 사

九華帳裏夢魂驚[67]
구 화 장 리 몽 혼 경

攬衣推枕起裴回
남 의 추 침 기 배 회

珠箔銀屏邐迤開[68]
주 박 은 병 리 이 개

雲鬢半偏新睡覺[69]
운 빈 반 편 신 수 각

花冠不整下堂來
화 관 부 정 하 당 래

風吹仙袂飄飆擧[70]
풍 취 선 메 표 요 거

猶似霓裳羽衣舞
유 사 예 상 우 의 무

玉容寂莫淚闌干[71]
옥 용 적 막 루 난 간

梨花一枝春帶雨
이 화 일 지 춘 대 우

含情凝睇謝君王[72]
함 정 응 제 사 군 왕

一別音容兩渺茫[73]
일 별 음 용 양 묘 망

서왕모西王母를 모시고 있는 선녀 동쌍성董雙成을 가리킨다.

66 한가漢家: 당나라를 말함.

67 구화장九華帳: 구화도안九花圖案을 수놓은 채색 휘장. 몽혼夢魂: 마음속에 그리움이 있어 정성을 다하여 꿈속에 잠겨 있는 것을 뜻한다. 裏가 下인 판본도 있다.

68 이이邐迤: 잇달아 이어지는 것. 屛이 鉤, 邐迤이 迤邐인 판본도 있다.

69 반편半偏: 한쪽으로 치우친 것. "처음 잠에서 깼으니"라고 한 것은 그리움이 깊어 오랜 세월 꿈속에만 잠겨 있던 양귀비의 혼이 천자의 사자가 왔다는 말에 놀라 처음으로 꿈속에서 깨어난 것을 말한다. 鬢이 髻인 판본도 있다.

70 표요飄飆: 나부낌. 비상하는 모양을 형용.

71 난간闌干: 눈물이 줄줄 흐르는 모양을 형용.

72 함정含情: 마음속에 애틋한 감정을 품고 있는 것. 睇가 涕인 판본도 있다.

26

소양전에서의 사랑은 끊겼지만

봉래궁에서의 세월은 오래 갈 거라 하네

고개 돌려 인간 세상을 내려다보니

장안은 보이지 않고 짙은 안개만 보이지만

오직 옛 물건으로 깊은 정을 표하며

나전 합과 금비녀를 가지고 가라 하네

비녀 한 조각 나전합 한 조각 간직하라고

금비녀를 쪼개주고 나전합을 나눠주며

다만 마음을 금과 나전처럼 견고하게 한다면

천상과 인간 세상에서 서로 볼 수 있을 거라네

이별할 때 간절하게 거듭 말을 전하는데

말 속에 둘 만 알고 있는 맹세가 있네

칠월 칠일 장생전에서

昭陽殿裏恩愛絶[74]
소 양 전 리 은 애 절

蓬萊宮中日月長[75]
봉 래 궁 중 일 월 장

回頭下望人寰處[76]
회 두 하 망 인 환 처

不見長安見塵霧
불 견 장 안 견 진 무

唯將舊物表深情[77]
유 장 구 물 표 심 정

鈿合金釵寄將去[78]
전 합 금 채 기 장 거

釵留一股合一扇[79]
채 류 일 고 합 일 선

釵擘黃金合分鈿
채 벽 황 금 합 분 전

但教心似金鈿堅[80]
단 교 심 사 금 전 견

天上人間會相見
천 상 인 간 회 상 견

臨別殷勤重寄詞
임 별 은 근 중 기 사

詞中有誓兩心知
사 중 유 서 양 심 지

七月七日長生殿[81]
칠 월 칠 일 장 생 전

---

73 음용音容: 음성과 용모. 묘망渺茫: 넓고 멀어서 바라보기에 아득한 것을 말한다.
74 소양전昭陽殿: 한나라 성제成帝(BC32~BC7 재위)의 총애를 받던 조합덕趙合德이 거처한
    곳이다. 이후 총애를 받는 후비의 궁전을 뜻하는 말로 쓰였다.
75 봉래궁蓬萊宮: 전설 속 신선이 사는 궁전.
76 인환人寰: 인간 세상. 寰이 間인 판본도 있다.
77 唯將이 空持인 판본도 있다.
78 전합금차鈿合金釵: 나전 합과 금비녀.
79 비녀[釵]에는 양고兩股가 있고 나전 합[合]에는 양선兩扇이 있다.
80 教가 令인 판본도 있다.

한밤중 아무도 없을 때 서로 속삭였던 말　　夜半無人私語時
　　　　　　　　　　　　　　　　　　　　야 반 무 인 사 어 시

하늘에서는 비익조가 되고　　　　　　　　　在天願作比翼鳥[82]
　　　　　　　　　　　　　　　　　　　　재 천 원 작 비 익 조

땅에서는 연리지가 되자고　　　　　　　　　在地願爲連理枝[83]
　　　　　　　　　　　　　　　　　　　　재 지 원 위 연 리 지

영원한 하늘과 땅도 언젠가 없어질 때가 있겠지만　　天長地久有時盡
　　　　　　　　　　　　　　　　　　　　천 장 지 구 유 시 진

이 한은 계속 이어져 끊어지지 않으리라　　　此恨緜緜無絶期[84]
　　　　　　　　　　　　　　　　　　　　차 한 면 면 무 절 기

81　장생전長生殿: 『당회요』에 "천보 원년 10월에 장생전을 지어 집령대라고 이름 짓고 신에
　　게 제사를 지냈다[『唐會要』 권30 「華淸宮」: 天寶元年十月, 造長生殿, 名爲集靈臺, 以祀神]."
　　라고 전한다.

82　비익조比翼鳥: 암수가 서로 나란히 나는 새. 중국 숭오산崇吾山에 산다고 전해지는 새로
　　날개와 눈이 하나뿐이어서 암수가 몸을 합쳐야만 날아갈 수 있다. 作이 爲인 판본도 있다.

83　연리지連理枝: 뿌리가 같지 않은 나무의 가지가 서로 얽혀 한 가지처럼 자라는 나무.
　　비익조와 연리지는 모두 영원한 사랑을 상징한다.

84　면면緜緜: 계속 이어져 끊어지지 않는 것을 형용. 絶이 盡인 판본도 있다.

152. 비파행
琵琶行[1]

白居易
백 거 이

심양강 가에서 밤에 손님을 배웅하는데	潯陽江頭夜送客[2] 심 양 강 두 야 송 객
단풍잎 갈대꽃에 가을바람이 쏴아아~	楓葉荻花秋索索[3] 풍 엽 적 화 추 삭 삭
주인은 말에서 내리고 손님은 배에 오르고	主人下馬客在船 주 인 하 마 객 재 선
술잔 들어 마시려는데 음악이 없네	擧酒欲飮無管絃 거 주 욕 음 무 관 현
취해도 즐겁지 않아 참담하게 헤어지려는데	醉不成歡慘將別 취 불 성 환 참 장 별
때마침 아득하게 달빛이 강물에 잠기네	別時茫茫江浸月 별 시 망 망 강 침 월
문득 물 위에서 울리는 비파소리에	忽聞水上琵琶聲 홀 문 수 상 비 파 성
주인은 돌아가길 잊고 손님은 출발하지 못하네	主人忘歸客不發 주 인 망 귀 객 불 발
소리를 따라 찾아가 탄주자가 누군지 넌즈시 물어보니	尋聲暗問彈者誰 심 성 암 문 탄 자 수
비파소리 멈추고 천천히 말하려 하네	琵琶聲停欲語遲 비 파 성 정 욕 어 지
배를 저어 가까이 가서 서로 보기를 청하더니	移船相近邀相見 이 선 상 근 요 상 견
술 더 갖고 와 등불 켜고 다시 연회를 여네	添酒回燈重開宴[4] 첨 주 회 등 중 개 연

---

1 『全唐詩』 권435
2 심양강潯陽江: 심양군潯陽郡 경내를 흘러가는 구강九江의 명칭.
3 삭삭索索: 초목에 바람이 부는 소리를 묘사한 의성어. 索索이 瑟瑟인 판본도 있다.

천 번 부르고 만 번 부르자 비로소 나왔는데	千呼萬喚始出來 <small>천 호 만 환 시 출 래</small>
여전히 비파 껴안아 얼굴 반을 가렸네	猶抱琵琶半遮面[5] <small>유 포 비 파 반 차 면</small>
축으로 현을 퉁겨 두세 번 울리자	轉軸撥絃三兩聲[6] <small>전 축 발 현 삼 양 성</small>
곡을 연주하지도 않았는데 마음이 뭉클하네	未成曲調先有情 <small>미 성 곡 조 선 유 정</small>
현을 눌러 연주하니 소리마다 감정이 있어	絃絃掩抑聲聲思[7] <small>현 현 엄 억 성 성 사</small>
평생 뜻을 이루지 못한 한을 호소하는 듯하네	似訴平生不得意[8] <small>사 소 평 생 부 득 의</small>
고개 숙이고 손이 가는 대로 계속 퉁기는데	低眉信手續續彈 <small>저 미 신 수 속 속 탄</small>
마음속의 한없는 일들을 다 말하는 것 같네	說盡心中無限事 <small>설 진 심 중 무 한 사</small>
가볍게 누르고 느리게 휘며 퉁기고 당기며	輕攏慢撚抹復挑[9] <small>경 롱 만 연 말 부 도</small>
처음엔 〈예상〉을 연주하고 이어서 〈육요〉를 연주하는데	初爲霓裳後六么[10] <small>초 위 예 상 후 육 요</small>
대현은 요란스러워 소낙비 내리는 것 같고	大絃嘈嘈如急雨[11] <small>대 현 조 조 여 급 우</small>
소현은 가늘어서 속삭이는 것 같네	小絃切切如私語[12] <small>소 현 절 절 여 사 어</small>

---

4 첨주회등添酒回燈: 술을 다시 준비하고 등불을 밝히는 것.

5 抱가 把인 판본도 있다.

6 축으로 현을 퉁기며 소리를 조율하는 것.

7 엄억掩抑: 현을 눌러 저음을 내는 것.

8 意가 志인 판본도 있다.

9 경롱만연輕攏慢撚: 비파 연주법. 농攏은 손가락으로 현을 짚는 것, 연撚은 손가락으로 현을 휘게 하는 것, 말抹은 손가락으로 현을 아래로 누르는 것, 조挑는 손가락을 뒤집어 현을 위로 당겨 퉁기는 것이다. 농과 연은 왼손 연주법이고 말과 조는 오른손 연주법이다.

10 예상霓裳: 〈예상우의곡霓裳羽衣曲〉. 육요六么: 〈녹요綠要〉, 〈녹요錄要〉라고도 한다. 六么가 綠腰인 판본도 있다.

11 대현大絃: 비파의 굵은 현. 조조嘈嘈: 크고 무겁고 탁한 소리를 묘사한 의성어.

무겁고 탁하고 가볍고 맑은소리를 섞어가며 연주하니　嘈嘈切切錯雜彈[13]
　　　　　　　　　　　　　　　　　　　　　　　조조절절착잡탄

큰 구슬 작은 구슬이 옥쟁반에 떨어지는 듯　　　　大珠小珠落玉盤
　　　　　　　　　　　　　　　　　　　　　　　대주소주낙옥반

꾀꼴꾀꼴 꾀꼬리 소리 꽃 아래서 매끄러운 듯　　間關鶯語花底滑[14]
　　　　　　　　　　　　　　　　　　　　　　　간관앵어화저활

졸졸 흐르는 샘물소리 얼음 밑 여울에 울리는 듯했는데　幽咽泉流水下灘[15]
　　　　　　　　　　　　　　　　　　　　　　　유열천류수하탄

얼어붙은 샘물 차가워 비파줄 끊어지네　　　　　氷泉冷澀絃凝絶[16]
　　　　　　　　　　　　　　　　　　　　　　　빙천냉삽현응절

끊어져 연주할 수 없어 비파소리 잠시 그쳤지만　凝絶不通聲暫歇
　　　　　　　　　　　　　　　　　　　　　　　응절불통성잠헐

유달리 깊은 수심과 남모를 한이 일어나　　　　別有幽愁暗恨生
　　　　　　　　　　　　　　　　　　　　　　　별유유수암한생

이때의 고요함이 소리가 울릴 때보다 나은 듯하네　此時無聲勝有聲
　　　　　　　　　　　　　　　　　　　　　　　차시무성승유성

갑자기 은 항아리가 깨지며 물이 쏟아지는 듯하고　銀缾乍破水漿迸
　　　　　　　　　　　　　　　　　　　　　　　은병사파수장병

정예기병이 갑자기 나타나
칼과 창날 소리 울리는 듯하더니　　　　　　　　鐵騎突出刀槍鳴[17]
　　　　　　　　　　　　　　　　　　　　　　　철기돌출도창명

곡이 끝나 채를 거두며 중심을 힘껏 그으니　　　曲終收撥當心畫[18]
　　　　　　　　　　　　　　　　　　　　　　　곡종수발당심획

네 개의 현 소리가 비단 찢기듯 일제히 울리네　　四絃一聲如裂帛
　　　　　　　　　　　　　　　　　　　　　　　사현일성여열백

12　소현小絃: 비파의 가는 현. 절절切切: 작고 가볍고 맑은소리를 묘사한 의성어.

13　조조절절嘈嘈切切: 무겁고 탁하고 가볍고 맑은 악기 소리가 뒤섞여 연주되고 있는 것을
　　형용.

14　간관間關: 새가 우는 소리를 형용.

15　유열幽咽: 작고 가느다란 물줄기 소리를 형용. 탄灘: 여울. 바닥이 얕거나 폭이 좁아 물살
　　이 세게 흐르는 곳을 가리킨다. 水가 氷인 판본도 있다. 여기서는 氷으로 풀었다.

16　냉삽冷澀: 차갑다는 뜻.

17　철기鐵騎: 갑옷을 입은 군마. 정예기병을 묘사한 말이다. 돌출突出: 갑자기 나타난 것.

18　발발撥: 발자撥子. 현악기를 타는 채. 당심획當心畫: 비파의 중심에 힘껏 획을 긋는 것.
　　곡이 끝났다는 것을 뜻한다.

동쪽과 서쪽의 배들 쥐죽은 듯 고요하고

오직 강 한가운데에 가을달만 환하네

낮은 소리로 읊조리며 발을 현 안에 꽂고

의상을 정돈하고 일어나 용모를 가다듬더니

스스로 말하길 "저는 본래 경성 여자이고

집은 하마릉 아래 있었지요

열세 살에 비파를 배워 성취하여

이름이 교방 제일부에 속했답니다

곡을 마치면 일찍이 전문가들이 탄복했고

화장하면 항상 추랑의 질투를 받았었지요

오릉의 청년들 (제게 줄) 놀이채를 다투어

東舟西舫悄無言[19]
동 주 서 방 초 무 언

唯見江心秋月白[20]
유 견 강 심 추 월 백

沈吟放撥揷絃中[21]
침 음 방 발 삽 현 중

整頓衣裳起斂容[22]
정 돈 의 상 기 렴 용

自言本是京城女
자 언 본 시 경 성 여

家在蝦蟆陵下住[23]
가 재 하 마 릉 하 주

十三學得琵琶成
십 삼 학 득 비 파 성

名屬教坊第一部[24]
명 속 교 방 제 일 부

曲罷曾教善才伏[25]
곡 파 증 교 선 재 복

妝成每被秋娘妬[26]
장 성 매 피 추 랑 투

五陵年少爭纏頭[27]
오 릉 연 소 쟁 전 두

---

19 言이 難인 판본도 있다.

20 見이 有인 판본도 있다.

21 침음沈吟: 낮은 소리로 중얼거리거나 읊조리는 것을 말한다.

22 염용斂容: 용모를 단정하고 정숙하게 하는 태도.

23 하마릉蝦蟆陵: 장안성 동남 곡강曲江 부근. 동중서董仲舒의 장례를 이곳에서 치렀는데
    문인들이 그 마을을 지날 때면 모두 말에서 내렸기 때문에 하마릉下馬陵이라고 했다. 이것
    이 와전되어 하마릉蝦蟆陵이 되었다.

24 교방教坊: 국가에서 가무를 교습시키던 관청. 당대 궁내에 있던 교방에는 의춘宜春과
    이원梨園이 있었다.

25 선재善才: 비파 전문가. 시·서예·바둑·악기 연주·그림 등 문학과 예술의 어느 하나 또
    는 여러 가지를 잘하는 사람을 일컫는다.

26 추랑秋娘: 당시의 명기名妓 이름.

27 오릉연소五陵年少: 부호가의 자제들. 오릉은 한나라 황제들의 능침으로 장안 북쪽에 있

한 곡에 붉은 비단이 셀 수도 없었답니다

전두와 운비는 박자 치다가 깨졌고

붉은 비단치마는 술 엎질러 더럽혀졌어도

금년의 즐거움이 다음 해에도 이어져서

아름다운 시절 한가하게 보냈었지요

아우가 전쟁터로 가고 이모가 죽자

시간이 흐를수록 안색은 시들었고

적막하고 쓸쓸하게 찾아오는 말도 드물어

늦은 나이에 시집가서 상인의 부인이 되었지요

상인은 이익만 중시하고 이별은 가볍게 여겨

지난달에 부량으로 차를 사러 갔답니다

오고 가는 강어귀에서 빈 배만 지키는데

一曲紅綃不知數
일 곡 홍 초 부 지 수

鈿頭雲篦擊節碎[28]
전 두 운 비 격 절 쇄

血色羅裙飜酒汗
혈 색 나 군 번 주 오

今年歡笑復明年
금 년 환 소 부 명 년

秋月春風等閒度[29]
추 월 춘 풍 등 한 택

弟走從軍阿姨死
제 주 종 군 아 이 사

暮去朝來顔色故[30]
모 거 조 래 안 색 고

門前冷落鞍馬稀[31]
문 전 냉 락 안 마 희

老大嫁作商人婦
노 대 가 작 상 인 부

商人重利輕別離
상 인 중 리 경 별 리

前月浮梁買茶去[32]
전 월 부 량 매 다 거

去來江口守空船[33]
거 래 강 구 수 공 선

있는데 왕공과 귀족들의 집단 거주지였다. 전두纏頭: 춤을 추고 노래를 부른 기녀에게
주는 놀이채. 금전두錦纏頭라고도 일컫는다.

28 전두鈿頭: 금옥이나 구슬 등으로 장식한 머리장식품. 운비雲篦: 머리빗.

29 추월춘풍秋月春風: 휘영청 밝은 가을 달과 따뜻한 봄바람. 아름다운 시절을 비유해서
쓴 말이다.

30 모거조래暮去朝來: 해 질 녘이 지나고 새벽이 왔다는 것으로 시간의 흐름에 비유하여
쓴 말이다.

31 문전냉락門前冷落: 인기가 없어지자 찾아오는 사람이 매우 적어서 적막하고 쓸쓸함.

32 부량浮梁: 강서성 경덕진景德鎭. 당시 차의 집산지였다.

33 강구江口: 강어귀.

뱃전에 도는 달빛은 밝아도 강물은 차갑더군요

야심한 밤 문득 젊은 시절을 꿈꾸었는데

꿈속에서 울어 분가루 때문에 붉은 눈물을 흘렸답니다"

나는 비파소리를 듣고 이미 탄식했었는데

또 이 말을 들이니 저런~ 쯧쯧!

우리 모두 아득히 먼 곳을 떠도는 사람인데

어찌하여 서로 만나 아는 사람이 되었을까?

"나는 작년에 장안을 떠나와

심양성에서 귀양살이하다가 병이 들었다오

심양은 작은 고을이라 음악이 없어

일 년 내내 음악소리를 듣지 못했소

사는 곳이 분강 근처라 땅이 낮고 습한데다

누런 갈대와 고죽이 집을 둘러싸고 자라고 있으니

繞船月明江水寒
요선월명강수한

夜深忽夢少年事
야심홀몽소년사

夢啼妝淚紅闌干[34]
몽제장루홍란간

我聞琵琶已歎息
아문비파이탄식

又聞此語重唧唧[35]
우문차어중즐즐

同是天涯淪落人[36]
동시천애윤낙인

相逢何必曾相識
상봉하필증상식

我從去年辭帝京[37]
아종거년사제경

謫居臥病潯陽城[38]
적거와병심양성

潯陽小處無音樂[39]
심양소처무음악

終歲不聞絲竹聲
종세불문사죽성

住近湓江地低濕[40]
주근분강지저습

黃蘆苦竹繞宅生
황로고죽요택생

---

34 夢啼妝淚이 啼妝淚落인 판본도 있다.

35 즐즐唧唧: 탄식하는 소리를 묘사한 의성어.

36 천애天涯: 하늘 가장자리. 아득히 먼 곳을 의미한다. 윤낙淪落: 떠돌아다니는 것을 형용.

37 辭이 離인 판본도 있다.

38 적거謫居: 귀양살이.

39 小處이 地僻인 판본도 있다.

40 분강湓江: 분수湓水, 분포湓浦라고도 함. 백거이가 강주사마江州司馬로 좌천되어 갔던 곳이다. 지금의 이름은 용개하龍開河로 장시성江西省 주장시九江市에 있는 하천이다.

그 사이에서 밤낮으로 무슨 소리를 들을 수 있었겠소?

其間旦暮聞何物
기 간 단 모 문 하 물

두견이의 피울음과 원숭이의 슬픈 울음소리뿐

杜鵑啼血猿哀鳴[41]
두 견 제 혈 원 애 명

봄 강에 꽃이 피는 아침과 가을 달 (밝은) 밤엔

春江花朝秋月夜
춘 강 화 조 추 월 야

종종 술을 가져와 혼자 마실 때

往往取酒還獨傾
왕 왕 취 주 환 독 경

어찌 산촌의 노랫소리와 피리 소리가 없었겠는가만은

豈無山歌與村笛[42]
기 무 산 가 여 촌 적

왁자지껄한 노랫가락이 듣기 싫었다오

嘔啞嘲哳難爲聽[43]
구 아 조 찰 난 위 청

오늘 저녁 그대의 비파소리를 들으니

今夜聞君琵琶語
금 야 문 군 비 파 어

마치 선악을 들은 것처럼 귀가 잠시나마 밝아졌다오

如聽仙樂耳暫明
여 청 선 악 이 잠 명

사양 말고 다시 앉아 한 곡 더 타주구려

莫辭更坐彈一曲
막 사 갱 좌 탄 일 곡

그대를 위해 「비파행」을 쓸테니"

爲君飜作琵琶行[44]
위 군 번 작 비 파 행

내 말에 감동하여 한참을 서 있다가

感我此言良久立[45]
감 아 차 언 양 구 립

다시 앉아 현을 재촉하니 현 소리 더욱더 급해져

却坐促絃絃轉急
각 좌 촉 현 현 전 급

---

41 두견杜鵑: 뻐꾸기과의 새. 두우杜宇·자견子鵑·자규子規라고도 한다. 『촉왕본기蜀王本紀』에 의하면 고대 촉나라에 두우라는 자가 스스로 망제望帝라고 칭하고 촉나라를 다스리다가 형荊에서 온 별령鼈靈에게 왕위를 물려주고 서산에 은거했는데 나중에 두견이로 변했다고 한다. 봄에 두견이가 피를 토하며 울면 그 핏자국에서 두견화杜鵑花(진달래)가 피어난다고 전한다. 두견제혈杜鵑啼血: 목에서 피가 날 때까지 운다는 말로 애통함의 극치를 형용하는 말로 자주 쓰인다.

42 산가촌적山歌村笛: 산촌에서 들리는 노랫소리와 피리 소리.

43 구아嘔啞: 떠들썩하고 소란한 소리. 조찰嘲哳: 자잘하고 시끄러운 소리.

44 번작飜作: 글을 쓴다는 뜻.

45 양구良久: 아주 오래.

처절함이 방금 연주했던 소리와 같지 않네

온 좌석이 다시 듣더니 모두 얼굴을 묻고 흐느끼는데

좌중에서 누가 가장 많이 눈물 흘렸는가?

강주사마의 청삼이 흠뻑 젖었다오

凄凄不似向前聲
처 처 불 사 향 전 성

滿座重聞皆掩泣[46]
만 좌 중 문 개 엄 읍

座中泣下誰最多
좌 중 읍 하 수 최 다

江州司馬靑衫濕[47]
강 주 사 마 청 삼 습

---

46 엄읍掩泣: 얼굴을 가리고 우는 것. 탄성엄읍呑聲掩泣은 울음소리를 내지 않고 얼굴을 가
려 눈물을 감추는 것.

47 강주사마江州司馬: 강주사마로 좌천된 백거이 자신이다. 원화 9년(814) 백거이는 태자좌
찬선대부太子左贊善大夫에 임명되었다. 원화 10년 9월에 재상 무원형武元衡이 강도에게
피살되자 빨리 강도를 잡아 그 원통함을 풀어달라고 상소했는데 그것이 직분에 어긋난
행위라고 하여 강주사마로 좌천된 것이다. 청삼은 팔품八品·구품九品의 하급 문관이 입던
옷이다.

霓裳羽衣舞

〈예상우의무〉는 당대의 궁중 악무다. 그 창작과 관련해서는 크게 두 가지로 나뉜다. 첫째는 현종이 도사와 함께 월궁月宮에 올라가 노닐다가 선악의 소리를 듣고 인간 세상으로 내려와 그 소리에 근거하여 〈예상우의곡〉을 직접 창작하였다는 설. 둘째는 서량 절도사로 있던 양경술楊敬述이 현종에게 바친 서량의 악곡인 〈바라문婆羅門〉을 현종이 〈예상우의곡〉이라는 이름으로 개편하였다는 설이다. 현종시기 화려하게 펼쳐졌던 〈예상우의무〉는 안사의 난 후 전해지지 못했다.

　이후 남송南宋의 강기姜夔(1155~1221)가 상조예상곡의 악보 18단을 발견한다. 그것들은 그의 〈백석도인가곡白石道人歌曲〉(『白石道人歌曲』권3「慢」〈霓裳中序〉1)에 보존되어 있다. 〈예상우의무〉는 곡이 아름답고 춤의 구성이 정교하여 이후 각 번진藩鎭(변경과 중요 지역에서 그 지방의 군정을 관장하던 절도사)에서도 인기 있는 종목이었기 때문에 수많은 당나라 문인들이 노래로 읊었고 글로 남겼다. 당시에도 〈예상우의무〉에 관한 내용은 곳곳에 전한다. 〈예상우의무〉는 당대에 창작된 악가무 종합예술작품으로 당대 시인의 목소리에 실려 오늘날에도 우리의 눈앞에 아름답게 펼쳐지고 있다.

153. 예상사 10수
霓裳辭 十首[1]

王 建
왕 건

제자부 중에 한 부류만 남겨놓고   弟子部中留一色[2]

제 자 부 중 유 일 색

바람 소리 물소리를 듣고 〈예상〉 곡을 짓는데   聽風聽水作霓裳[3]

청 풍 청 수 작 예 상

산성이 부족하여 다시 와서 가르쳤더니   散聲未足重來授[4]

산 성 미 족 중 래 수

곧 평상 앞에 이르러 황제를 알현하네   直到牀前見上皇

직 도 상 전 현 상 황

피리와 오현금 비로소 반쯤 연주하자   中管五弦初半曲

중 관 오 현 초 반 곡

멀리서 휘장 치게 하고 주렴 너머에서 듣는데   遙敎合上隔簾聽

요 교 합 상 격 렴 청

소리 한 자락 하늘 끝에서 떨어지니   一聲聲向天頭落[5]

일 성 성 향 천 두 락

신선이 밤에 부른 노랫소리를 본받은 것이라네   效得仙人夜唱經[6]

효 득 선 인 야 창 경

---

1 『全唐詩』 권301
2 제자란 당대 궁정 악무를 가르쳤던 이원에 참여한 이들을 가리킨다. 일색一色: 한 종류, 한 분야.
3 水가 雨인 판본도 있다.
4 산성散聲: 음악 술어. 현악기를 안족雁足 없이 연주하는 것으로 가장 낮은 음을 가리킨다.
5 천두天頭: 천기天氣.
6 效가 學인 판본도 있다.

이원에 들어온 후 나가는 일 드문 것은　　　自直梨園得出稀[7]
　　　　　　　　　　　　　　　　　　　　자 직 이 원 득 출 희

어려운 곡으로 계속 바꿔 돌아가지 못하게 해서라는데　更番上曲不敎歸[8]
　　　　　　　　　　　　　　　　　　　　갱 번 상 곡 불 교 귀

일시에 무릎 꿇어 절하며 〈예상〉을 마치니　一時跪拜霓裳徹
　　　　　　　　　　　　　　　　　　　　일 시 궤 배 예 상 철

곧바로 계단 앞에서 자줏빛 옷을 하사하시네　立地階前賜紫衣[9]
　　　　　　　　　　　　　　　　　　　　입 지 계 전 사 자 의

새 악보 그 즉시 번역해보니 소리가 비로소 만족스러운데　旋翻新譜聲初足[10]
　　　　　　　　　　　　　　　　　　　　선 번 신 보 성 초 족

이원 이외에 다른 사람에겐 가르치지 않아　除却梨園未敎人
　　　　　　　　　　　　　　　　　　　　제 각 이 원 미 교 인

서가에게 주어 나누어 베껴 쓰게 하고　宣與書家分手寫[11]
　　　　　　　　　　　　　　　　　　　　선 여 서 가 분 수 사

환관이 말 달려 공신에게 하사토록 했네　中官走馬賜功臣
　　　　　　　　　　　　　　　　　　　　중 관 주 마 사 공 신

〈예상〉을 가르친 동료 중 귀비가 있었고　伴敎霓裳有貴妃
　　　　　　　　　　　　　　　　　　　　반 교 예 상 유 귀 비

처음부터 곡이 완성된 때까지 함께 했으니　從初直到曲成時
　　　　　　　　　　　　　　　　　　　　종 초 직 도 곡 성 시

종일 귓가에 들려 소리 익숙해져서　日長耳裏聞聲熟
　　　　　　　　　　　　　　　　　　　　일 장 이 리 문 성 숙

박자 수가 조금만 틀려도 모두 알아차리네　拍數分毫錯總知
　　　　　　　　　　　　　　　　　　　　박 촉 분 호 착 총 지

7　直이 入인 판본도 있다.

8　상곡上曲: 기량이나 수준이 높은 작품으로 풀이할 수 있다.

9　입지立地: 곧바로. 즉시. 紫가 彩인 판본도 있다.

10　旋翻新이 自修曲, 足이 起인 판본도 있다.

11　서가書家: 글씨를 잘 써 일정한 경지에 오른 사람을 일컫는 말. 與가 示인 판본도 있다.

현악기 소리 둥딩동~ 채색구름 속으로 멀어지더니 　絃索摐摐隔綵雲[12]
　　　　　　　　　　　　　　　　　　　　　　　현 삭 창 창 격 채 운

오경에 첫소리를 한 산이 듣고 　　　　　　　　五更初發一山聞[13]
　　　　　　　　　　　　　　　　　　　　　　　오 경 초 발 일 산 문

무황이 친히 서왕모를 배웅하니 　　　　　　武皇自送西王母[14]
　　　　　　　　　　　　　　　　　　　　　　　무 황 자 송 서 왕 모

무지개 옷 달빛 치마로 새롭게 바뀌네 　　　新換霓裳月色裙[15]
　　　　　　　　　　　　　　　　　　　　　　　신 환 예 상 월 색 군

궁녀에게 목욕하고 돌아오라 칙명을 내렸더니 　勅賜宮人澡浴回
　　　　　　　　　　　　　　　　　　　　　　　칙 사 궁 인 조 욕 회

멀리서 미녀를 보자 담장 문 열리고 　　　遙看美女院門開
　　　　　　　　　　　　　　　　　　　　　　　요 간 미 녀 원 문 개

한 산의 별과 달빛 속에 무지개 옷 움직이더니 　一山星月霓裳動
　　　　　　　　　　　　　　　　　　　　　　　일 산 성 월 예 상 동

아름다운 글자가 먼저 궁궐 안으로 들어오네 　好字先從殿裏來[16]
　　　　　　　　　　　　　　　　　　　　　　　호 자 선 종 전 리 래

법부에 〈예상〉을 안무하라 전했었는데 　傳呼法部按霓裳[17]
　　　　　　　　　　　　　　　　　　　　　　　전 호 법 부 안 예 상

새롭게 승은을 입으니 따로 항렬을 만들어 　新得承恩別作行
　　　　　　　　　　　　　　　　　　　　　　　신 득 승 은 별 작 행

귀비는 마땅히 누각 위에서 바라보고 　　應是貴妃樓上看[18]
　　　　　　　　　　　　　　　　　　　　　　　응 시 귀 비 누 상 간

나인들은 채색 비단 상자를 맞들어 내리네 　內人昇下綵羅箱[19]
　　　　　　　　　　　　　　　　　　　　　　　내 인 여 하 채 라 상

12　현삭絃索: 명주실로 만든 현악기의 줄.

13　오경五更: 하룻밤을 다섯으로 나누었을 때의 다섯째 부분. 새벽 네 시 전후. 一山이 滿宮
　　인 판본도 있다.

14　自가 日인 판본도 있다.

15　換이 染, 月이 日인 판본도 있다.

16　호자好字: 좋은 글자. 裏가 後인 판본도 있다.

17　법부法部: 당대의 이원에서 전문적으로 법곡을 연주하던 부서.

18　應是가 日晩인 판본도 있다.

조원각 위에 산바람 불고

밤에 〈예상〉 곡 들으니 맑은 이슬 차가운데

궁녀는 달 속에서 교대로 서 있을 뿐

황금 사다리 미끄러워 나란히 가기 어렵네

화청궁으로 향했던 세월이 가득했음을 아는지

산꼭대기와 산 아래의 씨앗들은 길게 자랐고

떠날 때 〈예상〉 곡 남겼지만

모두 이궁별관의 소리였네

朝元閣上山風起[20]
조 원 각 상 산 풍 기

夜聽霓裳玉露寒[21]
야 청 예 상 옥 로 한

宮女月中更替立[22]
궁 녀 월 중 경 체 립

黃金梯滑竝行難
황 금 제 활 병 행 난

知向華淸年月滿[23]
지 향 화 청 연 월 만

山頭山底種長生
산 두 산 저 종 장 생

去時留下霓裳曲
거 시 류 하 예 상 곡

總是離宮別館聲[24]
총 시 이 궁 별 관 성

---

19 下가 出인 판본도 있다.

20 조원각朝元閣: 당나라 때의 전각으로 오늘날 산시성陝西省 시안西安 임동현臨潼縣 여산驪山에 있었다. 당 현종이 양귀비와 함께 노닐었던 화청궁의 한 부분이다. 山風起가 風初起인 판본도 있다.

21 玉露가 露坐인 판본도 있다.

22 中이 明, 替이 潛인 판본도 있다.

23 向이 在, 年이 秋인 판본도 있다.

24 이궁별관離宮別館: 정궁 밖에서 황제가 순시할 때 머물던 궁실. 總이 半인 판본도 있다.

154. 바라문
婆羅門[1]

楊敬述
양경술

회악봉 앞 모래사막 하얀 눈밭 같고

수강성 너머 달빛은 서리 내린 듯한데

어디에서 갈대 피리 부는지 알 수 없지만

이 한밤 병사들 모두 고향을 생각하겠구나!

廻樂峰前沙似雪[2]
회 악 봉 전 사 사 설

受降城外月如霜[3]
수 강 성 외 월 여 상

不知何處吹蘆管
부 지 하 처 취 로 관

一夜征人盡望鄉[4]
일 야 정 인 진 망 향

---

1 『全唐詩』권27. 바라문婆羅門: 사패詞牌 이름. 당대 대곡으로 곡조는 대곡에서 따왔다.

2 회악봉廻樂峰: 링시아寧夏 회족回族 자치구 내 링우靈武에 있는 봉화대. 당대에는 영주靈州 지역에 있었다.

3 수강성受降城: 성이름이다. 삼강성三降城 또는 하외삼성河外三城이라고도 칭했다. 모두 내몽골 지역 안에 있었다. 당대에는 삼성을 건설했는데 중성中城은 삭주朔州에 서성西城은 영주靈州에 동성東城은 승주勝州에 있었다.

4 정인征人: 수루를 지키는 병사.

155. 장문에서 원망하다
長門怨[1]

鄭 谷
정 곡

무심코 비단옷 잡자 봉황이 울더니

선대 왕 일찍이 〈예상무〉를 추게 했었네

봄이 되니 정원에 떨어지는 꽃잎 도리어 부럽구나

맑은 바람 따라 궁궐 담을 넘을 수 있으니

......

閒把羅衣泣鳳皇
한 파 나 의 읍 봉 황

先朝曾敎舞霓裳
선 조 증 교 무 예 상

春來却羨庭花落[2]
춘 래 각 선 정 화 락

得逐晴風出禁牆
득 축 청 풍 출 금 장

......

---

1 『全唐詩』 권677. 장문長門: 한나라 무제武帝 때 진황후陳皇后가 총애를 잃은 후 거처했던
 궁궐. 이후 총애를 잃은 후비가 사는 곳을 비유하여 쓰였다.
2 庭이 桃인 판본도 있다.

156. 강남에서 천보 연간 악공이던 노인을 만나고
江南遇天寶樂叟[1]

白居易
백 거 이

백발의 병든 노인이 울면서 말하기를	白頭病叟泣且言[2] 백 두 병 수 읍 차 언
"안녹산이 난리를 일으키기 전엔 이원에서	祿山未亂入梨園[3] 녹 산 미 란 입 이 원
비파를 타며 법곡에 화응할 수 있었고	能彈琵琶和法曲 능 탄 비 파 화 법 곡
화청궁에 갈 때 여러 번 황제를 수행했었다오	多在華清隨至尊[4] 다 재 화 청 수 지 존
그때는 천하가 오랫동안 태평성대를 누렸기에	是時天下太平久 시 시 천 하 태 평 구
해마다 10월이면 조원각에 모이니	年年十月坐朝元[5] 연 년 시 월 좌 조 원
관료들이 일어서고 앉을 때 패옥소리 하나 되고	千官起居環珮合 천 관 기 거 환 패 합
만국이 회동하여 마차와 말이 분주했으며	萬國會同車馬奔 만 국 회 동 차 마 분
석옹사에는 금비녀가 빛나고	金鈿照耀石甕寺[6] 금 전 조 요 석 옹 사

---

1 『全唐詩』 권435
2 病이 老인 판본도 있다.
3 녹산祿山: 안녹산安祿山(703~757)을 말한다[참고].
4 화청궁華清宮: 당나라의 궁전 이름. 온천탕으로 유명하다[참고]. 지금의 산시성陝西省
   린퉁臨潼 여산驪山 북쪽 기슭에 있다. 지존至尊: 황제를 말하는 것으로 현종을 가리킴.
5 조원朝元: 조원각朝元閣.『옥해玉海』권29「당조원각부시唐朝元閣賦詩」에 "천보 10년 10
   월 을축, 조원각에 행차했는데 상서로운 구름이 나타나서 황제가 시를 짓고 군신들이 모두
   화답했다[天寶十載十月乙丑, 御朝元閣有慶雲見, 上賦詩羣臣畢和]."라고 전한다.
6 석옹사石甕寺: 산시성 임동현臨潼縣 여산驪山 동쪽의 수령산繡嶺山에 있다. 당 개원 연간

온천 발원지에선 난초꽃향과 사향이 피어올랐지요 　　蘭麝熏煮溫湯源[7]
　　　　　　　　　　　　　　　　　　　　　　　　난 사 훈 자 온 탕 원

귀비는 우아하게 황제 옆에서 시중드는데 　　　　貴妃宛轉侍君側
　　　　　　　　　　　　　　　　　　　　　　　　귀 비 완 전 시 군 측

몸이 약해 비취빛 구슬장식을 이기지 못했지만 　　體弱不勝珠翠繁
　　　　　　　　　　　　　　　　　　　　　　　　체 약 불 승 주 취 번

눈발이 날리듯 비단옷 입고 부드럽게 움직이며 　　冬雪飄飆錦袍暖
　　　　　　　　　　　　　　　　　　　　　　　　동 설 표 요 금 포 훤

봄바람이 살랑살랑 불듯 〈예상무〉를 췄다오 　　春風蕩漾霓裳飜
　　　　　　　　　　　　　　　　　　　　　　　　춘 풍 탕 양 예 상 번

아직 환락이 만족스럽지 않은데 연 땅의 도둑이 　　歡娛未足燕寇至[8]
　　　　　　　　　　　　　　　　　　　　　　　　환 오 미 족 연 구 지

단단한 활 들고 튼실한 말을 탄
오랑캐 말발굽 소리가 소란을 피워 　　　　　　弓勁馬肥胡語喧[9]
　　　　　　　　　　　　　　　　　　　　　　　　궁 경 마 비 호 어 훤

나라 땅 백성들은 오랑캐 피해 달아나고 　　　　豳土人遷避夷狄[10]
　　　　　　　　　　　　　　　　　　　　　　　　빈 토 인 천 피 이 적

정호의 용이 떠나가니 제왕은 통곡했다오 　　　　鼎湖龍去哭軒轅[11]
　　　　　　　　　　　　　　　　　　　　　　　　정 호 용 거 곡 헌 원

이때부터 떠돌다가 남쪽 땅에 떨어졌으니 　　　　從此漂淪落南土[12]
　　　　　　　　　　　　　　　　　　　　　　　　종 차 표 륜 낙 남 토

만인이 모두 죽고 저 한 몸만 살아남았답니다" 　　萬人死盡一身存
　　　　　　　　　　　　　　　　　　　　　　　　만 인 사 진 일 신 존

……　　　　　　　　　　　　　　　　　　　　　……

(713~741)에 창건되었다.

7　난사蘭麝: 난초꽃과 사향麝香의 향기. 사향은 사향노루 수컷의 하복부에 있는 향낭을
　　쪼개어 말린 흑갈색의 가루로 향료로 쓰인다.

8　안녹산이 난을 일으킨 후 756년에 연나라를 세우고 스스로 황제라고 칭했다.

9　궁경마비弓勁馬肥: 활은 매우 단단하고 말은 매우 튼실하다는 말로 화살은 멀리 쏘고
　　말은 빨리 달려 전투력이 좋다는 뜻이다.

10　현종은 한족이 아닌 외족 출신들도 군대에서 근무할 수 있는 정책을 펼쳤다. 안녹산의
　　조상은 동돌궐에 편입된 소그드인이다. 이에 그를 오랑캐라고 표현한 것이다.

11　정호鼎湖: 지명. 고대 전설에 황제가 정호에서 용을 타고 하늘로 승천했다[참고]. 헌원軒
　　轅: 전설 속의 고대 제왕.

12　표륜漂淪: 이곳저곳 떠돌아다니는 것.

157. 가을밤 안국관에서 생황 소리를 듣다
秋夜安國觀聞笙[1]

劉禹錫
유 우 석

직녀성이 선명한 은하수의 가을

織女分明銀漢秋[2]
직 녀 분 명 은 한 추

계수나무와 오동잎이 바람에 솨아아~

桂枝梧葉共颸飀[3]
계 지 오 엽 공 수 류

달빛 아래 반짝이는 이슬은
정원에 가득한데 인적은 없고

月露滿庭人寂寂[4]
월 로 만 정 인 적 적

〈예상〉한 곡만 높은 누각 위에서 울려 퍼지네

霓裳一曲在高樓
예 상 일 곡 재 고 루

---

1 『全唐詩』 권365. 안국관은 낙양에 있었다.

2 은한銀漢: 은하수.

3 수류颸飀: 바람에 흔들리는 나뭇잎 소리를 묘사한 의성어.

4 월로月露: 달빛 아래 반짝이는 이슬방울.

【참고】

∥ 안사의 난

전란을 일으킨 안녹산安祿山(703~757)과 사사명史思明(703~761)의 이름을 따서 안사의 난이라고 일컫고, 안녹산의 난 또는 천보天寶[1]의 난이라고도 한다. 755년 안녹산은 양귀비의 오빠 양국충을 토벌한다는 명분으로 반란을 일으켰다. 현종이 양귀비에 빠져서 정사를 돌보지 않자 환관과 양국충 등의 환관-외척정치가 시작되었고 환관과 외척들의 전횡과 부패 속에서 관리들은 타락할 수밖에 없었다. 그들의 권력 다툼은 난을 일으킬 명분이 되었다. 안사의 난으로 8년(755~763) 동안의 전란에 시달려 많은 사람이 죽고 당은 쇠퇴기로 접어든다.

∥ 화청궁華淸宮

정관貞觀 18년(644) 태종太宗(이세민) 황제가 지금의 산시성陝西省 린퉁臨潼 여산驪山 북쪽 기슭에 전을 짓고 탕천궁湯泉宮이라는 이름을 내렸다. 천보 6년(747)에 현종이 화청궁으로 이름을 바꾸고 해마다 그곳에 행차하여 양귀비와 연회를 베풀며 즐겼다. 안사의 난 이후 현종의 화청궁 행은 드물었고 당 말에 이르러 폐허가 되었다. 1982~1986년 고고학적 발굴이 이뤄져 탕지 8개가 발굴되었는데 현재 시안의 관광명소로 꽤 인기가 있다. 특히 화청지 야외 공연장에서 펼쳐지는 〈장한가〉 공연은 그 웅장함과 화려함으로 관객들의 시선을 끌고 현종과 양귀비의 애절한 사랑으로 보는 이들의 심금을 울린다.

∥ 정호鼎湖

『사기史記』에 "(공손경이 말하기를) 황제는 수산首山에서 동銅을 채취하여 형산荊山 아래에서 정鼎을 주조하였다. 정이 완성되자 하늘에서는 긴 턱수염을 드리운 용이 황제를 영접하였으며 황제가 용의 등에 올라타자 군신과 후궁 등 70여 명도 따라서 용의 등에 올라탔다. 그러자 용이 상공으로 올라가는데 나머지 지위가 낮은 신

---

1   천보天寶: 현종 대에 사용한 연호(742~756).

하들은 올라탈 수 없게 되자 모두 용의 수염을 잡았다가 수염이 뽑히어 땅으로 떨어졌고 황제의 활도 떨어졌다. 백성들은 모두 황제가 하늘로 올라가는 광경을 바라보면서 그의 활과 용의 수염을 끌어안고서 대성통곡했다. 이 때문에 후세에 그곳을 정호鼎湖라고 불렀으며 그 활을 오호烏號라고 불렀다."[2]라고 전한다.

---

2 『史記』권12「孝武本紀」12: "(公孫卿曰)黃帝, 采首山銅鑄鼎於荊山. 鼎旣成, 有龍垂胡髥, 下迎黃帝. 黃帝上騎, 群臣後宮從上者七十餘人. 龍乃上去, 餘小臣不得上, 乃悉持龍髥, 龍髥拔墮, 墮黃帝之弓. 百姓, 仰望黃帝旣上天, 乃抱其弓與胡髥號, 故後世因名其處曰鼎湖, 其弓曰烏號"

158. 호숫가에서 객을 불러 봄을 전송하려고 배를 띄우다
湖上招客送春汎舟[1]

白居易
백 거 이

술친구 불러 얼마 남지 않은 봄 보내려고 하는데

손님 중에 누가 가장 풍취가 있을까?

약하주 두 병을 새로 얻어서 여니

〈예상〉 한 곡 비로소 갖추게 하네

관현 늘어놓고 푸른 소매 행렬 짓고

배를 지휘하여 붉은 깃발 점검하면서

천천히 이끌어 호수 가운데로 부드럽게 향하니

마치 능화경 위를 가는 듯하구나

欲送殘春招酒伴[2]
욕 송 잔 춘 초 주 반

客中誰最有風情
객 중 수 최 유 풍 정

兩瓶箬下新開得[3]
양 병 약 하 신 개 득

一曲霓裳初教成
일 곡 예 상 초 교 성

排比管弦行翠袖[4]
배 비 관 현 행 취 수

指麾船舫點紅旌[5]
지 휘 선 방 점 홍 정

慢牽好向湖心去[6]
만 견 호 향 호 심 거

恰似菱花鏡上行[7]
흡 사 능 화 경 상 행

---

1 『全唐詩』 권443

2 잔춘殘春: 얼마 남지 않은 봄.

3 하약下箬: 술 이름. 오정현烏程縣 약계箬溪(장시성江西省 우닝현武寧縣 東北에 있다) 북쪽
   기슭의 하약下箬에서 생산되었기 때문에 붙여진 이름이다.

4 배비排比: 차례차례 나란한 것. 취수翠袖: 무자舞者의 춤의상을 묘사한 것으로 무자를
   뜻한다.

5 선방船舫: 배.

6 호심湖心: 호수의 가운데.

7 능화경菱花鏡: 고대 구리거울의 이름.

159. 예상우의가
霓裳羽衣歌[1]

白居易
백 거 이

......

경·소·쟁·적 소리 번갈아 가며 서로 조화롭게

치고 누르며 뜯고 부는 소리 연이어 나오네

......

磬簫箏笛遞相攙[2]
경 소 쟁 적 체 상 참

擊擫彈吹聲邐迤[3]
격 엽 탄 취 성 리 이

법곡의 처음은 여러 악기를 동시에 연주하지 않는다

금석 타악기와 사죽 관현악기를 차례로 연주한다

〈예상〉 곡의 처음도 마찬가지로 이와 같다

凡法曲之初 衆樂不齊 唯金石絲竹次弟發聲 霓裳序初亦復如此[自註]
범 법 곡 지 초 중 악 부 제 유 금 석 사 죽 차 제 발 성 예 상 서 초 역 부 여 차

산서 여섯 편에는 옷을 나부끼지 않고

散序六奏未動衣[4]
산 서 육 주 미 동 의

---

1 『全唐詩』 권444

2 상참相攙: 서로 조화롭게 두루 섞임.

3 리이邐迤: 곡절이 연이어 이어짐.

4 대곡大曲은 대체로 산서散序·배편排遍·입파入破의 세 단계로 구성되는데 '산서'의 단계에는 박자가 없는 서정적인 음악이 주를 이루고 춤은 추지 않는다. 악곡의 구성은 만慢·근近·령, 령·인引·근·만, 령·파破·근·만으로 구분하는데 파는 주로 빠른 악곡으로 반드시 춤이 동반되는 특징이 있다. 대곡의 형태는 이미 한(BC206~AD219) 나라와 남북조(420~589) 시대에 있었는데 상화대곡相和大曲과 청상악淸商樂이 그 예이다. 한나라 남방 지역의 민가인 상화가에 가무악이 결합해 상화대곡이 된 것이고, 청상악은 남북조시대 남방의 민간음악이 주류를 이룬 형태로 청악淸樂이라고도 한다.

양대에 머무는 구름도 게을러 떠오르질 않네

陽臺宿雲慵不飛[5]
양 대 숙 운 용 불 비

산서 여섯 편은 박자가 없으므로 춤을 추지 않는다

散序六徧無拍 故不舞也[自註]
산 서 육 편 무 박 고 불 무 야

중서 단계에 비로소 딱딱 박자를 넣으니

中序擘騞初入拍[6]
중 서 벽 획 초 입 박

가을에 대나무 쪼개지듯 봄에 얼음 갈라지듯 하네

秋竹竿裂春冰拆
추 죽 간 렬 춘 빙 탁

중서에 처음 박이 있으므로 박서라고 한다

中序始有拍 亦名拍序[自註]
중 서 시 유 박 역 명 박 서

가볍게 빙글빙글 도니 눈송이 휘도는 듯하고

飄然轉旋廻雪輕[7]
표 연 전 선 회 설 경

아름답고 빠르게 움직이니 용이 놀란 것 같네

嫣然縱送游龍驚[8]
언 연 종 송 유 용 경

손을 드리우며 춤춘 뒤엔 버들가지처럼 힘없더니

小垂手後柳無力[9]
소 수 수 후 유 무 력

---

5 양대陽臺: 무산巫山에 있는 누대의 이름. 옛날 초나라 양왕襄王이 운몽雲夢에서 놀다가 꿈에 무산의 선녀와 함께 즐겁게 놀았다고 한다. 남녀의 은밀한 사랑을 뜻한다.

6 중서中序: 대곡은 산서·배편·입파로 구성된다고 했는데, 배편을 중서라고도 한다. 벽획 擘騞: 딱딱 쪼개지는 소리를 묘사한 의성어. 여기서는 박을 치는 소리로 이해할 수 있다.

7 표연飄然: 나풀거리는 모습을 형용. 전선轉旋: 빙빙 돌아가는 모습을 형용.

8 언연嫣然: 어여쁘고 아름다운 모습. 종송縱送: 본래 활을 쏴서 새를 쫓는 것을 말하는데, 여기서는 민첩하고 빠르게 움직이는 춤사위를 형용한 것이다.

9 소수수小垂手: 손을 작게 드리우는 것. 『악부시집』에 "대수수와 소수수는 모두 춤을 말하는데, 손을 드리우는 것이다[『樂府詩集』 권76 「雜曲歌辭」「大垂手」: 『樂府解題』曰: 大垂手·小垂手, 皆言舞而垂其手也]."라고 전한다.

비스듬히 소매 끌어당길 땐 구름이 이는 듯하네 　斜曳裾時雲欲生
　　　　　　　　　　　　　　　　　　　　　　사 예 거 시 운 욕 생

사구는 모두 예상의 첫 춤사위이다
四句 皆霓裳舞之初態[自註]
사 구　개 예 상 무 지 초 태

미인은 자태를 감당하지 못해 대략 거두려는데 　煙蛾斂略不勝態[10]
　　　　　　　　　　　　　　　　　　　　　　연 아 렴 략 불 승 태

오르락내리락 나풀거리는 소맷자락엔 정이 남은 듯하네 　風袖低昂如有情[11]
　　　　　　　　　　　　　　　　　　　　　　풍 수 저 앙 여 유 정

원소절에 어린 시녀가 악록 선녀를 부르니 　上元點鬟招萼綠[12]
　　　　　　　　　　　　　　　　　　　　　　상 원 점 환 초 악 록

서왕모 소매 휘둘러 비경 선녀를 떠나보내네 　王母揮袂別飛瓊[13]
　　　　　　　　　　　　　　　　　　　　　　왕 모 휘 몌 별 비 경

허비경과 악록화는 모두 선녀다
許飛瓊萼綠華 皆女仙也[自註]
허 비 경 악 록 화　개 여 선 야

번잡한 소리 빠른 박자 열두 편 　繁音急節十二徧
　　　　　　　　　　　　　　　　번 음 급 절 십 이 편

구슬 튕기고 옥 부딪치니 어찌 이리 쟁쟁한가? 　跳珠撼玉何鏗錚[14]
　　　　　　　　　　　　　　　　　　　　　　도 주 감 옥 하 갱 쟁

10 　연아煙蛾: 연아娥亦라고도 한다. 미녀를 가리킨다.

11 　풍수風袖: 펄럭이는 소매. 저앙低昂: 낮게 내려왔다가 높게 올라가는 모습 형용.

12 　상원上元: 원소절元宵節. 또 상원절上元節, 소정월小正月, 원석元夕이라고도 한다. 등불
　　축제라고도 하며 시기는 매년 음력 정월 대보름입니다. 점환點鬟: 쌍환雙鬟. 옛날에는 여아
　　가 머리 양쪽에 상투를 틀었기 때문에 쌍환을 여아의 대명사로 썼다. 성년이 되기 전에는
　　머리 가닥(상투 모양)을 좌우에 대칭적으로 세웠는데, 그 모양이 마치 'Y'자 같았기 때문에
　　'아두Y頭'라고도 칭했다. 악록萼綠: 악록화萼綠華. 전설 속의 선녀 이름. 『太平廣記』권57
　　「女仙」에 "萼綠華者, 女仙也. 年可二十許, 上下靑衣, 顔色絶整."라고 전한다.

13 　비경飛瓊: 허비경許飛瓊. 전설의 선녀를 뜻하는 말로 서왕모의 시녀다.

〈예상〉의 파곡은 모두 12편으로 마친다

霓裳破 凡十二徧而終[自註]
예 상 파   범 십 이 편 이 종

날던 난새 춤 끝나 날개를 접고

울던 학은 노래 끝내려고 소리를 길게 뽑네

翔鸞舞了却收翅
상 란 무 료 각 수 시

唳鶴曲終長引聲
여 학 곡 종 장 인 성

대개 곡이 끝날 때는 소리와 박자가 빨라지는데

〈예상〉 곡의 끝에는 소리를 길게 뽑는다

凡曲將畢皆聲拍促速 唯霓裳之末長引一聲也[自註]
범 곡 장 필 개 성 박 촉 속   유 예 상 지 말 장 인 일 성 야

....

---

14 도주감옥跳珠撼玉: 음조가 번잡하고 매우 빠르며 리듬이 낭랑하여 마치 진주가 튀고 옥
    이 구르는 것 같다고 묘사한 것이다.

160. 다시 짓고 동루를 떠나다
重題別東樓[1]

白居易
백 거 이

......

연회에서 마땅히 구름머리 새로 빗질한 후인데

〈예상〉 곡 좋아해도 아직 박자를 맞추지 못하니

태수는 3년이나 조롱을 그치지 않고

군재에서 공연히 시 백 편을 짓고 있구나

......

宴宜雲髻新梳後[2]
연 의 운 계 신 소 후

曲愛霓裳未拍時
곡 애 예 상 미 박 시

太守三年嘲不盡[3]
태 수 삼 년 조 부 진

郡齋空作百篇詩[4]
군 재 공 작 백 편 시

1　『全唐詩』권446
2　운계雲髻: 구름 같이 위로 높이 솟은 머리 형태로 당나라 여인들의 머리 모양 중 하나이다. 계환髻鬟이라고도 한다.
3　태수太守: 군 단위 지역의 장. 여기서는 백거이 자신을 말한다. 백거이는 목종穆宗 장경長慶 2년(822)부터 장경 4년(824)까지 항주자사杭州刺史를 지냈다.
4　군재郡齋: 군수가 기거하는 거처.

161. 새벽에 배를 타고 동정호에 가다
早發赴洞庭舟中[1]

白居易
백 거 이

창문의 푸른 새벽빛 저 멀리 밝아오는데

별과 달은 높이 떠 물빛에 머물고

노를 드는 그림자 흔들리고 등불도 춤추네

배 떠나며 노 젓는 소리와 음악 소리 오래되자

바닷가 나뭇가지에
붉은 태양 떠오르는 것이 서서히 보이고

산을 에워싼 하얀 서리 저 멀리 보이네

성곽을 나와 떠나온 지 벌써 십오 리

사라지는 것은 〈예상〉한 곡뿐이네

閶門曙色欲蒼蒼[2]
창 문 서 색 욕 창 창

星月高低宿水光[3]
성 월 고 저 숙 수 광

櫂擧影搖燈燭動
도 거 영 요 등 촉 동

舟移聲拽管弦長
주 이 성 예 관 현 장

漸看海樹紅生日
점 간 해 수 홍 생 일

遙見包山白帶霜
요 견 포 산 백 대 상

出郭已行十五里
출 곽 이 행 십 오 리

唯消一曲慢霓裳[4]
유 소 일 곡 만 예 상

---

1 『全唐詩』 권447

2 창문閶門: 성문 이름. 장쑤성江蘇省 쑤저우蘇州에 있었다. 당 대 창문 일대는 매우 번화했
   고 지방관리들이 항시 연회를 갖고 손님을 보내고 맞았으며 많은 시인이 모두 시사를
   읊었다. 서색曙色: 새벽에 반짝거리는 하늘빛이 어렴풋이 나타나는 것. 창창蒼蒼: 희끗희
   끗한 모습. 또는 짙푸른 빛. 짙은 어둠이 걷히고 저 멀리 푸른 새벽빛이 밝아오는 것을
   묘사한 것이다.

3 고저高低: 높고 낮음. 높은[高] 하늘에 떠 있는 달과 별이 낮은[低] 수면 위에 비춘 것을
   말한다. 수광水光: 수면에 비치는 빛.

4 만慢: 대곡 〈예상〉의 한 부분이다. 대곡의 음악 구성 형식 중 '만' 부분을 가리킨다.

162. 법곡 예상곡을 누워서 듣다
臥聽法曲霓裳[1]

白居易
백 거 이

금경과 옥생을 연주한 지 이미 오래되었는데   金磬玉笙調已久[2]
                                                                  금 경 옥 생 조 이 구

아상과 각침에서 잠을 자니 항상 늦잠을 자게 되네   牙牀角枕睡常遲[3]
                                                                    아 상 각 침 수 상 지

몽롱한 꿈속에서 비로소 깨어난 뒤   朦朧閒夢初成後
    봉 롱 한 몽 초 성 후

완연하게 부드러운 입파가 연주되었지   宛轉柔聲入破時[4]
    완 전 유 성 입 파 시

음악은 마음을 다스릴 수 있으니 마땅히 속이지 않고   樂可理心應不謬[5]
    악 가 이 심 응 불 류

술은 성품을 도야할 수 있음을 믿어 의심치 않네   酒能陶性信無疑[6]
    주 능 도 성 신 무 의

다시 남은 술 맛보며 나머지 곡 들으려고   起嘗殘酌聽餘曲
    기 상 잔 작 청 여 곡

비스듬히 은 항아리 기울이며 휘장을 반쯤 내렸네   斜背銀缸半下帷
    사 배 은 항 반 하 유

---

1 『全唐詩』권449

2 調가 和인 판본도 있다.

3 아상牙牀: 상아 조각 장식이 있는 침대 또는 정교하게 만들어진 침대. 각침角枕: 뿔로 만들어졌거나 뿔로 장식된 베개.

4 대곡의 구성 중 입파 단계에는 빠른 곡조를 연주하며 반드시 춤을 춘다. 대곡의 산서와 배편은 이미 지나가고 입파가 시작될 때 잠이 깬 것을 말한다.

5 이심理心: 오로지 마음을 닦고 성품을 기르는 것.

6 도성陶性: 도치성령陶冶性靈. 도치는 심신을 닦아 기르는 것을 말함. 信이 定인 판본도 있다.

163. 달밤에 기녀가 연주한 곡을 듣고 소서자에게 답하다
答蘇庶子月夜聞家僮奏樂見贈[1]

白居易
백 거 이

담장 서쪽 달빛 비치는 물가 동쪽 정자에서

〈예상〉 한 곡을 어린 악공이 연주했는데

구태여 그대 부르지 않은 것은 다른 뜻이 아니라

연주가 매끄럽지 않아 들을 수 없었기 때문이었네

墙西明月水東亭
장 서 명 월 수 동 정

一曲霓裳按小伶[2]
일 곡 예 상 안 소 령

不敢邀君無別意
불 감 요 군 무 별 의

弦生管澀未堪聽[3]
현 생 관 삽 미 감 청

---

1 『全唐詩』 권450. 서자庶子: 직관명. 태자를 가르쳤으며 왕족의 서적을 관리하기도 했다.

2 안按: 탄주彈奏.

3 생삽生澀: 매끄럽지 않고 유창하지 않은 것.

164. 왕자진의 묘
王子晉廟[1]

白居易
백 거 이

자진의 묘 앞 산달이 밝을 때

사람들은 깊은 밤 생황 소리를 자주 듣는다는데

난새와 봉황의 노랫소리 들어보면 박자가 없어서

〈예상〉곡의 산서 소리 같다네

子晉廟前山月明
자 진 묘 전 산 월 명

人聞往往夜吹笙[2]
인 문 왕 왕 야 취 생

鸞吟鳳唱聽無拍
난 음 봉 창 청 무 박

多似霓裳散序聲[3]
다 사 예 상 산 서 성

---

1 『全唐詩』권451. 왕자진王子晉: 본명은 희진姬晉으로 동주東周 영왕靈王의 태자다. 왕씨의
   시조로 추앙받았기 때문에 후대에 태자진太子晉, 왕자교王子喬로 불렸다. 타고난 자질이
   총명하고 온화하고 박식하며 부귀에 연연하지 않았다. 가만히 앉아서 생황을 부는 것을
   좋아했는데 음악 소리가 봉황 소리처럼 아름다웠다고 한다. 신화적인 인물로 회자된다.
2 聞이 聞인 판본도 있다.
3 산서散序: 대곡의 구성인 산서·배편·입파 중 춤은 추지 않고 서정적인 곡만 연주하는
   부분을 말한다.

165. 숭양관에서 밤에 예상곡 연주하는 것을 보고
嵩陽觀夜奏霓裳[1]

白居易
백거이

개원 연간에 전하던 곡 저절로 처량해지더니

때마침 요즘 같은 가을엔 상조로 연주하네

사랑하는 사람 누구인가? 오직 백거이뿐이지

연주할 땐 어디에 있었는가? 숭양관에 있었지

멀리 산달에 닿으니 소리가 더욱 원망스럽고

흩어져 솔바람 속으로 들어가니 여운이 더욱 기네

자진과 소이가 듣고 진정 괴이 여긴 것은

인간 세상에도 〈예상〉이 있었기 때문이라네

開元遺曲自淒涼[2]
개 원 유 곡 자 처 량

況近秋天調是商
황 근 추 천 조 시 상

愛者誰人唯白尹
애 자 수 인 유 백 윤

奏時何處在崇陽[3]
주 시 하 처 재 숭 양

迥臨山月聲彌怨
형 림 산 월 성 미 원

散入松風韻更長
산 입 송 풍 운 갱 장

子晉少姨聞定怪[4]
자 진 소 이 문 정 괴

人間亦便有霓裳
인 간 역 편 유 예 상

---

1 『全唐詩』 권450

2 개원開元: 개원 연간(713~741).

3 숭양崇陽: 백거이가 강주사마江州司馬로 좌천되었을 때 사귀던 친구 중 숭양처사嵩陽處士
   가 있다. 백거이 글 중 "숭양 유처사와 술 내기 바둑을 두다가 날이 밝았네[『御定全唐詩錄』
   권65 「白居易」 「劉十九同宿」: 惟共嵩陽劉處士圍棋賭酒到天明]."라는 구절이 전한다.

4 자진子晉: 왕자교王子喬(BC567~BC546). 신화적 인물. 소이少姨: 소실산少室山의 신.
   60쪽 각주 1번 참고.

166. 예상우의가
霓裳羽衣歌[1]

鮑溶
포 용

안개는 창가 아래 피어나 가볍게 엉기고

새벽빛은 동쪽에서 환하게 밝아지며 서로 침범하는데

사람들이 말하기를

직녀가 틀 위에서 손을 놀리는 것인데

때때로 이별을 원망해도 애석해하진 않는다네

……

이 옷을 봄날 누구에게 주었던가?

진녀의 허리 가벼워 마치 조비연 같고

향풍 속에 도니 온갖 색깔 뒤따르네

연이은 진주 긴 실에 꿰어놓으니

玉煙生窓牛輕凝[2]
옥 연 생 창 우 경 응

晨華左耀鮮相凌[3]
신 화 좌 요 선 상 릉

人言天孫機上親手跡[4]
인 언 천 손 기 상 친 수 적

有時怨別無所惜
유 시 원 별 무 소 석

……

此衣春日賜何人
차 의 춘 일 사 하 인

秦女腰肢輕若燕[5]
진 녀 요 지 경 약 연

香風間旋衆彩隨[6]
향 풍 간 선 중 채 수

聯聯珍珠貫長絲
연 련 진 주 관 장 사

1　『全唐詩』권485

2　牛가 下인 판본도 있다. 여기서는 下로 풀었다. 옥연玉煙: 운무雲霧. 안개가 자욱한 모습.

3　상릉相凌: 서로 침범한다는 뜻. 새벽 안개와 새벽빛이 서로 합쳐지는 모습을 묘사했다.

4　천손天孫: 별자리 이름. 직녀성.

5　진녀秦女: 진秦 목공穆公의 딸 농옥弄玉. 소사蕭史에게 퉁소를 배워 함께 신선이 되었다
　　고 한다.

6　間이 閑인 판본도 있다. 여기서는 '閑'으로 풀었다.

눈앞에 신선이 있어

별들이 **빽빽**하게 몸을 하얗게 두른 듯하네

난새와 봉황 소리 들려도 모습을 볼 수 없어

궁을 나가 악관을 따라갔네

신선은 달과 같아 다만 바라볼 수만 있으니

요화지 위에서 얼마나 슬펐겠는가?

……

眼前意是三淸客[7]
안 전 의 시 삼 청 객

星宿離離澆身白[8]
성 수 이 리 요 신 백

鸞鳳有聲不見身[9]
난 봉 유 성 불 견 신

出宮入徵隨伶人[10]
출 궁 입 징 수 영 인

神仙如月只可望
신 선 여 월 지 가 망

瑤華池頭幾惆悵[11]
요 화 지 두 기 추 창

……

---

7 삼청객三淸客: 신선.

8 성수星宿: 별자리 이름. 28수의 하나로 주조朱鳥 7수 중의 제4수인 칠성인데 여기서는 28수를 모두 의미한다. 이리離離: 풍부하고 **빽빽**하며 질서정연한 모습을 형용.

9 난봉鸞鳳: 난새와 봉황으로 신령한 새를 일컫는다.

10 영인 伶人: 악관.

11 요지瑤池: 신선이 사는 곳. 화지華池: 신화 속에 나오는 연못 이름. 곤륜산 꼭대기에 있음.

167. 악부잡사 3수
樂府雜詞 三首[1]

劉言史
유언사

선빈 위에 붉은 모자 쓰고 눈썹 가볍게 움직이며

운화 새로 배워 〈예상우의〉 곡을 완성하네

달빛이 계단 위에 눈처럼 빛나자

고운 손은 다시 의갑으로 쟁을 튕기네

......

蟬鬢紅冠粉黛輕[2]
선 빈 홍 관 분 대 경

雲和新敎羽衣成[3]
운 화 신 교 우 의 성

月光如雪金堦上[4]
월 광 여 설 금 계 상

迸却頗梨義甲聲[5]
병 각 파 리 의 갑 성

......

---

1   『全唐詩』 권468

2   선빈蟬鬢: 고대 여자들의 머리 모양의 일종. 매미 날개처럼 속이 투명하게 보이도록 꾸민
    머리 모양. 분대粉黛: 화장할 때 바르는 분과 눈썹을 그리는 먹. 여인의 눈썹을 의미한다.

3   운화雲和: 금·슬·비파 등 현악기의 통칭.

4   금계金堦: 황궁의 큰 계단.

5   파리頗梨: 물처럼 투명한 보석같이 아름다운 손을 가리킨다. 의갑義甲: 당나라 사람이
    쟁을 칠 때 썼던 것으로 가짜 손톱이다. 가짜 손톱은 고대에 이미 사용되었다. 가야금·
    만돌린·치터 등의 줄을 뜯을 때 손가락 끝에 끼는 것으로 거북껍질·상아·쇠붙이 등으로
    만든다.

168. 화청궁 4수
華清宮 四首[1]

張祜
장 호

......

천궐 고요한데 밤이 아직 끝나지 않아

창공에 신선곡 울리고 〈예상무〉를 추네

한 곡의 아름다운 피리 소리 허공을 향해 사라지는데

달빛 가득한 여산궁의 물시계는 내내 흐르네

......

......

天闕沈沈夜未央[2]
천 궐 침 침 야 미 앙

碧雲仙曲舞霓裳[3]
벽 운 선 곡 무 예 상

一聲玉笛向空盡
일 성 옥 적 향 공 진

月滿驪山宮漏長[4]
월 만 여 산 궁 루 장

......

---

1 『全唐詩』 권511
2 천궐天闕: 천자의 궁궐. 침침沈沈: 소리 없이 고요하거나 소리가 아득하게 들리는 것을 형용.
3 벽운碧雲: 창공의 구름.
4 여산驪山: 지금의 산시성 임동현 동남쪽에 있다. 장안과의 거리가 60리인데 현종은 이곳에 화청궁華泉宮을 지었다. 현종은 양귀비와 조정의 백관들을 거느리고 와서 추위를 피해 그곳에서 자주 즐겼다.

169. 화청궁을 방문하다 절구 3수

過華淸宮 絶句 三首[1]

杜牧
두 목

장안을 돌아보면 비단이 가득 쌓여있고　　　　　長安回望繡成堆[2]
　　　　　　　　　　　　　　　　　　　　　　장 안 회 망 수 성 퇴

산꼭대기의 궁궐 문 차례로 열리면　　　　　　山頂天門次第開[3]
　　　　　　　　　　　　　　　　　　　　　　산 정 천 문 차 제 개

한 기마의 붉은 먼지에 양귀비가 웃는데　　　　一騎紅塵妃子笑
　　　　　　　　　　　　　　　　　　　　　　일 기 홍 진 비 자 소

여지가 온 것을 아는 사람은 없네　　　　　　無人知是荔枝來[4]
　　　　　　　　　　　　　　　　　　　　　　무 인 지 시 여 지 래

신풍 지역 푸른 나무에 누런 먼지 일어나자　　新豊綠樹起黃埃[5]
　　　　　　　　　　　　　　　　　　　　　　신 풍 녹 수 기 황 애

급히 말 달려 어양을 염탐하고 사신이 돌아왔네　數騎漁陽探使回
　　　　　　　　　　　　　　　　　　　　　　삭 기 어 양 탐 사 회

1　『全唐詩』 권521

2　성퇴成堆: 물건이 많이 쌓여있는 것.

3　천문天門: 궁궐 문.

4　여지荔枝: 여지는 중국 남방이 산지인데 양귀비가 이를 좋아해서 해마다 과일이 익는
　6월이면 파발마를 잇대어 달려 서안西安의 화청궁까지 이를 공수했다. 두목의 「여지탄荔
　枝歎」에 "가지에 부는 바람과 잎새의 이슬이 새로 따온 듯, 궁중 미인은 이를 보고 한번
　웃지만, 흩날리는 먼지와 뿌려진 피는 천년을 두고 흐르고 있네[風枝露葉如新採, 宮中美人
　一破顔, 驚塵濺血流千載]."라는 내용이 전한다. 양귀비에게 신선한 여지를 공급하기 위해
　얼마나 많은 사람이 피와 땀을 흘렸는지 짐작할 수 있다. 是가 道인 판본도 있다.

5　신풍新豊: 오늘날 산시성 임동현 동쪽. 황애黃埃: 말을 달리면 일어나는 누런 먼지.

현종이 중사 보구림에게 (어양에 가서) 안녹산의 반란 여부를
탐지해 오라고 했는데 보구림은 안녹산에게 뇌물을 받고 안녹산이
반란 의사가 없다고 현종에게 (거짓으로) 보고했다

帝使中使輔璆琳探祿山反否 璆琳受祿山金 言祿山不反[自註]
제 사 중 사 보 구 림 탐 녹 산 반 부　구 림 수 녹 산 금　언 녹 산 불 반

〈예상〉 곡은 수많은 봉우리에 울렸지만

춤 깨뜨리며 비로소 중원으로 쳐들어왔네

霓裳一曲千峰上
예 상 일 곡 천 봉 상

舞破中原始下來
무 파 중 원 시 하 래

온 나라가 춤과 노래에 취해 태평스러웠고

하늘로 솟은 궁전 누각은 달빛에 빛났었는데

구름 속에서 어지러운 박자에 녹산이 춤추니

바람이 지나가는 여러 산봉우리에서 웃음소리 들리네

萬國笙歌醉太平
만 국 생 가 취 태 평

倚天樓殿月分明[6]
의 천 루 전 월 분 명

雲中亂拍祿山舞
운 중 란 박 녹 산 무

風過重巒下笑聲
풍 과 중 만 하 소 성

6　의천倚天: 하늘 위로 우뚝 솟은 것.

170. 화청궁에서 사사인에게 화답하다
華淸宮和社舍人[1]

張祜[2]
장 호

......

달 가려지고 궁궐 문 고요하여

하늘 높이 피리 한 가락 처량한데

미미한 선율에 패옥 흔들며

가벼운 걸음으로 〈예상무〉를 완연하게 추네

......

......

月鎖千門靜[3]
월 쇄 천 문 정

天高一笛涼[4]
천 고 일 적 량

細音搖翠佩[5]
세 음 요 취 패

輕步宛霓裳
경 보 완 예 상

......

---

1 『全唐詩』 권511. 사사인社舍人: 사씨 성을 가진 사인. 사인舍人은 중서성에 속한 벼슬 이름.
2 저자가 조하趙嘏 또는 설능薛能인 판본도 있다.
3 천문千門: 궁궐 문.
4 高가 吹인 판본도 있다.
5 翠가 羽인 판본도 있다.

171. 진양문시
津陽門詩[1]

鄭嵎
정 우

진양문은 화청궁 밖의 궐문으로 남쪽은 금위 북쪽은 경도다

津陽門者 華淸宮之外闕 南局禁闈 北走京道
진 양 문 자 화 청 궁 지 외 궐 남 국 금 위 북 주 경 도

개성(836~840) 연간에 나는 일찍이 여러 서적을 얻어서

석옹승원에서 읽었다. 그리고 궁중의 옛 사건을 많이 들었다

開成中 嵎常得羣書 下帷於石甕僧院[2] 而甚聞宮中陳跡焉[3]
개 성 중 우 상 득 군 서 하 유 어 석 옹 승 원 이 심 문 궁 중 진 적 언

올겨울 괵주에서 왔는데 저녁에 산 아래에 이르러

말안장을 풀고 먹을 것을 구하려고 여관을 찾았다

今年冬 自虢而來[4] 暮及山下 因解鞍謀餐 求客旅邸
금 년 동 자 괵 이 래 모 급 산 하 인 해 안 모 찬 구 객 여 저

---

1 『全唐詩』 권567

2 석옹승원石甕僧院: 석옹 지역의 승원으로 풀이하였다. 석옹이라는 이름은 지형적 특징을 따서 명명된 지명이다. 마을 앞에 큰 바위가 있었는데 윗부분에서 일 년 내내 물이 흘러 이 때문에 바위 가운데가 점점 깎여서 큰 구덩이처럼 되었다고 한다. 그 생김새가 돌항아리[石甕]처럼 생겼다고 하여 붙여진 이름이다.

3 진적陳跡: 과거의 사적.

4 괵虢: 허난성河南省 서부에 있던 지명.

늙은 주인장은 스스로 세상사와 명황(현종)에 대해 말했다

밤이 깊어지자 술을 마신 후 다시 나를 위하여 태평시절의 옛일을 말해주었다

而主翁年且艾 自言世事明皇 夜闌酒餘 復爲嶋道承平故實
이 주 옹 년 차 애　자 언 세 사 명 황　야 란 주 여　부 위 우 도 승 평 고 실

다음날 말 위에서 문득 늙은이의 말을 간추려서 장구 칠언시를 지었는데

모두 일천 사백 자로 일백 운을 이루었다

翼日 於馬上輒裁刻俚叟之話 爲長句七言詩凡一千四百字
익 일　어 마 상 첩 재 각 리 수 지 화　위 장 구 칠 언 시 범 일 천 사 백 자

문제門題를 제목으로 삼았을 뿐이다

止以門題爲之目云耳
지 이 문 제 위 지 목 운 이

요광루 남쪽은 모두 황제가 거처하는 곳	瑤光樓南皆紫禁[5] 요 광 루 남 개 자 금
이원의 좋은 연회 꽃가지를 비추네	梨園仙宴臨花枝 이 원 선 연 임 화 지
영낭의 목소리는 옥구슬처럼 그윽하게 아름답고	迎娘歌喉玉窈窕 영 낭 가 후 옥 요 조
만아의 춤추는 띠는 황금 풀이 늘어진 듯하네	蠻兒舞帶金葳蕤[6] 만 아 무 대 금 위 유

5　요광루瑤光樓: 화청궁 안에 있는 건물 중 하나로 현종이 화청궁에 있을 때 자주 머문
　　곳이다. 자금紫禁: 황제가 거처하는 곳.
6　만아蠻兒: 당 대의 노래와 춤의 기예로 이름난 기녀.

요광루는 비상전의 북문이고

영낭과 만아는 이원제자 중에 이름난 자들이다

瑤光樓 卽飛霜殿之北門[7] 迎娘蠻兒乃梨園弟子之名聞者
요 광 루 즉 비 상 전 지 북 문   영 낭 만 아 내 이 원 제 자 지 명 문 자

봉래지 가에서 가을 달 바라보니

蓬萊池上望秋月[8]
봉 래 지 상 망 추 월

구름 한 점 없는 먼 곳에 푸른빛으로 매달려 있네

無雲萬里懸淸輝
무 운 만 리 현 청 휘

황제가 깊은 밤 달 속으로 들어가더니

上皇夜半月中去[9]
상 황 야 반 월 중 거

삼십육궁으로 돌아가지 못함을 근심하네

三十六宮愁不歸[10]
삼 십 육 궁 수 불 귀

달 속의 신비로운 음악 허공에 들리는데

月中秘樂天半聞[11]
월 중 비 악 천 반 문

옥소리 쟁그랑 피리 소리와 화합하네

丁璫玉石和塤箎[12]
정 당 옥 석 화 훈 지

---

7 비상전飛霜殿: 임금의 침방이 있던 건물로 화청궁 안에 있었다.

8 봉래지蓬萊池: 산시성陝西省 장안현長安縣 봉래궁 부근에 있던 못의 이름.

9 야반夜半: 한밤중.

10 삼십육궁三十六宮: 한나라 때 있었던 서른여섯 개의 궁전으로 황제의 궁전이 많음을 이
   르는 말이다.

11 천반天半: 허공.

12 정당丁璫: 옥석이나 금속들이 부딪치는 소리를 형용.

172. 짧은 유선시 98수
小遊仙詩 九十八首[1]

曹唐
조 당

......

무황이 미소를 머금으며 금잔을 들어

〈예상〉 한두 곡을 다시 청했더니

장막을 지키던 나이가 가장 어린 궁인이

춤추는 허리 때맞춰 수놓은 치마를 가볍게 이끄네

......

......

武皇含笑把金觥[2]
무 황 함 소 파 금 굉

更請霓裳一兩聲
갱 청 예 상 일 량 성

護帳宮人最年少
호 장 궁 인 최 연 소

舞腰時挈繡裙輕
무 요 시 설 수 군 경

......

---

1 『全唐詩』 권641. 소소小小: 짧은 시를 말함. 유선遊仙: 정신이 속세를 벗어나 선경을 헤매는 것.
2 무황武皇: 당나라 현종.

173. 아들과 손자에게 부치어 보이다
寄示兒孫[1]

翁承贊
옹 승 찬

불로장생약에 힘쓴 것이 이십 년

고생하고 근심하다 바야흐로 우연히 신선을 만났네

문득 도사를 따라 삼도로 돌아가다가

갑자기 〈예상〉을 듣고 구천에 도달했네

……

力學燒丹二十年[2]
역 학 소 단 이 십 년

辛勤方得遇眞仙
신 근 방 득 우 진 선

便隨羽客歸三島[3]
편 수 우 객 귀 삼 도

旋聽霓裳適九天[4]
선 청 예 상 적 구 천

……

1　『全唐詩』권703. 아손兒孫: 아들과 손자. 후대의 범칭.

2　소단燒丹: 연단煉丹을 가리키는 것으로 도교에서 말하는 불로장생약을 일컫는다.

3　우객羽客: 도사道士. 삼도三島: 전설의 봉래蓬萊·방장方丈·영주瀛洲로 바다 위에 있는
　　선산을 가리킨다.

4　구천九天: 하늘의 가장 높은 곳. 고대에는 하늘에 아홉 겹이 있었다고 하여 구천·구중천
　　九重天·구소九霄라고 칭했다.

174. 상청사 5수
上淸辭 五首[1]

李九齡
이 구 령

부생의 끝없는 가을날 바다로 들어가니

자황이 오운루에서 연회를 펼치고 있네

〈예상〉 곡이 끝나자 높은 하늘에 바람 일더니

바람에 신선의 향기 흩어져 온 땅에 가득하구나

……

入海浮生汗漫秋
입 해 부 생 한 만 추

紫皇高宴五雲樓[2]
자 황 고 연 오 운 루

霓裳曲罷天風起
예 상 곡 파 천 풍 기

吹散仙香滿十洲
취 산 선 향 만 십 주

……

---

1 『全唐詩』권730. 상청上淸: 도교에서 삼동교주三洞敎主가 거처하는 최고의 선경 중의 하나. 삼청은 옥청玉淸·상청上淸·태청太淸을 일컫는다.

2 자황紫皇: 『비요경秘要經』에 " …… 태청구궁에는 모두 요속이 있는데 그 최고자를 태황太皇·자황紫皇·옥황玉皇이라 칭한다[『太平御覽』권649 「道部」 1: 『秘要經』曰 …… 太淸九宮, 皆有僚屬, 其最高者, 稱太皇·紫皇·玉皇]."라고 했다. 오운루五雲樓: 화려하고 성대한 누각.

175. 궁사
宮詞[1]

花蕊夫人
화예부인

......

나이 비로소 열다섯이 되자 풍류 최고조에 달하니

운환을 새로 하사하시어 곧바로 머리에 올렸네

〈예상〉 곡 끝나 궁 안으로 들어가게 되자

화려하고 높은 누각 모두 다시 고치네

......

......

年初十五最風流
연 초 십 오 최 풍 류

新賜雲鬟便上頭[2]
신 사 운 환 편 상 두

按罷霓裳歸院裏
안 파 예 상 귀 원 리

畫樓雲閣總重修[3]
화 루 운 각 총 중 수

......

---

1 『全唐詩』 권798
2 운환雲鬟: 구름 모양으로 높이 틀어 올린 머리. 便이 使인 판본도 있다.
3 화루畫樓: 화려하게 조식한 누각. 운각雲閣: 하늘 높이 솟은 누각. 重이 新인 판본도 있다.

176. 궁사

宮詞[1]

和凝
화응

......

발그레한 빛의 가녀린 손으로 생황 받들고

붉은 입술로 〈춘앵〉 곡 부는데

〈예상〉 곡이 끝나자 황제 미소 짓더니

가까이 앞으로 와서 이름 고쳐주시네

......

......

紅玉纖纖捧暖笙[2]
홍 옥 섬 섬 봉 난 생

絳唇呼吸引春鶯[3]
강 진 호 흡 인 춘 앵

霓裳曲罷君王笑
예 상 곡 파 군 왕 소

宜近前來與改名
의 근 전 래 여 개 명

......

---

1 『全唐詩』권735

2 홍옥紅玉: 미인의 발그레한 피부색. 난생暖笙: 생황笙簧.

3 인引: 악곡을 가리킨다.

177. 또 예상우의곡을 듣고 진군을 전송하다
又聽霓裳羽衣曲送陳君[1]

徐鉉
서 현

〈청상〉 한 곡에 멀리 사람이 떠나는데

도엽진 앞에 때마침 달이 빛나네

이 곡은 개원 연간의 태평곡이니

이별 노래로만 부르지 마시오

清商一曲遠人行
청 상 일 곡 원 인 행

桃葉津頭月正明[2]
도 엽 진 두 월 정 명

此是開元太平曲[3]
차 시 개 원 태 평 곡

莫教偏作別離聲
막 교 편 작 별 리 성

---

1 『全唐詩』 권756

2 도엽진桃葉津: 나루 이름. 장쑤성江蘇省 난징시南京市 진회秦淮 강가에 있었다. 진晉나라
   왕헌지王獻之가 그의 애첩을 전송한 장소다.

3 개원開元: 당나라 현종 때의 연호(713~741).

178. 미인이 예상우의무를 추다
玉女舞霓裳[1]

李太玄
이 태 현

춤추는 기세 바람 따라 흩어졌다 다시 여미고

노래는 종경소리처럼 여운이 더욱 깊은데

천 번 돌며 절주에 맞추다가 노랫말이 머물면

아름다운 눈빛이 물결치듯 귀밑머리로 들어가네

舞勢隨風散復收
무 세 수 풍 산 부 수

歌聲似磬韻還幽
가 성 사 경 운 환 유

千迴赴節塡詞處[2]
천 회 부 절 전 사 처

嬌眼如波入鬢流
교 안 여 파 입 빈 류

---

1 『全唐詩』 권862. 옥녀玉女: 미인, 선녀.
2 전사塡詞: 한시의 한 격식. 일정한 평측으로 장단구를 만들고 각 구에 적당한 문자를 전입塡入하여 짓는 시.

左部伎・立部伎

좌·입부기 제도가 설치된 것은 『신당서』 「예악지」에 따르면 당 현종(712~756 재위) 때다. "(현종)은 음악을 두 개의 부로 구분하였다. 당하에 서서 연주하는 것을 입부기라 하고 당상에 앉아서 연주하는 것을 좌부기라 하였다[『新唐書』 권22 「禮樂志」: 又分樂爲二部. 堂下立奏, 謂之立部伎. 堂上坐奏, 謂之坐部伎]." 그러나 이때 제도적으로 정해진 것이고 좌·입부기의 구별은 그 이전에 이미 있었다고 볼 수 있다. 1973년 산시성陝西省 싼위안현三原縣 이수李壽 묘의 석곽 내벽에서 발견된 〈선각악무도線刻樂舞圖〉에 앉은 자세와 서 있는 자세로 나뉘어 구성된 여악의 선각도상이 있다. 이수는 당나라 고조 이연의 사촌형으로 정관 4년(630)에 죽었으므로 당나라 초기에 이미 좌·입부기의 구분이 있었던 것으로 추측할 수 있다. 다만 기록에 전하듯이 당상의 좌부기와 당하의 입부기 제도는 현종에 의해 확립된 것으로 볼 수 있다.

『당서』에 따르면 좌부기에는 〈연악〉·〈장수악〉·〈천수악〉·〈조가만세악〉·〈용지악〉·〈소파진악〉이 있고, 입부기에는 〈안악〉·〈태평악〉·〈파진악〉·〈경선악〉·〈대정악〉·〈상원악〉·〈성수악〉·〈광성악〉이 있다. 좌부기는 6종목 입부기는 8종목이다.

좌부기에 속한 작품은 공연하는 규모는 작지만 수준이 높았고, 무자는 최대 12명 최소 3명 정도의 소규모였으나 춤은 형식이 화려하고 기예가 뛰어났으며, 입부기에 속한 작품은 대체로 야외에서 공연하는 경우가 많았고 참여 인원수는 많고 규모도 비교적 컸지만 수준은 좌부기에 비해 약간 떨어졌다고 한다.

좌부기·입부기 및 십부기十部伎에 전하는 많은 종목 중에 관해 당대 시인의 목소리로 들어보자.

【참고】

‖ 좌부기

좌부기에는[1] 6종목인 〈연악燕樂〉·〈장수악長壽樂〉·〈천수악天授樂〉·〈조가만세악鳥歌萬歲樂〉·〈용지악龍池樂〉·〈소파진악小破陣樂〉이 있다.[2]

① 〈연악〉은 장문수張文收[3]가 지은 것이다. 고종高宗(649~683 재위)이 즉위할 때 상서로운 구름이 나타나고 황하가 맑아졌기 때문에 장문수가 옛 뜻을 모아 〈경운하청가景雲河淸歌〉를 짓고 〈연악燕樂〉이라고 이름하였다. …… 〈연악〉의 무자는 20인이고 4부로 나뉘었다. 바로 〈경운무景雲舞〉·〈경선무慶善舞〉·〈파진무破陣舞〉·〈승천무承天舞〉다. 〈경운악〉은 무자가 8인이며 오색운관五色雲冠·금포錦袍·오색고五色袴·금동대金銅帶를 갖춘다.[4] 〈경선악〉은 무자가 4인이며 자포紫袍·백고白袴를 갖춘다. 〈파진악〉은 무자가 4인이며 능포綾袍·강고絳袴를 갖춘다. 〈승천악〉은 무자가 4인이며 진덕관進德冠·자포紫袍·백고白袴를 갖춘다. 〈경운악〉은 원회에서 맨 처음 연주한다.[5] 『명집례明集禮』[6]에도 〈연악〉은 장문수가 지었고, 4부로 나누었다고 전한다.[7]

1 　악곡명, 춤명은 기록에 따라 〈○○樂〉, 〈○○舞〉, 〈○○歌〉, 〈○○樂舞〉, 〈○○曲〉 등 다소 차이가 있다. 이 책에서는 기록에 전하는 것을 그대로 쓰기도 하고, 필요에 따라 '樂'은 음악과 춤, 시가를 모두 포괄하는 개념이므로 〈○○樂〉으로 정리하기도 하였다.

2 　『新唐書』 권22 「禮樂志」: "坐部伎六: 一〈燕樂〉, 二〈長壽樂〉, 三〈天授樂〉, 四〈鳥歌萬歲樂〉, 五〈龍池樂〉, 六〈小破陣樂〉."

3 　장문수: 패주貝州 무성武城 사람. 음률을 잘 알았다. 대나무를 잘라 그것으로 12율을 불어서 돌아가면서 궁이 되는 이치를 깨달았다. 상서로운 구름과 강물이 맑아지는 것을 보고, 장문수가 '주안朱雁'과 '천마天馬'의 뜻을 따서 〈경운하청景雲河淸〉 악을 제작하였다. 그 이름을 '연악'이라 하였다. 저서에 『신악서新樂書』 12권이 있다.

4 　관冠: 관, 모자. 포袍: 무릎을 덮는 긴 웃옷. 고袴: 바지. 대帶: 허리띠.

5 　『新唐書』 권21 「禮樂志」: "高宗卽位, 景雲見, 河水淸. 張文收采古誼爲景雲河淸歌, 亦名燕樂. …… 舞者二十人, 分四部: 一〈景雲舞〉, 二〈慶善舞〉, 三〈破陣舞〉, 四〈承天舞〉. 〈景雲樂〉, 舞八人, 五色雲冠, 錦袍, 五色袴, 金銅帶. 〈慶善樂〉, 舞四人, 紫袍, 白袴. 〈破陣樂〉, 舞四人, 綾袍, 絳袴. 〈承天樂〉, 舞四人, 進德冠, 紫袍, 白袴. 〈景雲舞〉, 元會第一奏之."

6 　명집례: 책명. 명(1398~1622) 태조(1368~1398)의 칙명에 따라 서일기徐一夔 등이 예전

② 〈장수악〉과 ③ 〈천수악〉은 모두 측천무후則天武后(624~705)[8]가 지은 것으로 전한다.

④ 〈조가만세악〉은 측천무후 시절 궁중에서 새를 키웠는데, 그 새가 '만세萬歲'라는 말을 할 줄 알았기 때문에 그것을 형상한 것이라고 한다.[9]

⑤ 〈용지악〉은 현종이 지은 것으로 전한다. 현종이 아직 즉위하지 않았던 시절에 거처하던 곳이 연못으로 변했는데 기세를 관찰하는 자가 기이하게 여겨 악을 지어서 그 상서로움을 노래했다.

⑥ 〈소파진악〉도 현종이 지은 것으로, 입부기에서 나왔다.[10]

‖ 입부기

입부기에는 8종목인 〈안악安樂〉·〈태평악太平樂〉·〈파진악破陣樂〉·〈경선악慶善樂〉·〈대정악大定樂〉·〈상원악上元樂〉·〈성수악聖壽樂〉·〈광성악光聖樂〉이 있다.[11]

① 〈안악〉은 〈영안악永安樂〉으로 전하기도 한다. 〈영안악〉은 후주後周(556~581)가 제齊(550~577) 나라를 무력으로 평정하고 만든 것으로서 〈성무城舞〉라고도 한다. 행렬이 네모반듯한 것은 성곽을 형상한 것이라고 전한다.[12] 무자들은 나무를 깎아

禮典을 총 53권으로 집대성한 책이다.

7 『明集禮』 권53 상: "〈宴樂舞〉, 張文收所造, 分爲四部, 曰〈景雲舞〉·〈慶善舞〉·〈破陣舞〉·〈承天舞〉."

8 측천무후의 본명은 무조武曌. 무후, 무측천이라고도 칭한다. 13살에 태종의 후궁으로 궁궐에 들어갔다가 후에 고종의 황후가 되었다. 고종이 죽은 뒤에는 자기 아들인 중종中宗과 예종睿宗을 잇따라 폐하고 스스로 제위에 올라 신성황제神聖皇帝라고 칭하면서 국호를 주周로 고쳤다. 신룡神龍 원년(705)에 우림군羽林軍을 거느린 장간지張柬之 등이 무측천을 강제로 폐위시키고 중종을 복위시켰다(『舊唐書』 권6 「則天武后本紀」 참조).

9 『明集禮』 권53 상: "〈長壽樂舞〉·〈天授樂舞〉, 並武後作. 〈鳥歌萬歲樂舞〉, 武後時, 宮中養鳥, 能稱萬歲. 作樂以象之."

10 『明集禮』 권53 상: "〈龍池樂舞〉玄宗龍潛舊居, 變爲池, 瞻氣者, 以爲異, 作樂以歌其祥. 〈小破陣樂舞〉玄宗所造, 生於立部伎."

11 『舊唐書』 권29 「音樂志」: "今立部伎有〈安樂〉·〈太平樂〉·〈破陣樂〉·〈慶善樂〉·〈大定樂〉·〈上元樂〉·〈聖壽樂〉·〈光聖樂〉凡八部."

12 『明集禮』 권53 상: "坐·立二部伎樂舞〈永安樂〉, 後周武平齊, 所作, 謂之〈城舞〉, 行列方正,

서 가면을 만들어서 썼는데 그 모습이 개의 주둥이와 짐승의 귀 같고 금으로 장식했다. 실을 늘어뜨려 머리털을 만들었으며 고대 전설에 나오는 사람을 잡아먹는 동물인 알을 그린 가죽 모자[畫猰皮帽][13]를 썼다.[14] 〈안악〉에 출연하는 무자가 무려 80인이었다고 한다.[15]

② 〈태평악〉은 〈오방사자무五方獅子舞〉라고도 하는데 털을 꿰매어서 이어 붙여서 의상을 만들었다. 춤은 아래를 굽어보고 위를 쳐다보며 순종하는 모습이다. 두 사람이 줄[繩]을 잡고 각 방위의 색에 자리한 오방의 사자를 훈련하는 모습을 형용한 것으로 보인다.[16]

③ 〈파진악〉은 태종 이세민이 진왕이었을 때 제작된 것이다.[17] 고종 시기의 〈일융대정악一戎大定樂〉은 〈파진악〉의 형상을 답습한 것이고 현종 시기의 〈소파진악〉은 현종의 업적을 상징하는 것으로 변모되었다.[18]

④ 〈경선악〉은 〈공성경선악功成慶善樂〉으로도 전한다. 『구당서』에 이르기를 "태종이 경선궁으로 행차하여 종신들과 위수가에서 연회하며 시 열수를 지었다. 경선궁은 바로 태종이 태어난 곳이다. …… 이때 기거랑起居郎 여재呂才가 어제시御製詩 등을 악부에서 관현으로 연주하여 〈공성경선악〉이라 이름하였다."[19]라고 전한다.

象城郭也."

13 　화알피모畫猰皮帽: 알을 그린 가죽 모자. 알은 고대 전설에 나오는 사람을 잡아먹는 동물이다.

14 　『明集禮』 권53 상: "〈永安樂〉舞人, 刻木爲面, 狗喙獸耳, 以金飾之; 垂絲爲髮, 畫猰皮帽." '畫猰皮帽'에서 『명집례』 원문에는 "禩"로 되어있으나, 『舊唐書』의 해당 내용을 참고하여 "猰"로 바로 잡았다. 〈영안악〉은 『구당서』 〈안악〉의 내용과 거의 일치한다.(『舊唐書』 권29 「志」9, 「音樂」2: "〈安樂〉者, 後周武帝平齊所作也. 行列方正, 象城郭, 周世謂之城舞. 舞者八十人, 刻木爲面, 狗喙獸耳, 以金飾之, 垂線爲髮, 畫猰皮帽, 舞蹈姿制, 猶作羌胡狀.")

15 　『明集禮』 권53 상: "後周〈安樂〉舞, 八十人."

16 　『明集禮』 권53 상: "〈太平樂舞〉, 亦謂〈五方獅子舞〉, 綴毛爲衣. 象其俯仰, 馴狃之容. 二人持繩, 爲習弄之, 狀五方獅子, 各依其方色."

17 　『明集禮』 권53 상: "〈破陣樂舞〉, 唐所造也. 太宗, 爲秦王."

18 　〈파진악〉에 관한 내용은, 김미영, 「唐代 〈破陣樂〉 연구─太宗·高宗·玄宗 시기를 중심으로」, 『동양예술』 16호, 2011, 317~348쪽을 참조하시오.

19 　『舊唐書』 권28 「音樂志」: "太宗行幸慶善宮, 宴從臣於渭水之濱, 賦詩十韻. 其宮卽太宗降誕之

춤자태는 편안하고 느리게 하여 문교文教를 형상했다고 한다.[20]

⑤〈대정악〉은 고종이 지은 것인데, 〈파진악〉에서 나온 것이다.[21] 고종은 즉위한 후에 아버지인 태종이 만든 〈파진악〉 연주를 금지했다. 그리고 651년에서 661년 사이 고구려 침략의 기치를 내걸고 〈일융대정악〉을 새롭게 창작하기에 이른다.[22] 태종에 이어 고종 때에도 고구려와의 전쟁이 자주 일어났는데, 『자치통감』에 〈일융대정악〉의 최초 공연에 대한 기록이 있어서[23] 이를 통해 661년 3월 이전에 〈일융대정악〉이 창작된 것으로 추측할 수 있다. 『신당서』에는 〈일융대정악〉의 무용수가 〈파진악〉 무용수인 120명에서 140명으로 증가했지만 인원수의 규모와 의상 및 도구 그리고 화답가가 있는 것으로 보면 태종의 〈파진악〉과 닮아있음을 확인할 수 있다.[24] 고종은 〈파진악〉을 모방하여 〈일융대정악〉을 만든 것으로 『명집례』에 전하는 "〈대정악〉은 고종이 지은 것인데, 〈파진악〉에서 나온 것이다."라는 기록에서 확인된다.

⑥〈상원악〉은 고종이 지은 것이다. 고종은 〈상원악〉을 천지에 제사를 지낼 때 쓸 곡으로 만들었다. 180명의 무자가 오색구름이 그려진 옷을 입고 천지의 정기를 상징했다. 〈상원악〉은 '상원上元'·'이의二儀'·'삼재三才'·'사시四時'·'오행五行'·'육율六律'·'칠정七政'·'팔풍八風'·'구궁九宮'·'십주十洲'·'득일得一'·'경운慶雲'의 편으로 구성되었다.[25] 천지에 제사를 지낼 때 썼다고 하니 악곡은 위엄이 있고 춤은 느리고 장중했을 것이다. 〈상원上元〉이라고 부르기도 한다.[26]

所. …… 於是起居郎呂才, 以御製詩等於樂府, 被之管絃, 名爲〈功成慶善樂之曲〉."

20 『明集禮』 권53 상: "舞蹈安徐, 以象文教."

21 『明集禮』 권53 상: "〈大定樂舞〉, 高宗所造, 出自〈破陣樂歌〉云."

22 『新唐書』 권21 「禮樂志」: "帝將伐高麗, 燕洛陽城門, 觀屯營敎舞, 按新征用武之勢, 名曰〈一戎大定樂〉."

23 『資治通鑑』 권200: "三月, 丙申朔, 上與羣臣及外夷宴於洛城門. 觀屯營新敎之舞, 謂之〈一戎大定樂〉. 時上欲親征高麗, 以象用武之勢也."

24 『新唐書』 권21 「禮樂志」: "帝將伐高麗, 燕洛陽城門, 觀屯營敎舞, 按新征用武之勢, 名曰〈一戎大定樂〉. 舞者百四十人, 被五采甲, 持稧而舞, 歌者和之曰: '八紘同軌樂.' 象高麗平而天下大定也."

25 『新唐書』 권21 「禮樂志」: "舞者百八十人, 衣畫雲五色衣, 以象元氣其樂. 有'上元'·'二儀'·'三才'·'四時'·'五行'·'六律'·'七政'·'八風'·'九宮'·'十洲'·'得一'·'慶雲'之曲."

26 『明集禮』 권53 상: "〈上元樂舞〉, 高宗所造, 舞者, 畫雲水備五色, 以象元氣, 故曰〈上元〉."

⑦ 〈성수악〉은 측천무후가 지은 것인데 춤의 행렬로 반드시 글자를 만들어 열여섯 번 변화한 후 마쳤다고 한다. "성스러움은 천고를 초월하고[聖超千古], 도는 모든 왕을 태평하게 하고[道泰百王], 황제는 만년을 누리면서[皇帝萬年] 보배로운 복이 더욱 창성하리라[寶祚彌昌]."라는 16글자를 무자의 행렬로 만든 것이다.[27] 글자가 총 16자인 것으로 볼 때 한 번에 한 글자씩 무자의 대형으로 만들었던 것으로 보인다. ⑧ 〈광성악무〉는 현종이 지은 것이다.[28] 무자는 조관鳥冠을 쓰고 오색의 화려한 옷을 입었다.[29]

---

27 『明集禮』 권53 상: "〈聖壽樂舞〉, 武後所作, 舞之行列, 必成字, 十六變而畢, 有'聖超千古, 道泰百王, 皇帝萬年, 寶祚彌昌."

28 『明集禮』 권53 상: "〈光聖樂舞〉, 玄宗所造."

29 『舊唐書』 권29 「音樂志」: "光聖樂, 玄宗所造也. 舞者八十人, 鳥冠, 五綵畫衣, 兼以上元、聖壽之容, 以歌王跡所興."

179. 입부기
立部伎[1]

元 積
원 진

이공수전李公垂傳에[2] "태상시에서는 좌부기에 뽑혀도 익히지 못하면 입부기로
밀어내고 또 입부기에 뽑혀도 익히지 못하면 아악부로 밀어낸다니
아악을 알만하구나!"라고 하였다. 이군이 노래를 지어 읊었다
李傳云: "太常選坐部伎無性識者退入立部伎[3]
이 전 운   태 상 선 좌 부 기 무 성 식 자 퇴 입 입 부 기

又選立部伎無性識者退入雅樂部 則雅樂可知矣"李君作歌以諷焉
우 선 입 부 기 무 성 식 자 퇴 입 아 악 부   즉 아 악 가 지 의   이 군 작 가 이 풍 언

호부의 신성은 비단 자리에 앉아있고	胡部新聲錦筵坐 호 부 신 성 금 연 좌
궁궐 중앙엔 한나라 때 떨쳤던 고음이 퍼지네	中庭漢振高音播[4] 중 정 한 진 고 음 파
태종 시기의 아악 자손에 전하는데	太宗廟樂傳子孫[5] 태 종 묘 악 전 자 손
흉악한 무리의 진영을 끝내 격파한 것을 묘사했네	取類羣兇陣初破[6] 취 류 군 흉 진 초 파
좌라락~ 창을 모으니 눈서리처럼 빛나고	戢戢攢槍霜雪耀[7] 집 집 찬 창 상 설 요

---

1 『全唐詩』 권419
2 이공수李公垂: 이신李紳(772~846). 당나라의 재상. 중서령 이경현李敬玄의 증손.
3 태상太常: 태상시太常寺. 조정에서 종묘의 의례를 관장했다.
4 중정中庭: 조정 앞 계단 아래 중앙 부분.
5 묘악廟樂: 종묘나 문묘의 제례 때 연주하는 아악. 태종묘악太宗廟樂: 태종 이세민의 아악
   으로 그의 영웅적인 모습을 연출한 아악 〈파진악〉을 일컫는다.
6 취류取類: 본래의 상황을 설명하기 위해 유사한 사물을 비유해서 표현하는 것.

두두둥~ 북을 두드리니 구름과 천둥이 부딪치는 듯하네	騰騰擊鼓雲雷磨 등 등 격 고 운 뢰 마
처음엔 적을 만나러 몸소 행군하는 모습을 형상했고	初疑遇敵身啓行 초 의 우 적 신 계 행
마지막엔 문사가 왼쪽 다리를 세우는 것을 형상했네	終象由文士憲左[8] 종 상 유 문 사 헌 좌
옛날 고종은 항상 서서 들었는데	昔日高宗常立聽 석 일 고 종 상 입 청
곡이 끝난 후엔 옥좌에 앉았지만	曲終然後臨玉座[9] 곡 종 연 후 임 옥 좌
그때의 곡조는 첫머리에 한 번 요동칠 뿐	如今節將一掉頭 여 금 절 장 일 도 두
번개 거두고 바람 거두어 모두 꺾이고 끊어졌었네	電卷風收盡摧挫 전 권 풍 수 진 최 좌
송·진·정나라 여인의 노래 퍼져	宋晉鄭女歌聲發 송 진 정 녀 가 성 발
궁궐 가득 모인 손님들 시끌벅적한데	滿堂會客齊喧哦[10] 만 당 회 객 제 훤 하
쟁그랑~ 패옥은 허리에서 흔들리며	珊珊珮玉動腰身[11] 산 산 패 옥 동 요 신
하나하나 아름답게 시문을 따르네	一一貫珠隨咳唾[12] 일 일 관 주 수 해 타
잠시 원구단으로 가서 교사를 구경하기도 하고	頃向圜丘見郊祀[13] 경 향 환 구 견 교 사

---

7   집집戢戢: 쇠로 만든 창끝이 서로 부딪치는 소리를 형용한 의성어.

8   헌좌憲左: "〈대무〉가 끝날 때 모두 앉는 것은 주공과 소공의 다스림을 표상한다[武亂皆坐, 周召之治也]."라고 한 공자의 말을 근거로 하여 평화로운 통치를 상징하는 것으로 이해할 수 있다. 이와 관련하여 치우헌좌致右憲左도 참고할 만하다[참고].

9   곡종曲終: 곡이 끝났다는 말로 태종의 시대가 끝난 것을 의미한다.

10   哦이 和인 판본도 있다.

11   산산珊珊: 패옥이 서로 부딪쳐 쟁그랑거리는 소리를 형용한 의성어.

12   관주貫珠: 구슬 꿰기. 소리가 아름다운 것을 비유하여 쓴 말이다. 해타咳唾: 기침과 침. 기침과 침은 말할 때 나오므로 어른의 말의 경칭으로 쓰이기도 한다. 여기서는 시문詩文을 의미한다.

13   교사郊祀: 천자가 교외에서 천지에 제사하는 일. 동지冬至에 천자가 남쪽 교외에서 천사

또 정월 초하루에 친히 하례를 올리기도 했네 亦曾正旦親朝賀[14]
역 증 정 단 친 조 하

태상아악이 궁현에 갖추어졌지만 太常雅樂備宮懸[15]
태 상 아 악 비 궁 현

구변의 악 끝나지 않았는데 백료들은 지루해하네 九奏未終百寮惰[16]
구 주 미 종 백 료 타

불협한 음은 계찰에게 변별하게 하기 어렵고 沕滯難令季札辨[17]
첨 체 난 령 계 찰 변

지루한 음은 문후를 잠들게 할까 두렵네 遲迴但恐文侯臥[18]
지 회 단 공 문 후 와

악사는 모두 귀머거리와 맹인을 쓰니 工師盡取聾昧人[19]
공 사 진 취 농 매 인

어찌 선왕이 지은 과오라고 하겠는가? 豈是先王作之過
기 시 선 왕 작 지 과

송윤이 일찍이 천보 연간 말에 전하기를 宋沇嘗傳天寶季
송 윤 상 전 천 보 계

天祀를 올리고 하지夏至에 북쪽 교외에서 지제地祭를 드린다. 또 그 제사를 지냄에 원구圓丘를 축성하여 그 조상을 배사配祀하는 것을 원구제圓丘祭라고 한다.

14 정단正旦: 정월 초하루. 조하朝賀: 조정에 나아가 왕께 하례하는 것.

15 궁현宮懸: 천자의 악대를 일컫는 말이다. 궁중의 악현은 제례와 연례에 따라 구분된다. 제례에는 등가와 궁가(헌가)의 두 악대가 번갈아 연주한다. 궁가(헌가)의 경우 천자는 궁현, 제후는 헌현軒懸, 대부는 판현判懸, 사는 특현特懸으로 신분에 따라 구분한다. 궁현은 동서남북 네 방위에 헌현은 남쪽을 제외한 세 방위에 판현은 동서에 특현은 북쪽만 악기를 진설한다.

16 구주九奏: 고대에 제사를 지낼 때 연주했던 구변九變의 악을 일컫는다. 천신天神에 제사를 올릴 때는 육변의 악, 지신地神에 제사를 올릴 때는 팔변의 악, 인신人神에 제사를 올릴 때는 구변의 악을 사용했다.

17 계찰季札: 춘추시대의 악무평론가[참고].

18 문후文侯: 춘추전국시대의 제후. 『예기』 「악기」에 위문후가 자하에게 '고악을 들으면 (지루해서) 눕게 되고 정위의 음악을 들으면 지루한 줄 모른다'라고 한 내용을 들어 쓴 것이다(『禮記』 「樂記」: "魏文侯問於子夏曰: '吾端冕而聽古樂, 則唯恐臥. 聽鄭衛之音, 則不知倦. 敢問古樂之如彼, 何也? 新樂之如此, 何也?'"). 정악正樂이라기엔 부족하여 악무평론가인 계찰에게 평가를 해달라고 하기 어렵고, 또 고악을 연주하여 지루하게 될까 염려한다는 내용이다.

19 공사工師: 악사樂師.

법곡과 호음이 갑자기 서로 섞이자

다음 해 10월 구래공 집에 잔치 열리고

종묘와 궁궐은 오랑캐가 더럽혔다더군

法曲胡音忽相和[20]
법곡호음홀상화

明年十月燕寇來[21]
명년시월연구래

九廟千門虜塵涴[22]
구묘천문노진완

태상승 송윤이 한나라 왕의 옛말을 전하여 이르기를
"명황이 비록 좋은 법도의 곡을 아악이라고 했지만
아직 일찍이 번국과 한족의 소리를 섞어 연주하지 못하도록 했다"
천보 13년에 비로소 법곡과 호부의 신성을 합하여 짓도록 조칙을 내리니
학식이 있는 자는 이를 이상하게 여겼다
다음 해에 안녹산이 반란을 일으켰다

太常丞宋沇傳漢中王舊說云 "明皇雖雅好度曲 然而未嘗使蕃漢雜奏"
태상승송윤전한중왕구설운 명황수아호도곡 연이미상사번한잡주

天寶十三載 始詔道調法曲與胡部新聲合作 識者異之 明年 祿山叛
천보십삼재 시조도조법곡여호부신성합작 식자이지 명년 녹산반

---

20 법곡法曲: 수나라와 당나라의 궁중 연악의 중요한 형식. 동진 남북조시기에는 법악法樂
이라고 했는데 그 이유는 불교 법회에 사용되었다고 해서 붙여진 이름이다. 외래음악인
서역 나라의 음악이 포함되어 있었는데 한족의 청상악과 결합해 수나라 때 법곡이 됐다.
가락과 악기 사용 면에서 한족의 청악 계통에 가깝고 비교적 우아하기에 청아대곡이라고
도 일컫는다[참고].

21 심괄沈括(1031~1095)의 『몽계필담夢溪筆談』에 호무인 〈자지무〉를 좋아하는 구래공에
관한 내용이 전한다. 그 내용은 다음과 같다. "구래공은 〈자지〉 춤을 좋아하여 손님을
청하면 언제나 그 춤을 선보였다. 한번 그 춤을 추게 하면 반드시 한나절을 추게 하였기
때문에 당시 사람들은 그를 '자지 무광舞狂'이라고 불렀다[『夢溪筆談』 권5「樂律」 1: "寇萊
公好〈柘枝〉舞, 會客必舞柘枝. 每舞必盡日時謂之柘枝顚]."라고 전한다.

22 구묘九廟: 제왕의 종묘. 천문千門: 궁문. "종묘와 궁궐을 오랑캐가 더럽혔다."라는 것은
호인인 안녹산이 반란을 일으킨 것을 말한다.

내가 이 말을 들으니 한탄스러워 다시 눈물이 흐르지만 　我聞此語歎復泣
　　　　　　　　　　　　　　　　　　　　　　　　　아 문 차 어 탄 부 읍

예부터 사악하고 바른 것을 누가 어찌할 수 있었겠는가? 　古來邪正將誰奈
　　　　　　　　　　　　　　　　　　　　　　　　　고 래 사 정 장 수 내

간성이 귀에 들어오고 간사함이 마음에 들어오니 　　　奸聲入耳佞入心
　　　　　　　　　　　　　　　　　　　　　　　　　간 성 입 이 녕 입 심

주유는 배부르고 백이숙제는 굶어 죽을 수밖에 　　　　侏儒飽飯夷齊餓[23]
　　　　　　　　　　　　　　　　　　　　　　　　　주 유 포 반 이 제 아

---

23 주유侏儒: 주유는 난쟁이 배우를 가리킨다. 주유가 배부르다는 말과 관련된 내용은『한
서』에 전한다. 동방삭이 무제에게 아뢰기를 "난쟁이(주유)는 키가 3척 남짓밖에 안 되는
데 한 자루의 곡식과 240전을 받고 신은 키가 9척이나 되는데도 역시 한 자루의 곡식과
240전을 받으니 난쟁이는 배가 불러 죽을 지경이고 신은 배가 고파서 죽을 지경입니다.
그러니 신의 말을 들어주실만하면 예우를 그들과 다르게 해 주시고 그렇지 못하면 파면하
시어 장안의 쌀을 축내게 하지 마십시오[『全漢書』권65「東方朔傳」35: 朱儒長三尺餘, 奉一
囊粟, 錢二百四十, 臣朔長九尺餘, 奉一囊粟, 錢二百四十, 朱儒飽欲死, 臣朔飢欲死. 臣言可用,
幸其異禮, 不可用, 罷之 無令但索長安米]."라고 하였다.

【참고】

‖ 치우헌좌致右憲左[1]

『예기』「악기」에 공자가 빈모고에게 "〈대무〉에서 오른쪽 다리는 무릎을 꿇고 왼쪽 다리를 세우는 것은 무엇을 의미합니까[武坐, 致右憲左, 何也]?"라고 묻자 빈모고가 "그것은 무자의 앉는 법이 아닙니다. 〈대무〉에는 앉는 동작이 없습니다[非武坐也]." 라고 대답한다. 그런데 이 대답에 대한 이후 학자들의 해석은 일치하지 않는다.

한나라의 정현鄭玄(127~200)은 빈모고의 의견(〈대무〉에는 앉는 동작이 없다)에 동의했고, 당나라의 공영달孔穎達(574~648)과 원나라의 진호陳澔(1260~1341)는 공자가 뒤에서 한 말을 들어 〈대무〉의 법식에 앉음이 있다는 점을 강조했다. 또 청나라의 손희단孫希旦(1736~1784)은 〈대무〉가 끝날 때 모두 앉으니 앉으면 응당 두 다리가 모두 땅에 닿는다. 따라서 〈대무〉의 앉는 동작이 아니라고 지적했지만, 이와는 달리 "〈대무〉가 끝날 때 모두 앉는 것은 주공과 소공의 다스림을 표상한다[武亂皆坐, 周召之治也]."라고 한 공자의 말을 근거로 하여 〈대무〉에는 앉음이 있는데 이는 곧 '평화로운 통치를 상징하는 것'이라고 강조되기도 하는 등 〈대무〉에 앉는 동작이 '있다', '없다'는 두 의견으로 나뉘었다. 다만 명나라의 왕부지王夫之(1619~1692)만 "왼쪽 다리를 세워 신속 민첩한 자세를 취함을 말한 것이다[謂左足軒起爲迅捷之容也]." 라며 기존과는 다른 견해를 피력했다. 추측하건대 공자는 〈대무〉에서 마지막에 앉는 동작을, 왕부지는 중간에 전투 동작 중의 앉는 동작을 설명한 것 같다. 여기서는 기존과는 다른 왕부지가 언급한 전투 중의 앉는 동작에 대해서만 살펴보고자 한다. 이를 따져보기에 앞서 〈대무〉가 탄생하게 된 배경을 살펴보자. 상나라(BC1600~ BC1046)의 마지막 왕인 주왕紂王은 애첩 달기妲己의 달콤한 속삭임에 빠져 정사를 멀리했을 뿐만 아니라 주지육림酒池肉林·포락지형炮烙之刑 등의 잔인한 형벌을 만들

---

1   치우헌좌의 내용은 김미영, 「치우헌좌: 평화로운 통치의 상징인가? 급박한 전쟁 상황의 상징인가?」, 『철학자와 예술가의 이야기 마당』, 문사철, 2023, 33~36쪽에서 부분적으로 인용했다.

어 죄 없는 사람들을 마구 죽여 백성들의 원성을 샀다. 이뿐만 아니라 당시 백성들에게 덕망이 높았던 주나라의 문왕文王을 유리羑里라는 곳에 가두어 놓은 것도 모자라 문왕의 큰아들을 죽인 후 요리하여 그의 아버지인 문왕에게 먹게 하는 등 극악무도하고 잔인한 만행을 저질렀다. 다행히 문왕은 풀려나 주나라로 돌아왔고 이후 제후들과 힘을 합쳐 주왕을 무너뜨릴 계획을 세운다.

드디어 기원전 11세기 후반 어느 날 드넓은 목야에 웅장한 북소리가 울려 퍼지고 탄식의 노랫소리가 길게 이어지더니 곧 폭군 주왕을 짓밟아버릴 때를 기다렸다는 듯 주나라의 40만 군사들은 발을 힘차게 내어 딛으며 전장으로 향했다. '목야의 전투'는 이렇게 시작되었고 혈전 끝에 결국 주나라의 승리로 끝이 났다. 그 후 얼마 지나지 않아 '목야의 전투'는 주공周公에 의해 〈대무〉라는 악무 작품으로 형상화된다. 『여씨춘추呂氏春秋』「고악古樂」편에 따르면 "무왕이 즉위하여 군대를 거느리고 상나라를 정벌했는데 … 돌아오자마자 태실에 포로와 적의 머리를 바치고 주공에게 〈대무〉를 짓도록 명했다."라고 전한다. 이렇게 탄생한 것이 바로 〈대무〉다 (무왕이 지었다는 설도 있다). 목야의 전투를 형상한 〈대무〉의 모습은 『예기』「악기」에 자세하게 소개되어 있는데 간략하게 정리하면 다음과 같다.

"오래도록 북을 두드리며 무왕이 주왕을 정벌하는 데에 함께 할 제후들을 기다린다. 이후 무자들이 북쪽에서 나와 발을 세 번 굴러 춤의 시작을 알린 후 방패를 들고 굳건하게 서자 서정적인 노래가 흐른다. 이어서 본격적인 전투 장면을 묘사한다. 무자들은 손을 뻗치고 발을 세차게 차며 치고 찌르는 전투 동작을 하기도 하고 오른쪽 무릎을 땅에 대고 왼쪽 다리를 세워 앉는 동작을 하기도 한다. 계속해서 상나라를 멸망시켰음을 표시하고 다시 남방으로 진격한 후 남쪽 지방을 평정했음을 나타낸다. 마지막으로 춤 대열을 둘로 나누어 무자들이 모두 꿇어앉는데 이는 주공과 소공이 함께 평화롭게 통치함을 표시하는 것이다."[2]

---

2   조남권·김종수 공역, 『동양의 음악사상 악기』, 민속원, 2001; 2005, 169~182쪽 참조.

위의 글은 「악기」의 내용을 절차에 맞게 재구성한 것으로 전쟁에 임하는 순간부터 전쟁이 끝날 때까지의 주요 상황들을 잘 보여준다. 즉 무왕이 제후들을 기다렸다가 전쟁을 일으켜 상나라의 주왕을 멸한 후 이어서 남쪽 지방을 평정하고 이후 정치적 안정을 이룬 것까지 한 편의 서사극이 펼쳐진 듯하다.

다시 제자리로 돌아와서 〈대무〉의 앉는 동작을 이야기하도록 하자. 살펴보았듯이 한 편의 서사극이 펼쳐지는 과정에서 특별히 앉는 동작에 대해 논의가 이루어진 것은 그것이 흔한 동작이 아니고 또 나름의 의미가 있었기 때문일 것이다. 언급했듯이 〈대무〉의 절차에 대해서는 학자들 간에 별다른 이견이 없는 것과는 달리 앉는 동작에 대해서는 이견이 있다. 이처럼 상반된 해석을 보며 오래전부터 의문을 품었었는데 중국에 답사를 가서 진시황의 병마용갱을 방문했을 때 그곳에서 열린 특별전시회에 진열된 병용들의 모습과 안내 문구를 통해 '헌좌'에 관해 이해를 한 일이 있다.

앉은 형상의 병용은 하나 같이 오른쪽 다리의 무릎을 땅에 대고 왼쪽 다리를 세우고 있었다. 그리고 '무릎을 꿇고 앉은 궁사[跪射俑]'라는 설명도 볼 수 있었다. 그 설명과 함께 무기를 잡고 있었을 그들의 손을 보면서 그동안 품었던 의문이 해소되었다. "신속 민첩한 자세"라는 왕부지의 해석이 떠올랐기 때문이다. 물론 진시황의 병마용갱은 진나라 군사의 모습이기에 이를 그대로 주나라 〈대무〉의 형상에 적용하여 앉은 자세의 의미를 확정하는 것은 조금은 섣부른 판단일 수는 있다. 그러나 당시 군사들이 사용할 수 있었던 무기들과 〈대무〉가 전쟁 장면을 형상화한 것이라는 점에서 〈대무〉의 앉은 동작은 "평화로운 통치의 상징"이기 보다는 "급박한 전쟁 상황의 상징"이라는 해석이 더 설득력이 있어 보인다. 즉 한창 전쟁 장면을 형상화할 때에는 언제라도 활을 당겨 화살을 쏘거나 검을 빼서 적을 벨 수 있도록 오른쪽 다리 무릎은 땅에 대고 왼쪽 다리 무릎은 세우고 앉았던 것으로 해석해 볼 수 있다.

‖ 계찰季札

춘추시대의 악무평론가다. 그이의 행적은 『춘추좌씨전』 양공襄公 14년과 29년의 기사와 『사기』 「오태백세가吳太伯世家」에 나온다. 먼저 「오태백세가」에 전하는 '계찰괘검季札掛劍'의 고사를 통해 그의 성품을 들여다보자.

계찰은 춘추시대 오吳나라 왕 수몽壽夢의 막내아들이다.[3] 오왕은 막내인 계찰이 현명하다고 생각해서 왕위를 물려주려고 했으나 계찰은 장자가 왕위를 이어야 한다며 거절했고 이후에도 왕위에 앉을 수 있었으나 끝내 거절한다. 오왕 여제餘祭 4년(BC 544) 계찰은 오왕의 명을 받고 사신으로 여러 나라를 돌아다니게 된다. 이때 서徐[4]라는 작은 나라에서 환대를 받는다. 당시 계찰은 서나라 왕이 자신이 지니고 있던 검을 좋아한다는 것을 알면서도 사신으로서의 남은 일정 때문에 서왕에게 검을 선물하지 못하고 서나라를 떠나게 된다. 모든 일정을 마치고 돌아오는 길에 계찰은 서왕에게 검을 선물하려고 다시 서나라로 갔으나 서왕은 이미 이 세상 사람이 아니었다. 이에 계찰은 "처음에 내 마음으로 이미 주려고 허락하였는데 그분이 죽었다고 해서 어찌 나의 마음을 배반할 수 있겠는가?"라고 말하며 검을 무덤 앞의 나무에 걸어놓으며 이미 고인이 된 서왕에게 마음을 전했다고 한다. 이것이 '계찰괘검季札掛劍'의 고사이다. 죽은 사람과의 신의도 저버리지 않는 그의 성품을 읽어낼 수 있다.

다음은 『사기』와 『춘추좌씨전』에 모두 전하는 내용으로 악무비평가로서의 계찰을 만나 볼 수 있다. 계찰이 사신으로서 노나라에 갔을 때 악무를 감상하고 다음과 같은 평을 남긴다. 당시의 악무에 대한 평가를 엿보기 위해 그 전문을 살펴보자.

오나라의 공자 계찰이 노 양공에게 주왕실의 악무 공연을 관람하고 싶다고 청하였다. 노 양공이 악공에게 명하여 『시경詩經』[5]의 〈주남周南〉과 〈소남召南〉의 노래를 부르게 했고 그것을 들은 계찰은 이같이 평했다. "아름답습니다. 이는 백성들이 주왕조의 터전을 닦기 시작하면서 부른 것으로 아직 완성되지 않았지만 당시 백성들은 열심히 일하면서도 윗사람을 원망하지 않았군요" 이어

---

3   백伯·중仲·숙叔·계季: 형제의 서열을 구분할 때 쓴다. 첫째는 백, 둘째는 중, 셋째는 숙, 넷째는 계로 표시한다. 계찰은 수몽의 넷째 아들이다.
4   서徐: 주나라 초기 서융徐戎이 세운 나라로 기원전 512년에 오나라에 의해서 멸망한다.
5   『시경詩經』은 풍風·아雅·송頌으로 구분되는 305수의 시를 모아 놓은 시집이다. '아'는 잔치나 연회에 쓰는 소아와 제사에 쓰이는 대아를 포함한 것이며, '송'은 민족의 영웅적인 조상의 공적을 기리는 시로 이루어져 있다. 계찰이 평가한 악무에는 지역의 민요인 '풍'이 많다.

서 그를 위해 『시경』〈패풍邶風〉·〈용풍鄘風〉·〈위풍衛風〉의 노래를 부르게 했고 그것을 들은 계찰이 이같이 평했다. "아름답습니다. 뜻이 매우 깊어 비록 근심하는 기색이 있기는 하나 어렵고 아주 가난한[困窘] 느낌이 전혀 없습니다. 내가 듣자니 '위나라 강숙康叔[주공의 동생으로 위나라에 봉해짐]과 무공武公[강숙의 9세 후손]의 덕이 이와 같았다'라고 했습니다. 이는 〈위풍〉일 것입니다" 그를 위해 〈왕풍王風〉의 노래를 부르게 했고 그것을 들은 계찰이 이같이 평했다. "아름답습니다. 근심하는 기색이 있기는 하나 두려워하는 느낌은 전혀 없습니다. 아마도 주왕조가 동쪽으로 천도한 이후의 노래일 것입니다" 그를 위해 〈정풍鄭風〉의 노래를 부르게 했고 그것을 들은 계찰이 이같이 평했다. "아름답습니다. 그런데 너무 섬세합니다. 백성들이 곤경을 견디기 힘들어하니 아마 다른 나라보다 먼저 망할 것입니다" 그를 위해 〈제풍齊風〉의 노래를 부르게 했고 그것을 들은 계찰이 이같이 평했다. "아름답습니다. 대풍大風(대국의 풍도)이 잘 드러나 있습니다. 동해 일대의 제후들을 대표하는 태공의 나라 노래일 것입니다. 나라의 운세가 한량없습니다" 그를 위해 〈빈풍豳風〉의 노래를 부르게 했고 그것을 들은 계찰이 이같이 평했다. "아름답습니다. 호탕하지 않습니다. 또한 낙이불음樂而不淫(크게 즐거워하면서도 도에 넘지 않음)하니 아마도 주공이 동쪽으로 갈 때의 노래일 것입니다" 그를 위해 〈진풍秦風〉의 노래를 부르게 하자 이같이 평했다. "이를 두고 서방의 하성夏聲[6]이라고 부릅니다. 하성은 굉대하니 장차 정점에 이르면 그야말로 주왕실의 옛 음악과 같이 될 것입니다" 그를 위해 〈위풍魏風〉의 노래를 부르게 했고 그것을 들은 계찰이 이같이 평했다. "아름답습니다. 가벼운 듯하면서도 완곡하고, 거친 듯하면서도 부드럽고, 까다로운 듯하면서도 순하게 넘어가는 맛이 있습니다. 여기에 덕으로써 보충한다면 현명한 군주가 될 것입니다" 그를 위해 〈당풍唐風〉의 노래를 부르게 했고 그것을 들은 계찰이 이같이 평했다. "생각이 참으로 깊습니다. 도당씨(요임금) 후손의 노래일 것입니다. 그렇지 않고서야 어찌 그렇게 심원할 수 있겠습니까. 미덕을 지닌 자의 후손이 아니고서야 어느 누가 이같은 노래를 지을 수

---

6 진秦은 원래 서융西戎의 땅에 있었으므로 '하성'은 곧 서방의 노래를 뜻한다.

있겠습니까" 그를 위해 〈진풍陳風〉의 노래를 부르게 했고 그것을 들은 계찰이 이같이 평했다. "나라에 군주가 없으니 오래 갈 수 있겠습니까" 그는 〈회풍鄶風〉 이하의 노래에 대해서는 비평하지 않았다. 또 그를 위해 『시경』 「소아小雅」의 노래를 부르게 했고 그것을 들은 계찰이 이같이 평했다. "아름답습니다. 우수에 젖어 있으면서도 두 마음이 없고, 원한을 품고 있으면서도 말로 나타내지 않으니 대략 주왕조의 덕이 쇠퇴해졌을 때의 노래일 것입니다. 아직 선왕의 유민들이 남아 있습니다" 그를 위해 『시경』 「대아大雅」의 노래를 부르게 했고 그것을 들은 계찰이 이같이 평했다. "참으로 넓고도 화목하고 아름답습니다. 완곡하면서도 강건한 본심을 나타내고 있으니 주문왕의 덕을 칭송한 노래일 것입니다" 그를 위해 『시경』 「송頌」의 노래를 부르게 했고 그것을 들은 계찰이 말하기를 "지극히 좋습니다. 강직하면서도 거만하지 않고, 완곡하면서도 비굴하지 않사오며, 가까우면서 너무 다가서지 않고, 먼 듯하면서도 이심離心 하지 않고, 움직이더라도 정도를 벗어나지 않고, 계속해도 싫증나지 않고, 애이불수哀而不愁[7] 하고, 낙이불황樂而不荒[8] 하고, 써도 다 쓸 수 없고, 관후하면서도 드러내지 않고, 혜택을 베풀면서도 낭비하지 않고, 손에 넣어도 탐람하지 않고, 편히 거처하면서도 거기에 멈추지 않고, 앞으로 가더라도 마구 흐르지 않습니다.[9] 오성이 화음을 이루고 팔음이 조화를 이룹니다. 가락에 일정한 법도가 있고 악기에 일정한 순서가 있으니 이는 모든 성덕을 공히 구비하고 있는 것이기도 합니다" 〈상소象箾〉[10]와 〈남약南籥〉[11]의 춤을 보고 이같이 평했다. "아름답습니다. 그러나 유감遺憾이 있는 듯합니다" 〈대무大武〉[12]의 춤을 보고 이같이 평했다. "아름

---

7 애이불수哀而不愁: 슬프면서도 수심에 잠기지 않는 것.

8 낙이불황樂而不荒: 즐거워하면서도 거칠거나 허황되지 않는 것.

9 『논어』 「팔일」의 "공자께서 말씀하시길 '『시경』의 「물수리」는 즐거움이 묻어나지만, 결코 흐트러지지 않고, 슬픔이 일지만 감상으로 흐르지 않는다'[子曰, '「關雎」, 樂而不淫, 哀而不傷']"라는 말과 같은 맥락이다.

10 〈상소象箾〉: 손에 퉁소의 일종인 상소를 들고 추는 춤.

11 〈남약南籥〉: 일종의 문무로 피리를 들고 추는 춤.

12 〈대무大武〉: 주나라 무왕의 악무명.

답습니다. 대략 주왕조가 왕성했을 때 이와 같았을 것입니다"〈소호韶濩〉[13]의 춤을 보고는 이같이 평했다. "성인과 같이 위대하기는 하나 아직 부족한 점이 있습니다. 성인이 되기는 어려울 듯합니다"〈대하大夏〉[14]의 춤을 보고는 이같이 평했다. "아름답습니다. 백성을 위해 헌신하고도 이를 공으로 여기지 않으니 우왕이 아니면 누가 능히 그같이 할 수 있겠습니까"〈소소韶箾〉[15]의 춤을 보고는 이같이 말했다. "공덕이 정점에 달했으니 위대하기 그지없습니다. 마치 하늘이 덮어 주지 않는 것이 없고 땅이 실어주지 않는 것이 없는 것과 같습니다. 비록 매우 성대한 덕일지라도 여기에 더 보탤 수는 없을 것입니다. 이제 저는 더 이상 보지 않겠습니다. 설령 다른 춤과 음악이 또 있다 할지라도 저는 감히 다시 청하지 않겠습니다"[16]

인용문의 내용으로만 보면 계찰이 악무를 감상할 때 각각의 악무 공연을 요청한

---

13 〈소호韶濩〉: 상나라 탕왕의 악무 〈대호大濩〉.

14 〈대하大夏〉: 하나라 우왕의 악무명.

15 〈소소韶箾〉: 〈소소韶簫〉 혹은 〈소소簫韶〉로 순임금의 악무명.

16 『春秋左氏傳』襄公 29: 吳公子箚來聘, 請觀於周樂. 使工爲之歌〈周南〉·〈召南〉曰, "美哉! 始基之矣, 猶未也. 然勤而不怨矣"; 爲之歌〈邶〉·〈鄘〉·〈衛〉曰, "美哉! 淵乎憂而不困者也. 吾聞衛康叔·武公之德如是, 是其〈衛風〉乎"; 爲之歌〈王〉曰, "美哉! 思而不懼, 其周之東乎"; 爲之歌〈鄭〉曰, "美哉! 其細已甚, 民弗堪也. 是其先亡乎"; 爲之歌〈齊〉曰, "美哉! 泱泱乎, 大風也哉. 表東海者, 其大公乎. 國未可量也"; 爲之歌〈豳〉曰, "美哉! 蕩乎. 樂而不淫, 其周公之東乎"; 爲之歌〈秦〉曰, "此之謂夏聲. 夫能夏則大, 大之至也. 其周之舊乎"; 爲之歌〈魏〉曰, "美哉! 渢渢乎, 大而婉, 險而易行. 以德輔此, 則明主也"; 爲之歌〈唐〉曰, "思深哉! 其有陶唐氏之遺民乎. 不然, 何憂之遠也. 非令德之後, 誰能若是"; 爲之歌〈陳〉曰, "國無主, 其能久乎" 自〈鄶〉以下, 無譏焉. 爲之歌〈小雅〉曰, "美哉! 思而不貳, 怨而不言, 其周德之衰乎. 猶有先王之遺民焉"; 爲之歌〈大雅〉曰, "廣哉! 熙熙乎. 曲而有直體, 其文王之德乎"; 爲之歌〈頌〉曰, "至矣哉! 直而不倨, 曲而不屈, 邇而不逼, 遠而不攜, 遷而不淫, 複而不厭, 哀而不愁, 樂而不荒, 用而不匱, 廣而不宣, 施而不費, 取而不貪, 處而不底, 行而不流. 五聲和, 八風平, 節有度, 守有序. 盛德之所同也"; 見舞〈象箾〉·〈南籥〉者曰, "美哉! 猶有憾"; 見舞〈大武〉者曰, "美哉! 周之盛也, 其若此乎"; 見舞〈韶濩〉者曰, "聖人之弘也, 而猶有慚德. 聖人之難也"; 見舞〈大夏〉者曰, "美哉! 勤而不德, 非禹, 其誰能修之"; 見舞〈韶箾〉者曰, "德至矣哉! 大矣, 如天之無不幬也, 如地之無不載也. 雖甚盛德, 其蔑以加於此矣. 觀止矣. 若有他樂, 吾不敢請已"(신동준 옮김, 『춘추좌전』 2, 한길사, 2006, 393~396쪽)

후에 감상한 것인지 아니면 어떤 악무인지 모르는 상태에서 감상한 후 그에 대해 평을 한 것인지 정확하지 않다. 만약 어떤 악무인지 알지 못한 상태에서 한 감상평이라면 정말 귀신같이 알아맞히는 신들린 평론가의 모습이 아닐 수 없다. 그렇지 않더라도 당시의 시대 상황과 각 나라의 흥망성쇠를 모두 꿰뚫고 있는 예리한 역사가이자 예술평론가의 모습이 그려진다.

‖ 법곡法曲과 대곡大曲

대곡이라는 명칭은 한나라 때 이미 존재한 것으로 기악·노래·무용 등을 복합한 대형 가무곡이다. 대곡은 당나라 궁중 연악에서 매우 중요한 위치를 차지하며 동아시아와 동남아시아 음악 심지어 후대 음악에도 큰 영향을 미쳤다. 유명한 〈예상우의곡〉·〈예상우의무〉·〈예상곡〉·〈예상〉으로 전하는 예상곡도 대곡으로 소개되는데, 때로는 법곡으로 소개되는 경우도 종종 있다. 이처럼 법곡과 대곡은 종종 혼돈되어 사용된다. 그 이유는 각각의 개념 정의에 관한 의견이 분분하기 때문이다. 법곡과 대곡 개념에 관한 다양한 견해가 있는데 대략 다음과 같은 세 가지 관점으로 구분할 수 있다.[17]

첫째 대곡에 법곡이 있고 법곡에 대곡이 있다. 이와 같은 관점을 지닌 연구자는 '대곡 중의 법곡은 음악으로 구별하고 법곡 중의 대곡은 편수로 구분한다.'[18]라고 주장한다. 둘째 법곡은 대곡의 일종 또는 일부이다. 이와 같은 관점을 지닌 연구자는 '대곡의 중간 부분을 법곡이라고 한다.'[19]라고 설명한다. 『중국음악사전』에도 법곡을 수당연악대곡 중 하나로 정의했다.[20] 셋째 대곡과 법곡은 동일한 것이 아니다. 이와 같은 관점을 지닌 연구자들은 '법곡명은 수당시기에 이미 있었지만 대곡이라는 이름은 당의 옛 문헌 자료에는 한 번도 등장하지 않는다. 따라서 법곡을 대곡으로 볼 수 없다'[21] 또 '법곡의 구조에는 대곡과 대악이 포함되어 있지만 대곡

---

17 이하의 내용은 樊子薝, 「唐代大曲·法曲關系界定之我見」, 『黃河之聲』, 河南大學藝術學院, 2012, 33쪽을 요약한 것이다.

18 丘瓊蓀, 『燕樂探微』, 上海: 上海古籍出版社, 1981.

19 楊蔭瀏, 『中國古代音樂史稿』, 北京: 人民音樂出版社, 1981.

20 天瑞·吉聯亢·郭乃安, 『中國音樂詞典』, 北京: 人民音樂出版社, 1984.

과 대악이 법곡을 대체할 수 없다'[22] 그리고 '법곡은 완전히 독립된 것으로 대곡과
는 다른 음악 장르이다. 법곡은 결코 대곡이 아니다.'[23]라는 주장이 있다.

이처럼 대곡과 법곡의 개념은 아직 명확하게 규명되지 못한 채 여러 가지 이견이
존재한다. 시대를 구분해서 각각의 개념을 정리할 필요가 있다.

∥ 칠부악 · 구부악 · 십부악

『악서』에 따르면, "옛날의 왕들은 이적夷狄[24]의 예는 제정하지 않았으나 이적의 악
樂은 제정하였다. 천하의 중앙에 임하여 사이四夷의 백성을 변혁시켜서 그들을 북
치며 춤추고 노래하며[鼓舞謳歌] 즐겁게 따르도록 한 것이다."[25]라고 전한다. 이로
인하여 이족의 악은 수당 시대 칠부악七部樂 · 구부악九部樂 · 십부악十部樂에 포함되
었다. 아래의 표는 시대마다 다소 출입이 있었던 칠부악 · 구부악 · 십부악의 종목을
한눈에 살펴볼 수 있도록 정리한 것이다.

칠부악	수 개황開皇 초(581 후)	청상기 · 국기 · 구자기 · 안국기 · 천축기 · 고려기 · 문강기
구부악	수 대업大業 중(605~618)	청상 · 서량 · 구자 · 소륵 · 강국 · 안국 · 천축 · 고려 · 예필
	당 무덕武德 초(618 후)	연악 · 청상 · 서량 · 구자 · 소륵 · 강국 · 안국 · 부남 · 고려 · (예필)
십부악	당 정관貞觀 16년(642)	연악 · 청상 · 서량 · 고창 · 구자 · 소륵 · 강국 · 안국 · 부남 · 고려

---

21 李石根, 「法曲辨」『交響』, 2002(02).

22 呂洪靜, 「唐時大曲 · 法曲兩分明」, 『天津音樂學院學報』, 2000(04).

23 余文博, 「法曲是大曲嗎?-對某些法曲觀点的若干質疑」, 『廣西藝術學院學報』, 2006(06).

24 이적夷狄: 이적의 '夷'는 중국에 근접한 동방에 있는 종족을 가리키며, '狄'은 북방의 종족
을 이른다. 『백호통의』에 "이적은 중원 일원의 국가[中國]와 지역적으로 단절되어 있고
풍속을 달리한다. 그들은 중화의 기운을 호흡하지 못하고 예의의 감화를 받지 못했으므로
그들을 신하로 취급하지 않는다[班固 撰, 『白虎通義』 권下 「德論」下 「王者不臣」: "夷狄者與
中國絶域異, 俗非中和氣, 所生非禮義, 所能化, 故不臣也]."라고 전한다.

25 『樂書』 권173: "古之王者, 不制夷狄禮, 而制夷狄樂者, 以其中天下而立, 革四夷之民, 使之鼓舞
謳歌, 而樂從之也."

〈청상기淸商伎〉는 수나라 〈청악淸樂〉이고,[26] 〈국기國伎〉는 수나라의 국악이다. 〈구자기龜玆伎〉는 지금의 신장新疆 쿠처庫車 부근에 있던 구자국龜玆國의 악무다. 634년(정관 28년) 구자·토번吐蕃·고창高昌·여국女國·석국石國이 당나라에 조공을 파견하였다. 〈안국기安國伎〉는 안국의 악무로 안국은 지금의 우즈베키스탄 일대로 한때는 강국의 속국이었다. 이로 인하여 음악 공연의 내용과 풍격이 대체로 강국과 비슷했다. 〈천축기天竺伎〉는 천축국의 악무로 천축은 고대 중국에서 인도·파키스탄 네팔 등 남아시아 여러 나라를 통칭한 말이다. 〈고려기高麗伎〉는 고구려 악무를 말한다. 〈문강기文康伎〉는 문강의 악무로 문강은 진晉나라 태위太尉 유량庾亮의 시호이다. 유량이 죽자 그의 집안에서 그 악을 만들었다고 전한다. 수나라 구부악에는 〈예필禮畢〉로 이름이 바뀌었다. 〈서량西涼〉은 서량의 악무로 서량(400~421)은 이고 李暠가 서기 400년에 세운 왕조다. 이고를 둔황에서는 '양공涼公'이라고 불렀다. 서량은 오늘날의 중국 간쑤성甘肅省 서부西部와 네이멍구 남서부内蒙古西南部 및 신장新疆의 일부에 있었다. 〈소륵疎勒〉은 소륵의 악무로 소륵은 타클라마칸Taklamakan 사막의 서쪽 지방인 카슈라르Kashgar 부근에 있었다.[27] 서역 남과 북의 교차점에 위치하여 고대에는 동서교통의 주요 요충지였다. 〈강국康國〉은 강국의 악무로 강국은 원래 거주지가 불분명한 북방 유목 민족에 속했지만 점차 발전하여 북서부 유목 민족의 강국이 되었다. 지금의 우즈베키스탄 사마르칸트Samarkand 일대이다. 연악燕樂은 일반적으로 광의의 뜻으로는 한족의 속악과 외국에서 유입된 음악의 총칭으로 쓰이는데 당나라 구부악과 십부악에 속한 〈연악〉은 장문수張文收가 지은 〈연악〉을 가리킨다. 〈부담扶南〉은 인도차이나반도 남동부 메콩강 하류에 있던 나라다. 대략 오늘날 캄보디아 전체와 라오스 남부, 베트남 남부 및 태국 남동부 일대에 해당한다.

26　청악淸樂: 청상악淸商樂으로 맑고 아정한 음악을 말한다.

27　중국 신장 웨이우얼 자치구新疆維吾爾自治區 서쪽에 있는 도시. 타림 분지의 서쪽에 있는 오아시스 도시로, 톈산 남로天山南路와 북로北路가 만나는 교통의 요지이다.

180. 입부기 아악의 쇠퇴함을 꾸짓다
立部伎 刺雅樂之替也[1]

白居易
백 거 이

태상시에서는 좌부기에 뽑혀도 익히지 못하면 입부기로 밀어내고
또 입부기에 뽑혀도 익히지 못하면 아악부로 밀어낸다고 하니
아악을 알만하구나!

太常選坐部伎無性識者退入立部伎 又選立部伎無性識者退入雅樂部 則雅樂可知矣
태 상 선 좌 부 기 무 성 식 자 퇴 입 입 부 기 우 선 입 부 기 무 성 식 자 퇴 입 아 악 부 즉 아 악 가 지 의

입부기	立部伎 입 부 기
북소리 피리 소리 떠들썩하네	鼓笛諠 고 적 훤
쌍검무를 추고	舞雙劍 무 쌍 검
일곱 개의 방울을 가지고 놀고	跳七丸[2] 도 칠 환
큰 밧줄 출렁거리고	嫋巨索[3] 요 거 색
긴 대나무 흔들리네	掉長竿[4] 도 장 간
태상부의 악무는 등급이 있어서	太常部伎有等級 태 상 부 기 유 등 급

---

1 『全唐詩』권426
2 도환跳丸: 방울로 재주를 부리는 기예. 고대 백희 중 여러 개의 검을 공중에 던졌다가
   번갈아서 받는 환검丸劍도 있었다. 방울과 검을 동시에 사용하기도 했다.
3 줄타기를 말함.
4 장대묘기를 말함. 예를 들면 긴 장대 위에서 접시를 돌리는 기예 등이 있다.

당상은 앉아있고 당하는 서 있네　　　　　　　　堂上者坐堂下立
　　　　　　　　　　　　　　　　　　　　　　　당 상 자 좌 당 하 립

당상에서는 좌부기의 생황과 노랫소리 맑고　　　　堂上坐部笙歌清
　　　　　　　　　　　　　　　　　　　　　　　당 상 좌 부 생 가 청

당하에서는 입부기의 북과 피리 소리 울리네　　　　堂下立部鼓笛鳴
　　　　　　　　　　　　　　　　　　　　　　　당 하 입 부 고 적 명

(당상의) 생황과 노랫 소리에는 사람들이 귀를 기울이는데　笙歌一聲衆側耳
　　　　　　　　　　　　　　　　　　　　　　　생 가 일 성 중 측 이

(당하의) 북과 피리 소리는 듣는 사람이 없네　　　　鼓笛萬曲無人聽
　　　　　　　　　　　　　　　　　　　　　　　고 적 만 곡 무 인 청

입부기는 천하고　　　　　　　　　　　　　　　　立部賤
　　　　　　　　　　　　　　　　　　　　　　　입 부 천

좌부기는 귀하네　　　　　　　　　　　　　　　　坐部貴
　　　　　　　　　　　　　　　　　　　　　　　좌 부 귀

좌부기에서 물러나면 입부기가 되어　　　　　　　坐部退爲立部伎
　　　　　　　　　　　　　　　　　　　　　　　좌 부 퇴 위 입 부 기

북을 두드리고 피리를 불며 잡희에 화합하는데　　　擊鼓吹笙和雜戲
　　　　　　　　　　　　　　　　　　　　　　　격 고 취 생 화 잡 희

입부기에서 또 물러나면 무슨 일을 맡을까?　　　　立部又退何所任
　　　　　　　　　　　　　　　　　　　　　　　입 부 우 퇴 하 소 임

그제야 악현에서 아악을 훈련받는다고 하니　　　　始就樂懸操雅音
　　　　　　　　　　　　　　　　　　　　　　　시 취 악 현 조 아 음

아악이 쇠퇴한 것이 여기에 이르렀구나　　　　　雅音替壞一至此
　　　　　　　　　　　　　　　　　　　　　　　아 음 체 괴 일 지 차

오래도록 그들은 궁조에 치음을 주음으로 하여　　長令爾輩調宮徵[5]
　　　　　　　　　　　　　　　　　　　　　　　장 령 이 배 조 궁 치

5　조調: 악률의 조를 말한다. 황종黃鐘·대려大呂·태주太簇·협종夾鐘·고선姑洗·중려仲呂·

원구와 후토의 교사를 지낼 때

이 악으로 천신과 지기를 감동시키겠다고 말하고

봉황이 날아오고 온갖 짐승들이 춤추기를 바랐다는데

어찌 수레를 북쪽으로 향하게 해 놓고
초나라로 가려하는가?

악사는 어리석고 미천하니 어찌 논할 수 있겠는가?

태상시의 삼경은 대체 누구란 말인가?

圓丘后土郊祀時[6]
원 구 후 토 교 사 시

言將此樂感神祇
언 장 차 악 감 신 기

欲望鳳來百獸舞
욕 망 봉 래 백 수 무

何異北轅將適楚[7]
하 이 북 원 장 적 초

工師愚賤何足云
공 사 우 천 하 족 운

太常三卿爾何人[8]
태 상 삼 경 이 하 인

유빈蕤賓·임종林鐘·이칙夷則·남려南呂·무역無射·응종應鐘 12율이 돌아가면서 궁이 되고 12율에 5성을 합한 60성은 60조가 된다. 궁조엔 궁음을 주음으로 삼아야 하는데 악률을 몰라 치음을 주음으로 삼은 것을 지적한 것이다[참고].

6 원구圓丘: 천자가 동지에 하늘에 제사를 지내던 곳. 후토后土: 토신土神 또는 지신地神. 교사郊祀: 교외郊外에서 지내던 제사.

7 북원적초北轅適楚: 의도하는 바와 행하는 바가 서로 어긋남을 비유한 말.

8 삼경三卿: 고대의 중요한 직책인 사도司徒·사마司馬·사공司空을 가리킨다. 주나라 제도에 의하면 사도는 호구·전토·재화·교육을 사마는 군사와 운수를 사공은 토지와 민사를 주로 맡았다. 즉 나라의 중책을 맡은 이들이 악률을 바로잡지 않고 무엇을 하는 것인지 꾸짖는 것이다.

【참고】

‖ 고대의 악樂

고대의 악은 우주의 생성 원리로서의 이치이자 운행·생성하는 자연의 법칙들을 본받아 제작된 것이다. 즉 전통시대 사람들이 인식했던 자연[天]의 법칙인 태극太極·음양陰陽·사상四象·오행五行·팔풍八風·십천간天干·십이지지地支·십이차次·이십사절기 등을 바탕으로 제작되었다. 실제 악론의 내용을 보면 오행과 오음이 십이율과 열두 달이 팔음과 팔괘 및 팔풍 등이 함께 논의되었다. 이는 전통시대 사람들이 오음과 오행, 십이율과 열두 달, 팔음과 팔괘 및 팔풍 등이 유기적인 관계를 맺고 있다고 생각했기 때문이다. 이와 같은 악론에 따라 각 조엔 주음이 정해져 있다. 즉 궁조엔 궁음이, 상조엔 상음이, 각조엔 각음이 주음이어야 한다. 그래야 음과 양이 조화를 이루고 오행이 상생한다고 생각했다. 따라서 궁조에 치음을 쓴 것은 자연의 이치를 거스른 것이므로 있어서는 안 되는 일이다.[1]

‖ 고구려

악곡 이름. 원나라 소사빈蕭士贇의 『이태백집분류보주李太白集分類補註』에 "『신당서』 「예악지」를 살펴보니 당나라 동이악東夷樂에 고려(고구려)와 백제가 있었다. …… 중종中宗(684~709) 때 백제 악공들이 도망하여 흩어졌는데 기왕岐王[2]이 태상경太常卿이 되어 다시 상주하여 두도록 했다. 그러나 음기音伎는 많이 없어졌고 무자는 두 사람뿐이었다. 자대유군유·장보관·피리를 갖추었고, 악기에는 쟁·적·도피·필률·공후·가[3]뿐이었다."[4]라고 전한다. 동해의 뛰어난 매의 이름이 해동청이다. 시인은 고구려춤의 특징을 해동청의 날렵하고 빠른 움직임과 같다고 읊었다.

---

1   고대 악론에 관한 자세한 내용은 김미영, 『『악학궤범』 악론의 동양사상 2580』, 성균관대학교출판부, 2018을 참조하시오.

2   기왕岐王: 당나라 현종의 아우인 이진李珍의 봉호.

3   가歌는 쟁箏·적笛·도피필률桃皮觱篥·공후箜篌 등의 악기들과 나란히 제시되어 이 또한 악기를 가리키는 것으로 볼 수 있다. 『신당서』에는 가종歌鐘과 가경歌磬이 전한다.

4   『新唐書』 권22 「禮樂志」.

181. 고구려
高句麗[1]

李白
이 백

당나라에 또 〈고려곡〉이 있는데 이적이 고구려를 격파하고 올린 것이다.
나중에 〈이빈인〉이라 고친 것이 그것이다
唐亦有〈高麗曲〉李勣破高麗所進 後改〈夷賓引〉者是也
당 역 유 고 려 곡　이 적 파 고 려 소 진　후 개　이 빈 인　자 시 야

꽃으로 장식한 절풍모 쓰고

百馬 타고 잠시 머뭇거리네

휠휠 넓은 소매 펄럭이며 춤추는 것이

새가 해동에서 날라 오는 듯하구나

金花折風帽[2]
금 화 절 풍 모

白馬小遲回
백 마 소 지 회

翩翩舞廣袖[3]
편 편 무 광 수

似鳥海東來
사 조 해 동 래

---

1 『全唐詩』권26. 악곡명[참조]

2 절풍모折風帽: 고구려의 전통적인 모자. 『성호사설』제5권「만물문萬物門」「절풍립折風笠」에 "『통고通考』에 이르기를 '고구려 사람은 절풍립을 쓰는데 만듦새가 고깔과 같다'라고 하였으니 대개 지금 상주가 출입할 때 쓰는 갓 즉, 시속에서 이르는 방립이라는 것이다. …… 이 금화라는 것은 모자챙의 네 잎사귀를 일컫는 것이고 절풍이란 것은 찬 바람을 막는다는 뜻이다[『通考』云: '高句麗人, 加折風, 形如弁.' 盖今喪內出入之冠, 俗謂之方笠. …… 花謂其簷四葉, 折風寒風也]."라고 전한다.

3 편편翩翩: 춤사위를 묘사한 의태어.

182. 서량기
西涼伎[1]

元 積
원 진

내가 들자니 옛날 서량 지역은	吾聞昔日西涼州 오 문 석 일 서 량 주
사람들 북적북적하고 뽕밭이 빽빽했었다네	人煙撲地桑柘稠[2] 인 연 박 지 상 자 조
포도주 익으면 마음껏 즐기고	蒲萄酒熟恋行樂 포 도 주 숙 자 행 악
붉고 푸른 고운 깃발은 화려한 누각에서 펄럭였으며	紅豔靑旗朱粉樓[3] 홍 염 청 기 주 분 루
누각 아래 주막을 지키는 이를 탁녀라고 부르고	樓下當壚稱卓女[4] 누 하 당 노 칭 탁 녀
누각 앞 객을 동반하던 이는 막수라고 이름 붙였다네	樓頭伴客名莫愁[5] 누 두 반 객 명 막 수

---

1 『全唐詩』권419. 서량西涼: 동진시대 북방 16국의 하나로 오늘날 간쑤성甘肅省 무위武威 지역에 있던 나라이다. 서량악은 수나라 개황(대략 581~585) 초에는 '국기國伎'로서 칠부 악에 속했는데, 대업 연간(605~618)에 구부악으로 증가되면서 다시 본래의 이름인 서량 악으로 고쳐진다. 이로 인하여 서량악은 구부악의 하나인 서량악을 가리키기도 하고 또 서량 지방의 풍격을 갖춘 악무의 범칭으로 쓰이기도 한다.

2 인연人煙: 사람이 살면 밥 짓는 연기가 난다. '인연'은 이것을 말하는 것으로 사람이 많이 살고 있다는 의미다. 박지撲地: 사람이 많아서 서로 부딪히는 것을 형용.

3 주분朱粉: 빨간색 또는 담홍색으로 무늬를 섬세하게 조각해서 꾸민 것.

4 탁녀卓女: 탁문군卓文君을 가리킨다. 탁왕손의 딸 탁문군은 사마상여의 금 연주에 반하 여 사마상여와 함께 밤중에 성도로 도망쳤다가 나중에 다시 임공으로 돌아와서 주막을 열어 생계를 꾸렸다. 이를 들어 주막의 여인 이름을 탁녀라고 칭한 것이다.

5 막수莫愁: 노래를 잘 부르던 여자의 이름. 『구당서』에 "석성에 있는 여자의 이름이 막수 인데 노래를 잘 불렀다[『舊唐書』권29「音樂志」:"石城有女子名莫愁, 善謌謠."]"라고 전한다.

고향 사람들 이별의 고통 알지 못했고

변경에 주둔한 병사들은 그곳에 갇혀있었네

가서한이 관청을 설치하고 화려한 연회를 베푸니

진귀한 음식과 구온술 당연히 맨 앞에 놓여 있고

맨 처음 백희가 어지럽게 서로 경쟁하는데

환검 뛰어오르니 눈서리처럼 가볍고

사자는 광채나는 털을 이리저리 흔들고

〈호등무〉는 취무처럼 뼈와 근육이 유연했지

대완국은 와서 적한마를 바치고

鄕人不識離別苦
향 인 불 식 이 별 고

更卒多爲沈滯遊[6]
갱 졸 다 위 침 체 유

哥舒開府設高宴[7]
가 서 개 부 설 고 연

八珍九醞當前頭[8]
팔 진 구 온 당 전 두

前頭百戲競撩亂
전 두 백 희 경 료 란

丸劍跳躑霜雪浮[9]
환 검 도 척 상 설 부

獅子搖光毛彩豎
사 자 요 광 모 채 수

胡騰醉舞筋骨柔[10]
호 등 취 무 근 골 유

大宛來獻赤汗馬[11]
대 완 래 헌 적 한 마

---

6 갱졸更卒: 당시엔 요역을 정졸正卒·무졸戌卒·갱졸更卒로 나누었다. 매년 거주하는 지역
   에 1개월 동안 동원되는 것을 경졸이라고 한다(『漢書』「食貨志」上: "至秦則不然, 用商鞅
   之法, 改帝王之制 …… 又加月爲更卒, 已復爲正, 一歲屯戌, 一歲力役, 三十倍於古." 顔師古注:
   "更卒, 謂給郡縣一月而更者也").

7 가서哥舒: 당 대의 이름있는 장수 가서한哥舒翰을 일컫는다. 개부開府: 고대의 고위 관리
   들이 부 단위의 관청을 설치하던 일.

8 팔진八珍: 여덟 가지 진기한 음식. 구온九醞: 맛있는 술의 이름. 『서경잡기』에 "정월
   초하루에 술을 담그면 8월에 익는데 이름을 주酎라고 한다. 일명 구온이라고 하며 순주라
   고도 한다[『西京雜記』권1「十里」: "以正月旦作酒八月成. 名曰酎, 一曰九醞, 一名醇酎]."라고
   전한다.

9 환검丸劍: 고대 백희의 이름이다. 손으로 검을 연달아서 던졌다가 받는 재주를 말한다.

10 騰이 姬인 판본도 있다.

11 적한마赤汗馬: 한혈마汗血馬를 말함. 한나라 때 서역 대완국大宛國에서 생산되는 천마天
   馬. 앞쪽 어깻죽지의 땀구멍에서 땀이 나오는데 땀을 많이 흘리면 온몸이 핏빛이 된다고
   하여 붙여진 이름이다. 대완국은 서역의 옛 나라 이름으로 지금의 우즈베키스탄 페르가나
   일대를 가리킨다.

토번족도 취용구를 바쳤었는데

하루아침에 연 땅의 적이 중국을 어지럽히니

황하 지대 갑자기 모두 헛되이 무덤이 되어버렸네

개원문 앞 만리 봉화는

치욕스럽게도 지금 원주까지 왔다는데

장안과의 거리가 오백 리이니
얼마나 가까워진 것인가?

천자의 고을 반이 몰살당해 황폐한 땅이 되었구나

서량의 길은 험하고 멀기만 한데

이어진 성의 변경 장수들은 성대한 모임만 여니

이 곡을 들을 때마다 부끄럽지 않을 수 있겠는가?

贊普亦奉翠茸裘[12]
찬 보 역 봉 취 용 구

一朝燕賊亂中國[13]
일 조 연 적 란 중 국

河湟沒盡空遺丘[14]
하 황 몰 진 공 유 구

開遠門前萬里堠[15]
개 원 문 전 만 리 후

今來曆到行原州
금 래 축 도 행 원 주

去京五百而近何其逼
거 경 오 백 이 근 하 기 핍

天子縣內半沒爲荒陬
천 자 현 내 반 몰 위 황 추

西涼之道爾阻脩
서 량 지 도 이 조 수

連城邊將但高會
연 성 변 장 단 고 회

每聽此曲能不羞
매 청 차 곡 능 불 수

---

12 찬보贊普: 토번吐蕃 군장의 칭호. 취용구翠茸裘: 비취색의 털이 무성한 갖옷.

13 안녹산의 난을 말한다.

14 하황河湟: 황하黃河와 황수湟水의 병칭이다. 또 두 하천 유역 사이의 비옥한 삼각 지대를 가리키기도 한다. 여기서는 후자의 의미로 풀었다. 沒이 忽인 판본도 있다. '忽'로 풀었다.

15 개원문開遠門: 수나라 초기에 건립되었다. 당대에 안원문安遠門으로 이름을 바꿨다. 개원문은 실크로드와 성내를 잇는 길목의 접점이었다.

183. 서량기 봉읍의 신하를 꾸짖다
西涼伎 刺封疆之臣也[1]

白居易
백거이

서량기	西涼伎[2] 서 량 기
가면 쓴 호인과 가짜 사자	假面胡人假獅子 가 면 호 인 가 사 자
나무 깎아 머리 만들고 실로 꼬리 만들고	刻木爲頭絲作尾 각 목 위 두 사 작 미
금으로 눈알 도금하고 은으로 이빨 붙였네	金鍍眼睛銀帖齒 금 도 안 정 은 첩 치
털옷 맹렬하게 흔들며 양쪽 귀를 터는데	奮迅毛衣擺雙耳[3] 분 신 모 의 파 쌍 이
만 리 밖 사막에서 온 듯하네	如從流沙來萬里[4] 여 종 류 사 래 만 리
자줏빛 구렛나루[5]와 깊은 눈의 두 호인	紫髯深目兩胡兒[6] 자 염 심 목 양 호 아
흥분하여 날 듯이 도약하기 전 치사를 하네	鼓舞跳梁前致辭[7] 고 무 도 량 전 치 사

---

1 『全唐詩』권427
2 서량西涼: 양주의 별칭. 지금의 간쑤성 무위시無威市.
3 분신奮迅: 맹렬한 힘으로 분기함.
4 류사流沙: 간쑤성 돈황 서쪽에 있는 사막지대. 당나라 때 만리는 5,400km, 혹은 6,480km
   정도.
5 '구레나룻'이 표준어지만 어감을 위해 일상적으로 많이 쓰는 '구렛나루'로 표기했다.
6 호아胡兒: 호인胡人. 兩이 羌인 판본도 있다.
7 고무鼓舞: 흥분하다. 날듯이 기뻐하다. 몹시 기뻐하다. 펄쩍 뛰면서 좋아한다는 뜻. 도량
   跳梁: 도약跳躍. 치사致辭: 악인樂人이 풍류에 맞춰 올리는 찬양의 말 또는 관객에게 공연
   할 종목의 내용과 펼쳐질 무대를 소개하는 말. 치어致語라고도 한다.

"아마도 양주가 아직 함락당하기 전

안서도호가 진상하러 왔던 때 같습니다

잠깐의 말로 새로운 소식을 얻을 수 있었는데

안서로가 끊어져 돌아갈 수 없다고 하더군요"

사자를 향해 두 줄기 눈물을 흘리며

"양주가 함락된 것을 아느냐 모르느냐?"

사자가 머리를 돌려 서쪽을 바라보며

한바탕 슬피 울자 관객들이 비통해하네

정원 연간 변방의 장수는 이 곡을 좋아하여

술좌석에서 웃으며 보고 또 보아도 만족하지 않고

손님을 즐겁게 하고 병사를 위로하며
감군에게 잔치를 여니

應似涼州未陷日[8]
응 사 양 주 미 함 일

安西都護進來時[9]
안 서 도 호 진 래 시

須臾云得新消息
수 유 운 득 신 소 식

安西路絶歸不得
안 서 로 절 귀 부 득

泣向獅子涕雙垂
읍 향 사 자 체 쌍 수

涼州陷沒知不知
양 주 함 몰 지 부 지

獅子回頭向西望
사 자 회 두 향 서 망

哀吼一聲觀者悲
애 후 일 성 관 자 비

貞元邊將愛此曲
정 원 변 장 애 차 곡

醉坐笑看看不足
취 좌 소 간 간 부 족

娛賓犒士宴監軍[10]
오 빈 호 사 연 감 군

---

8 應似가 道是인 판본도 있다.

9 안서도호安西都護: 안서 지역을 총괄하는 장관. 안서는 번진藩鎭의 이름. 번진은 당 중기
   에 변경과 중요 지역에서 그 지방의 군정을 관장하던 절도사를 말한다. 도호는 변경의
   정치·군사를 총괄하는 장관.

사자와 호아가 오래도록 시선을 끌었었지	獅子胡兒長在目 사 자 호 아 장 재 목
나이 70의 어떤 한 병사가	有一征夫年七十[11] 유 일 정 부 년 칠 십
서량기 즐기는 것을 보더니 얼굴 푹 숙이고 울다가	見弄涼州低面泣[12] 견 롱 양 주 저 면 읍
눈물 그친 후 손 공손하게 맞잡고 장군에게 아뢰길	泣罷斂手白將軍 읍 파 렴 수 백 장 군
"임금의 근심은 신하의 치욕이라고 들었습니다	主憂臣辱昔所聞[13] 주 우 신 욕 석 소 문
천보 연간에 전쟁이 일어나	自從天寶兵戈起 자 종 천 보 병 과 기
견융이 주야로 서쪽 변방을 삼켜버렸지요	犬戎日夜吞西鄙[14] 견 융 일 야 탄 서 비
양주가 함락된 이래로 40년	涼州陷來四十年[15] 양 주 함 래 사 십 년
하롱의 침략당한 곳이 대략 70리입니다	河隴侵將七千里[16] 하 롱 침 장 칠 천 리
태평시절 안서 땅은 아주 먼 곳까지였지만	平時安西萬里疆 평 시 안 서 만 리 강
지금은 변방이 봉상에 있는데	今日邊防在鳳翔[17] 금 일 변 방 재 봉 상

---

10 감군監軍: 밤중에 도성의 안팎을 순행하며 군사들을 단속하던 임시 벼슬. 娛가 享, 監이 三인 판본도 있다.

11 정부征夫: 정인征人. 출정하는 사람.

12 양주涼州: 서량西涼의 별칭. 여기서는 서량기를 의미한다.

13 여기서부터 끝까지 나이가 70인 병사의 말로 묘사되어 있다. 백거이가 봉읍의 신하를 꾸짖는 내용이다.

14 견융犬戎: 중국 고대 산시성과 간쑤성 일대에 살던 이족의 이름. 은殷나라·주周나라가 정벌하려 했으나 완전히 토벌하지 못했다. 여기서는 티베트족을 말한다. 서비西鄙: 서쪽 의 변방.

15 양주涼州: 양주는 당나라 대종 764년 766년 776년 등 수차례나 티베트족에 함락되었다.

16 하롱河隴: 하서河西와 농우隴右. 하서는 지금의 간쑤성甘肅省 무위현武威縣. 농우는 지금 의 칭하이성青海省(티베트 고원 북동쪽) 해락도海樂都. 七이 九인 판본도 있다.

17 변방邊防: 나라의 안보를 위해 국경 지역에 설치한 군사 방어 조치. 봉상鳳翔: 중국 산시

변방에 헛되이 10만 군사를 주둔시키니

포식하면서 따뜻하게 입고 한가롭게 보냅니다

백성들은 양주에서 고통스러운데

장졸들은 서로 바라보며 수복할 뜻이 없어 보입니다

천자께서는 매사 몹시 애석하게 생각할 것이고

장군께옵서는 말씀 올리고 싶어도 부끄러울 텐데

어찌 그저 서량기를 구경하며

웃고 즐기기만 합니까 창피하지 않으십니까?"

설령 지혜와 힘이 없어 수복할 수는 없더라도

차마 서량의 기예를 불러 놀 수 있냐는 말입니다"

緣邊空屯十萬卒
연 변 공 둔 십 만 졸

飽食溫衣閒過日[18]
포 식 온 의 한 과 일

遺民腸斷在涼州[19]
유 민 장 단 재 양 주

將卒相看無意收
장 졸 상 간 무 의 수

天子每思長痛惜[20]
천 자 매 사 장 통 석

將軍欲說合慙羞[21]
장 군 욕 설 합 참 수

奈何仍看西涼伎
내 하 잉 간 서 량 기

取笑資歡無所媿
취 소 자 환 무 소 괴

縱無智力未能收
종 무 지 력 미 능 수

忍取西涼弄爲戲[22]
인 취 서 량 롱 위 희

성陝西省 위수渭水 유역에 있는 도시. 양주가 함락되어 봉상에 변방을 설치했는데 봉상은
양주에서 동쪽으로 멀리 떨어진 지역이다.

18 溫이 厚인 판본도 있다.

19 유민遺民: 망하여 없어진 나라의 백성.

20 통석痛惜: 몹시 애석하게 여김. 每가 長인 판본도 있다.

21 참수慙羞: 부끄러워 얼굴을 붉힘.

22 西涼이 涼州인 판본도 있다. 양주가 함락되어 그곳 유민들은 고통 속에 살고 있는데,
양주에서 멀리 떨어진 봉상에 부질없이 군사를 주둔시키고 한가하게 서량기를 즐기는
것을 꾸짖고 있다.

184. 파진악
破陣樂[1]

張說
장 설

당나라 병사가 금미산에 출병하니

햇빛을 받은 갑옷 눈부시네

저 멀리 붉은 깃발 불이 타오르는 듯하고

천만 기병 구름같이 몰려오니 진눈깨비 휘날리는 것 같네

급히 요하를 건너려고 온 힘을 다하며

북치고 함성 지르며 연산으로 날아가려하자

때마침 사방의 속국에서 황제에게 참배 드리며

온갖 춤을 추니 황제의 위엄을 과연 알만하구나!

......

漢兵出頓金微[2]
한 병 출 돈 금 미

照日光明鐵衣[3]
조 일 광 명 철 의

百里火旛熖熖[4]
백 리 화 번 도 도

千行雲騎霏霏[5]
천 행 운 기 비 비

蹙踏遼河自竭[6]
축 답 요 하 자 갈

鼓譟燕山可飛[7]
고 조 연 산 가 비

正屬四方朝賀
정 속 사 방 조 하

端知萬舞皇威
단 지 만 무 황 위

......

---

1   『全唐詩』권27. 〈파진악〉은 당 태종(이세민)이 진왕이었을 때에 돌궐족인 유무주劉武周
    를 격파하자 군인들이 만든 〈진왕파진악〉을 가리킨다[참고].
2   한병漢兵: 〈파진악〉은 당 태종의 무덕을 상징하는 악무로 여기서 한병은 당 태종의 병사
    를 말한다. 금미金微: 옛날의 산 이름으로 지금의 알타이산맥[阿爾泰山]이다.
3   明光이 光明인 판본도 있다.
4   도도熖熖: 불길이 세차게 타오르는 모습을 형용. 騑騑가 霏霏인 판본도 있다.
5   비비霏霏: 진눈깨비가 빽빽하게 내리는 것을 형용.
6   요하遼河: 하천 이름.
7   연산燕山: 전략요충지인 산맥.

【참고】

‖ 파진악破陣樂

〈파진악〉의 최초 창작과 관련된 내용은 『구당서』와 『신당서』에 다음과 같이 전한다. "태종이 가까운 신하에게 말하기를 "내가 예전에 제후국[藩國]의 왕으로 있을 때[1] 여러 번 정벌 전쟁에 나갔는데 세간에서 마침내 이 음악을 만들었다."[2] "태종이 진왕이었을 때 유무주劉武周[3]를 격파하니 군인들이 함께 〈진왕파진악〉 곡을 만들었다."[4] 이처럼 군사들에 의해 군가 형식으로 창작된 최초의 〈파진악〉은 이후 태종이 직접 만든 〈파진악무도破陣樂舞圖〉를 바탕으로 가무악이 하나 된 대곡大曲 〈파진악[七德舞]〉으로 거듭난다. 이 대곡 〈파진악〉은 '문왕팔괘도文王八卦圖'에 따라 배치된 제갈량의 '팔진도八陣圖'를 바탕으로 한 진세를 기본으로 대형을 구성했다. 120명의 무자들이 북소리가 크게 울리는 웅장한 구자악龜玆樂의 음악에 맞춰 앞은 전투마차이고 뒤는 군대 행렬로 관진법과 아진법의 전투 형태[先偏後伍, 魚麗鵝鸛]에서 세 차례 변하는데 매번 네 가지의 진세로 변하고 발양도려發揚蹈厲·교착굴신交錯屈伸·격자왕래擊刺往來하며 '진왕파진악秦王破陣樂'이라 화답하는 음운이 강개[聲韻慷慨]한 유형의 대곡이다.

태종의 업적을 칭송하기 위해 창작되었던 〈파진악〉은 고종 시기와 현종 시기 모두 각자의 업적을 드높이는 정치적 수단으로 변모하여 쓰였다.[5]

---

1   당 태종 이세민李世民(599~649)은 당 왕조가 수립되기 이전 제후국의 왕[藩王]이었다. 당 왕조가 수립된 후 진왕秦王에 책봉되었다. 이세민은 '현무문玄武門의 변'에서 태자 이건성李建成을 죽인 후 태자가 되고 이후 아버지 이연李淵(당 태조, 618~626 재위)에게 왕위를 양위 받아 당 제국의 제2대 황제가 되었다.

2   『舊唐書』 권28 「音樂志」: "太宗謂侍臣曰: 朕昔在藩, 屢有征討, 世間遂有此樂."

3   유무주劉武周: 출생일시는 알 수 없음. 당나라 초기 서북지역을 강력하게 차지하고 있었으며 돌궐족에 의지하였다. 이세민의 공격을 받고 돌궐로 도망갔으며 당나라 무덕 5년(622)에 죽었다.

4   『新唐書』 권21 「禮樂志」: "太宗爲秦王, 破劉武周, 軍中相與作〈秦王破陣樂〉曲."

5   관련 내용은 김미영, 「唐代〈破陣樂〉연구-太宗·高宗·玄宗 시기를 중심으로」, 『동양예술』 16호, 2011, 317~348쪽을 참조하시오.

185. 동정삼산가를 그리다
畫洞庭三山歌[1]

皎 然
교 연

상서 안진경이 현진자가 술을 차려 놓고 악무를 베풀고
〈파진악〉 추는 것을 보고 받들어 응하여 동정삼산가를 그리다
奉應顏尙書眞卿 觀玄眞子置酒張樂舞破陣[2] 畫洞庭三山歌
봉 응 안 상 서 진 경   관 현 진 자 치 주 장 악 무 파 진   화 동 정 삼 산 가

도사들 행적 기이하여 사람들 모두 놀라고	道流跡異人共驚[3] 도 류 적 이 인 공 경
기이한 그림 안에서 탈속의 정감을 보네	奇向畫中觀道情[4] 기 향 화 중 관 도 정
어떻게 만상이 마음에서 나오는 것일까?	如何萬象自心出 여 하 만 상 자 심 출
네 마음 담연하여 계획하는 바 없는데	而心澹然無所營[5] 이 심 담 연 무 소 영
손은 붓을 잡고	手援毫 수 원 호
발은 곡조를 맞추네	足蹈節 족 도 절
비단 펼치고 먹물 뿌리니 절묘하다 칭찬하고	披縑灑墨稱麗絶 피 겸 쇄 묵 칭 려 절

---

1 『全唐詩』권821. 동정洞庭: 동정호洞庭湖. 삼산三山: 전설 속의 신산神山.
2 현진자玄眞子: 장지화張志和(732~774) 자는 자동子同 초명이 구령龜齡 호가 현진자다.
3 도류道流: 도사의 무리.
4 도정道情: 수도자의 초월적·탈속적 정조.
5 담연澹然: 안정된 모양.

석문에 점 어지럽게 찍자 급히 피리 소리 재촉하더니   石文亂點急管催
　　　　　　　　　　　　　　　　　　　　　　　　석 문 란 점 급 관 최

구름 자태 천천히 그어 내리자 느린 노래 시작하네   雲態徐揮慢歌發
　　　　　　　　　　　　　　　　　　　　　　　　운 태 서 휘 만 가 발

악이 종횡하고 술 취하니 광란이 더욱 심해져   樂縱酒酣狂更好[6]
　　　　　　　　　　　　　　　　　　　　　　악 종 주 감 광 갱 호

많은 산봉우리를 비 내리듯 종횡으로 쓸어내리네   攢峯若雨縱橫埽
　　　　　　　　　　　　　　　　　　　　　　　찬 봉 약 우 종 횡 소

6　주감酒酣: 술을 마셔서 흥이 나고 만취 상태가 됨.

186. 부남곡 가사 5수
扶南曲 歌詞 五首[1]

王維
왕 유

푸른 깃과 유소로 장식한 장막

봄잠에 날이 새도 열지 않더니

부끄러운 안색으로 일어나

교태가 말소리를 따라 나오니

서둘러 소양전으로 가라고

군왕의 중사가 재촉하네

당상에 푸른 현 울리고

당 앞에 비단 자리 깔려있는데

다 같이 노녀곡 부르니

翠羽流蘇帳[2]
취 우 유 소 장

春眠曙不開
춘 면 서 불 개

羞從面色起
수 종 면 색 기

嬌逐語聲來
교 축 어 성 래

早向昭陽殿[3]
조 향 소 양 전

君王中使崔
군 왕 중 사 최

堂上青絃動
당 상 청 현 동

堂前綺席陳
당 전 기 석 진

齊歌盧女曲[4]
제 가 노 녀 곡

1　『全唐詩』권125. 부남扶南: 옛 국명으로 오늘날의 캄보디아를 말한다.

2　유소流蘇: 채색 비단 또는 깃털로 만든 이삭 모양의 장신구로 마차·깃발·장막의 가장자리를 꾸미는 데에 쓰인다.

3　소양전昭陽殿: 한나라 성제成帝의 총애를 받던 조합덕趙合德이 거처한 곳. 이후 총애를받는 후비의 궁전을 뜻하는 말로 쓰였다.

4　노녀곡盧女曲: 고악부의 제목. 노녀의 이름은 노희盧姬로 위무제 때 궁녀였다. 거문고연주에 뛰어났다고 전한다.

낙양 미인들 쌍쌍이 춤추네

미인이 부질없이 바라보고 있지만

어찌 알겠는가? 마음으로 아끼고 있는 것을

雙舞洛陽人
쌍 무 낙 양 인

傾國徒相看[5]
경 국 도 상 간

寧知心所親
영 지 심 소 친

---

5   경국傾國: 여자의 용모가 매우 아름다움을 형용.

187. 태상시에서 표국의 신악을 보고
太常觀閱驃國新樂[1]

胡直鈞
호 직 균

다른 나라 악樂이 표국에서 와	異音來驃國 이 음 래 표 국
비로소 봉상시에 갖추어졌는데	初被奉常人[2] 초 피 봉 상 인
겨우 궁상만 분별할 수 있었지만	纔可宮商辨 재 가 궁 상 변
절주의 새로움엔 매우 놀랐네	殊驚節奏新 수 경 절 주 신
둥근 물건을 굴리는 화려한 얼굴	轉規迴繡面[3] 전 규 회 수 면
구불구불한 모양의 문신이	曲折度文身 곡 절 도 문 신
세악을 쫓아 펼쳐지며	舒散隨鸞吹[4] 서 산 수 란 취
봄날의 어수선한 새처럼 떠들며 부르네	喧呼雜鳥春[5] 훤 호 잡 조 춘
마음속으론 옛 친구를 생각하면서	襟衽懷舊識 금 임 회 구 식

---

1 『全唐詩』 권464
2 봉상奉常: 진나라 때 설치된 구경九卿의 하나로 종묘의 예의를 관장했다. 후에 태상太常
   으로 바뀌었다.
3 전규轉規: 둥근 물건을 굴림.
4 서산舒散: 근골筋骨을 푸는 것을 말함. 란취鸞吹: 생笙·소簫 등의 세악을 가리킴.
5 훤호喧呼: 떠들며 부름.

음악 소리 변화무쌍하게 항상 펼치네 　　絲竹變恆陳
　　　　　　　　　　　　　　　　　　사 죽 변 긍 진

무슨 일로 중원에 머무는지 　　　　　何事留中夏[6]
　　　　　　　　　　　　　　　　　　하 사 유 중 하

오래도록 순박한 교화를 드러내게 해야겠네 　長令表化淳[7]
　　　　　　　　　　　　　　　　　　장 령 표 화 순

6　중하中夏: 중화中華.

7　화순化淳: 순박하고 인정이 따뜻한 교화.

188. 표국악
驃國樂[1]

元 稹
원 진

이신李紳이 말하기를 "정원 연간(785~805) 신사년에 비로소 바치러 왔다"[2]
李傳云: "貞元辛巳歲始來獻"
이 전 운   정 원 신 사 세 시 래 현

표국 악기! 머리는 낙타를 본떴고

소리는 열두 음이 화합하지 못하지만

빠르게 뛰어오르니 근골은 단단하네

많은 사설 변하고 어지러워 이름 틀리지만

온갖 악기와 노랫소리 함께 울려 퍼지며

좌로 돌고 우로 돌며 허공에서 나부끼네

驃之樂器頭象駝
표 지 악 기 두 상 타

音聲不合十二和
음 성 불 합 십 이 화

促舞跳趫筋節硬
촉 무 도 교 근 절 경

繁辭變亂名字訛
번 사 변 란 명 자 와

千彈萬唱皆咽咽[3]
천 탄 만 창 개 인 인

左旋右轉空傞傞[4]
좌 선 우 전 공 사 사

---

1 『全唐詩』권419. 표국은 지금의 미얀마Myanmar다. 『구당서』「예악지」에 "정원 18년(802)
   정월 표국왕이 와서 본국의 음악을 바쳤다[驃國王來獻本國樂]."라고 전한다.

2 이신李紳(772~846): 자는 공수公垂 본관은 안후이安徽 보저우亳州이다. 이신은 15세에
   혜산惠山에서 수학했는데 농민들이 종일 열심히 일해도 먹고 살 수 없는 것을 보고 동정과
   분개심으로 천고에 전해지는 '민농'의 시 2수를 써서 '민농시인憫農詩人'으로 불렸다.

3 인인咽咽: 리드미컬한 북소리 등을 묘사한 의성어. 흐느끼며 애절한 소리와 나지막한
   소리를 묘사할 때에도 쓰인다. 여기서는 악기와 노랫소리를 묘사했다.

4 사사傞傞: 바람이 나부끼듯 춤추는 모습을 형용한 의태어. 춤사위를 묘사할 때 자주
   쓰인다.

땅 굽어보고 하늘 향해 소리 질러도 (음악과) 맞지 않는데   俯地呼天終不會[5]
부 지 호 천 종 불 회

갑자기 조를 바꾸니 어찌하겠는가?   曲成調變當如何
곡 성 조 변 당 여 하

덕종의 깊은 뜻은 먼 지역을 위로하는 것이기에   德宗深意在柔遠[6]
덕 종 심 의 재 유 원

악기도 연주하지 말고 미인도 올리지 못하게 했었는데   笙鏞不御停嬌娥[7]
생 용 불 어 정 교 아

사관에서 조공 바칠 것을 써서 전할 때   史館書爲朝貢傳[8]
사 관 서 위 조 공 전

태상시에서 〈제말무〉를 종목에 끼워 넣었네   太常編入鞮鞨科[9]
태 상 편 입 제 말 과

옛날 요임금이 천자일 때는   古時陶堯作天子[10]
고 시 도 요 작 천 자

5　호천呼天: 하늘을 우러러 울부짖음.

6　덕종德宗: 당나라의 황제 이괄李适(779~805 재위). 유원柔遠: 먼 곳에 있는 나라를 평안하게 어루만지며 위로하는 것.

7　생용笙鏞: 생笙과 용鏞은 악기 이름이다. 생은 관악기이고 용은 큰 종을 일컫는다. 『서경』 「익직」에 "'생과 용을 번갈아서 울리니 새와 짐승이 너울너울 춤을 췄다'라는 내용에 대해 정현은 '생은 생生으로 동방의 악기이고 용鏞은 공功으로 서방의 악기다'라고 설명했다[『書經』, 「益稷」: "'笙鏞以間, 鳥獸蹌蹌' 鄭玄曰: '東方之樂謂之笙. 笙, 生也, 東方生長之方, 故名樂爲笙也. 西方之樂謂之庸. 庸, 功也, 西方物熟有成功. 亦謂之頌, 頌亦是頌其成也']".

8　사관史館: 사서의 편찬을 담당하던 기구.

9　제말鞮鞨: 고대 소수민족의 악무.

10　도요陶堯: 요임금.

뒤에 물러나서 몸소 태평성세의 노래를 들었고　　遜遁親聽康衢歌¹¹
손 둔 친 청 강 구 가

또 신하를 보내 목탁을 지켰으며　　又遣遒人持木鐸¹²
우 견 주 인 지 목 탁

두루 노래를 채집하며 천하를 지나가니　　徧采謳謠天下過
편 채 구 요 천 하 과

만인이 지닌 뜻에 모두 통달했었다네　　萬人有意皆洞達
만 인 유 의 개 통 달

사악은 번거롭고 가혹한 정책을 감히 시행치 않고　　四岳不敢施煩苛¹³
사 악 불 감 시 번 가

다만 세상에서 흙덩이를 치게 만들어　　盡令區中擊壤塊¹⁴
진 령 구 중 격 양 괴

즐거움이 해외까지 미쳐 은혜 물결 퍼졌었지　　燕及海外覃恩波
연 급 해 외 담 은 파

진나라가 쟁패하여 주나라가 쇠퇴하니 옛 관청이 폐하고　　秦覇周衰古官廢
진 패 주 쇠 고 관 폐

위아래가 막혀 왕도가 무너지자　　下堙上塞王道頗
하 인 상 새 왕 도 파

모두 이방 풍속을 좋아하여 같은 소리로 가르치며　　共矜異俗同聲敎
공 긍 이 속 동 성 교

11　강구康衢: 태평성대를 송축하는 노래.

12　주인遒人: 고대 제왕이 백성들의 정서를 살피기 위해 출장 보낸 신하. 목탁木鐸: 교화를
선양하는 사람을 비유.

13　사악四岳: 사방 제후의 우두머리. 『서경』「요전」에 "사악은 관명이니 한 사람으로서 사
악에 있는 제후의 일을 총괄한다[四岳, 官名. 一人而總四岳諸侯之事也]."라고 전한다.

14　구중區中: 인간 세상. 격양괴擊壤塊: 흙덩이를 두드리며 노래를 부르는 것으로 태평성대
를 뜻함.

백성 구제를 생각하지 않으니 바야흐로 재앙이 내렸네

『서경』에 어별도 또한 함약하다고 했으니

만약 이를 본받을 수 있다면 참으로 만족하겠지만

가령 우마가 은택을 꿈꾸지 않는 것처럼

평온한 생활이 어찌 원타의 번식에 있다 하겠는가?

교화는 옛날부터 본말이 있는 것이니

바다로 헤엄쳐 가려면
필시 먼저 황하로 헤엄쳐 가야 하는데

옳고 그름이 뒤바뀌는 일 예로부터 있었으니

표국아! 표국아! 누가 너를 꾸짖겠느냐?

不念齊民方薦瘥
불 념 제 민 방 천 채

傳稱魚鼈亦咸若[15]
전 칭 어 별 역 함 약

苟能效此誠足多
구 능 효 차 성 족 다

借如牛馬未夢澤[16]
차 여 우 마 미 몽 택

豈在抱甕滋黿鼉[17]
기 재 포 옹 자 원 타

教化從來有源委[18]
교 화 종 래 유 원 위

必將泳海先泳河
필 장 영 해 선 영 하

是非倒置自古有
시 비 도 치 자 고 유

驃兮驃兮誰爾訶
표 혜 표 혜 수 이 가

---

15 『서경書經』「이훈伊訓」에 "옛날 하나라의 선왕들이 덕에 힘쓰셨기에 자연재해가 없었고
    산천의 귀신들이 또한 편안하지 않음이 없었으며 조수와 어별들이 모두 순하였다[古有夏
    先后, 方懋厥德, 罔有天災, 山川鬼神, 亦莫不寧, 暨鳥獸魚鼈, 咸若]."라고 전한다. 제왕의 덕
    이 높아 어패류와 물짐승도 교화되어 순하다는 뜻이다. 함약咸若: 제왕의 교화를 칭송하
    는 말.

16 차여借如: 가령, 만약, 예를 들어.

17 포옹抱甕: 초라하지만 순박한 생활에 안주한다는 뜻. 원타黿鼉: 큰 거북과 양자강 악어.
    백성들이 황제의 은택을 꿈꾸지 않는 것은 순박한 생활에 안주해서도 아니고 거북이와
    악어가 번식해서가 아니라 황제가 백성을 구제할 뜻이 없어서라는 것을 말하고 있다.

18 원위源委: 일의 본말.

189. 표국악 왕이 백성을 교화시키고자 하면 가까운 곳을 먼저하고 먼 곳을 나중에 하였다. 정원貞元(785~805) 17년에 와서 바쳤다

驃國樂 欲王化之先邇後遠也 貞元十七年來獻之[1]

白居易
백 거 이

표국악!	驃國樂 표 국 악
표국악!	驃國樂 표 국 악
큰 바다 서남쪽 변방으로부터 왔네	出自大海西南角 출 자 대 해 서 남 각
옹강의 동생 서난타가	雍羌之子舒難陀[2] 옹 강 지 자 서 난 타
남쪽 음악을 바치고 정삭을 받드네	來獻南音奉正朔[3] 래 헌 남 음 봉 정 삭
덕종이 의장을 갖추고 궁궐에 납셨는데	德宗立仗御紫庭[4] 덕 종 입 장 어 자 정
주광으로 막지 않은 것은 그 소리를 듣기 위해서네	黈纊不塞爲爾聽[5] 주 광 불 색 위 이 청
나각 한 번 부니 몽둥이 상투가 솟고	玉螺一吹椎髻聳[6] 옥 라 일 취 추 계 용

---

1   『全唐詩』 권426. 『구당서』에는 정원 18년(802)에 표국이 악을 진헌한 것으로 전한다.

2   옹강雍羌: 표국왕. 서난타舒難陀: 옹강왕의 동생인 실리이성悉利移城의 성주(『新唐書』 권 222 하 「列傳」147 「南蠻」: "雍羌, 亦遣弟悉利移城主舒難陀, 獻其國樂").

3   정삭正朔을 받들었다는 것은 중국의 역법曆法을 따르고 복종하겠다는 것으로 신하가 되 겠다는 뜻이다. 奉이 擧인 판본도 있다.

4   입장立仗: 의장. 혹은 의장을 설치한 것. 자정紫庭: 제왕의 궁정.

5   주광黈纊: 면류관冕旒冠의 양쪽으로 귀에 닿을 정도로 늘이어 달아맨 황색 솜 방울. 주광 은 의롭지 않은 말을 귀로 듣지 않게 하려는 뜻으로 면류관 옆에 달았다.

6   옥라玉螺: 바다 소리를 아름답게 일컫는 말로 부는 악기를 의미한다. 여기서는 나각螺角

동고 한번 치니 문신이 춤을 추네 銅鼓一擊文身踊[7]
동 고 일 격 문 신 용

구슬목걸이 별이 흔들리듯 광채가 돌고 珠纓炫轉星宿搖
주 영 현 전 성 수 요

화만은 흔들려 떨어지니 용과 뱀이 꿈틀거리는 듯하네 花鬘斗藪龍蛇動[8]
화 만 두 수 용 사 동

곡이 끝나자 왕자가 천자에게 曲終王子啓聖人[9]
곡 종 왕 자 계 성 인

신의 부친이 당나라 외신이 되길 원한다고 아뢰자 臣父願爲唐外臣[10]
신 부 원 위 당 외 신

좌우의 환호가 어찌나 크던지 左右歡呼何翕習[11]
좌 우 환 호 하 흡 습

지존의 덕이 넓게 미치니 至尊德廣之所及
지 존 덕 광 지 소 급

으로 풀었다. 추계椎髻: 하나로 모은 상투로 그 모양이 몽둥이 같다.

7 문신文身: 옛 문헌에는 규열叫涅이라고 전한다. 고대에는 문신을 한 종족은 야만인으로
   여겼다. 오늘날에는 사람의 단조로운 피부에 이상적인 그림을 그려 인생의 영원한 것으로
   남기거나 인생에서 가장 아름다운 그림을 그려서 기억하고자 문신을 하는 사람들이 적지
   않다. 一이 千인 판본도 있다.

8 화만花鬘: 몸과 머리의 장식물로 꽃을 꿰어놓은 것. 두수斗藪: 흔들려서 떨어진다는 뜻.

9 성인聖人: 천자에 대한 존칭.

10 덕종은 서난타에게 태복경太僕卿의 관직을 주어 돌려보냈다[『新唐書』 권222 하「列傳」
   147「南蠻」: "德宗, 授舒難陀太僕卿遣還].

11 흡습翕習: 성대한 모양을 형용.

순식간에 제후들이 궁궐 옆에 모여

엎드려 절하며 지존에게 하례를 올리네

삼가 표국인이 올린 신악을 살펴보더니

국사에 기록하여 자손에게 전할 것을 요청하네

때마침 격양가를 부르는 늙은 농부가

황제 마음을 은밀히 헤아리더니 한가히 혼잣말로

"들자니 임금의 정치 교화가 몹시 밝고

인심을 감동시켜 태평을 이루려 한다지요

사람을 감동하게 함은 가까이 있지 멀리 있지 않고

須臾百辟詣閤門[12]
수 유 백 벽 예 합 문

俯伏拜表賀至尊
부 복 배 표 하 지 존

伏見驃人獻新樂[13]
복 견 표 인 헌 신 악

請書國史傳子孫
청 서 국 사 전 자 손

時有擊壤老農父[14]
시 유 격 양 노 농 부

暗測君心閒獨語[15]
암 측 군 심 한 독 어

聞君政化甚聖明[16]
문 군 정 화 심 성 명

欲感人心致太平
욕 감 인 심 치 태 평

感人在近不在遠
감 인 재 근 부 재 원

---

12 백벽百辟: 제후. 합문閤門: 궁전의 옆문.

13 복견伏見: 아랫사람에게 자기의 견해에 대해 말할 때의 겸어.

14 격양노인擊壤老人: 태평한 생활을 즐거워하며 노인이 땅을 치며 노래함.

15 격양가를 부르는 늙은 농부는 백거이를 가리킨다. 이하의 내용은 백거이가 황제에게 하
    고픈 말로써 표국악을 지나치게 즐기는 것을 삼가고 백성들의 말에 귀를 기울일 것을
    당부한다.

16 정화政化: 정치로써 국민을 교화시킴. 성명聖明: 성철聖哲하고 영명英明한 임금이 이룩한
    태평성대를 말함. 즉 치세治世, 혹은 명시明時.

태평은 실질에 있지 음악에 있지 않습니다

몸 살피듯 나라 다스려야 나라를 구할 수 있습니다

임금은 마음이요 백성은 몸과 같으니

몸이 태어나 병들고 고생하면 마음이 비통하듯

백성이 태평하면 임금은 즐겁지요

정원 연간의 백성이 만약 태평하지 않았다면

표국악을 들었어도 임금은 즐겁지 않았을거고

정원 연간의 백성이 진실로 무탈했다면

표국악이 오지 않았어도 임금은 성인이지요

표국악의 무리들 소란스러워

백성들의 소견을 듣느니만 못합니다"

太平由實非由聲
태 평 유 실 비 유 성

觀身理國國可濟
관 신 리 국 국 가 제

君如心兮民如體
군 여 심 혜 민 여 체

體生疾苦心憯悽
체 생 질 고 심 참 처

民得和平君愷悌[17]
민 득 화 평 군 개 제

貞元之民若未安
정 원 지 민 약 미 안

驃樂雖聞君不歡
표 악 수 문 군 불 환

貞元之民苟無病
정 원 지 민 구 무 병

驃樂不來君亦聖
표 악 불 래 군 역 성

驃樂驃樂徒喧喧
표 악 표 악 도 훤 훤

不如聞此芻蕘言[18]
불 여 문 차 추 요 언

---

17 개제愷悌: 용모와 기상이 화평하고 단아함.

18 추요芻蕘: 백성의 견문이 얕음을 가리킴.

190. 전시랑이 전장으로 돌아가다
田侍郎歸鎮[1]

王建
왕 건

......

광장에 〈파진악〉 처음 멈추니

화려한 깃발이 백 척 누대보다 더 높구나

노장이 웅장한 기운 다투듯 일어나 춤추고

관현을 다시 연주하니 놀이채 가득하구나

......

......

廣場破陣樂初休
광 장 파 진 악 초 휴

彩纛高於百尺樓
채 독 고 어 백 척 루

老將氣雄爭起舞
노 장 기 웅 쟁 기 무

管絃回作大纏頭[2]
관 현 회 작 대 전 두

......

---

1 『全唐詩』 권301. 시랑侍郎: 고대 관직명. 당 이후 직급이 높아져 현재의 장·차관급에
  해당한다.
2 전두纏頭: 춤을 추고 노래를 부른 자에게 주는 놀이채. 금전두錦纏頭라고도 일컫는다.

巾舞·拂舞·鞞舞·巴渝舞·白紵舞

〈건무巾舞〉는 홍문연에서 항장이 유방의 목숨을 노리며 검무를 출 때 항백이 일어나 함께 검무를 추면서 유방의 죽음을 막았다는 고사를 배경으로 한 춤이다. 〈공막무公莫舞〉라고도 한다.

〈불무拂舞〉는 무자들이 모두 불장拂帳을 잡고 춤을 췄었다. 그런데 수나라 때 불장을 제거하고 채색 비단옷을 입고 추는 춤으로 바뀌었고 당나라 때에는 청상악에 맞춰 춤을 추었다고 전한다. 〈백구白鳩〉는 오나라의 〈불무곡拂舞曲〉이라고도 전한다.

〈비무鼙舞〉는 한나라 때에 이미 연향에 올려진 춤이다. 『구당서』에는 “〈명지군明之君〉은 본래 한나라 시대의 〈비무곡〉이며, 양나라 무제武帝(502~549) 때 그 가사를 바꾸어 임금의 덕을 노래하였다[〈明之君〉, 本漢世〈鼙舞曲〉也. 梁武時, 改其辭以歌君德].”라고 전한다.

〈파투무巴渝舞〉는 이족이 춘 춤이었다. 한나라 시기 낭중閬中 지방에 투수渝水라고 불리는 강이 있었는데 강 부근에 ‘판순만板楯蠻’이라는 이족이 살았다. 그들은 천성이 강하고 날쌔어 원래부터 한나라를 위해 적의 진지에서 싸워 적을 함락시키곤 했다. 그들은 노래와 춤을 좋아하여 춤과 노래를 즐겼는데, 항우가 그들이 추는 춤을 보더니 “이는 무왕이 주왕을 정벌하는 노래이다.”라며 악인들에게 그것을 익히도록 명했다고 한다. 그것이 이른바 〈파투무〉이다.

〈백저무白紵舞〉는 오나라의 춤이다. 저紵는 원래 오나라 땅에서 나는 것이니 오나라 춤인 듯 하다. 오나라에서는 서緖를 저紵로 발음하니 백서白緖와 백저白紵는 같은 것이다. 오늘날 선주宣州에 백저산白紵山이 있는데 아마도 이로 인해서 이름한 것 같다.

191. 공막무가 건무곡
公莫舞歌 巾舞曲[1]

李賀
이 하

네모 화문의 옛 주춧돌에 아홉 기둥 늘어서 있고	方花古礎排九楹[2] 방 화 고 초 배 구 영
표범 찔러 뿜는 피 은 술동이에 채우는데	紫豹淋血盛銀罌[3] 자 표 림 혈 성 은 앵
화려한 연회 의장 악대에 연주할 악기 없어	華筵鼓吹無桐竹[4] 화 연 고 취 무 동 죽
긴 칼 세워 쟁의 울음 다투네	長刀直立割鳴箏[5] 장 도 직 립 할 명 쟁
가로 문미의 거친 비단에 붉은 문양 피어나고	橫楣麤錦生紅緯[6] 횡 미 추 금 생 홍 위
햇빛 따사롭고 비단 아름다워도 왕은 취하지 않네	日炙錦嫣王未醉[7] 일 자 금 언 왕 미 취

1　『全唐詩』 권22

2　방화고초方花古礎: 네모 화문花紋의 오래된 주춧돌. 구영九楹: 건물이 웅장한 것. 古가
　石인 판본도 있다.

3　짐승의 피를 술에 타서 마시는 것으로 동맹을 약속하며 용맹을 과시하는 행위이다.

4　고취鼓吹: 의장儀仗 악대. 동죽桐竹: 오동나무로 만든 현악기와 대나무로 만든 관악기.
　연회는 홍문鴻門에서의 연회이다[참고]. 華이 軍인 판본도 있다.

5　명쟁鳴箏: 쟁을 타는 것. 쟁은 원래 12현이었으나 나중에 13현으로 바뀌었다. 『인화록因
　話錄』에 "진秦나라 사람이 슬瑟을 연주하려 할 때 형제가 그것을 다투다가 부서져서 두
　쪽이 되었다. 쟁의 이름은 여기에서 비롯되었다."라고 전한다. 긴 칼로 서로 다툴 때 칼
　부딪치는 소리가 쟁쟁 나는 것을 쟁을 타는 소리에 비유했다.

6　횡미橫楣: 가로의 문미門楣. 창이나 문의 위쪽에 기둥과 기둥 사이를 가로지르는 나무.
　홍위紅緯: 붉은 가로 문양.

7　왕王: 항우項羽.

허리 아래 보결의 빛 세 번 보이자   腰下三看寶玦光[8]

요 하 삼 간 보 결 광

항장이 검무를 추니 앞을 가로막으며   項莊掉箭攔前起[9]

항 장 도 소 란 전 기

재관과 소신들 "공은 춤추지 말라" 하네   材官小臣公莫舞[10]

재 관 소 신 공 막 무

좌상의 진인 적룡자(유방)   座上眞人赤龍子[11]

좌 상 진 인 적 룡 자

망산과 탕산의 구름 상서로워 천운 안고 돌아가니   芒碭雲瑞抱天回[12]

망 탕 운 서 포 천 회

함양의 왕기 물처럼 맑아지네   咸陽王氣淸如水[13]

함 양 왕 기 청 여 수

쇠 지도리와 빗장으로 겹겹이 문 걸었어도   鐵樞鐵楗重束關[14]

철 추 철 건 중 속 관

---

8 결玦: 허리에 차는 한쪽이 트인 고리 모양의 옥[참고].

9 항장도소項莊掉箭: 항장이 검무를 추는 것을 뜻한다. 항장은 범증의 지시를 받고 검무를 추다가 패공을 죽이려고 했다.

10 재관材官: 용력勇力이 있는 신하.

11 진인적룡자眞人赤龍子: 유방을 말함. 진인眞人은 원래 신인神人이나 선인仙人을 말하는 데 왕을 지칭할 때에도 쓴다. 적룡자赤龍子: 적제자赤帝子.

12 망탕芒碭: 망산芒山과 탕산碭山. 안후이성安徽省 탕산현碭山縣 동남쪽에 있다. 유방이 거 치하는 곳의 하늘엔 항상 상서로운 구름 기운이 있어서 그가 있는 곳을 쉽게 찾아낼 수 있었다. 이에 유방은 망산과 탕산의 늪과 바위 사이에 숨었다고 한다.

13 함양咸陽: 진秦나라의 수도. "왕기가 물처럼 맑다"는 말은 진나라의 국운이 쇠약해졌다는 뜻이다.

14 철추철건鐵樞鐵楗: 쇠로 만든 문의 지도리와 문빗장.

오방의 긴 깃발이 문고리를 쳐버리고

한왕이 지금 진나라 옥쇄를 구할 수 있었던 것은

절빈고장 형벌을 신하가 무릅썼기 때문이라네

大旗五丈撞雙環[15]
대 기 오 장 당 쌍 환

漢王今日須秦印[16]
한 왕 금 일 수 진 인

絶臏刳腸臣不論[17]
절 빈 고 장 신 불 론

---

15 대기大旗: 대오방기大五方旗를 뜻한다. 대오방기는 군대를 지휘하고 방위를 표시하는 데
    쓰였다. 오방을 지키는 신인 서방의 백호(금), 동방의 청룡(목), 중앙의 등사螣蛇(흙), 북
    방의 현무(물), 남방의 주작(불)을 상징하는 그림이 깃발에 그려져 있다. 장丈: 1장은 약
    30m에 해당하므로 5장은 150m가량 된다. 쌍환雙鐶: 문고리.

16 한왕漢王: 한 고조 유방. 진인秦印: 진나라 옥쇄.

17 절빈고장絶臏刳腸: 정강이뼈를 절단하고 내장을 갈라내는 형벌. 번쾌가 죽음을 무릅쓰고
    유방을 구해낸 것을 말한다.

【참고】

‖ 홍문지연鴻門之宴

진시황이 죽자 전국은 혼란에 빠지고 곳곳에서 봉기가 일어났다. 항우도 숙부인 항량項梁과 함께 군사들을 모아 무기를 들고 함양으로 향했다. 항우는 진나라 땅을 공략하여 평정하려고 함곡관에 도착했는데 유방이 이미 함양을 함락했다는 소식을 듣게 된다. 그 사실을 들은 항우는 분노하여 40만 대군을 이끌고 함양을 공격해서 유방을 처리할 계획을 세웠다. 이 소식을 들은 유방은 "관내에 들어와서 궁정의 문서와 재물을 잘 관리하며 항장군이 오시면 드리려고 오직 항장군만을 기다리고 있었습니다."라며 항우에게 충성을 맹세하는 마음을 전했다. 유방이 항우에게 사죄를 드리고자 항우의 홍문의 진영에 찾아갔고 곧 홍문에서 잔치가 열렸다. 이때 항우의 신하인 범증이 항우에게 유방은 계략이 뛰어난 자이므로 반드시 죽여야 한다고 당부한다. 범증은 항우에게 홍문의 잔치 자리에서 자신이 옥결을 세 번 보이면 유방을 죽이라는 신호이니 그때 유방을 죽이라는 명령을 내리라고 신신당부했다. 그런데 범증이 신호를 주었는데도 항우가 머뭇거리자 범증은 장수 항장項莊에게 검무를 추다가 기회를 봐서 유방을 찌르라고 지시한다. 항장이 검무를 추며 유방을 제거하려고 했는데 항백項伯이 춤을 추며 이를 저지했다. 또 유방과 함께 왔던 유방의 신하 장량張良이 분위기가 심상치 않음을 눈치채고 번쾌樊噲에게 도움을 요청했다. 번쾌는 즉시 항장이 검무를 추고 있는 곳으로 가서 방패로 검을 막고 또 항우에게 무례함을 꾸짖는 등 목숨을 걸고 지략을 발휘했다. 그 사이에 유방은 그 자리를 빠져나오는 데 성공한다. 구사일생으로 홍문에서 살아난 유방은 이후 항우를 물리치고 중원 대륙의 주인이 된다.[1]

한편, 『구당서』에는 "진晉·송宋 시대에는 〈공막무〉를 〈건무巾舞〉라고 하였다. 그 설은 다음과 같다. 한고조(유방)가 항적과 함께 홍문에 회동하였을 때 항장이 검무를 추면서 유방을 죽이려고 했다. 이에 항백 또한 춤을 추면서 소매로써 그를

---

1 『史記』 권7 「項羽本紀」 7

가로막고서 '공은 패공沛公을 해치지 마시오'라고 하였다고 한다. 〈건무〉는 한나라 사람들이 그에게 덕이 있으므로 수건을 이용하여 춤을 춘 것이기 때문에 항백의 옷소매가 남겨놓은 방식을 형상한 것이다.[2]라고 전한다. 이렇듯 〈건무〉는 유방을 죽이기 위해 항장이 검무를 출 때 항백이 함께 춤을 추는 것처럼 몸을 움직이면서 소매로 유방을 향한 항장의 칼을 막아낸 데서 유래한 춤이다. 『사기』에는 소매가 아닌 검으로 유방을 향한 항장의 칼날을 막았다고 전한다.

‖ 결玦

『사기』에 "항왕이 바로 그날 패공(유방)을 머물게 하고 술을 마셨다. …… 범증이 여러 번 항왕에게 눈짓을 하고 패용한 옥결玉玦로 보인 것이 세 번이었다(범증이 옥결을 세 번 보이면 항왕이 유방을 죽이도록 명하기로 약속했었다). 항왕이 (그 것을 보고도) 묵묵히 응하지 않자 범증이 일어나 나가서 항장을 불러 말하기를 '군 왕이 차마 결단을 내리지 못하고 있다. 네가 들어가서 축수를 하고 검무를 청하여 서 좌석에 있는 패공을 쳐서 죽여라. 성공하지 못하면 너희들은 모두 포로가 될 것이다'라고 했다. 항장이 들어가서 축수를 하고 축수가 끝나자 말하기를 '군왕과 패공이 술을 마시는데 군중에 음악으로 삼을 것이 없으니 검무를 청합니다'라고 했다. 항왕이 좋다고 하니 항장이 검을 뽑아 들고 일어나 춤을 추었다. 항백 또한 검을 빼 들고 일어나 춤추면서 항상 몸으로 패공을 보호했기 때문에 항장은 (유방 을) 칠 수가 없었다.[3]라고 전한다.

---

2 『舊唐書』권29「音樂志」: "〈公莫舞〉, 晉·宋謂之巾舞. 其說云: 漢高祖與項籍會於鴻門, 項莊 〈劍舞〉, 將殺高祖, 項伯亦舞, 以袖隔之, 且云公莫害沛公也. 漢人德之, 故舞用巾, 以象項伯衣袖 之遺式也."

3 『史記』권7「項羽本紀」7

‖ 불무拂舞

〈불무〉는 원래 강남 지역의 민속춤인데 위·진 연간에 궁에 들어갔다. 양나라 때에도 연향에 사용되었으며 후에 수나라와 당나라에 전해졌다. 〈불무〉를 출 때에는 무자들이 모두 불장拂帳을 잡고 춤을 췄었다. 그런데 수나라 때 불장을 제거하고 채색 비단옷을 입고 추는 춤으로 바뀌었다. 당나라 때에는 청상악에 맞춰 춤을 추었다고 전한다.

〈불무〉는 『악서』·『구당서』·『신당서』의 기록에 모두 전한다. 『악서』에는 "신(진양)이 전대의 여러 사적을 살펴보니 〈불무〉의 시가 중 「백구白鳩」·「제제濟濟」·「독록獨漉」·「갈석碣石」·「회남왕淮南王」 다섯 편은 전정에 함께 올렸습니다. 대개 양자강 동쪽지방[지금의 장쑤성江蘇省]에서 나왔으나 그 가사가 빼어난 것을 보면 오나라의 가사가 아닌 듯하고 예부터 오나라 춤곡이라고 했습니다. 양홍의 「불무서」에 '강남에 왔을 때부터 〈백부무白符舞〉를 보았는데 〈백부구무白鳧鳩舞〉라고도 했습니다. 이것이 들어온 지 수십 년이 되었다고들 합니다.'"[4]라고 하였다. 『구당서』에는 양홍의 「불무서」의 이상의 내용을 들어 "그 가사의 뜻을 살펴보니 곧 오나라 사람들이 손호孫皓[5]의 학정을 근심하여 진나라에 소속되기를 생각한 것인 듯합니다."[6]라고 전한다.

---

4 『樂書』권179: "臣考諸前史, 〈拂舞〉歌詩有白鳩·濟濟·獨漉·碣石·淮南王五篇, 並施殿庭, 蓋出自江左, 駿其歌, 皆非吳辭也. 舊謂之吳舞. 觀揚泓「序拂舞」: '自到江南, 見〈白符舞〉, 或言〈白鳧鳩舞〉, 云有此來數十年矣.'"

5 손호孫皓(242~284): 자는 원종元宗 어릴 때 이름은 팽조彭祖. 오군吳郡 부춘현富春(지금의 저장성浙江省 항저우시杭州市 부양구富陽區) 사람. 오나라 대제 손권의 손자이고 오 문제 손화孫和의 아들로 동오東吳의 마지막 황제다.

6 『舊唐書』권29 「音樂志」: "察其辭旨, 乃是吳人患孫皓虐政, 思屬晉也."

192. 불무사
拂舞辭[1]

李 賀
이 하

오나라 미녀의 노래 하늘 끝에 닿고 　　吳娥聲絶天[2]
　　　　　　　　　　　　　　　　　　　　오 아 성 절 천

허공의 구름 한가롭게 떠도네 　　　　　空雲閒裵回
　　　　　　　　　　　　　　　　　　　　공 운 한 배 회

문밖에 수레와 말 가득했었는데 　　　門外滿車馬
　　　　　　　　　　　　　　　　　　　　문 외 만 차 마

결국 푸른 이끼만 자라는구나 　　　　亦須生綠苔[3]
　　　　　　　　　　　　　　　　　　　　역 수 생 녹 태

술 항아리에 오정주 있으니 　　　　　尊有烏程酒[4]
　　　　　　　　　　　　　　　　　　　　준 유 오 정 주

그대에게 권하며 천만수를 기원하네 　勸君千萬壽
　　　　　　　　　　　　　　　　　　　　권 군 천 만 수

한무제의 화려한 누각 위보다 훨씬 좋으니 　全勝漢武錦樓上
　　　　　　　　　　　　　　　　　　　　전 승 한 무 금 루 상

새벽에 날 밝기를 기다렸다가 찬 이슬 마시세 　曉望晴寒飮花露
　　　　　　　　　　　　　　　　　　　　효 망 청 한 음 화 로

동방의 햇살은 깨지지 않고 　　　　　東方日不破
　　　　　　　　　　　　　　　　　　　　동 방 일 불 파

군주는 빛을 잃는 때가 없었는데 　　　天光無老時
　　　　　　　　　　　　　　　　　　　　천 광 무 노 시

---

1 『全唐詩』 권22
2 『구당서』에 "〈백구白鳩〉는 오나라의 〈불무곡拂舞曲〉이라고도 전한다[『舊唐書』 권29 「音樂志」: 白鳩吳朝拂舞曲也]."
3 녹태綠苔: 청대靑苔. 푸른 이끼.
4 오정주烏程酒: 맛있는 술 이름.

단약 완성되자 뱀이 되어 흰 안개에 오르더니

천년 만에 다시 옥정의 거북으로 변했네

뱀에서 거북이 된 것은 이천 년이 걸렸지만

오나라 제방의 푸른 풀은 해마다 그대롤세

등에 팔괘가 있어 신선이라 불렸는데

사악한 비늘과 단단한 껍질에
매끄럽고 비린내 나는 침 흐르네

丹成作蛇乘白霧
단 성 작 사 승 백 무

千年重化玉井龜 [5]
천 년 중 화 옥 정 구

從蛇作龜二千載 [6]
종 사 작 구 이 천 재

吳堤綠草年年在
오 제 녹 초 연 년 재

背有八卦稱神仙
배 유 팔 괘 칭 신 선

邪鱗頑甲滑腥涎
사 린 완 갑 활 성 연

---

5   옥정玉井: 별자리 이름. 28수의 서방 7숙 중 하나인 삼숙參宿 아래 네 개의 별이 우물처럼
    생겼다고 해서 붙여진 이름이다.
6   蛇作龜二千載이 玉井龜二千載인 판본도 있다.

193. 백구사
白鳩辭[1]

李 白
이 백

맑게 울리는 종소리	鏗鳴鐘 갱 명 종
소리 높여 두드리는 북소리	考朗鼓 고 랑 고
〈백구가〉 부르니	歌白鳩 가 백 구
〈불무〉 따르는데	引拂舞 인 불 무
흰 비둘기의 하얀 빛은 누구와 닮았나?	白鳩之白誰與隣 백 구 지 백 수 여 린
서리처럼 하얀 저고리와 흰 옷깃 참으로 진귀하구나	霜衣雪襟誠可珍 상 의 설 금 성 가 진
일곱 자식 공평하게 배불리 먹이니	含哺七子能平均[2] 함 포 칠 자 능 평 균
먹어도 목이 메지 않고	食不咽 식 불 인
성품 편안하고 순종하니	性安馴 성 안 순
농사일에 으뜸이네	首農政 수 농 정
따뜻한 봄날을 노래하니	鳴陽春[3] 명 양 춘
천자는 옥지팡이 깎아서	天子刻玉杖[4] 천 자 각 옥 장

---

1 『全唐詩』 권22. 『구당서』에 "〈백구白鳩〉는 오나라의 〈불무곡拂舞曲〉이다."라고 전한다.
2 함포含哺: 음식을 입에 머금음. 안락한 생활을 형용.
3 양춘陽春: 따뜻한 봄날. 덕정에 비유한 말.

모양 새겨 노인에게 하사하네 　　　　　鏤形賜耆人[5]
　　　　　　　　　　　　　　　　　　　루 형 사 기 인

백로 또한 희지만 순진하지 않으니 　　　白鷺亦白非純眞
　　　　　　　　　　　　　　　　　　　백 로 역 백 비 순 진

그 색을 밖으로 정결하게 했지만 마음은 仁이 아니네 　外潔其色心匪仁
　　　　　　　　　　　　　　　　　　　외 결 기 색 심 비 인

오덕은 이지러져 　　　　　　　　　　闕五德
　　　　　　　　　　　　　　　　　　　궐 오 덕

새벽을 알리지도 못하면서 　　　　　　無司晨[6]
　　　　　　　　　　　　　　　　　　　무 사 신

어찌하여 내 갈대 밑의 붉은 물고기를 쪼는가 　胡爲啄我葭下之紫鱗[7]
　　　　　　　　　　　　　　　　　　　호 위 탁 아 가 하 지 자 린

독수리와 사나운 새들은 　　　　　　　鷹鸇鵰鶚[8]
　　　　　　　　　　　　　　　　　　　응 전 조 악

탐욕스럽고 살생을 좋아하고 　　　　　貪而好殺
　　　　　　　　　　　　　　　　　　　탐 이 호 살

봉황은 비록 출중하고 덕을 갖췄지만 　鳳皇雖大聖
　　　　　　　　　　　　　　　　　　　봉 황 수 대 성

신하 되기를 원치 않네 　　　　　　　不願以爲臣
　　　　　　　　　　　　　　　　　　　불 원 이 위 신

4　옥장玉杖: 옥으로 비둘기를 아름답게 장식한 지팡이.

5　『후한서』에 한나라 때 천자가 노인에게 옥지팡이를 하사했다는 이야기가 전한다(『後漢書』
　「禮儀志」中: "仲秋之月, 縣道皆案戶比民. 年始七十者, 授之以玉杖, 哺之糜粥. 八十九十, 禮有加
　賜. 玉杖長九尺, 端以鳩鳥爲飾").

6　사신司晨: 수탉이 새벽을 알림.

7　호위胡爲: 호위호胡爲乎와 같은 말로 '어떠한 이유로'의 뜻. 자린紫鱗: 붉은 비늘로 물고
　기를 뜻한다.

8　응전鷹鸇: 독수리류의 새. 용맹하고 싸움을 잘하는 사람에 비유하여 쓰인다. 조악鵰鶚:
　사나운 새. 인재가 힘차고 건장하다는 것을 비유한다.

194. 불무사 공무도하
拂舞詞 公無渡河[1]

溫庭筠
온정균

황하의 성난 파도 하늘과 맞닿아 몰려오니	黃河怒浪連天來[2] 황 하 노 랑 연 천 래
우르릉~ 소리 크게 울려 마치 천둥 치는 듯하네	大響汯汯如殷雷[3] 대 향 횡 횡 여 은 뢰
용백이 바람을 모니 감히 오르지 못하는데	龍伯驅風不敢上[4] 용 백 구 풍 불 감 상
강물은 세찬 파도 일으키며 높이 솟구치네	百川噴雪高崔嵬[5] 백 천 분 설 고 최 외
이십 삼현은 어찌 심히 슬퍼하는가?	二十三弦何太哀[6] 이 십 삼 현 하 태 애
공에게 건너지 말라고 청하며 서서 배회하는데	請公勿渡立徘徊[7] 청 공 물 도 립 배 회

1 『全唐詩』권575
2 연천連天: 하늘과 맞닿음. 광활하고 아득하게 펼쳐지는 것을 비유한다.
3 횡횡汯汯: 아주 큰 소리를 묘사한 의성어. 汯汯이 肱肱인 판본도 있다.
4 용백龍伯: 용백국龍伯國의 거인巨人.『열자列子』권5「탕문편湯問篇」에 "발해의 동쪽에는
…… 대여岱輿·원교員嶠·방호方壺·영주瀛洲·봉래蓬萊의 다섯 신산이 있었는데 이 산들이
조수에 밀려 정착하지 못하므로 천제가 이 산들이 혹 서극西極으로 표류할까 염려하여
처음에 금색의 자라 15마리로 하여금 이 산들을 머리에 이고 있게 하였다. 뒤에 용백국의
거인이 단번에 이 자라 6마리를 낚아 가서 대여와 원교 두 산은 서극으로 표류해 버렸고
방호·영주·봉래 세 산만 남았다."라고 전한다.
5 백천百川: 강과 호수, 못의 총칭. 분설噴雪: 흰 파도가 세차게 일거나 물보라가 튀는 것을
형용. 최외崔嵬: 산이 높이 우뚝 솟음.
6 三이 五인 판본도 있다.
7 勿이 莫인 판본도 있다.

물밑에선 미친 교룡이 쇠톱을 꼬리로 삼아서

돛을 찢고 노를 끊으며 흰 이빨 갈아대네

신추가 바위를 파내어 신담을 막으니

백마 기세 당당하고 힘차게 달려 붉은 먼지 일으키네

공이여 말을 달리며 옥 채찍을 휘둘러

말발굽 천릿길 태양을 향해 멀리 사라지시오

下有狂蛟鋸爲尾[8]
하 유 광 교 거 위 미

裂帆截櫂磨霜齒
열 범 절 도 마 상 치

神椎鑿石塞神潭[9]
신 추 착 석 새 신 담

白馬趲趯赤塵起[10]
백 마 참 황 적 진 기

公乎躍馬揚玉鞭
공 호 약 마 양 옥 편

滅沒高蹄日千里[11]
멸 몰 고 제 일 천 리

---

8 거鋸: 본래의 뜻은 금속의 기구인데 톱으로 물건을 쪼갠다는 의미로 쓰인다.

9 신추神椎와 신담神潭의 의미와 출처를 찾지 못하였다. 글자 그대로 풀이하면 신의 방망
　이와 신이 깃든 연못 정도로 이해할 수 있다. 이에 "神椎鑿石塞神潭"을 신의 방망이로 바위
　를 파내어 신의 연못을 막은 것으로 풀이하였다.

10 참황趲趯: 헌걸차게 달리는 것.

11 제蹄: 말발굽.

195. 장화 연간 2년 비무곡
章和二年中 鼙舞曲[1]

李賀
이 하

구름 쓸쓸하게 흘러가고 　　　　　　　　　　　雲蕭索[2]
　　　　　　　　　　　　　　　　　　　　　　　　운 소 색

바람 살랑살랑 부는데 　　　　　　　　　　　　　風拂拂[3]
　　　　　　　　　　　　　　　　　　　　　　　　풍 불 불

보리 까끄라기는 빗자루 같고 기장은 좁쌀 같네 　麥芒如篲黍如粟[4]
　　　　　　　　　　　　　　　　　　　　　　　　맥 망 여 수 서 여 속

관중의 향촌 촌장들 흰 옷깃의 저고리 입고 　　關中父老百領襦[5]
　　　　　　　　　　　　　　　　　　　　　　　　관 중 부 로 백 령 유

관동의 벼슬아치는 세금을 재촉하지 않네 　　關東吏人乏詬租[6]
　　　　　　　　　　　　　　　　　　　　　　　　관 동 리 인 핍 후 조

건장한 소가 봄에 밭을 갈아 흙은 기름져 검고 　健犢春耕土膏黑[7]
　　　　　　　　　　　　　　　　　　　　　　　　건 독 춘 경 토 고 흑

창포는 촘촘히 물길 따라 이어지네 　　　　　菖蒲叢叢沿水脈[8]
　　　　　　　　　　　　　　　　　　　　　　　　창 포 총 총 연 수 맥

1　『全唐詩』권22. 장화章和 연간(87~88). 한나라 장제 유현劉烜(56~88)이 치세한 시기다.
　유현은 동한의 세 번째 황제(75~88 재위)로 광무제光武帝 유수劉秀의 손자다.
2　소색蕭索: 구름이 흘러가는 모습 형용. 雲蕭索이 雲蕭索田인 판본도 있다.
3　불불拂拂: 바람이 살랑살랑 부는 모습 형용한 의태어.
4　맥망麥芒: 보리, 밀 따위의 까끄라기.
5　관중關中: 함곡관函谷關 서쪽 일대. 부노父老: 향기노鄕耆老(향의 존경받는 노인)의 별칭.
　당대는 500호가 1향이고, 1향마다 향로(향촌 촌장) 한 사람을 두었다.
6　관동關東: 함곡관 동쪽 일대. 당 대의 낙양지역을 가리킨다. 후조詬租: 욕설을 퍼붓고
　세금을 재촉하는 행위.
7　건독健犢: 건강하고 튼튼한 소. 춘경春耕: 봄철 농부가 파종하기 전에 흙을 갈아엎는 일.
8　총총叢叢: 사람이나 사물이 모여 있는 모습을 형용.

은근히 나를 위해 밭에서 김을 매고

백전을 가져와서 금객에게 보상하네

봄놀이에 햇살 밝고 두둑 꽃 하얗고

들판에 흩어지는 향기에 신이 내려오네

신에게 절하고 천자에게 바칠 수명을 얻으니

북두칠성이 꿰여 항아의 목숨을 끊네

殷勤爲我下田鉏[9]
은 근 위 아 하 전 서

百錢携賞絲桐客[10]
백 전 휴 상 사 동 객

遊春漫光塢花白
유 춘 만 광 오 화 백

野林散香神降席
야 림 산 향 신 강 석

拜神得壽獻天子
배 신 득 수 헌 천 자

七星貫斷姮娥死
칠 성 관 단 항 아 사

---

9   하전下田: 밭에 나가 농사일하다.

10 사동絲桐: 금琴의 다른 이름. 사목絲木과 같다. 고대인들은 오동을 깎아서 금을 만들고
    비단을 연마하여 현으로 삼았기 때문에 금을 사동이라 불렀다.

196. 회남 이상공의 「조추즉사」 시에 화답하여
성도의 무상공에게 부치다
奉和淮南李相公早秋即事寄成都武相公[1]

劉禹錫
유 우 석

......

아름다운 장막에서 〈파투무〉를 보고

무지갯빛 깃발 들고 초나라 들판에서 사냥하네

......

......

玉帳觀渝舞
옥 장 관 투 무

虹旌獵楚田
홍 정 엽 초 전

......

----

1 『全唐詩』 권362. 〈파투무〉[참고]

【참고】

‖ 비무鼙舞

『송서』에 이르기를 "〈비무鼙舞〉는 그 유래가 오래되었다. 한나라 때에 이미 연향에 올려졌다. 부의傅毅(?~90)[1]와 장형張衡(78~139)[2]이 지은 부[3]는 모두 그 이야기이다. 심약은 지금의 〈비선무鞞扇舞〉가 이것이라고 했다. 조식曹植(192~232)은 「비무가」에서 말하기를 '옛날 한나라 영제靈帝 때 서원에서 고취를 연주할 때 이견李堅이라는 사람이 있었는데 〈비무〉를 잘 췄다. 선대의 황제가 그를 불러서 옛 가락에 의거하여 새 노래 다섯 편을 고쳐 짓게 했다.'"[4]라고 하였다. 『구당서』에는 "〈명지군明之君〉은 본래 한나라 시대의 〈비무곡〉이며 양나라 무제武帝(502~549) 때 그 가사를 바꾸어서 임금의 덕을 노래하였다."[5]라고 전한다.

---

1   부의傅毅: 자는 무중武仲 부풍무릉扶風茂陵(지금의 산시성 興平縣) 사람. 동한 시기 사부가辭賦家이다.

2   장형張衡: 자는 평자平子. 동한의 천문학자. 서악西鄂(지금의 河南 南陽) 사람. 동한 시대의 걸출한 천문학자·수학자·발명가·지리학자·문학가다. 혼천의渾天儀와 후풍지동의候風地動儀를 발명했다. 낭중·태사령·시중·하간 등을 역임하였다. 만년에 입조하여 상서를 지냈고 영화 4년(139년)에 향년 62세로 사망하였다. 천문학 저서로는 『영헌靈憲』, 『혼의도주渾儀圖注』 등이 있고 수학 저서로는 『산망론算罔論』이 있으며 문학작품으로는 「이경부二京賦」와 「귀전부歸田賦」 등이 대표적이다. 사마상여·양웅·반고와 함께 '한부사대가漢賦四大家'로 불린다.

3   『악서』에 부의 제목이 「관동유현녀오곡關東有賢女五曲」이라고 전한다(『樂書』 권179 「樂圖論」 「俗部」 〈鞞舞〉).

4   『宋書』 권19 「樂志」: "鞞舞, 其來尚矣. 漢代已施於燕享. 傅毅·張衡所賦皆其事也, 沈約謂卽今之〈鞞扇舞〉是也. 曹植序「鞞舞歌」曰: '古漢靈帝西園鼓吹有李堅者, 能〈鞞舞〉. 先帝召之, 依舊曲改作新歌五篇.'"

5   『舊唐書』 권29 「音樂志」: "〈明之君〉, 本漢世〈鞞舞曲〉也. 梁武時, 改其辭以歌君德."

‖ 파투무巴渝舞

한나라 시기 낭중閬中[6] 지방에 투수渝水라고 불리는 강이 있었는데 강 부근에 '판순만板楯蠻'이라는 이족이 살았다. 그들은 천성이 강하고 날쌔어 원래부터 한나라를 위해 적의 진지에서 싸워 적을 함락시키곤 했다. 그들은 노래와 춤을 좋아하여 춤과 노래를 즐겼는데,[7] 항우가 그들이 추는 춤을 보더니 "이는 무왕이 주왕을 정벌하는 노래이다."라며 악인들에게 그것을 익히도록 명했다고 한다. 그것이 이른바 〈파투무〉이다.[8] 판순만 이족들은 대대로 한 왕조에 복종했다고 전한다. 양梁나라 때에는 〈선열무宣烈舞〉, 위魏나라 때에는 〈소무昭武〉로 이름을 바꾸어 썼고, 수隋나라에 이르러서는 쓰지 않았다고 한다.[9]

〈파투무〉는 〈파유무巴俞舞〉라고도 한다. '투수'는 현재 쓰촨성의 남북으로 흐르는 지아링강嘉陵江을 말한다. 뱀이 기어가듯 구불구불 흐른다고 하여 '투수渝水'라고 불렸다. '유수俞水'라고 전하기도 했다.

‖ 와신상담臥薪嘗膽

오자서(?~BC485)의 아버지 오사는 초 평왕의 태자 스승이었는데 오사와 장남 오상은 평왕에 의해 살해된다. 오자서는 아버지와 형을 대신해 복수를 맹세하고 오나라로 가서 오나라의 차남 태자 광光을 섬기고 광의 쿠데타 때에도 협력한다. 광이 즉위하니 바로 오왕 합려闔閭이다. 오나라는 기원전 506년에 초나라의 수도를 함락시킨다. 이때 평왕은 이미 죽은 뒤였기 때문에 오자서는 아버지의 원수인 평왕의 묘를 파헤쳐 시체를 300번이나 채찍질하여 원한을 풀었다. 오나라는 또 월나라를 공격했는데 이 전쟁에서 오나라 왕 합려가 죽고 그의 아들 부차夫差가 왕위를 계승한다. 부차는 아버지의 원수를 갚기 위해 얼마 후 다시 월나라로 쳐들어가 승리를 거둔다. 전쟁에 패한 월왕 구천句踐은 부차에게 항복을 선언하고 충성을

---

6 『樂書』권174 「胡部」에는 '낭중閬中'이 '관중關中'으로 전한다.
7 "『삼파기』에 이르기를 관중에 투수가 있는데 파족이 기세가 예리하고 춤을 좋아하였다 [『三巴記』日: 關中有渝水, 賨民銳氣喜舞]."라고 전한다.
8 『後漢書』권116 「南蠻西南夷傳」 76
9 『樂書』권174 「胡部」

맹세한다. 이때 오자서는 월왕 구천을 죽여야 한다고 강력하게 주장했지만, 부차는 그 말을 듣지 않았다. 구천과 월나라 재상 범례는 복수를 결심하고 구천은 쓴 쓸개를 먹으며 기회를 노린다[嘗膽]. 또 구천은 비밀리에 군사를 키우고 범려는 미인계를 썼다. 부차가 국사를 돌보지 않을 정도로 정신을 잃게 만든 미인이 바로 중국 4대 미인 중 한 명인 서시이다. 한편 월나라의 범려는 서시와 오나라의 간신 백비를 이용하여 오자서를 중상모략한다. 마침내 오자서는 부차로부터 검을 건네받고 자살을 명받는다. 그때 오자서는 "내 목을 베어 성문에 걸어두어라. 월나라가 쳐들어와 오나라를 멸망시키는 것을 내가 꼭 볼 것이다."라는 저주의 말을 남기고 자결한다. 결국, 오자서의 예언대로 구천의 월나라는 오를 쳐서 없애고 부차는 오자서를 믿지 못한 자신을 자책하며 자결한다.[10]

---

10 『史記』권41「越王勾踐世家」11

197. 군 안의 봄 연회로 인하여 손님들에게 보내다
郡中春讌因贈諸客[1]

白居易
백 거 이

......

향풀 자리 펴고 앉아서

등지주를 술 항아리에 따르는데

뜰 가운데에 평지가 없어

위아래 펼쳐진 곳으로 옮겨가네

오랑캐 북소리 두둥두둥~

파땅 미인의 춤 덩실덩실~

사군은 제일 위에 앉아

입을 가리고 손님들에게 말을 하네

"풍속이 미천하다 웃지 마시오

관청이 가난해도 욕하지 마시오

벌집과 개미굴에도

신분을 따르는 군신이 있으니까요"

......

薰草席鋪坐
훈 초 석 포 좌

藤枝酒注樽
등 지 주 주 준

中庭無平地
중 정 무 평 지

高下隨所陳
고 하 수 소 진

蠻鼓聲坎坎[2]
만 고 성 감 감

巴女舞蹲蹲[3]
파 녀 무 준 준

使君居上頭
사 군 거 상 두

掩口語衆賓
엄 구 어 중 빈

勿笑風俗陋
물 소 풍 속 루

勿欺官府貧
물 기 관 부 빈

蠭巢與蟻穴
봉 소 여 의 혈

隨分有君臣
수 분 유 군 신

---

1 『全唐詩』 권434

2 감감坎坎: 북소리를 묘사한 의성어.

3 준준蹲蹲: 춤사위를 묘사한 의태어. 『詩經』「小雅」〈伐木〉: "坎坎鼓我, 蹲蹲舞我"

198. 최전과 함께 현명한 아우에게 답하다
同崔傳答賢弟[1]

王維
왕 유

......

〈전계무〉에 짝하여 〈백저가〉를 부르는데

굽은 책상에 책을 놓아둔 소사의 집이네

......

......

對舞前谿歌白紵[2]
대 무 전 계 가 백 저

曲几書留小史家[3]
곡 궤 서 류 소 사 가

......

---

1 『全唐詩』 권125
2 전계前谿: 〈전계무〉. 저장성浙江省 덕청현 전계촌에서 나와 수백 년 동안 유전되었고
   당 대에 이르기까지 이 춤을 추는 사람이 있었다. 부드럽고 서정적인 풍격의 춤이다.
3 곡궤曲几: 곡목궤曲木几. 굽은 나무 목재로 만든 작은 탁자.

199. 겨울 백저가 사계절 백저무곡
冬白紵歌 四時白紵舞曲[1]

元稹
원진

오나라 궁궐 밤은 길고 궁루는 느려	吳宮夜長宮漏款[2] 오 궁 야 장 궁 루 관
주렴과 장막의 사방에 등불 드리우니 환하고 따뜻하네	簾幕四垂燈焰暖 염 막 사 수 등 염 난
서시는 춤추고 왕은 악기 연주하니	西施自舞王自管[3] 서 시 자 무 왕 자 관
흰 저고리 날갯짓하며 하얀 꽃잎 흩날리네	雪紵翻翻鶴翎散[4] 설 저 번 번 학 령 산
빠른 박자로 번잡한 춤 이끌려는데 허리 게을러	促節牽繁舞腰嬾 촉 절 견 번 무 요 란
허리 더디게 움직이니	舞腰嬾 무 요 란

---

1 『全唐詩』 권22. 〈백저무〉는 삼국시대 오나라의 전통춤이다. 백저를 짜는 여인이 간단한 춤사위로 자신의 노동 성과를 찬미했는데, 이것이 〈백저무〉의 최초 형태라고 한다.

2 궁루宮漏: 고대 궁중에서 사용하던 계시기計時器. 누호漏壺의 원리를 이용하여 만들었으므로 이르는 말이다.

3 서시西施: 춘추시대의 월越 나라 미인. 그녀가 살았던 마을에서 절세의 미녀로 소문이 나 같은 마을에 사는 여자들은 무엇이든 서시의 흉내를 내면 아름답게 보일 것으로 생각했다. 그래서 마을의 여자들은 서시의 일거수일투족을 흉내를 냈다. 급기야 지병으로 앓던 심장병의 통증으로 찡그리는 서시의 얼굴까지 흉내를 냈다고 한다. 이로 인하여 눈살을 찌푸린다는 의미의 서시효빈西施效嚬, 서시빈목西施嚬目 서시봉심西施奉心이라는 말이 전한다. 월왕 구천은 오왕 부차를 무너뜨리기 위해 미녀 서시를 바친다. 여기서 왕은 오왕 부차를 말한다.

4 번번翻翻: 새가 날개 치는 모양의 춤사위를 형용한 의태어. 학령鶴翎: 학의 깃털. 하얀 꽃잎에 비유하여 쓰인다. 〈백저무〉의 춤의상은 매우 긴 하얀 소매가 특징이다. 소맷자락을 길게 날리는 모습을 날아가는 새와 흰 꽃잎이 흩날리는 것으로 묘사했다.

왕은 잔치를 끝내버리네

서시에게 봉화금 덮어 주고

친히 평상에 누워 팔베개를 하네

아침 패옥소리 차랑차랑~ 왕의 늦잠 깨우고

술이 깨면 문지기가 아무 일 없다고 보고했지

오자서가 죽은 후 직언을 꺼리고

왕의 측근인 신하들은 왕의 뜻을 알아채고

월왕이 두려워 벌벌 떨고 있다며 모두 비웃었지만

(구천은) 밤마다 얼음 껴안고 추워도 잠을 자지 않았다네

王罷飮
왕 파 음

蓋覆西施鳳花錦[5]
개 복 서 시 봉 화 금

身作匡牀臂爲枕[6]
신 작 광 상 비 위 침

朝佩摐摐王晏寢[7]
조 패 창 창 왕 안 침

酒醒闇報門無事
주 성 혼 보 문 무 사

子胥死後言爲諱[8]
자 서 사 후 언 위 휘

近王之臣諭王意
근 왕 지 신 유 왕 의

共笑越王窮惴惴
공 소 월 왕 궁 췌 췌

夜夜抱氷寒不睡[9]
야 야 포 빙 한 불 수

---

5 봉화금鳳花錦: 봉황과 꽃무늬가 있는 비단.

6 광상匡牀: 네모지고 편안한 평상.

7 창창摐摐: 옥을 부딪쳐서 내는 맑은 소리를 묘사한 의성어.

8 자서子胥: 춘추전국시대 초楚의 정치가 오자서伍子胥. 이름은 원員이다.

9 구천은 자리 옆에 쓸개를 매달아 놓고 쓰디쓴 쓸개를 핥으며 원수를 갚을 일만 생각했다
   [149쪽 참고]. 여기서는 차가운 얼음을 껴안고 잠을 자지 않은 것으로 묘사했다.

200. 맹호행 이 시는 소사윤이 위작이라고 말했다
猛虎行 此詩蕭士贇云是僞作[1]

李白
이 백

......

푸른 눈의 호아 옥피리 부는데

오나라 노래 〈백저가〉 대들보 먼지 날리네

장부가 서로 보며 즐거움을 이루고

소를 잡고 북 두드리니 손님들 모이네

나는 그 뒤 동해에 낚시하러 가서

물고기 잡아 정이 친한 이에게 웃으며 보냈네

......

胡雛綠眼吹玉笛[2]
호 추 녹 안 취 옥 적

吳歌白紵飛梁塵[3]
오 가 백 저 비 량 진

丈夫相見且爲樂
장 부 상 견 차 위 락

槌牛檛鼓會衆賓[4]
추 우 과 고 회 중 빈

我從此去釣東海
아 종 차 거 조 동 해

得魚笑寄情相親
득 어 소 기 정 상 친

---

1 『全唐詩』권165

2 호추胡雛: 호아胡兒. 雛가 人인 판본도 있다.

3 비량진飛梁塵: 『태평어람』권572에 한나라 유향劉向의 『별록別錄』을 인용하여 "한나라가
   흥한 이래로 노래 잘하는 노나라 사람 우공이 뽑혔는데 소리가 청량하여 들보의 먼지가
   진동했다[漢興以來, 善歌者魯人虞公, 發聲清哀, 蓋動梁塵]."라고 전한다. 이후에 "양진비梁塵
   飛"는 곡조가 고결한 묘미가 있어 사람을 감동하게 한다는 것을 형용하는 말이 되었다.

4 추우槌牛: 소를 잡음.

201. 친척 아저씨 형부시랑 이엽과 중서사인 가지를 모시고 동정호에서 노닐며 지은 시 5수
陪族叔刑部侍郎曄及中書賈舍人至遊洞庭 五首[1]

李白
이 백

......

동정호 서쪽에 가을달 밝게 빛나고

소상강 북쪽엔 철 이른 기러기 날아가네

취객을 가득 실은 배에서 〈백저가〉를 부르니

가을옷에 찬 이슬 스며도 알지 못하네

......

......

洞庭湖西秋月輝
동 정 호 서 추 월 휘

瀟湘江北早鴻飛
소 상 강 북 조 홍 비

醉客滿船歌白苧
취 객 만 선 가 백 저

不知霜露入秋衣
부 지 상 로 입 추 의

......

---

1 『全唐詩』 권179

202. 백저가 2수
白紵歌 二首[1]

王 建
왕 건

은하수 아득히 멀리 있고 북두칠성 빛나고

궁중의 까마귀 우니 한밤중인 줄 알겠네

흰 모시 새로 지어 춤옷 완성하더니

천천히 다가와 오왕을 맞이하네

머리 숙이며 짧은 순간에 쌍소매로 가리니

옥비녀 들리고 서늘한 바람이 이네

술 많고 밤 길어 아직 어둡지만

달빛과 등불이 밝고 환하게 서로 비추니

〈옥수후정화〉 노래 다시 그윽하게 울리네

天河漫漫北斗璨[2]
천 하 만 만 북 두 찬

宮中烏啼知夜半
궁 중 오 제 지 야 반

新縫白紵舞衣成
신 봉 백 저 무 의 성

來遲邀得吳王迎
래 지 요 득 오 왕 영

低鬟轉面掩雙袖[3]
저 환 전 면 엄 쌍 수

玉釵浮動秋風生
옥 채 부 동 추 풍 생

酒多夜長夜未曉[4]
주 다 야 장 야 미 효

月明燈光兩相照
월 명 등 광 양 상 조

後庭歌聲更窈窕[5]
후 정 가 성 갱 요 조

---

1 『全唐詩』 권298

2 만만漫漫: 길이 먼 모양 형용. 璨이 燦인 판본도 있다.

3 전면轉面: 매우 짧은 시간.

4 夜가 天, 未가 不인 판본도 있다.

5 옥수후정화玉樹後庭花: 진陳(557~589)나라 후주後主 진숙보陳叔寶(553~604) 때의 악무
   다. 후주는 사치하고 놀기를 좋아하여 항상 연회를 베풀고 주색에 빠져 가무를 즐겼다고
   한다. 당시 유명했던 곡이 바로 〈옥수후정화〉다. 聲이 舞인 판본도 있다.

관왜궁의 봄볕은 저물고

여지와 모과 꽃은 나무에 가득하네

성 꼭대기에 까마귀 사니 북 치는 것 멈추고

고운 소녀가 슬을 타며 〈백저무〉를 추네

밤하늘이 밝게 빛나 별을 볼 수는 없지만

궁중의 불빛 밝아 서쪽 강까지 환하네

미인이 취해 일어나도 다음 차례가 없고

떨어뜨린 비녀와 잃어버린 패옥 궁중 뜰에 가득해도

이때는 오직 그대의 마음을 원한다오

낮을 되돌려 밤이 되어도 또 잠 못 이루며

해마다 그대를 받들 것이니 그대는 버리지 마오

館娃宮中春日暮[6]
관 왜 궁 중 춘 일 모

荔枝木瓜花滿樹
여 지 모 과 화 만 수

城頭烏棲休擊鼓
성 두 오 서 휴 격 고

青娥彈瑟白紵舞[7]
청 아 탄 슬 백 저 무

夜天憧憧不見星
야 천 동 동 불 견 성

宮中火照西江明
궁 중 화 조 서 강 명

美人醉起無次第
미 인 취 기 무 차 제

墮釵遺佩滿中庭
타 채 유 패 만 중 정

此時但願可君意
차 시 단 원 가 군 의

回晝爲宵亦不寐
회 주 위 소 역 불 매

年年奉君君莫棄
연 년 봉 군 군 막 기

---

6 관왜궁館娃宮: 고대 오나라 궁궐 이름.

7 청아青娥: 아름답고 고운 소녀.

203. 백저사
白苧詞[1]

戴叔倫
대 숙 륜

관왜궁의 이슬 차갑고 　　　　　　　　　館娃宮中露華冷[2]
　　　　　　　　　　　　　　　　　　　관 왜 궁 중 노 화 랭

달 지자 까마귀 울음소리 우물가에 흩어지네 　月落啼鴉散金井[3]
　　　　　　　　　　　　　　　　　　　월 락 제 아 산 금 정

오왕은 부두주 마시고 (취했다가) 비로소 깨더니 　吳王扶頭酒初醒[4]
　　　　　　　　　　　　　　　　　　　오 왕 부 두 주 초 성

촛불 밝혀 연회 열고 정경을 즐기네 　　　　秉燭張筵樂淸景[5]
　　　　　　　　　　　　　　　　　　　병 촉 장 연 락 청 경

미인은 잠 못 이루며 긴 밤을 사랑해 　　　美人不眠憐夜永
　　　　　　　　　　　　　　　　　　　미 인 불 면 련 야 영

일어나 경쾌하게 춤추니 꽃 그림자 현란하네 　起舞亭亭亂花影[6]
　　　　　　　　　　　　　　　　　　　기 무 정 정 란 화 영

흰 모시 새로 마름질해 붉은 비단보다 낫고 　新裁白苧勝紅綃
　　　　　　　　　　　　　　　　　　　신 재 백 저 승 홍 초

패옥과 구슬로 만든 갓끈과 떨잠 흔들리네 　玉佩珠纓金步搖[7]
　　　　　　　　　　　　　　　　　　　옥 패 주 영 금 보 요

도는 난새 도는 봉황의 마음 교만하지만 　回鸞轉鳳意自嬌
　　　　　　　　　　　　　　　　　　　회 란 전 봉 의 자 교

---

1 『全唐詩』 권273. 백저白苧는 백저白紵와 같다.
2 관왜궁館娃宮: 고대 오나라 궁궐 이름. 노화露華: 이슬. 노수露水와 같은 말.
3 금정金井: 우물의 미칭.
4 부두주扶頭酒: 쉽게 취하는 술.
5 청경淸景: 정경情景. 감정과 경치.
6 정정亭亭: 경쾌한 춤사위를 형용한 의태어.
7 금보요金步搖: 금으로 만든 떨잠. 걸어가면 비녀의 장식이 흔들리는 것을 말한다.

은쟁과 금슬 소리는 서로 조화롭네

임금 은혜 물처럼 흘러 끊기지 않으니

오직 해마다 이와 같기를 원하네

동풍이 불자 꽃잎이 정원의 나무 아래에 떨어지는데

봄빛이 사람들 재촉하자 등한시하고 가버리네

여보게들 즐겁다고 오래 머물지 마시게

곧 동룡이 날이 샘을 알릴걸세

銀箏錦瑟聲相調[8]
은 쟁 금 슬 성 상 조

君恩如水流不斷
군 은 여 수 류 부 단

但願年年此同宵
단 원 연 년 차 동 소

東風吹花落庭樹
동 풍 취 화 락 정 수

春色催人等閒去[9]
춘 색 최 인 등 한 거

大家爲歡莫延佇
대 가 위 환 막 연 저

頃刻銅龍報天曙[10]
경 각 동 룡 보 천 서

---

8 은쟁銀箏: 은으로 장식한 쟁. 금슬錦瑟: 옻칠한 나무에 비단 무늬가 있는 슬.

9 등한等閒: 대수롭지 않게 여김. 마음에 두지 않고 예사로 여김.

10 경각頃刻: 잠깐. 눈 깜빡할 동안. 동룡銅龍: 동으로 만든 용머리 모양의 물시계.

204. 백저사

白紵辭[1]

楊衡
양 형

옥 모자 끈과 비취 패물 얇은 비단옷으로 꾸몄는데

향기로운 땀이 발그레 취기 어린 얼굴을 살짝 적시네

그대를 위해 일어나 〈백저가〉를 부르는데

맑은소리 살랑대니 구름엔 그리움이 가득하네

그윽한 피리 소리와 애잔한 슬의 곡조가
마침 서로 조화롭자

물시계 반쯤 기울어지며 아름다운 밤을 재촉하네

맑은 노래 가늘게 이어지자 남몰래 홍초를 밝히고

그대가 편히 앉아 마지막 곡까지 듣게 하네

지는 잎 날리는 꽃잎 다시 오기 어려우니

玉纓翠珮雜輕羅
옥 영 취 패 잡 경 라

香汗微漬朱顔酡
향 한 미 지 주 안 타

爲君起唱白紵歌
위 군 기 창 백 저 가

淸聲裊雲思繁多[2]
청 성 뇨 운 사 번 다

凝笳哀瑟時相和[3]
응 가 애 슬 시 상 화

金壺半傾芳夜促[4]
금 호 반 경 방 야 촉

梁塵霏霏暗紅燭[5]
양 진 비 비 암 홍 촉

令君安坐聽終曲
영 군 안 좌 청 종 곡

墜葉飄花難再復
추 엽 표 화 난 재 복

1　『全唐詩』권465. 歌가 詞인 판본도 있다.

2　繁思가 思繁인 판본도 있다.

3　응가凝笳: 느리고 그윽한 소리의 갈대 피리. 瑟이 琴인 판본도 있다.

4　금호金壺: 고대의 물시계.

5　양진梁塵: 맑게 울리는 노랫소리. '양진비梁塵飛'는 곡조가 고결한 묘미가 있어 사람을
　　감동하게 한다는 것을 형용하는 말이다(『태평어람』권572).

구슬로 장식한 신발 디디며 　　　　　　　　　踂珠履
　　　　　　　　　　　　　　　　　　　　　　섭 주 리

아름다운 연회석으로 걸어 들어가 　　　　　　　　步瓊筵
　　　　　　　　　　　　　　　　　　　　　　보 경 연

촛불 앞에서 가벼운 몸 일으키며 춤추네 　　　　輕身起舞紅燭前
　　　　　　　　　　　　　　　　　　　　　　경 신 기 무 홍 촉 전

아름다운 자태와 요염함 몸짓은 아리땁고 또 곱기만 한데 　芳姿艶態妖且姸
　　　　　　　　　　　　　　　　　　　　　　방 자 염 태 요 차 연

눈동자 돌리면서 소매 펄럭이며 남몰래 현을 재촉하니 　迴眸轉袖暗催弦
　　　　　　　　　　　　　　　　　　　　　　회 모 전 수 암 최 현

서늘한 바람 쓸쓸하고 물시계는 급히 흐르네 　　涼風蕭蕭漏水急6
　　　　　　　　　　　　　　　　　　　　　　양 풍 소 소 누 수 급

달빛이 붉은 연꽃 이슬에 가득 차오르자 　　　月華泛溢紅蓮濕7
　　　　　　　　　　　　　　　　　　　　　　월 화 범 일 홍 련 습

치마 당겨 끈 붙잡더니 갑자기 눈물 흘리네 　牽裙攬帶翻成泣
　　　　　　　　　　　　　　　　　　　　　　견 군 남 대 번 성 읍

───────

6　누수漏水: 물시계.
7　蓮이 流인 판본도 있다.

205. 백저사 3수
白紵辭 三首[1]

李白
이 백

청아한 노래 흩날리며	揚淸歌[2] 양 청 가
흰 이를 드러내는	發皓齒 발 호 치
북방의 아름다운 여인 동방의 남자와 친근하네	北方佳人東隣子 북 방 가 인 동 린 자
〈백저가〉 부르려고 〈녹수〉를 멈추고	且吟白紵停淥水[3] 차 음 백 저 정 녹 수
긴 소매 얼굴 스치며 그대를 위해 일어나네	長袖拂面爲君起 장 수 불 면 위 군 기
찬 구름 밤에 걷혀 구름 덮였던 바다 탁 트이고	寒雲夜卷霜海空[4] 한 운 야 권 상 해 공
호풍 부는 하늘에 변방의 기러기 날아가니	胡風吹天飄塞鴻 호 풍 취 천 표 새 홍
고운 얼굴 대청에 가득하고 음악 끝나지 않았는데	玉顔滿堂樂未終 옥 안 만 당 악 미 종
관왜궁의 해 질 녘 노랫소리 희미해지네	館娃日落歌吹濛[5] 관 왜 일 락 가 취 몽

---

1 『全唐詩』권163
2 歌가 晉인 판본도 있다.
3 녹수淥水: 아악곡 이름. 마융馬融의 「장적부長笛賦」에 이르기를 "중간에 〈백설〉과 〈녹수〉에서 가락을 취했다[中取度於〈白雪〉·〈淥水〉]"라고 했는데, 이주한李周翰의 주注에 "〈백설〉과 〈녹수〉는 아악곡명이다[〈白雪〉·〈淥水〉, 雅曲名]"라고 하였다. 且가 旦인 판본도 있다.
4 한운寒雲: 겨울 하늘의 구름. 상해霜海: 구름이 덮인 바다.
5 관왜館娃: 고대 오나라의 궁궐 이름. 오나라 사람들은 미녀를 '왜娃'라고 불렀다. 관왜궁

달빛 차고 강물 맑고 밤은 고요한데 　　　月寒江淸夜沈沈
　　　　　　　　　　　　　　　　　　　월 한 강 청 야 침 침

미인의 웃음 한 자락 황금 천냥이라네 　　美人一笑千黃金
　　　　　　　　　　　　　　　　　　　미 인 일 소 천 황 금

비단 드리우며 춤추고 애절한 노래 드높으니 垂羅舞縠揚哀音[6]
　　　　　　　　　　　　　　　　　　　수 라 무 곡 양 애 음

초나라의 〈백설가〉는 또 부르지 마시오 　郢中白雪且莫吟[7]
　　　　　　　　　　　　　　　　　　　영 중 백 설 차 막 음

오나라 노래 〈자야가〉가 그대의 마음을 움직여 子夜吳歌動君心[8]
　　　　　　　　　　　　　　　　　　　자 야 오 가 동 군 심

그대의 마음 움직였으니 　　　　　　　　　　動君心
　　　　　　　　　　　　　　　　　　　　　　동 군 심

그대가 상 주기를 바라는데 　　　　　　　　冀君賞
　　　　　　　　　　　　　　　　　　　　　　기 군 상

바라는 것은 천지의 쌍원앙이 되어 　　　願作天池雙鴛鴦[9]
　　　　　　　　　　　　　　　　　　　원 작 천 지 쌍 원 앙

하루아침에 푸른 구름 위로 날아가는 거라네 一朝飛去靑雲上
　　　　　　　　　　　　　　　　　　　일 조 비 거 청 운 상

은 미녀가 거처하는 궁전이었다. 후에 서시를 가리키는 말로도 쓰였다.

6　곡縠: 주름 잡힌 비단.

7　영중郢中: 영도郢都. 옛날 초나라 지역을 가리킴.

8　자야子夜: 〈자야가子夜歌〉. 〈자야가〉는 악부樂府 오성가곡吳聲歌曲의 이름. 즉 오나라
　　땅의 민간가곡을 말한다.

9　천지天池: 선계仙界의 못.

오나라 칼로 온갖 비단을 오려 춤옷을 짓고

아름답게 화장하고 고운 옷 입으니 봄빛을 빼앗네

눈썹 치켜뜨고 소매 돌려 눈발 날리는 듯하니

경성지색의 미모 세상에서 보기 드문 것이네

〈격초〉와 〈결풍〉 노래에 취해 돌아가는 것 잊었고

고당엔 달이 지고 촛불 이미 희미해졌으니

옥비녀를 갓끈에 묶는 것 그대여 어기지 마오

吳刀剪綵縫舞衣[10]
오 도 전 채 봉 무 의

明妝麗服奪春暉
명 장 려 복 탈 춘 휘

揚眉轉袖若雪飛
양 미 전 수 약 설 비

傾城獨立世所稀
경 성 독 립 세 소 희

激楚結風醉忘歸[11]
격 초 결 풍 취 망 귀

高堂月落燭已微[12]
고 당 월 락 촉 이 미

玉釵掛纓君莫違[13]
옥 채 괘 영 군 막 위

---

10 綵가 綺인 판본도 있다.

11 격초激楚·결풍結風: 모두 악곡 이름이다. 『한서』 「사마상여전司馬相如傳」 상에 "초나라의
    서울에서는 〈격초〉와 〈결풍〉이 번성했다[鄢郢繽紛, 〈激楚〉·〈結風〉]"라고 전한다. 춘추시
    대 초의 문왕은 영郢 땅에 도읍을 정했는데 혜왕 초기 언鄢 땅으로 천도하였지만, 여전히
    영이라고 불렀다. 이로 인하여 '언영鄢郢'은 초나라의 도읍을 가리키게 되었다.

12 고당高堂: 높고 큰 관청. 대당大堂.

13 송옥宋玉의 「풍부諷賦」에 "옥비녀를 내 갓끈에 묶으시오[以其翡翠之釵, 掛臣冠纓]."라는
    글이 전한다.

206. 장안의 가을을 추억하며
長安秋思[1]

陳 標
진 표

오땅 여인의 가을 베틀 새벽 서리를 짜는데 　　吳女秋機織曙霜[2]
　　　　　　　　　　　　　　　　　　　　　　오 녀 추 기 직 서 상

빙잠이 실을 토하니 달빛이 광주리에 가득하고 　氷蠶吐絲月盈筐[3]
　　　　　　　　　　　　　　　　　　　　　　빙 잠 토 사 월 영 광

가위 든 섬섬옥수 재봉을 재촉하는데 　　　　　金刀玉指裁縫促[4]
　　　　　　　　　　　　　　　　　　　　　　금 도 옥 지 재 봉 촉

물가 궁궐 아름다운 누각의 음악 오랫동안 울리네 水殿花樓弦管長[5]
　　　　　　　　　　　　　　　　　　　　　　수 전 화 루 현 관 장

춤추는 소매 천천히 이동하니 상서로운 구름 모이고 舞袖慢移凝瑞雪
　　　　　　　　　　　　　　　　　　　　　　무 수 만 이 응 서 설

노랫소리 아름다우니 화려한 대들보 위의
먼지 가볍게 날리네 　　　　　　　　　　　歌塵微動避雕梁[6]
　　　　　　　　　　　　　　　　　　　　　　가 진 미 동 피 조 량

길 위에 향풀은 근심하며 떠나가고 　　　　唯愁陌上芳菲度[7]
　　　　　　　　　　　　　　　　　　　　　　유 수 맥 상 방 비 도

흩어졌다가 바람이 모이는 곳엔 연잎만 가득하네 狼藉風池荷葉況[8]
　　　　　　　　　　　　　　　　　　　　　　낭 자 풍 지 하 엽 황

---

1 『全唐詩』권508. 長安秋思가 白紵歌인 판본도 있다.
2 기직機織: 베틀로 베를 짬.
3 빙잠氷蠶: 서리와 눈 속에서 산다는 누에. 이 누에고치로 짠 베는 물에 젖지 않고 불에
　타지 않는다고 한다. 吐絲가 呑線, 筐이 箱인 판본도 있다.
4 금도金刀: 가위.
5 수전水殿: 물가에 있는 궁궐.
6 가진歌塵: 노랫소리가 아름답다는 것을 형용. 조량雕梁: 아름답게 장식한 들보.
7 맥상陌上: 옛날에는 논밭 길을 남북 방향은 '천阡' 동서 방향은 '맥陌'이라고 했다. 때로는
　도심에 있지 않다는 뜻으로도 쓰이는데 여기서는 길의 의미다. 방비芳菲: 화초의 향기.
8 낭자狼藉: 어지럽게 흩어지는 것을 형용. 풍지風池: 바람이 모이는 곳.

馬舞・字舞・
花舞・獸舞

〈자무字舞〉

무자가 바닥에 몸을 엎드려 글자를 만드는 것이다. 오늘날의 매스게임 형태로 당대부터 송·원·명·청에 이어 오늘날까지 이어지고 있다. 주로 '태평성대'· '황제만세' 등 나라의 태평과 황제를 칭송하는 내용의 글자를 만들었다.

〈화무花舞〉

역시 당대에 성행한 춤이다. 꽃을 들고 뛰고 달리고 또는 꽃 속에 숨어 있기도 하고 화려한 옷을 입고 꽃 모양을 만들거나 몸을 구부려 '화花'자를 만들기도 했다. 모두 꽃을 춤도구로 사용했다.

〈마무馬舞〉

당나라 때는 동물들이 잡기에 합류되어 재주를 부리는 경우가 종종 있었는데, 그중 단연 인기 절정이었던 것이 바로 '춤추는 말[馬舞]'이다. 음악에 맞춰 전문적으로 춤을 추는 말이 있었다.

〈수무獸舞〉

투계·봉황·구욕새 등이 언급된 시를 몇 수 소개하였다.

207. 도화원의 말은 마땅히 황제가 거느리네
桃花園馬上應制[1]

張 說
장 설

숲속 아름다운 자태의 천마는 교만하고

동산 가운데 활짝 핀 꽃은 미인과 짝하네

남풍을 쫓아 황제의 자리에 날아와

해마다 미소를 머금고 푸른 봄을 춤추네

林間豔色驕天馬[2]
임 간 염 색 교 천 마

苑裏穠華伴麗人[3]
원 리 농 화 반 려 인

願逐南風飛帝席
원 축 남 풍 비 제 석

年年含笑舞靑春
연 년 함 소 무 청 춘

---

1 『全唐詩』권89

2 염색豔色: 아름다운 자태. 교교驕: 말이 길들지 않음.

3 농화穠華: 활짝 핀 꽃송이. 젊고 아름다운 여인을 묘사할 때에도 쓰인다. 華가 妝인 판본
도 있다.

208. 무마편
舞馬篇[1]

薛 曜
설 요

성정과 용종 날듯이 달리며 경쟁하는데	星精龍種競騰驤[2] 성 정 용 종 경 등 양
두 눈이 황금처럼 아름답게 빛나네	雙眼黃金紫艷廣 쌍 안 황 금 자 염 광
하루아침에 우연히 태평시절 만나	一朝逢遇昇平代[3] 일 조 봉 우 승 평 대
마구간에 엎드려 하도를 받들고 제왕을 섬기네	伏皂銜圖事帝王[4] 복 조 함 도 사 제 왕
우리 황제의 성덕 천지사방 끌어안으니	我皇盛德苞六宇[5] 아 황 성 덕 포 육 우
풍속 태평하고 시절 화평해 석경을 치네	俗泰時和虞石拊[6] 속 태 시 화 우 석 부
예전에 구대의 오래된 명성을 들은 적이 있는데	昔聞九代有餘名[7] 석 문 구 대 유 여 명

---

1 『全唐詩』권80
2 성정星精·용종龍種: 준마 이름.
3 봉우逢遇: 우연히 만나다. 승평昇平: 나라가 안정되어 아무 걱정이 없고 평안함.
4 도圖: 하도河圖. 복희씨 시절 황허강에서 용마가 나왔는데 등에 하도가 그려져 있었다. 이것을 모티브로 하여 태평시절을 표현하였다.
5 육우六宇: 하늘·땅·동·서·남·북.
6 석부石拊: 석경石磬을 두드린다는 뜻. 『상서』에 "기[夔]가 석경을 치고 석경을 어루만지자 온갖 짐승들이 모두 따라서 춤을 췄다[『尚書』「益稷」: 予擊石拊石, 百獸率舞]."라고 전한다. 마찬가지로 태평성대를 묘사했다.
7 구대九代: 명마 이름.

『산해경』에 "하후계 때 구대라는 말이 춤을 췄다"라고 전한다
『山海經』 "夏后啓舞九代馬"[8]

오늘날엔 수많은 짐승이 먼저 와서 춤추네	今日百獸先來舞
	금 일 백 수 선 래 무
의장으로 에워싸고 병사들은 의젓하고	鉤陳周衛儼旌旄[9]
	구 진 주 위 엄 정 모
악기소리 대지에 진동하니	鐘鏄陶匏聲殷地[10]
	종 단 도 포 성 은 지
〈승운〉의 떠들썩함은 해의 정령을 놀라게 하고	承雲嘈囋駭日靈[11]
	승 운 조 찬 해 일 령
〈조로〉의 크고 맑은소리 천마를 움직이네	調露鏗鍧動天駟[12]
	조 로 갱 횡 동 천 사
먼지 날리며 화살처럼 나는 것이 기린과 교룡같은데	奔塵飛箭若麟螭[13]
	분 진 비 전 약 린 리

8　『산혜경』에 "하후계가 그곳에서 구대를 춤추게 했다. 두 마리 용을 타니 구름이 삼층으로 덮였고 왼손엔 일산을 오른손엔 옥고리를 쥐었으며 황옥으로 띠를 장식했다[晉 郭璞 撰, 『山海經』 권7 「海外西經」: 夏后啓於此儛九代, 乘兩龍, 雲蓋三層, 左手操翳, 右手操環, 佩玉璜]."라고 전한다. 여기서 구대는 말 이름이다[九代, 馬名].

9　구진鉤陳: 적의 공격을 막는 의장의 일종. 정모旌旄: 궁중의 병사.

10　도포陶匏: 고대의 악기.

11　승운承雲: 악곡명. 『악서』에 "전제顓帝는 공상空桑에 실제로 거처하며 비룡에게 명하여 팔풍의 음을 본받게 하고서 그것을 〈승운〉이라고 명명하였다. …… 전제의 악을 〈승운〉이라 하는데 우러러 하늘에서 취한 것이다[『樂書』 권175: 顓帝實處空桑, 乃令飛龍効八風之音, 命之曰〈承雲〉…… 顓帝之樂, 謂之〈承雲〉, 仰取諸天也]."라고 하였다.

12　조로調露: 악곡명. 사계절이 서로 어기지 않고 만물이 잘 자란다는 의미를 담고 있다. (『文選』 「任昉」 〈奉答敕示七夕詩啓〉: "寧足以繼想〈南風〉, 克諧〈調露〉." 李善注引宋均曰: "〈調露〉, 調和致甘露也, 使物茂長之樂." 劉良注: "四節不相違, 謂之〈調露〉之樂.") 갱횡鏗鍧: 소리가 크고 맑음을 형용. 사駟: 한 수레에 메는 네 마리의 말.

13　린麟: 기린麒麟. 수컷을 '기' 암컷을 '린'이라고 한다. 『시경』에 "고라니의 몸에 소의 꼬리요 말의 발굽을 가졌다[『詩』 「周南·麟之趾」: 麟, 麇身·牛尾·馬蹄]."라고 전하다. 또 살아있는 풀을 밟지 않고 살아있는 벌레를 밟지 않는 어진 짐승으로 용·거북·봉황과 함께 '사령四靈'이라 하여 상서로운 짐승으로 일컬어진다. 리螭: 교룡蛟龍을 말하는 것으로 교룡은 구름

얼핏 보면 빛을 밟으며 바람을 좇아가는 듯하네

재갈을 씹고 철을 꺾으며 힘차게 달리는데

입은 옷과 새긴 문장 어찌 그리 아름다운지

붉은 옥 울리는 소리 아름다운 등자에 닿고

푸른 실의 채색 고삐 황금 굴레에 둘렀네

노래에 맞춰 북 두드리자 황급히 놀라며

환검을 좇아 바람같이 달려가는데

풍취가 쌓여 술마시기를 다시 재촉해도

교만하게 응시하며 빨리 달리면서 늦추질 않네

반짝이는 눈은 밝은 해를 대적하며 내리쏘고

기세는 푸른 연기를 껴안고 드리우네

빙글빙글 돌며 너울대는 춤 끝나지 않고

蹑景追風忽見知
섭 경 추 풍 홀 견 지

咀銜拉鐵並權奇[14]
저 함 랍 철 병 권 기

被服雕章何陸離[15]
피 복 조 장 하 육 리

紫玉鳴珂臨寶鐙[16]
자 옥 명 가 임 보 등

靑絲綵絡帶金羈[17]
청 사 채 락 대 금 기

隨歌故而電驚
수 가 고 이 전 경

逐丸劍而飇馳[18]
축 환 검 이 표 치

態聚酺還急[19]
태 취 포 환 급

驕凝騶不移
교 응 취 불 이

光敵白日下
광 적 백 일 하

氣擁綠煙垂
기 옹 녹 연 수

婉轉盤跚殊未已[20]
완 전 반 산 수 미 이

과 비를 일으키고 홍수를 일으킨다는 전설상의 용이다.

14 권기權奇: 말이 힘차게 잘 달리는 모양.

15 조장雕章: 아름다운 문장. 육리陸離: 아름답게 빛나는 모양을 형용.

16 등鐙: 등자鐙子. 말 안장에 달아서 말의 양쪽 옆구리로 늘어뜨려 말을 탔을 때 두 발로
    디디는 제구.

17 청사靑絲: 말고삐의 줄 금기. 금기金羈: 금장식의 낙두絡頭로 낙두는 소나 말의 머리에
    씌워 말고삐를 연결하는 데에 쓰이는 도구다.

18 환검丸劍: 손으로 여러 개의 검을 던졌다가 차례로 받는 기예.

19 태態: 정황, 풍취의 뜻으로 풀었다. 포酺: 모여서 술을 마시는 일.

20 반산盤跚: 너울거리며 춤추는 모양을 형용.

허공에 매달려 걷고 달리며 붉은 먼지 일으키네

놀란 오리와 날아가던 해오라기가 짝할 수 없듯이

날아가는 봉황과 도는 난새를 어찌 비교하겠는가?

늘어진 풀과 낭창거리는 계수나무의 향기 짙고

긴 울음소리와 붉은 땀 모두 구름 위에 떠가네

고생을 마다하지 않고 동쪽으로 왔는데

〈소소〉 소리만 아침저녁으로 들렸었지

하늘 문 사이

아름다운 누대 옆에서

은혜를 받아 밝은 빛 피어나

懸空步驟紅塵起[21]
현 공 보 취 홍 진 기

驚鳧翔鷺不堪儔
경 부 상 로 불 감 주

矯鳳迴鸞那足擬
교 봉 회 란 나 족 의

衡垂桂裛香氛氲[22]
형 수 계 뇨 향 분 온

長鳴汗血盡浮雲[23]
장 명 한 혈 진 부 운

不辭辛苦來東道[24]
불 사 신 고 래 동 도

祇爲簫韶朝夕聞[25]
기 위 소 소 조 석 문

閶闔間[26]
창 합 간

玉臺側
옥 대 측

承恩煦兮生光色
승 은 후 혜 생 광 색

---

21 "허공에 매달려 걷고 달린다."라는 말은 커다란 평상을 장사들이 들고 그 평상 위에서 말들이 춤을 추는 것을 표현한 것이다. 『신당서』에 "현종이 또 일찍이 말 100필을 써서 성대하게 장식하고 좌우를 나눠서 3중의 평상[榻]을 설치하고 〈경배〉 수십 곡을 말에게 춤추게 하였다. 장사가 평상을 들고 있었는데 말은 미동도 하지 않았다[『新唐書』 권22 「禮樂志」: 玄宗又嘗以馬百匹盛飾, 分左右, 施三重榻, 舞〈傾盃〉數十曲. 壯士擧榻, 馬不動]."라고 전한다.

22 분온氛氲: 향기가 매우 짙음을 형용.

23 천마는 앞쪽 어깻죽지의 땀구멍에서 땀이 나오는데 땀을 많이 흘리면 온몸이 핏빛이 되었다고 전한다.

24 한나라 때 서역 대완국大宛國에서 천마天馬를 헌상했다. 대완국은 서역의 옛 나라 이름으로 지금의 우즈베키스탄 페르가나 일대를 가리킨다. 그곳에서 동쪽으로 이동하여 장안에 온 것을 말한다.

25 소소簫韶: 순임금의 악무명.

26 창합閶闔: 전설 속의 천문天門.

방울소리 짤랑~ 짤랑~	鸞鏘鏘[27] 난 장 장
마차 몰고 가는데	車翼翼[28] 차 익 익
국가의 위용 갖추고 병장기로 단장했네	備國容兮爲戎飾 비 국 용 혜 위 융 식
미인으로 가득 찬 천자의 뜰	充雲翹兮天子庭[29] 충 운 교 혜 천 자 정
평소에 은혜 입으니 정이 끝이 없네	荷日用兮情無極 하 일 용 혜 정 무 극
신마를 타니 일천 살을 (기약하고)	吉良乘兮一千歲[30] 길 량 승 혜 일 천 세
신지를 얻으니 천지를 기약하네	神芝得兮天地期[31] 신 지 득 혜 천 지 기
주역의 점괘에 남산의 수명이 길다고 하니	大易点云南山壽[32] 대 역 점 운 남 산 수
빨리 달리며 함께 태평성대를 즐겨보세	趁趨共樂聖明時 참 담 공 락 성 명 시

---

27 난鸞: 천자 수레의 말고삐에 다는 방울.

28 익익翼翼: 질서정연한 모습

29 운교雲翹: 미인.

30 길량吉良: 신성한 말의 이름.

31 신지神芝: 영지靈芝.

32 남산南山: 서안西安.

209. 무마천추만세악부사 3수
舞馬千秋萬歲樂府詞 三首[1]

張 說
장 설

금천에 탄생한 성인의 천추절

옥례를 만수잔에 다시 나누면서

시험 삼아 자류의 노래를 악부에서 듣고

준마가 아름다운 언덕에서 춤을 추니 어떠한가?

연이어 훨훨 나는 형세 어룡이 변해 나타난 듯하고

교만하게 걷는 걸음 조수의 걸음이 피어난 듯하네

해마다 서로 전하는 지수일에는

훨훨 날아와 상서로운 구름과 짝하여 높이 나네

金天誕聖千秋節[2]
금 천 탄 성 천 추 절

玉醴還分萬壽觴[3]
옥 례 환 분 만 수 상

試聽紫騮歌樂府[4]
시 청 자 류 가 악 부

何如騄驥舞華岡[5]
하 여 녹 기 무 화 강

蓮騫勢出魚龍變
연 건 세 출 어 룡 변

蹀躞驕生鳥獸行[6]
접 섭 교 생 조 수 행

歲歲相傳指樹日[7]
세 세 상 전 지 수 일

翩翩來伴慶雲翔[8]
편 편 래 반 경 운 상

---

1 『全唐詩』 권28

2 금천金天: 황금색의 하늘로 상서로움의 상징. 천추절千秋節: 당 현종의 생일을 기념하던 날.

3 옥례玉醴: 미주美酒.

4 자류紫騮: 준마의 이름.

5 녹기騄驥: 준마.

6 접섭蹀躞: 말이 걷는 모양을 형용.

7 지수일指樹日: 노자老子의 생일임. 도가의 전설에 따르면 노자는 오얏나무 밑에서 태어나 그것을 성으로 삼았기 때문에 성이 이씨라고 한다. 지수일은 후에 노자의 생일을 읊는 고사에 쓰였다. 노자의 이름이 이이李耳이기 때문에 이씨 성의 당나라는 "노자의 후손"임을 강조했다.

성황의 지덕은 하늘과 더불어 나란하니

천마가 바다 서쪽으로부터 와서 의례를 올리네

나란히 달려가다가 양쪽 무릎 굽혀 절을 하더니

몹시 교만하게 나가지는 않고 발만 구르네

곤두선 말 갈퀴 치켜세워지자 쭈그려 앉더니

성난 북소리에 몸 들어 갑자기 위로 뛰어올라

다시 곡이 끝날 때까지 술잔을 물고

머리 숙이고 꼬리 흔드는 것이 매우 취한 듯하네

......

聖皇至德與天齊
성 황 지 덕 여 천 제

天馬來儀自海西
천 마 래 의 자 해 서

跂足齊行拜兩膝[9]
원 족 제 행 배 양 슬

繁驕不進蹈千蹄
번 교 부 진 도 천 제

髵髵奮鬣時蹲踏[10]
비 이 분 렵 시 준 답

鼓怒驤身忽上躋
고 노 양 신 홀 상 제

更有銜杯終宴曲
갱 유 함 배 종 연 곡

垂頭掉尾醉如泥[11]
수 두 도 미 취 여 니

......

---

8 편편翩翩: 가볍게 나부끼거나 훨훨 나는 모습을 묘사한 의태어. 경운慶雲: 상서로운 구름.

9 원족跂足: 말이 다리를 구부리며 발을 들어 의욕적으로 달리는 것.

10 비이髵髵: 짐승이 성이 났을 때 털이 곤두선 모습을 형용. 분렵奮鬣: 짐승의 목에 난 긴 털을 치켜세웠다는 뜻. 준답蹲踏: 준답蹲沓과 같은 뜻으로 쭈그려 앉은 것을 말한다.

11 니泥: 술에 몹시 취한 상태의 모습을 비유하여 쓰는 말.

210. 현돈을 생각하다 곧 현궁을 바라보다
思賢頓 卽望賢宮也[1]

李商隱
이 상 은

내전에서 음악 크게 울리고　　　　　內殿張絃管
　　　　　　　　　　　　　　　　　내 전 장 현 관

중원엔 전쟁의 북소리 끊어졌네　　　中原絶鼓鼙
　　　　　　　　　　　　　　　　　중 원 절 고 비

춤은 청해마가 완성하고　　　　　　舞成靑海馬[2]
　　　　　　　　　　　　　　　　　무 성 청 해 마

싸우고 죽이는 것은 여남계로구나　鬪殺汝南鷄[3]
　　　　　　　　　　　　　　　　　투 살 여 남 계

......　　　　　　　　　　　　　　......

1　『全唐詩』권541

2　청해마靑海馬: 토욕혼吐谷渾이 청해靑海에서 방목한 천리마이다(『隋書』「西域傳·吐谷渾」).
　일설에는 한나라 무제 때 악와수渥窪水에서 얻은 신마神馬를 가리키는 것이라고도 한다
　(『前漢書』권22 「禮樂志」). 후에 준마를 가리키는 용어로 쓰였다. 토욕혼은 4세기 초 중국
　의 청해 지방에 티베트계 유목민이 세운 나라이다. 왕족은 선비족鮮卑族으로 5호 16국시
　대 한 세력을 이루었으나 663년 토번에게 멸망했다.

3　여남계汝南鷄: 여남에서 생산되던 닭으로 잘 울었다고 전한다(『後漢書』「百官志」). 여남
　汝南: 지금의 후난성.

211. 무마사 6수
舞馬詞 六首[1]

張 說
장 설

백관들이 황제를 알현하려고 오는데 　　　　萬玉朝宗鳳扆[2]
　　　　　　　　　　　　　　　　　　　　만 옥 조 종 봉 의

천금은 용매가 이끌고 오네 　　　　　　　千金率領龍媒[3]
　　　　　　　　　　　　　　　　　　　　천 금 솔 령 용 매

북을 응시하는 시선과 교만한 걸음걸이 　　眄鼓凝驕躞蹀[4]
　　　　　　　　　　　　　　　　　　　　면 고 응 교 섭 접

노래 들으며 그림자 흔들흔들 어정거리네 　聽歌弄影徘徊[5]
　　　　　　　　　　　　　　　　　　　　청 가 농 영 배 회

천록은 멀리서 위숙을 부르고 　　　　　　天鹿遙徵衛叔[6]
　　　　　　　　　　　　　　　　　　　　천 록 요 징 위 숙

일룡은 하늘로 올라가 희화에 의지하네 　　日龍上借羲和[7]
　　　　　　　　　　　　　　　　　　　　일 룡 상 차 희 화

두 참마 함께 춤을 경쟁하려는데 　　　　　將共兩驂爭舞[8]
　　　　　　　　　　　　　　　　　　　　장 공 양 참 쟁 무

1　『全唐詩』권89

2　만옥萬玉: 백관百官. 조종朝宗: 고대에 제후들이 봄과 여름에 천자를 알현하는 것을 말하
　는데 후에 신하가 제왕을 알현하는 의미로 쓰였다. 봉의鳳扆: 황제의 궁전에 두는 봉황
　그림으로 장식한 병풍. 황제를 의미한다.

3　용매龍媒: 준마의 이름.

4　섭접躞蹀: 말이 걷는 모양.

5　농영弄影: 말이 빛을 받아 그림자가 흔들리는 것을 형용.

6　천록天鹿: 전설 속의 준마. 요징遙徵: 멀리서 부르다. 위숙衛叔: 위숙경衛叔卿을 말함.
　위숙경은 전설 속 신선으로 구름을 타고 한나라 궁궐에 내려와 무제를 만났으며 신선인
　홍애자洪厓子와 더불어 바둑을 두면서 놀았다고 전한다(『神仙傳』권2「衛叔卿」).

7　일룡日龍: 준마의 이름인 듯하다. 희화羲和: 고대 신화의 전설적인 인물로 태양의 어머니.

여덟 필의 준마 나란히 노래 부르며 따라오네   來隨八駿齊歌[9]
래 수 팔 준 제 가

비단 깃발의 팔일무 행렬을 이루고   綵旄八佾成行[10]
채 모 팔 일 성 행

오색용이 사방에 잇닿았을 때   時龍五色因方
시 용 오 색 인 방

무릎 굽혀 술잔을 입에 물고 박자 맞춰 나아가   屈膝銜杯赴節
굴 슬 함 배 부 절

마음을 기울여 만수무강을 바치네   傾心獻壽無疆
경 심 헌 수 무 강

……   ……

---

8   참驂: 참마.

9   팔준八駿: 팔준마八駿馬. 주나라 목왕穆王이 젊어서 신선술을 좋아하여 천하의 신선을 찾아다닐 때 타고 다녔던 여덟 마리의 준마를 말한다. 목왕은 이 팔준마를 타고 돌아다니면서 곤륜산에 있는 선경인 요지瑤池에서 서왕모를 만났다.

10 팔일八佾: 고대 천자가 썼던 악무. 일佾은 춤의 대열을 말하는 것으로 종횡 8인으로 모두 64인이다. 『논어論語』「팔일八佾」에 "공자가 계씨에게 팔일무를 자기 사당의 뜰에서 추게 하다니 이런 짓을 참고 넘긴다면 앞으로 무슨 일인들 참고 넘기지 못하겠는가![孔子謂季 氏, 八佾舞於庭, 是可忍也, 孰不可忍也!]"라고 했다. 주희의 주에 "일佾은 춤의 대열이다. 천자는 팔일, 제후는 육일, 대부는 사일, 사는 이일이다[佾, 舞列也; 天子八, 諸侯六, 大夫 四, 士二]"라고 하였다.

성군이 나타나자 천둥이 부명에 응하고

신마는 황하에 떠올라 하도를 바치네

궁전을 거닐며 북 치고 춤추면서

마음으로 제왕의 즐거움을 이끌며 서성이네

聖君出震應籙[11]
성 군 출 진 응 록

神馬浮河獻圖[12]
신 마 부 하 헌 도

足踏天庭鼓舞
족 답 천 정 고 무

心將帝樂踟躕[13]
심 장 제 라 지 주

---

11 응록應籙: 부명符命에 순응함. 고대에는 부명으로써 황제가 되는 점괘로 삼았다. 록籙은
    하늘이 내린 부명의 글이다. 부명符命은 하늘이 제왕이 될 만한 사람에게 내리는 상서로운
    징조이다. 조선에서도 태조太祖 이성계가 아직 잠저潛邸에 있을 때 지리산智異山 돌 벽
    속에서 이상한 글을 얻은 일이 있었다. 이 내용을 바탕으로 한 악무 〈수보록受寶錄〉이
    『악학궤범樂學軌範』에 전한다.

12 도圖: 여기서는 하도河圖를 뜻한다. 하도는 복희씨 때 황허강에서 나온 용마의 등에 그려
    져 있던 그림이다.

13 지주踟躕: 헤매는 모양.

212. 춤추는 말
舞馬[1]

陸龜蒙
육 구 몽

멀고 먼 변방에서 온 용손 사백 마리

교만하게 머리 들고 가벼운 걸음으로 북소리에 응하네

곡 끝난 후 왕의 총애 바라는 듯한데

붉은 누각 돌아보고 감히 울지는 못하는구나

月窟龍孫四百蹄[2]
월 굴 용 손 사 백 제

驕驤輕步應金鞞[3]
교 양 경 보 응 금 비

曲終似要君王寵
곡 종 사 요 군 왕 총

回望紅樓不敢嘶
회 망 홍 루 불 감 시

---

1 『全唐詩』 권629
2 월굴月窟: 멀고 먼 변방 지역. 용손龍孫: 준마의 이름.
3 금비金鞞: 비고鞞鼓를 말한다. 비고는 말 위에서 치는 작은 북의 일종이다.

【참고】

‖ 춤추는 말[馬舞]의 죽음

"현종은 일찍이 춤추는 말 4백 필을 훈련하라고 명을 했다. 좌우로 나누어 각각 부를 두었는데 눈여겨보고는 '저것은 누구의 총마', '저것은 누구 집의 말'이라고 했다. 그때 만리장성 밖 변방 외각에서 좋은 말 한 필을 진상하자 현종은 그 말을 연습시켰는데 춤의 아름다움을 곡진하게 표현하지 못하는 것이 없었다. 이에 현종은 무늬가 있는 비단옷을 입히고 금은으로 덮어씌워 갈기를 장식하고 사이사이에 옥구슬을 섞어 넣었다. 그 말이 추는 춤을 〈경배악〉이라고 하는데 수십 회 이어지는 동안 말은 머리를 떨고 꼬리를 흔들며 종횡으로 박자를 맞추었다. 또 3층으로 된 평상을 들어 올리게도 했는데 말은 상관하지 않고 그 위에서 춤을 추었다."[1] 그러나 '춤추는 말'은 기이한 재주가 있었음에도 당시의 혼란한 상황으로 인해 역사 속으로 사라졌다. 『악서』에도 이와 같은 내용이 전하는데 무마의 마지막 모습이 처연하다.

"그 후 명황이 촉蜀으로 행차하자 무마들은 흩어져서 민간에 있게 되었다. 안녹산安祿山[2]이 마음으로 그것들을 몹시 사랑하였다. 이로부터 수십 필을 범양范陽[3]에 두었다. 나중에 승사承嗣가 그 말들을 전쟁에 쓰이는 말들과 섞어서 바깥 마구간에다 두었다. 그런데 군중에서 군사를 위로하기 위해 잔치를 열어 노래를 부르자 말이 춤을 추며 스스로 그치지 못하였다. 시양厮養[4]하는 무리가 그것을 요망하다고 여기고 채찍을 쥐고 말을 때렸다. 말이 서서 춤을 추면 절주에 맞지는 않았지만 굽히고 쳐들며 조아리며 꺾는[抑揚頓挫] 옛 태도가 남아 있었다. 마구간 지기가 곧 괴이하다고 여기고 승사에게 아뢰고 매질하여서 끝내 구유 아래에서 폐사하였다. 애석하다!"[5]

---

1 『明皇雜錄』
2 안녹산安祿山(703~757): 이란계 돌궐족의 후예인 중국의 장군. 742년 처음으로 당의 절도사가 되었다. 절도사가 된 이후에 수도 장안을 자주 방문해 현종과 양귀비의 총애를 받는다. 후에 안사의 난(755~763)을 일으켰다.
3 범양范陽: 지금의 베이징시 서남부.
4 시양厮養: 군중에서 나무를 해 오거나 밥을 짓거나 하는 일.
5 『樂書』 권182 「俗部」

213. 태상시에서 성수악을 보다
太常寺觀舞聖壽樂¹

徐元鼎
서 원 정

춤 글자가 새로이 축하의 말 전하면서　　舞字傳新慶
　　　　　　　　　　　　　　　　　　무 자 전 신 경

사람의 무늬 옛 문장으로 지나가네　　　人文邁舊章
　　　　　　　　　　　　　　　　　　인 문 매 구 장

융화된 온화한 기운이 흡족하고　　　　沖融和氣洽
　　　　　　　　　　　　　　　　　　충 융 화 기 흡

유원한 성인의 공덕이 오래되어　　　　悠遊聖功長
　　　　　　　　　　　　　　　　　　유 유 성 공 장

성덕이 먼 곳까지 흐르니　　　　　　　盛德流無外
　　　　　　　　　　　　　　　　　　성 덕 류 무 외

태평성세의 즐거움 그치지 않네　　　　明時樂未央²
　　　　　　　　　　　　　　　　　　명 시 락 미 앙

햇살은 다시 눈 깜짝할 사이에　　　　日華增顧眄³
　　　　　　　　　　　　　　　　　　일 화 증 고 면

풍광 경물이 잘 배치되도록 돕는데　　風物助低昻⁴
　　　　　　　　　　　　　　　　　　풍 물 조 저 앙

사방에서 날아오르는 봉황들 머리를 나란히 하자　翥鳳方齊首⁵
　　　　　　　　　　　　　　　　　　저 봉 방 제 수

높이 날던 기러기 행렬 갑자기 끊어졌지만　高鴻忽斷行
　　　　　　　　　　　　　　　　　　고 홍 홀 단 행

1　『全唐詩』권781
2　미앙未央: 끝나지 않음.
3　고면顧眄: 눈 깜짝할 사이.
4　저앙低昻: 오르락내리락하고 높낮이가 일정하지 않다는 뜻.
5　제수齊首: 머리를 나란히 함.

〈운문〉과 이 곡은

모두 요임금에게 바친 것이라오

雲門與玆曲⁶
운 문 여 자 곡

同是奉陶唐⁷
동 시 봉 도 당

6　운문雲門: 주나라 육대악 중의 하나로 천신에 제사를 지낼 때 쓰임. 『주례周禮』 「대사악
大司樂」에는 나라의 자제들에게 가르쳤던 〈운문雲門〉·〈대권大卷〉·〈대함大咸〉·〈대소大
韶〉·〈대하大夏〉·〈대호大濩〉·〈대무大武〉 등이 전한다. 이것들은 모두 고대 성인의 악으
로써 고대 이래로 이상적인 악무의 대명사가 되었다.

7　도당陶唐: 요임금.

214. 궁사 100수
宮詞 一百首[1]

王 建
왕 건

비단 적삼 조각조각 여러 겹으로 수를 놓아

금색 봉황과 은색 거위가 한 곳에 모여 있네

매번 한차례 춤을 추며 양쪽으로 나뉘는데

'태평만세' 글자가 마땅히 거기에 있네

羅衫葉葉繡重重
나 삼 엽 엽 수 중 중

金鳳銀鵝各一叢
금 봉 은 아 각 일 총

每遍舞時分兩向[2]
매 편 무 시 분 양 향

太平萬歲字當中
태 평 만 세 자 당 중

1　『全唐詩』 권302
2　時가 頭, 向가 句인 판본도 있다.

【참고】

‖ 자무字舞

이 춤은 무용수가 바닥에 몸을 엎드려 글자를 만드는 것이다.[1] 오늘날의 매스게임 형태로 당 대부터 송·원·명·청에 이어 오늘날까지 이어지고 있다. 주로 '태평성 대', '황제만세' 등 나라의 태평과 황제를 칭송하는 내용의 글자를 만들었다. 『구당서』에는 고종 때에는 '성스러움이 천고에 으뜸[聖超千古], 도의로써 온 왕들 을 편안하게 하다[道泰百王], 황제만세[皇帝萬歲], 보배로운 제위가 더욱 번창하소 서[寶祚彌昌]'란 16글자를 만드는데 무려 140인이 참여한 것으로 전한다.[2] 한편 『악 서』에는 〈성수무聖壽舞〉라는 이름으로 다음과 같은 내용이 전하는데 16글자는 『구 당서』와 똑같다.

"당나라 고종 때 무후가 〈성수악무〉를 만들었는데 140인을 썼고 동관오색화의를 착용하였다. 춤의 행렬은 반드시 글자를 이루는데 무릇 16번 변한 뒤에 마친다. '성초천고聖超千古, 도태백왕道泰百王, 황제만년皇帝萬年, 보조이창寶祚彌昌'이 그것 이다."[3]

『악서』에는 〈자무〉에 관한 설명이 위의 인용문 외에 "단안절의 『악부잡록』에 자무 와 화무가 있다."[4]라는 내용이 전부다. 이로써 보면 당대에 무자들이 글자를 만드 는 춤의 유형인 자무 중 무후가 만든 〈성수무〉가 가장 대표적이었고 그것이 오랜 세월 전해져 『악서』에 〈성수무〉로 정리된 것으로 볼 수 있다.

---

1   『唐音癸籤』 권14 「樂通」 3

2   『舊唐書』 권29 「音樂志」

3   『樂書』 권180 〈聖壽舞〉: "唐高宗武后作〈聖壽樂舞〉, 用百四十人, 銅冠五色畫衣. 舞之行列, 必 成字, 凡十六變而畢. 有'聖超千古, 道泰百王. 皇帝萬年, 寶祚彌昌'之字."

4   『樂書』 권182 「俗部」 〈字舞〉·〈花舞〉: "段安節『樂府雜錄』有字舞·花舞."

215. 상운악
上雲樂[1]

李 白
이 백

서쪽 하늘의 서편	金天之西 금 천 지 서
해가 지는 곳	白日所沒 백 일 소 몰
강로호추는	康老胡雛[2] 강 로 호 추
그 월굴에서 태어났네	生彼月窟[3] 생 피 월 굴
깎아지른 듯 우뚝 선 바위 같은 용모	巉巖儀容[4] 참 암 의 용
깎아 세운 듯 강경한 기개	戌削風骨[5] 수 삭 풍 골
푸른 옥처럼 빛나는 두 눈동자	碧玉炅炅雙目瞳[6] 벽 옥 경 경 쌍 목 동
구불구불한 황금빛 머리와 양쪽의 붉은 구렛나루	黃金拳拳兩鬢紅[7] 황 금 권 권 양 빈 홍
눈썹은 아래로 속눈썹까지 늘어져 있고	華蓋垂下睫[8] 화 개 수 하 첩

---

1 『全唐詩』권21
2 강로호추康老胡雛: 당대의 성악가이자 피리 연주가. 서역 사람.
3 월굴月窟: 달이 서쪽으로 지기 때문에 '월굴'이라고 했으며 극서 지방을 말함. 서역을 의미함.
4 참암巉巖: 깎아지른 듯이 우뚝 선 바위.
5 수삭戌削: 깎아 세운 듯 곧추선 모습.
6 경경炅炅: 밝은 모양.
7 권권拳拳: 구불구불한 모양.

우뚝 솟은 코는 입술 위에 솟아있네	嵩嶽臨上脣[9] 숭 악 임 상 순
괴이한 모습을 보지 않았더라면	不覩譎詭貌[10] 부 도 휼 궤 모
어찌 조물주의 신묘함을 알겠는가?	豈知造化神[11] 기 지 조 화 신
대도는 문강[12]의 아버지이고	大道是文康之嚴父[13] 대 도 시 문 강 지 엄 부
원기는 바로 문강의 어머니인데	元氣乃文康之老親[14] 원 기 내 문 강 지 노 친
반고처럼 천정을 어루만지고	撫頂弄盤古[15] 무 정 롱 반 고
수레를 밀듯 천륜을 굴리니	推車轉天輪[16] 추 차 전 천 륜
어둠을 뚫고 해와 달이 처음 생기던 때를 보네	雲見日月初生時[17] 운 견 일 월 초 생 시
쇠를 녹여 해와 달을 만들었는데	鑄冶火精與水銀[18] 주 야 화 정 여 수 은
해는 아직 골짜기에서 나오지 않고	陽烏未出谷[19] 양 오 미 출 곡

---

8   화개華蓋: 눈썹을 가리킴.

9   숭악嵩嶽: 높은 산을 말하는데 여기서는 강로호추의 높은 코를 비유해서 쓴 말이다.

10   휼궤譎詭: 괴이한 모습.

11   조화造化: 자연계의 창조자.

12   문강文康: 전설 속의 신선인 호인의 이름

13   엄부嚴父: 아버지.

14   노친老親: 어머니.

15   정頂: 천정天頂. 반고盤古: 고대 천지창조의 신화적 인물.

16   문강은 일어서서 손을 들어 반고처럼 천정天頂을 만질 수 있고 천지를 수레처럼 밀어
     굴릴 수 있었다고 전한다. 이로써 보면 서역에서 온 강로호추의 기예는 당시 사람들이
     봤을 때 매우 놀랍고 경이로웠으며 신선이 조화를 부리는 듯 신비롭게 느낀 것으로 볼
     수 있다. 생김새와 자태, 몸놀림 그리고 기예가 이전에 보지 못했던 것으로 이백은 그
     이채로움과 특징을 신선에 빗대어 묘사하였다.

17   운견일월雲見日月: 어둠을 뚫고 빛을 보는 것을 비유하여 쓴 말.

18   주야鑄冶: 쇠를 달구고 녹여서 장식함. 화정火精: 태양. 수은水銀: 달.

달은 몸을 반쯤 숨기고 있었을 때	顧兔半藏身[20] 고 토 반 장 신
여와는 황토를 가지고 놀더니	女媧戲黃土[21] 여 와 희 황 토
둥글게 뭉쳐서 어리석은 백성을 만들어	團作愚下人[22] 단 작 우 하 인
이 세상에 뿌려 놓으니	散在六合間[23] 산 재 육 합 간
자욱한 것이 모래 먼지 같았다네	濛濛若沙塵 몽 몽 약 사 진
(문강의) 생사는 끝이 없었다고 했는데	生死了不盡 생 사 료 부 진
이 호인이 진정 그 신선임을 누가 알려줄 수 있을까?	誰明此胡是仙眞 수 명 차 호 시 선 진
서쪽 바다에 약목을 심고	西海栽若木[24] 서 해 재 약 목
동쪽 바다 해 뜨는 곳에 부상을 심었는데	東溟植扶桑[25] 동 명 식 부 상
떠나와 얼마나 오래되었는지	別來幾多時 별 래 기 다 시
가지와 잎이 만 리나 자랐다네	枝葉萬里長 지 엽 만 리 장
중국에는 일곱 명의 성인이 있었지만	中國有七聖[26] 중 국 유 칠 성
도중에 혼돈된 세상으로 떨어졌었는데	半路頹鴻荒[27] 반 로 퇴 홍 황

---

19 양오陽烏: 해.

20 고토顧兔: 달.

21 여와女媧: 전설에 의하면 천지가 처음 개벽하고 사람이 없을 때 여와씨가 황토를 빚어서 사람을 만들었다고 전한다.

22 하인下人: 백성.

23 육합六合: 천지사방.

24 약목若木: 고대 신화 속의 나무 이름.

25 동명東溟: 동해東海. 부상扶桑: 동쪽 바다 해가 뜨는 곳에 있는 신화 속의 나무 이름.

26 칠성七聖: 전설 속의 요堯·순舜·우禹·탕湯·문왕文王·무왕武王·주공周公을 가리킨다.

폐하가 천운에 응하여 일어나니 陛下應運起
폐 하 응 운 기

용이 함양으로 날아들어 왔네 龍飛入咸陽
용 비 입 함 양

붉은 눈썹의 무리가 유분자를 황제로 세웠으나 赤眉立盆子[28]
적 미 립 분 자

백수 가에서 한나라의 빛이 시작되어 白水興漢光[29]
백 수 흥 한 광

호령하니 사해가 움직이고 叱咤四海動
질 타 사 해 동

큰 파도가 출렁거렸네 洪濤爲簸揚
홍 도 위 파 양

발을 들어 제왕의 궁전에 발을 디디니 擧足踏紫微[30]
거 족 답 자 미

궁궐 문이 저절로 열리고 天關自開張
천 관 자 개 장

늙은 호인은 지극한 덕에 감동하여 老胡感至德
노 호 감 지 덕

동쪽으로 와 신선의 노래를 바쳤네 東來進仙倡
동 래 진 선 창

오색의 사자와 五色獅子[31]
오 색 사 자

아홉 가지 특징을 지닌 봉황은 九苞鳳凰[32]
구 포 봉 황

---

27 홍황鴻荒: 혼돈된 세상을 의미한다.

28 적미립분자赤眉立盆子: 서한 말엽 왕망이 신나라를 세웠을 때 낭아琅琊의 번숭樊崇이 거
   莒에서 군사를 일으켰는데 왕망의 군대와 구별하기 위해 눈썹을 붉게 칠했다. 그들은 유
   분자劉盆子를 황제로 세웠으나 광무제光武帝에게 평정되었다.

29 백수白水: 후베이성湖北省 양양부襄陽府 조양현棗陽縣 옆을 흐르는 강물 이름. 백수 가에
   후한 광무제의 옛집이 있었다.

30 자미紫微: 제왕의 궁전.

31 원문에는 '師子'로 기재되어 있으나, 의미상 '獅子'를 가리키는 것이기 때문에 '獅子'로
   썼다.

32 구포九苞: 봉鳳의 9가지 특징. 『초학기初學記』 권30을 인용하여 『논어적쇠성論語摘衰聖』
   에 "봉은 여섯 가지 상과 여섯 가지 근본이 있다. …… 입은 함부로 울지 않고 마음은

바로 늙은 호인의 닭과 개인데　　　　　　　　　是老胡鷄犬
　　　　　　　　　　　　　　　　　　　　　　시 노 호 계 견

울부짖으며 궁중에서 날듯이 춤을 추니　　　　鳴舞飛帝鄕
　　　　　　　　　　　　　　　　　　　　　　명 무 비 세 상

성대하고 재빠르게　　　　　　　　　　　　　淋灕颯沓³³
　　　　　　　　　　　　　　　　　　　　　　임 리 삽 답

종횡무진 행렬을 이루네　　　　　　　　　　　進退成行
　　　　　　　　　　　　　　　　　　　　　　진 퇴 성 행

호인이 노래 부르며　　　　　　　　　　　　　能胡歌
　　　　　　　　　　　　　　　　　　　　　　능 호 가

한나라의 술을 바치는데　　　　　　　　　　　獻漢酒
　　　　　　　　　　　　　　　　　　　　　　헌 한 주

두 무릎을 꿇고　　　　　　　　　　　　　　　跪雙膝
　　　　　　　　　　　　　　　　　　　　　　궤 쌍 슬

양팔을 나란히 하더니　　　　　　　　　　　　並兩肘
　　　　　　　　　　　　　　　　　　　　　　병 양 주

꽃을 뿌리고 하늘을 가리키며 뽀얀 손 들어 올려　散花指天擧素手³⁴
　　　　　　　　　　　　　　　　　　　　　　산 화 지 천 거 소 수

황제에게 절하고　　　　　　　　　　　　　　拜龍顔
　　　　　　　　　　　　　　　　　　　　　　배 용 안

성수를 바치면서　　　　　　　　　　　　　　獻聖壽
　　　　　　　　　　　　　　　　　　　　　　헌 성 수

북두칠성 일그러지고　　　　　　　　　　　　北斗戾
　　　　　　　　　　　　　　　　　　　　　　북 두 려

남산이 무너져도　　　　　　　　　　　　　　南山摧
　　　　　　　　　　　　　　　　　　　　　　남 산 최

천자가 팔십 일세까지　　　　　　　　　　　天子九九八十一歲
　　　　　　　　　　　　　　　　　　　　천 자 구 구 팔 십 일 세

오래도록 만세배를 기울이기를 바라네　　　　長傾萬歲杯
　　　　　　　　　　　　　　　　　　　　　장 경 만 세 배

　　법도에 맞으며 귀는 멀리서 들리는 것까지 잘 듣고 혀는 소리를 잘 내며 깃의 색은 문채가
　　나고 벼슬은 붉은색이며 발톱은 날카롭고 소리는 우렁차며 배는 아무것이나 먹지 않는다
　　[鳳有六像九苞 …… 九苞者: 一曰口包命; 二曰心合度; 三曰耳聽達; 四曰舌詘伸; 五曰彩色光;
　　六曰冠矩州; 七曰距銳鉤; 八曰音激揚; 九曰腹文戶]."라고 전한다.

33　임리淋灕: 성대하고 시원시원한 모습 형용. 삽답颯沓: 재빠른 모습 형용.

34　소수素手: 뽀얀 손.

216. 투계

鬪雞[1]

杜 甫
두 보

투계 비로소 비단을 하사받고

무마는 이미 평상에 올랐네

주렴 아래에서 궁녀가 나오는데

누대 앞의 궁궐 버드나무 길게 늘어져 있네

신선놀음은 결국 한 번에 끝났으니

여악은 오랫동안 향기 없고

적막한 여산의 길은

맑은 가을의 초목도 누렇구나

鬪鷄初賜錦
투 계 초 사 금

舞馬旣登牀[2]
무 마 기 등 상

簾下宮人出
염 하 궁 인 출

樓前御柳長[3]
누 전 어 류 장

仙遊終一閟
선 유 종 일 비

女樂久無香
여 악 구 무 향

寂莫驪山道[4]
적 막 여 산 도

清秋草木黄
청 추 초 목 황

1　『全唐詩』권230
2　旣가 解인 판본도 있다.
3　어류御柳: 궁궐의 버드나무. 柳가 曲인 판본도 있다.
4　여산驪山: 여산과 장안은 거리가 60리 떨어져 있는데 당나라 현종이 이곳에 온천궁을
　　두었다. 나중에 화청궁華清宮이라고 개명했으며 현종이 양귀비와 조정의 백관들을 거느
　　리고 와서 추위를 피하며 노닐었다.

217. 눈을 바라보며 취한 후 왕력양에게 보내다
對雪醉後贈王歷陽[1]

李 白
이 백

......

사상은 스스로 〈구욕무〉를 추고

사마상여는 숙상구 벗는 것을 면하네

......

......

謝尙自能鸜鵒舞[2]
사 상 자 능 구 욕 무

相如免脫鷫鸘裘[3]
상 여 면 탈 숙 상 구

......

---

1 『全唐詩』 권171

2 사상謝尙: 사상(308~357)은 〈구욕무〉를 잘 췄던 동진시기의 사람이다. 자는 인조仁祖. 지금의 허난성 태강현 사람[참조]. 구욕무鸜鵒舞: 〈구욕무〉는 구욕새의 움직임을 흉내 낸 춤사위가 주류를 이룬 춤이었을 것이다. 이와 관련하여 〈만세무萬歲舞〉의 내용을 참고할 수 있다. 『악서』에 〈조가만세악무〉를 무태후가 만들었는데, 궁중에서 기르는 새가 항상 '만세'를 불러서 그것을 춤으로 만들었다고 한다. 붉은색의 큰 소매[緋大袖]와 아울러 화려한 구욕새의 관[畫鸜鵒冠]을 써서 새 형상을 만들었다. 이로써 보면 구욕무와 만세무는 같은 춤의 다른 이름일 가능성이 있다. 한편 『한서』 「무제기武帝紀」에 '남월南越에서 말하는 새를 바쳤다.'라고 전한다.

3 숙상鷫鸘: 새의 이름. 기러기의 일종. 사마상여司馬相如가 숙상구를 벗어서 시장사람 양창陽昌에게 맡기고 술을 사와서 탁문군과 마시며 즐겼다.

"진晉(265~316)나라 왕도王導(267~330)가 사상謝尙을 하급관리로 임명하였는데 처음 부府에 이르자 왕도는 그를 위하여 성대한 연회를 베풀었다. 사상에게 말하기를 '듣자니 그대가 〈구욕무〉를 능숙하게 추면 온 좌석이 사념에 잠긴다는데 그런 일은 있을 수 없지 않은가?'라고 말했다. 사상이 '좋습니다'라고 말하고 곧 원책元幘[1]을 쓰고 춤을 추었다. 왕도와 앉아있던 사람들은 격렬하게 손바닥을 치면서 박자를 맞췄다. 사상은 구부리고 우러르는[俯仰] 데에 절도가 있었지만 주위의 다른 사람을 전혀 의식하지 않고 제멋대로 움직였다."[2]

---

1   원문에는 '元幘'이라고 되어 있는데, '개책介幘'의 오기인 듯하다.
2   『樂書』권183 「樂圖論」《俗部》〈鸜鵒舞〉: "晉王導, 辟謝尙爲掾, 始到府, 導以其有勝會. 謂尙曰: '聞君能作〈鸜鵒舞〉, 一坐傾想, 寧有此理不?' 尙曰: '佳.' 便著元幘而舞, 導·坐者, 撫掌激節. 尙俯仰有節, 傍若無人矣."

218. 양씨의 부마 육랑의 「추야즉사」 시에 받들어 화답하다
奉和楊駙馬六郎秋夜即事[1]

王 維
왕 유

높은 누대의 달빛 서리처럼 하얀데	高樓月似霜 고 루 월 사 상
가을밤 울금당에서	秋夜鬱金堂[2] 추 야 울 금 당
노녀의 탄주를 앉아서 바라보며	對坐彈盧女 대 좌 탄 노 녀
동시에 춤추는 봉황을 바라보네	同看舞鳳凰 동 간 무 봉 황
소녀가 여러 차례 술을 가져오고	少兒多送酒 소 아 다 송 주
시녀는 다시 향을 피우는데	小玉更焚香[3] 소 옥 갱 분 향
평양 기마 전쟁 끝마치고	結束平陽騎[4] 결 속 평 양 기
내일 건장궁에 입성한다네	明朝入建章[5] 명 조 입 건 장

---

1 『全唐詩』권126. 육랑六郎은 당나라 장창종張昌宗을 가리킨다. 자태가 아름다워 총애를 받았다고 한다.
2 울금당鬱金堂: 훌륭한 저택.
3 소옥小玉: 시녀侍女의 범칭.
4 평양기平陽騎: 한나라 위청衛靑이 입신출세를 하지 않았을 때는 평양공주平陽公主(한 무제의 누나)의 시종이었다. 이후 대장군에 부임하고 평양공주와 결혼했다. 시문에서 '평양기平陽騎'는 무제의 부마가 된 위청을 말하는 것이다. 즉 위청이 흉노를 제압하고 한나라 궁궐로 돌아온다는 뜻. 한 무제 당시 평양공주의 남편인 위청과 곽거병(무제가 총애한 위자부가 곽거병의 이모)은 흉노를 토벌하는 데에 큰 공을 세웠다.
5 건장建章: 한나라 궁궐 이름.

219. 봄날 흥경궁 연회
春中興慶宮酺宴[1]

玄宗
현 종

......

춤옷에는 구름그림자 나부끼고

가선에는 둥근달이 떠오르네

북 두드리자 어룡이 뒤섞이고

종 치자 각저가 펼쳐지네

곡 끝나도 주흥이 늦어지니

반드시 취해 돌아가는 이 있겠구나

......

舞衣雲曳影
무 의 운 예 영

歌扇月開輪
가 선 월 개 륜

伐鼓魚龍雜[2]
벌 고 어 룡 잡

塘鐘角觝陳[3]
당 종 각 저 진

曲終酣興晚[4]
곡 종 감 흥 만

須有醉歸人
수 유 취 귀 인

---

1 『全唐詩』권3

2 어룡魚龍: 한대 백희 중 하나로 물고기가 용이 되어 춤을 추는 기예.

3 각저角觝: 씨름과 유사한 고대의 유희.

4 감흥酣興: 주흥酒興과 같은 말로 마음껏 마시며 즐기는 흥을 가리킨다.

220. 구곡사 3수
九曲詞 三首[1]

高 適
고 적

......

만 명의 기병은 다투어 버들가지의 봄을 노래하고

넓은 무대의 대무는 기린을 수놓네

가는 곳마다 모두 즐겁고 흡족한 일 만나고

서로 바라보니 모두 태평성대의 사람이네

......

......

萬騎爭歌楊柳春
만 기 쟁 가 양 유 춘

千場對舞繡騏驎
천 장 대 무 수 기 린

到處盡逢歡洽事
도 처 진 방 환 흡 사

相看總是太平人
상 간 총 시 태 평 인

......

---

1 『全唐詩』 권214

221. 몽유춘시 1백운에 화답하다
和夢遊春詩一百韻[1]

白居易
백 거 이

......

술에 취해 〈자고사〉를 노래하고

제멋대로 〈구욕무〉를 추네

......

......

酩酊歌鷓鴣[2]
명 정 가 자 고

顚狂舞鴝鵒[3]
전 광 무 구 욕

......

---

1 『全唐詩』 권437

2 자고鷓鴣: 곡조명. 〈자고사鷓鴣詞〉

3 전광顚狂: 제멋대로 행동함.

222. 장안 객사에서 베푼 소릉의 옛 연회에서
영주 소사군에게 부치는 5수
長安客舍叙邵陵舊宴寄永州蕭使君五首[1]

曹唐
조 당

......

담장과 붉은 처마 아래 병풍 서쪽에 있다가

안개 속 붉은 나무 서까래 쪽으로 느릿느릿 걸어나오더니

〈자고사〉 노래 끝나려고 하자

〈구욕무〉 비로소 경쾌하게 춤추며 소매 가지런히 하네

옥산을 마주하고 앉으니 밭 경계가 부질없지만

악기소리 작게 들리고 정신이 혼미해질까 걱정하네

동풍이 부는 달밤에 삼년 술 마시며

만취하지 않은 때가 없음을 반성하지 않네

......

......

粉堞彤軒畵障西[2]
분 첩 동 헌 화 장 서

水雲紅樹窣璿題[3]
수 운 홍 수 솔 선 제

鷓鴣欲絶歌聲定
자 고 욕 절 가 성 정

鸜鵒初驚舞袖齊
구 욕 초 경 무 수 제

坐對玉山空甸線[4]
좌 대 옥 산 공 전 선

細聽金石怕低迷[5]
세 청 금 석 파 저 미

東風夜月三年飮
동 풍 야 월 삼 년 음

不省非時不似泥[6]
불 성 비 시 불 사 니

......

---

1 『全唐詩』권640
2 분첩粉堞: 성 위에 낮게 쌓아 석회를 바른 담. 화장畵障: 그림이 있는 병풍.
3 수운水雲: 안개. 선제璿題: 옥 서까래의 꼭대기.
4 옥산玉山: 고대 전설 속의 선산.『山海經』「西山經」: "又西三百五十裏, 曰玉山, 是西王母所
   居也."郭璞 注: "此山多土石, 因以名云."
5 저미低迷: 정신이 혼미해지다.
6 니泥: 술에 몹시 취한 상태.

223. 첨사 장엄을 애도하다
哭蔣詹事儼[1]

崔 融
최 융

강 위에 어떤 신령한 새가 있는데　　　　江上有長離[2]
　　　　　　　　　　　　　　　　　　강 상 유 장 리

느긋하게 날지만 날개깃은 성대하네　　　從容盛羽儀[3]
　　　　　　　　　　　　　　　　　　종 용 성 우 의

한 번 울자 온갖 짐승들이 춤추고　　　　一鳴百獸舞
　　　　　　　　　　　　　　　　　　일 명 백 수 무

한 번 움직이자 새떼가 따르네　　　　　　一擧羣鳥隨[4]
　　　　　　　　　　　　　　　　　　일 거 군 조 수

……　　　　　　　　　　　　　　　　……

1　『全唐詩』권86. 첨사詹事: 관직명. 진나라 때 처음 생겼으며 황후와 태자궁의 일을 담당
　　했다. 당대에 첨사부를 설치했다. 이후에도 이어지다가 청말에 폐지되었다. 장엄蔣儼:
　　장엄(610~687)은 상주常州 의흥義興(지금의 江蘇 宜興) 사람이다. 태자첨사太子詹事를 지
　　냈다. 태종은 고려 침공에 앞서 정탐을 위해 장엄을 고려에 사신으로 파견한 적이 있다
　　(『新唐書』「蔣儼列傳」).
2　장리長離: 봉황鳳. 신령한 새.
3　종용從容: 느긋하고 한가로운 모습. 우의羽儀: 날아가는 새의 날개 모양.
4　羣이 衆인 판본도 있다.

224. 앵무사
鸚鵡詞[1]

蘇 郁
소 욱

황금 새장에 앵무새를 가둬두지 마시오

각각이 모두 분명하게 사람 말을 할 줄 안다오

갑자기 되풀이해서 그대를 향해 말하기를

"삼십육궁의 시름이 얼마나 되는가?"

"삼십육궁의 시름이 얼마나 되는가?"

莫把金籠閉鸚鵡
막 파 금 롱 폐 앵 무

個個分明解人語
개 개 분 명 해 인 어

忽然更向君前語
홀 연 갱 향 군 전 어

三十六宮愁幾許[2]
삼 십 육 궁 수 기 허

三十六宮愁幾許
삼 십 육 궁 수 기 허

---

1 『全唐詩』 권776

2 삼십육궁三十六宮: 중국 전한 때에 궁정에 있었다고 하는 서른여섯 개의 궁전. 제왕의 궁전이 많음을 비유적으로 이르는 말. 기허幾許: 잘 모르는 수량이나 정도.

巫舞・廟舞

무무巫舞는 제사 의식에서 무당이 추는 춤이다. 춤과 노래를 통해 신비롭고 영험한 분위기를 조성하여 인간과 신 사이의 '연결'을 시도한다. 특히 그 과정에서 춤은 중요한 수단으로 주술 의식에 수반되었다. 『설문해자說文解字』에는 "무巫는 축祝(제사를 지낼 때 제례를 주관하는 사람)이다. 여자 중에 형체가 없는 무형을 섬기는데 춤으로써 신을 내리게 할 수 있는 사람이다[巫, 祝也. 女, 能事无形, 以舞降神者也]."라고 전한다. 즉 무巫는 춤으로 인간과 신의 관계를 소통시키는 것이다. 『서書』「이훈伊訓」에 "감히 궁중에서 항상 춤을 추고 집에서 취하여 노래함이 있으면 이것을 무풍이라 일컫는다[敢有恒舞於宮, 酣歌於室, 時謂巫風].".라는 기록이 전한다. 『설문해자』와 『서』의 내용으로 보면 모두 신과 인간을 통하게 하기 위한 목적을 달성하기 위해 무가 춤을 추거나 노래했다는 것을 보여준다.

　민간이나 궁중에서 인간이 신과 통하기 위해 추는 춤은 모두 무무라고 할 수 있다. 다만 나라의 제사 의식에서 행해진 것은 묘무廟舞로 민간의 제사 의식에서 행해진 것은 무무巫舞로 구분하여 회자된다.

225. 어산에 제사 지내는 신녀의 노래
祠漁山神女歌[1]

王 維
왕 유

영신迎神

두두둥~ 어산 아래에서 북을 두드리고	坎坎擊鼓漁山之下 감 감 격 고 어 산 지 하
퉁소 불며 멀리 물가를 바라보네	吹洞簫望極浦[2] 취 퉁 소 망 극 포
무녀가 나아가 어지럽게 빙빙 돌며 춤을 추다가	女巫進紛屢舞[3] 여 무 진 분 루 무
신좌에 제물을 펼쳐 놓고 맑은 술 따르네	陳瑤席湛清酤[4] 진 요 석 담 청 고
바람 쌀쌀하고 또 밤비까지 내리는데	風凄凄又夜雨[5] 풍 처 처 우 야 우
신이 올지 안 올지 알 수 없으니	不知神之來兮不來 부 지 신 지 래 혜 불 래
내 마음이 괴롭고 또 괴롭구나	使我心兮苦復苦 사 아 심 혜 고 부 고

---

1 『全唐詩』권21. 어산漁山: 북어산北漁山을 가리킨다. 옛부터 바다의 선경仙境으로 알려져
  있다.
2 극포極浦: 멀리 있는 물가.
3 분루무紛屢舞: 어지럽게 빙빙 돌고 불규칙적이고 복잡한 움직임으로 멈추지 않고 계속
  춤추는 것.
4 청고清酤: 청주清酒. 옛날 제사 때 사용하던 묵은 술. 요석瑤席: 신좌 앞에 제물을 놓는 것.
5 처처凄凄: 쌀쌀함을 묘사한 말.

송신送神

어지럽게 나아가 춤추는 당 앞	紛進舞兮堂前 분 진 무 혜 당 전
아쉬운 눈빛의 화려한 자리	目眷眷兮瓊筵[6] 목 권 권 혜 경 연
(신이) 왔지만 말 없이 뜻을 전하지 않네	來不言兮意不傳 내 불 언 혜 의 부 전
저녁비 내리니 빈산을 근심하면서	作暮雨兮愁空山[7] 작 모 우 혜 수 공 산
급한 피리소리 슬퍼 번다한 현악소리 그리워하네	悲急管兮思繁絃[8] 비 급 관 혜 사 번 현
신의 수레가 근엄하게 돌아가려고 하자	神之駕兮儼欲旋 신 지 가 혜 엄 욕 선
갑자기 구름 걷히고 비 그치더니	倏雲收兮雨歇 숙 운 수 혜 우 헐
산 푸르고 물결 잔잔해지네	山青青兮水潺湲[9] 산 청 청 혜 수 잔 원

---

6 권권眷眷: 애타게 그리워하다. 아쉬워하다. 경연瓊筵: 푸짐하고 진귀한 잔치.

7 공산空山: 인적이 없는 깊은 산.

8 번현繁絃: 현악기 소리가 격렬함.

9 잔원潺湲: 물이 천천히 흐르는 모습을 형용.

226. 신에게 제사 지내는 노래
祠神歌[1]

王 叡
왕 예

영신迎神

통초 머리 꽃 야자 잎 치마	蓮草頭花椰葉裙[2] 통 초 두 화 야 엽 군
포규나무 아래에서 만운이 춤추네	蒲葵樹下舞蠻雲[3] 포 규 수 하 무 만 운
목 빼고 강 바라보며 멀리 술 뿌리니	引領望江遙滴酒[4] 인 령 망 강 요 적 주
백빈에 바람 일고 물에 파문이 생기네	白蘋風起水生文[5] 백 빈 풍 기 수 생 문

---

1 『全唐詩』 권21
2 통초蓮草: 으름덩굴의 줄기와 뿌리.
3 포규蒲葵: 야자과의 상록 교목. 종려나무와 비슷하고 잎으로 삿갓이나 부채를 만듦.
4 인령引領: 목을 길게 빼고 멀리 내다봄. 간절히 바라는 모양.
5 백빈白蘋: 양치식물 네가랫과의 여러해살이 수초水草.

송신送神

쟁쟁~ 산 울리니 비파로 화답하고

술로 청사를 적시고 고기는 까마귀에게 주네

나뭇잎 소리 사라지고 신이 떠난 후엔

지전 태운 재에서 목면화가 피어나네

根根山響答琵琶[6]
정 정 산 향 답 비 파

酒濕青莎肉飼鴉[7]
주 습 청 사 육 사 아

樹葉無聲神去後
수 엽 무 성 신 거 후

紙錢灰出木綿花[8]
지 전 회 출 목 면 화

---

6   정정根根: 현의 소리를 형용하는 의성어.

7   청사青莎: 청사초. 사초과에 속한 여러해살이풀.

8   지전紙錢: 귀신에게 제사를 지낼 때 쓰는 것으로 죽은 사람을 위하여 태운다. 목면화木綿花: 목면과의 식물 목면. 지전을 태울 때 발갛게 피어나는 불꽃을 목면화의 빨간 꽃잎에 비유했다.

227. 신현곡
神弦曲[1]

李 賀
이 하

서산에 해지고 동쪽 산 어두워지자

회오리바람 말에 불어 말이 구름을 타고 오고

현악기와 관악기 소리 소란스럽게 울리자

무녀가 치맛자락 사르락거리며 가을 먼지 위를 걷네

계수나무 바람에 쓸리고 열매 떨어지자

푸른 살쾡이 울며 피를 토하고 여우는 얼어 죽는데

옛 벽에 그려진 규룡은 황금빛 꼬리를 드리우고

우공은 말달려 가을 깊은 물로 들어가네

백 년 묵은 늙은 부엉이 나무 도깨비가 되었다더니

웃음소리가 푸른 불 가운데에서 일어나는구나

西山日沒東山昏
서 산 일 몰 동 산 혼

旋風吹馬馬踏雲[2]
선 풍 취 마 마 답 운

畫弦素管聲淺繁[3]
화 현 소 관 성 천 번

花裙綷縩步秋塵[4]
화 군 최 채 보 추 진

桂葉刷風桂墜子
계 엽 쇄 풍 계 추 자

青狸哭血寒狐死
청 리 곡 혈 한 호 사

古壁彩虯金帖尾[5]
고 벽 채 규 금 첩 미

雨工騎入秋潭水[6]
우 공 기 입 추 담 수

百年老鴞成木魅
백 년 노 효 성 목 매

笑聲碧火巢中起
소 성 벽 화 소 중 기

---

1 『全唐詩』권21. 신현곡神弦曲: 악부의 옛 제목. 토지신에게 제사할 때 연주하고 노래하며
   신을 즐겁게 하는 곡.

2 선풍旋風: 회오리바람. 신이 말을 타고 강림함을 말함.

3 화현畫弦: 화려하게 장식한 현악기. 소관素管: 장식이 없는 관악기.

4 화군花裙: 여자 무당을 말함. 최채綷縩: 옷자락이 끌리는 소리를 형용한 의성어.

5 규虯: 양쪽에 뿔이 없는 새끼용을 말함.

6 우공雨工: 뇌정雷霆의 신. 工騎入秋이 公夜騎入인 판본도 있다.

228. 촉룡의 재계에서 임금이 지은 시문에 화답하다
奉和聖製燭龍齋祭[1]

張九齡
장 구 령

......

신령들이 북치고 춤추니

자욱~ 하구나 아침 구름이여

쏟아지는 시절의 비

나의 논과 밭에 비를 뿌리네

......

......

羣靈鼓舞
군 령 고 무

蔚兮朝雲
위 혜 조 운

沛然時雨[2]
패 연 시 우

雨我原田[3]
우 아 원 전

......

---

1 『全唐詩』 권47. 촉룡燭龍: 고대 신화에 나오는 신의 이름. 『산해경山海經』 「대황북경大荒北經」에 이르기를 "서북해의 밖 적수赤水의 북쪽에 장미산章尾山이 있다. (그곳에) 신이 있는데 사람의 얼굴에 뱀의 몸으로 붉고, 세로로 눈이 합쳐져 있다. 그가 눈을 감으면 어두워지고 눈을 뜨면 밝아진다. 먹지도 않고 잠도 안 자고 숨도 쉬지 않으면서 비바람을 불러올 수 있다. 대지의 밑바닥을 비추며 이름을 촉룡이라고 한다[西北海之外, 赤水之北, 有章尾山. 有神, 人面蛇身而赤, 直目正乘, 其暝乃晦, 其視乃明, 不食不寢不息, 風雨是謁. 是燭九陰, 是謂燭龍]"라고 하였다. 재제齋祭: 재계제사齋戒祭祀. 부정한 일을 멀리하고 심신을 깨끗이 하는 제사.
2 패연沛然: 성대한 모양.
3 원전原田: 들판의 논과 밭.

229. 강남 인가에서 굿하는 소리를 밤에 듣고
　　　이 때문에 그 일을 적다
夜聞江南人家賽神因題即事[1]

李嘉祐
이　가　우

남쪽 지방의 음사는 옛 풍속으로	南方淫祀古風俗[2] 남 방 음 사 고 풍 속
초나라 노파가 영신곡을 부르네	楚嫗解唱迎神曲[3] 초 구 해 창 영 신 곡
치앙 치앙~ 동고 소리에 갈댓잎 무성하고	鏘鏘銅鼓蘆葉深 쟁 쟁 동 고 노 엽 심
고요한 잔치에 강물 푸르네	寂寂瓊筵江水綠[4] 적 적 경 연 강 수 록
비 지나고 바람 맑아 강섬의 물가 한가한데	雨過風清州渚閑[5] 우 과 풍 청 주 지 한
산초술에 취해 모두 영신곡을 다시 부르네	椒漿醉盡迎神還[6] 초 장 취 진 영 신 환
제녀는 하늘로 솟았다가 상강 언덕으로 내려오고	帝女凌空下湘岸[7] 제 녀 능 공 하 상 안
번군은 포구 너머 요산으로 향하네	番君隔浦向堯山[8] 번 군 격 포 향 요 산

1　『全唐詩』 권206. 세신賽神: 제사를 지냄.
2　음사淫祀: 예절에 합당하지 않은 제사. 祀가 祠인 판본도 있다.
3　영신곡迎神曲: 신을 맞이하는 곡. 嫗가 媼, 解가 能인 판본도 있다.
4　경연瓊筵: 푸짐하고 진귀한 잔치.
5　주저州渚: 물 가운데의 거처할 수 있는 곳으로 큰 것은 주洲 작은 것은 저渚라고 한다.
6　초장椒漿: 산초를 넣어 빚은 술. 迎神還이 神欲還인 판본도 있다.
7　제녀帝女: 천제와 전설 속 옛 제왕의 딸. 요임금의 두 딸인 아황娥皇과 여영女英을 가리키기
　　도 하는데 여기서는 전자에 해당한다. 능공凌空: 하늘 높이 올라가거나 우뚝 솟는 것.

은은한 달빛 아래 제방 돌며 스스로 춤만 추면서

月隱回塘猶自舞
월 은 회 당 유 자 무

오로지 신의 복에 의지하네

一門依倚神之祜
일 문 의 의 신 지 호

한강의 신령한 약은 다시 구하지 못하고

韓康靈藥不復求⁹
한 강 영 약 불 부 구

편작의 의술도 일찍이 본 적이 없네

扁鵲醫方曾莫覩¹⁰
편 작 의 방 증 막 도

객을 쫓아 강가에 닿으니 공연히 절로 슬퍼지고

逐客臨江空自悲
축 객 임 강 공 자 비

달빛은 밝고 흐르는 물은 멈추지 않는데

月明流水無已時
월 명 류 수 무 이 시

이 영신과 송신곡을 들으니

聽此迎神送神曲
청 차 영 신 송 신 곡

술잔 들어 굴원의 사당에 조문하고 싶구나

携觴欲弔屈原祠
휴 상 욕 조 굴 원 사

---

8   포포: 상포湘浦. 상수湘水. 후난성 경내에 있음. 요산堯山: 산 이름. 후난성 여양汝陽 서남
    쪽에 있다.

9   한강韓康: 한강백韓康伯. 이름이 백伯 자가 강백康伯. 영천군潁川郡 장사현長社縣(지금의
    허난성河南省 장갈시長葛市) 사람으로 진晉 나라의 관료였다. 동진東晉의 현학 사상가이
    다. 한강백은 30년 동안 명산에서 약초를 캐서 장안에서 좋은 약재로 판매했다. 후에 패릉
    산霸陵山에 몸을 숨겼다. 靈이 賣인 판본도 있다.

10 편작扁鵲: 주나라의 명의名醫. 성은 진秦 이름은 월인越人. 임상 경험을 바탕으로 치료하
    였다. 장상군長桑君으로부터 의술을 배워 환자의 오장을 투시하는 경지에까지 이르렀다
    고 전한다.

230. 원두산 신녀의 노래
黿頭山神女歌[1]

韋應物
위 응 물

......

배의 손님이 초서주로 제사를 지내자

무녀는 남쪽 가락인 〈격초〉를 부르네

......

......

舟客經過奠椒醑[2]
주 객 경 과 전 초 서

巫女南音歌激楚[3]
무 녀 남 음 가 격 초

......

---

1 『全唐詩』권195. 원두산黿頭山: 오늘날 장쑤성江蘇 우현吳縣의 남서쪽 둥팅산洞庭山의 산
  맥에 있다. 일명 원산黿山.

2 초서椒醑: 산초나무로 만든 향기가 진한 술.

3 격초激楚: 초나라 궁중 악곡명. 일설에는 초나라의 궁중무용 이름이라 하여 춤의 리듬이
  급박하고 춤곡은 생황과 슬 등의 악기로 합주하고 북으로 리듬을 조절했다고 전한다.

231. 남지 낭중현 동남에 있는 팽도장어지
南池 在閬中縣東南卽彭道將魚池[1]

杜甫
두 보

......

남쪽에 한 고조의 사당이 있는데

南有漢王祠[2]
남 유 한 왕 사

못에 한 고조의 사당이 세워져 있다

池在漢高祖廟旁[自註]
지 재 한 고 조 묘 방

종일 무당이 가서 기원하네

終朝走巫祝
종 조 주 무 축

가무가 신령의 의상을 풀어헤치니

歌舞散靈衣
가 무 산 영 의

황폐해졌구나! 옛 풍속이여

荒哉舊風俗
황 재 구 풍 속

......

......

---

1 『全唐詩』권220. 팽도장어지彭道將魚池: 쓰촨성四川省 낭중閬中의 가릉강嘉陵江 남쪽 언덕에 장청산長青山이 있다. 그 산기슭에 옛날에 팽택대지彭澤大池가 있었는데 그곳이 복희伏羲와 여와女媧가 탄생한 곳이라고 한다. 옛날 복희는 파땅 사람의 시조로 후에 파국巴國을 낭중으로 옮겼다. 한당 시기에 이 땅은 아주 넓은 푸른 못이 한없이 펼쳐져 있어서 모두 택국澤國으로 팽도장지彭道將池라고 불렀다. 못의 두둑에는 한 고조의 묘가 세워져 있다.
2 王이 主인 판본도 있다.

232. 성시에서 상령이 슬을 타는 것을 듣다
省試湘靈鼓瑟[1]

錢 起
전 기

운하슬을 잘 탄다고	善鼓雲和瑟[2] 선 고 운 화 슬
항상 제자령에 대해 들었고	常聞帝子靈[3] 상 문 제 자 령
풍이는 부질없이 스스로 춤을 춘다는데	馮夷空自舞[4] 풍 이 공 자 무
초객은 보고 들을 수가 없구나	楚客不堪聽[5] 초 객 불 감 청
슬픈 곡조 처량한 종경 소리	苦調凄金石 고 조 처 금 석
맑게 울리며 하늘로 올라가고	清音入杳冥[6] 청 음 입 묘 명
창오산에 와 원망하면서도 그리워하니	蒼梧來怨慕[7] 창 오 래 원 모

---

1 『全唐詩』권238. 성시省試: 상서성 예부에서 주관하는 시험. 상령湘靈: 상수의 신.
2 운화雲和: 금·슬·비파 등의 현악기를 통칭함. 고슬鼓瑟: 슬을 연주하는 것을 말함. 鼓가 附인 판본도 있다.
3 제자령帝子靈: 요임금의 두 딸인 아황娥皇과 여영女英을 가리킴.
4 풍이馮夷: 전설 속 황하黃河의 신 하백河伯. 물의 신의 범칭. 空이 徒인 판본도 있다.
5 초객楚客: 초나라 사람 굴원이 모함을 받아 타향을 떠돌아다니게 되어 굴원을 초객이라 불렀다. 후에 이로 인하여 타향을 떠돌아다니는 사람의 의미로 쓰였다.
6 묘명杳冥: 천공天空.
7 창오蒼梧: 산 이름. 지금의 후난성 영원현寧遠縣 경내. 일명 구의산九嶷山. 전설에 순임금을 창오산의 들에 장례 지냈다고 함. 원모怨慕: 무정한 것을 원망하면서도 오히려 사모함. 來가 成인 판본도 있다.

백지는 향기 일으키네 　　　　　　　　白芷動芳馨[8]
　　　　　　　　　　　　　　　　　백 지 동 방 형

흐르는 물은 소수와 상강으로 흘러가고 　流水傳瀟浦[9]
　　　　　　　　　　　　　　　　　유 수 전 소 포

처량한 풍수는 동정호를 지나쳐 가네 　悲澧過洞庭[10]
　　　　　　　　　　　　　　　　　비 풍 과 동 정

곡이 끝나니 사람은 보이지 않고 　　　曲終人不見
　　　　　　　　　　　　　　　　　곡 종 인 불 견

강가에 여러 봉우리만 푸르구나 　　　江上數峰靑
　　　　　　　　　　　　　　　　　강 상 수 봉 청

8　백지白芷: 향기 나는 풀이름. 여름에 우산 모양으로 꽃이 핌. 약초.

9　소瀟: 소수瀟水. 후난성에서 발원하여 상강으로 흘러드는 강. 포浦: 상포湘浦. 상수湘水. 瀟가 湘인 판본도 있다.

10　풍澧: 풍수澧水. 하천 이름. 산시성 영섬현寧陝縣 북동쪽의 진령秦嶺에서 발원하여 북서쪽의 장안을 거쳐 위하渭河로 흘러든다. 풍수豐水 또는 풍수酆水라고도 한다.

233. 기우제를 보다
觀祈雨[1]

李約
이 약

뽕나무엔 잎이 없고 흙먼지 일어나는데

관악기 소리 용수의 사당 앞에서 맞이하네

어느 부호의 집에서 몇 번이나 가무를 보았던가?

오히려 봄 그늘 속 관현이 구슬퍼 두려웠네

桑條無葉土生煙
상 조 무 엽 토 생 연

簫管迎龍水廟前
소 관 영 용 수 묘 전

朱門幾處看歌舞
주 문 기 처 간 가 무

猶恐春陰咽管弦
유 공 춘 음 인 관 현

---

1 『全唐詩』 권309

234. 잡언영신사 2수
雜言迎神詞 二首[1]

皇甫冉
황보염

오나라와 초나라의 풍속과 파투巴渝(蜀의 옛 지명)는 풍속이 같다. 하늘을 보며 춤과 노래로 제사를 지낸다. 그 까닭을 물으니 대답하기를 "여름이 되어 비가 오지 않으면 장차 기근의 해가 될까 염려가 되기 때문입니다."

다시 이르기를 "가족 중에 길 떠난 사람이 있으면 돌아오지 못할까 하여 큰 복에 의지합니다. 무릇 이 두 가지는 모두 내가 마음에 두는 것입니다. 땅에 모를 심으면 장차 말라 죽고 아우가 관청의 관리가 되면 고을을 떠도니 붓을 잡아 영신사와 송신사를 쓰는 것입니다. 이로써 그 소리에 응하고 또한 품은 마음에 의지하려는 것입니다."라고 했다.

吳楚之俗與巴渝同風 日見歌舞祀者 問其故 答曰 及夏不雨 慮將無年[2]" 復云
오 초 지 속 여 파 투 동 풍 일 견 가 무 사 자 문 기 고 답 왈 급 하 불 우 려 장 무 년 부 운

家有行人不歸 憑是景福 夫此二者皆我所懷寄 地種苗將成枯草 弟爲臺官羇旅
가 유 행 인 불 귀 빙 시 경 복 부 차 이 자 개 아 소 회 기 지 종 묘 장 성 고 초 제 위 대 관 기 려

京師 秉筆爲迎神送神詞 以應其聲 亦寄所懷也"
경 사 병 필 위 영 신 송 신 사 이 응 기 성 역 기 소 회 야

---

1 『全唐詩』 권249
2 무년無年: 기근의 해.

영신迎神

문을 열어	啓庭戶 계 정 호
신선하고 맛있는 음식을 배열하고	列芳鮮 열 방 선
먼 곳 바라보니	目眇眇³ 목 묘 묘
마음 고요해지네	心綿綿⁴ 심 면 면
바람과 비에 의지하여 아름다운 자리에 내려오자	因風託雨降瓊筵 인 풍 탁 우 강 경 연
분주하게 아래로 내려가서 절을 하더니	紛下拜 분 하 배
누차 제기를 추가하면서	屢加籩 누 가 변
마음은 세월을 잊고 풍년을 기원하네	人心望歲祈豊年 인 심 망 세 기 풍 년

3　묘묘眇眇: 눈을 가늘게 뜨고 멀리 바라봄.
4　면면綿綿: 마음이 편안하고 조용함.

송신送神

이슬은 옷을 적시고	露霑衣 노 점 의
달은 벽에 숨어	月隱壁 월 은 벽
기운은 쌀쌀하고	氣淒淒⁵ 기 처 처
사람은 쓸쓸하네	人寂寂 인 적 적
비바람이 지나간 빈 신좌엔	風迴雨度虛瑤席⁶ 풍 회 우 도 허 요 석
오는 소리도 없고	來無聲 내 무 성
떠난 흔적도 없지만	去無跡 거 무 적
신심은 멀리 있는 손님에게까지 온화한 복을 내리네	神心降和福遠客 신 심 강 화 복 원 객

---

5 처처淒淒: 바람이 불고 비가 올 때의 쌀쌀하고 차가운 기운. 사람의 마음을 형용할 때에
　　는 쓸쓸하고 처량하다는 뜻으로 쓰인다.
6 요석瑤席: 신좌 앞에 제물을 놓는 것.

235. 신에게 굿하는 곡
賽神曲[1]

王建
왕 건

남자는 비파를 타고 여자는 춤을 추는데 　　男抱琵琶女作舞
　　　　　　　　　　　　　　　　　　　남 포 비 파 여 작 무

주인은 거듭 절하며 신의 말을 듣네 　　主人再拜聽神語
　　　　　　　　　　　　　　　　　주 인 재 배 청 신 어

신부는 술을 올리며 (자기의) 근심을 말하지 않고 　　新婦上酒勿辭勤[2]
　　　　　　　　　　　　　　　　　　　　　　　신 부 상 주 물 사 근

그녀의 시부모가 고생하지 않기를 바라네 　　使爾舅姑無所苦
　　　　　　　　　　　　　　　　　　사 이 구 고 무 소 고

제삿술 맑아 계수나무 자리 새로운데 　　椒漿湛湛桂座新[3]
　　　　　　　　　　　　　　　　　초 장 잠 잠 계 좌 신

한 쌍의 긴 화살을 붉은 헝겊에 매달며 　　一雙長箭繫紅巾
　　　　　　　　　　　　　　　　　　일 쌍 장 전 계 홍 건

오직 소와 양이 집안에 가득하기를 바라면서 　　但願牛羊滿家宅
　　　　　　　　　　　　　　　　　　　단 원 우 양 만 가 댁

시월에 남산의 신께 굿을 해서 보답하겠다고 하네 　　十月報賽南山神
　　　　　　　　　　　　　　　　　　　　　　시 월 보 새 남 산 신

푸른 하늘에 바람 한 점 없고 물은 더욱 푸른데 　　靑天無風水復碧[4]
　　　　　　　　　　　　　　　　　　　　청 천 무 풍 수 부 벽

용마에 안장을 올리고 소에 멍에를 씌우네 　　龍馬上鞍牛服軛
　　　　　　　　　　　　　　　　　용 마 상 안 우 복 액

취해서 어지럽게 춤추며 춤옷을 밟으면서 　　紛紛醉舞踏衣裳
　　　　　　　　　　　　　　　　　분 분 취 무 답 의 상

술잔 들어 지나가는 손님에게 권하네 　　把酒路旁勸行客
　　　　　　　　　　　　　　　　파 주 노 방 권 행 객

1 　『全唐詩』권298
2 　勿이 莫인 판본도 있다.
3 　초장椒漿: 산초를 넣어 빚은 술. 신을 섬기는 데에 썼다. 잠잠湛湛: 청명하고 맑음.
4 　復가 損인 판본도 있다.

236. 양산의 사당에서 굿을 보다
陽山廟觀賽神[1]

劉禹錫
유 우 석

한나라 도위는 옛날 오랑캐를 정벌하고

희생으로 지금 이 산에서 배향했네

곡개는 깊고 그윽하게 푸른 노송 아래에 있고

퉁소 소리는 푸른 병풍 사이에서 애절하게 울리네

형땅의 무녀는 신의 말을 끊임없이 전하고

촌부는 발그레 취한 얼굴로 흔들흔들 춤을 추네

해 떨어지자 사당 문밖에 바람이 일고

몇 사람은 연이어 죽지사 부르며 돌아가네

漢家都尉舊征蠻[2]
한 가 도 위 구 정 만

血食如今配此山[3]
혈 식 여 금 배 차 산

曲蓋幽深蒼檜下[4]
곡 개 유 심 창 회 하

洞簫愁絶翠屏間[5]
퉁 소 수 절 취 병 간

荊巫脉脉傳神語[6]
형 무 맥 맥 전 신 어

野老娑娑起醉顔[7]
야 노 사 사 기 취 안

日落風生廟門外
일 락 풍 생 묘 문 외

幾人連蹋竹歌還
기 인 연 답 죽 가 환

---

1 『全唐詩』권359. 양산陽山: 산이름. 곤륜산의 남쪽.

2 도위都尉: 동한 양송梁松을 말한다.

3 혈식血食: 혈식은 제물을 말하는데 옛날에는 희생犧牲(제사 지낼 때 제물로 쓰는 산 짐승)의 피로 제사를 지냈다.

4 곡개曲蓋: 의장용으로 쓰이는 손잡이가 달린 커다란 양산.

5 수절愁絶: 극도의 근심. 愁絶이 吹絶인 판본도 있다.

6 맥맥脉脉: 끊이지 않고 이어지는 모양을 형용.

7 사사娑娑: 가볍게 흔들며 춤추는 모양을 묘사한 의태어.

237. 정월 보름날 태청궁의 보허를 듣다
上元日聽太淸宮步虛[1]

張仲素
장중소

도사가 금록을 펼치니	仙客開金籙[2] 선 객 개 금 록
설날 아침 옥경에 모이네	元辰會玉京[3] 원 진 회 옥 경
영가 소리 자부로 인도하고	靈歌賓紫府[4] 영 가 빈 자 부
아운은 곤륜산으로 보내네	雅韻出層城[5] 아 운 출 층 성
경쇠 소리와 잡음 모두 거두니	磬雜音徐徹 경 잡 음 서 철
돌개바람 다시 맑게 울리네	風飄響更淸 풍 표 향 갱 청
멀리 돌아 하늘 끝에서 사라지는데	紆餘空外盡 우 여 공 외 진
듣는 중에 소리가 끊어졌다 이어졌다 하네	斷續聽中生 단 속 청 중 생

---

1 『全唐詩』권367. 태청궁太淸宮: 도교의 관명. 보허步虛: '보허'는 글자 그대로의 뜻은 '허
공을 걷는다'는 것인데 도가곡道家曲인 보허사步虛詞의 의미가 있다. 도사가 제단에서 사
장詞章을 낭송할 때 사용하는 가락. 그 선율이 마치 어렴풋한 듯 가물가물하고 희미하게
길게 끄는 것이 신선의 아득한 걸음걸이와 비슷하다고 하여 '보허성步虛聲'이라고 일컫기
도 했다. 보허사는 도교의 경문을 읽거나 찬송한다는 의미가 있으며 사패명詞牌名으로도
쓰인다.
2 선객仙客: 도사道士의 경칭. 금록金籙: 도교에서 천제의 조서詔書를 일컬음.
3 원진元辰: 원단元旦. 설날 아침. 옥경玉京: 도교에서 천제가 거처하는 곳.
4 자부紫府: 도교에서 선인이 거처하는 곳.
5 층성層城: 고대 신화에서 곤륜산 꼭대기의 높은 성.

춤추는 학들 어지럽게 모이려 하고

흘러가던 구름은 가지 않고 머무네

시끄러운 도시 위의 세상에서

세속에서 전한 소리 흠모함을 누가 알겠는가?

舞鶴紛將集
무 학 분 장 집

流雲住未行
유 운 주 미 행

誰知九陌上⁶
수 지 구 맥 상

塵俗仰遺聲
진 속 앙 유 성

---

6 구맥九陌: 도성의 큰 도로와 번화하고 시끄러운 도시.

238. 양나라의 제사
梁國祠[1]

劉禹錫
유우석

양나라 삼랑의 위엄과 덕이 높다 하여

무녀는 악기를 연주하며 시골 마을로 달려가네

수많은 집에서 빈산 위를 한참 보니

비 기운이 아득하게 묘문에 피어오르네

梁國三郎威德尊[2]
양 국 삼 랑 위 덕 존

女巫簫鼓走鄕村
여 무 소 고 주 향 촌

萬家長見空山上
만 가 장 견 공 산 상

雨氣蒼茫生廟門
우 기 창 망 생 묘 문

---

1 『全唐詩』 권365
2 삼랑三郎: 민간의 신.

239. 현가행
弦歌行[1]

孟郊
맹 교

구나의식에서 북을 두드리고 피리를 길게 부는데

파리한 귀신의 더러운 얼굴엔 오로지 이만 하얗구나

깜깜한 밤중에 띠 채찍을 찌익~찍 끌며

붉은 속곳만 입고 맨발로 급하게 가네

서로 돌아보며 웃는 소리에 마당 햇불 흔들리고

복사나무 활로 화살을 쏘았을 땐 홀로 울부짖는다네

驅儺擊鼓吹長笛[2]
구 나 격 고 취 장 적

瘦鬼染面惟齒白
수 귀 염 면 유 치 백

暗中崒崒拽茅鞭[3]
암 중 줄 줄 예 모 편

倮足朱裩行戚戚[4]
나 족 주 곤 행 척 척

相顧笑聲衝庭燎[5]
상 고 소 성 충 정 료

桃弧射矢時獨叫[6]
도 호 사 시 시 독 규

---

1   『全唐詩』 권372
2   구나驅儺: 추나追儺. 섣달 그믐날이나 입춘에 역귀와 잡신을 몰아내는 의식.
3   줄줄崒崒: 물건이 서로 스치는 소리를 형용한 의성어.
4   나족倮足: 맨발. 곤裩: 가랑이가 짧은 속곳. 척척戚戚: 급하게 재촉하는 모양을 형용한
    의태어. 裩이 褌인 판본도 있다.
5   정료庭燎: 마당에 밝혀 놓은 햇불.
6   도호桃弧: 복숭아나무로 만든 활. 악을 물리친다는 의미가 있다.

240. 왕옥산으로 돌아가는 오나라 도사를 전송하다
送吳鍊師歸王屋山[1]

張籍
장 적

......

도리어 요단 꼭대기에서 잠을 자니

하늘에서 보허 소리가 들리네

......

却到瑤壇上頭宿[2]
각 도 요 단 상 두 숙

應聞空裏步虛聲[3]
응 문 공 리 보 허 성

---

1 『全唐詩』권385. 연사鍊師: 원래 덕이 높은 도사를 가리키는 말이었는데 후에 도사의
   범칭으로 쓰임. 왕옥산王屋山: 산시성 위엔취현垣曲縣과 허난성 지위안시濟源市 사이에
   있다. 도교가 언제 왕옥산에 전해진 것인지는 알 수 없지만 남북조 이전에 몇몇 도사가
   이 산에서 신선이 되었다는 전설이 전한다(梁 陶弘景 撰『眞誥』권5: "毛伯道·劉道恭·謝稚
   堅·張兆期, 皆後漢時人也. 學道在王屋山中, 積四十餘年, 共合神丹").
2 요단瑤壇: 신선이 산다는 곳. 瑤가 天인 판본도 있다.
3 보허步虛: 226쪽 각주 1번 참조.

241. 부에서 실시하는 과거시험 때인 중원절에
도사들이 하늘을 걷는 것을 관람하다
府試中元觀道流步虛¹

林傑
임 걸

현도에서 비록을 펼치고	玄都開秘錄²
	현 도 개 비 록
백석으로 도사를 섬기니	白石禮先生³
	백 석 예 선 생
천계의 가을 풍광이 고요하고	上界秋光靜
	상 계 추 광 정
중원절의 밤 풍경도 한가하구나	中元夜景清⁴
	중 원 야 경 청
별들은 황제의 거처에 알현하는데	星辰朝帝處
	성 진 조 제 처
난과 학이 허공을 걷는 소리가 들리네	鸞鶴步虛聲⁵
	난 학 보 허 성
……	……

---

1 『全唐詩』 권472. 도류道流: 도사의 무리.

2 현도玄都: 전설 속의 신선이 거처하는 곳.

3 백석白石: 신선의 양식.

4 중원中元: 중원절中元節.

5 난학鸞鶴: 난과 학. 신선이 탄다고 전해지는 새.

242. 보허사
步虛詞[1]

蘇 郁
어 욱

십이루는 옥성 안에 숨어 있고

봉황 한 쌍은 푸른 산봉우리에 투숙하네

유하 조금 마시고 누구와 함께 취할까?

오늘밤 생황을 불 차례 몇 번이나 다시 올까?

十二樓藏玉堞中[2]
십 이 루 장 옥 첩 중

鳳凰雙宿碧芙蓉[3]
봉 황 쌍 숙 벽 부 용

流霞淺酌誰同醉[4]
유 하 천 작 수 동 취

今夜笙歌第幾重[5]
금 야 생 가 제 기 중

---

1   『全唐詩』 권472

2   십이루十二樓: 신선이 거처하는 곳. 옥첩玉堞: 옥으로 쌓은 성.

3   벽부용碧芙蓉: 푸른 연꽃 또는 푸른 산봉우리를 비유한 말인데 여기서는 후자에 해당한
    다. 芙蓉이 梧桐인 판본도 있다.

4   유하流霞: 천상 선인의 음료. 誰同이 留君인 판본도 있다.

5   笙歌가 吹簫인 판본도 있다.

243. 산 중에서 허공을 걷는 소리를 듣다
聞山中步虛聲[1]

施肩吾
시 견 오

누가 남산 꼭대기 허공을 걷는가?

何人步虛南峰頂
하 인 보 허 남 봉 정

학은 구천에서 울고 서리 맞은 달은 차가운데

鶴唳九天霜月冷[2]
학 려 구 천 상 월 랭

신선의 노래가 우연히 동풍을 따라가다가

仙詞偶逐東風來
선 사 우 축 동 풍 래

잘못 바람에 날려서 몇 몇 소리가 속세로 떨어졌구나

誤飄數聲落塵境
오 표 수 성 낙 진 경

---

1 『全唐詩』권494

2 구천九天: 하늘을 아홉 방위로 나누어 이르는 말. 한나라 양웅揚雄의 『태현太玄』「태현수 太玄數」에 "구천은 중천中天·선천羨天·종천從天·경천更天·수천晬天·곽천廓天·감천減天· 침천沈天·성천成天"이라고 전하고, 『여씨춘추呂氏春秋』「유시有始」에는 중앙이 균천鈞天 동방은 창천蒼天 동북은 변천變天 북동은 현천玄天 서북은 유천幽天 서방은 호천顥天 서남 은 주천朱天 남방은 염천炎天 동남은 양천陽天이라고 전하며, 『대한한사전』에는 "균천鈞天 [동북]·창천蒼天[동]·변천變天[동북]·유천幽天[서북]·호천顥天[서]·염천炎天[남]·주천朱 天[서남]·현천玄天[북]·양천陽天[동남]"이라고 전한다.

244. 산에 사는 노씨 성의 사람이 파촉 땅으로부터 상강을 따라 모산으로 돌아왔기에 보내다
盧山人自巴蜀由湘潭歸茅山因贈[1]

許渾
허 혼

태을의 신령한 방법으로 자하를 단련하니

자하가 희끗희끗한 흰 머리털을 다 날려버리네

원숭이 우는 무협에 새벽 구름 얇고

기러기 머문 동정호에 가을 달빛 밝네

도인법이 어찌 도엽무와 같을 것이며

〈보허사〉가 어찌 〈죽지가〉에 비교되겠는가?

太乙靈方鍊紫荷[2]
태 을 령 방 연 자 하

紫荷飛盡髮旛旛[3]
자 하 비 진 발 파 파

猿啼巫峽曉雲薄
원 제 무 협 효 운 박

雁宿洞庭秋月多
안 숙 동 정 추 월 다

導引豈如桃葉舞[4]
도 인 기 여 도 엽 무

步虛寧比竹枝歌[5]
보 허 영 비 죽 지 가

---

1 『全唐詩』 권535

2 태을太乙: 천신의 이름. 연련鍊: 단약을 단련하는 것이다. 자하紫荷: 신선의 단약을 일컫는 것으로 추측된다.

3 파파旛旛: 머리카락이 희끗희끗하다.

4 도인導引: 일종의 도가의 양생 방법. 도엽무桃葉舞는 다른 곳에는 전하지 않는다. 다만 도엽가는 오나라 노래 곡명이라고 전한다. 조선 성종成宗 시기의 저작인 『악학궤범樂學軌範』에는 당악정재 중 하나인 〈육화대六花隊〉의 악장가사 중에 "〈죽지사〉는 곡조는 아름다우나 특히 치세의 음악은 아니옵고 〈도엽가〉는 정은 많지만 바른 사람이 듣기에는 맞지 않습니다[竹枝調美 殊非治世之音 桃葉情多 未合正人之聽]."라는 내용이 전한다.

5 죽지가竹枝歌: 죽지사竹枝詞. 악부의 한 체로 남녀의 사랑이나 풍속과 인정을 주로 읊음.

화양의 옛 은신처로 돌아가지 못하니

물속에 잠긴 지전에 푸른 풀이 자라나겠구나!

華陽舊隱莫歸去[6]
화 양 구 은 막 귀 거

水沒芝田生綠莎[7]
수 몰 지 전 생 녹 사

---

6 화양華陽: 화산華山 남쪽의 지금의 산시성에 있던 옛 지명. 구은舊隱: 옛날의 은신처.
7 지전芝田: 신선이 영지靈芝를 심은 땅.

245. 보허사 10수
步虛詞 十首[1]

吳筠

오 균

......

팔방의 신 떠도는 기운을 맑게 하고

열 편의 절구시 상서로운 바람을 부추기네

......

저 멀리 높은 하늘 노을 위를 거닐며

진실로 통하지 않는 것이 없는지 살피네

......

고상한 마음은 사치를 없애니

사물을 만나도 아름다운 광채가 나고

지락은 퉁소 소리와 노랫소리 없이

......

八威淸遊氣[2]
팔 위 청 유 기

十絶舞祥風
십 절 무 상 풍

......

逍遙太霞上[3]
소 요 태 하 상

眞鑒靡不通
진 감 미 불 통

......

高情無侈靡[4]
고 정 무 치 미

遇物生華光[5]
우 물 생 화 광

至樂無簫歌[6]
지 락 무 소 가

1　『全唐詩』 권853
2　팔위八威: 도교에서 말하는 팔방의 신. 유기遊氣: 떠도는 기운을 말함. 氣가 炁인 판본도
　　있다.
3　태하太霞: 높은 하늘의 노을.
4　고정高情: 고상한 마음. 치미侈靡: 사치하고 낭비하는 것. 情이 淸인 판본도 있다.
5　화광華光: 아름다운 광채.
6　지락至樂: 지극한 즐거움. 『장자』 「지락」에 "천하에 지극한 즐거움이 있는가 없는가 ……
　　천하 사람들이 중시하는 것은 부귀와 장수와 명예이고 좋아하는 것은 몸이 편안한 것과

금옥 소리만 낭낭하게 울리는 것이네   金玉音琅琅[7]
                                            금 옥 음 랑 랑

……   ……

맛있는 음식과 예쁜 옷과 미색과 음악이다. …… 즐거움을 얻지 못하면 사람들은 크게
근심하고 두려워하는데 이런 것들을 가지고 몸을 기르는 것은 또한 어리석은 짓이다[天下
有至樂無有哉 … 夫天下之所尊者, 富貴壽善也, 所樂者, 身安厚味美服好色音聲也. … 若不得者,
則大憂以懼, 其爲形也, 亦愚哉].”라며 “생각건대 무위無爲라야만 참으로 즐거운 것인데, 세
속 사람들은 이 무위를 매우 고통스럽게 여긴다. 그러므로 최고의 즐거움은 즐거움이 없
는 것이고 최고의 명예는 명예가 없는 것이라고 말한 것이다[吾以無爲誠樂矣, 又俗之所大苦
也. 故曰至樂無樂, 至譽無譽].”라고 전한다.

7   金玉音琅琅이 玉音自琳琅인 판본도 있다.

246. 밤에 보허를 듣다
夜聽步虛[1]

方干
방 간

적막한 영궁에서

도사의 조례 소리 들리는데

〈보허〉 한 곡 들으니

그야말로 삼청에 닿으려 하네

상서로운 풀 가을바람에 일어나고

선계의 밤은 달이 밝은데

오랜 세월 속세에 노니는 뜻은

이 땅에 평화를 펼치고자 한 것이라네

寂寂永宮裏
적 적 영 궁 리

天師朝禮聲[2]
천 사 조 례 성

步虛聞一曲
보 허 문 일 곡

渾欲到三淸[3]
혼 욕 도 삼 청

瑞草秋風起
서 초 추 풍 기

仙墀夜月明[4]
선 계 야 월 명

多年遊塵意
다 년 유 진 의

此地欲鋪平
차 지 욕 포 평

---

1 『全唐詩』 권649
2 천사天師: 도술사 등을 존칭하는 말.
3 삼청三淸: 삼신三神이 거처하는 옥청玉淸·상청上淸·태청太淸.
4 선계仙墀: 계墀는 계階와 같은 자. 궁전이나 단의 계단.

247. 보허 어떤 판본에는 제목 아래에 사詞 자가 있다
步虛 一本題下有詞字[1]

司空圖
사 공 도

서왕모가 친히 허공을 걷는 것을 가르쳐서

삼원절에 항상 봉래산 아래로 내려보낸다네

교방음악 풍속 아름다운 슬에 머물고

난과 학은 낮게 날며 향로를 스쳐가네

阿母親教學步虛[2]
아 모 친 교 학 보 허

三元長遣下蓬壺[3]
삼 원 장 견 하 봉 호

雲韶韻俗停瑤瑟[4]
운 소 운 속 정 요 슬

鸞鶴飛低拂寶爐[5]
난 학 비 저 불 보 로

---

1 『全唐詩』 권633

2 아모阿母: 서왕모.

3 삼원三元: 도교의 기념일. 삼원은 처음엔 도교의 교의에서 우주 생성의 본원과 도교 경전
   의 원류를 가리켰는데, 수당 이후에 도교의 주요 명절의 명칭으로 변화하여 오늘에 이르
   고 있다. 상원절上元節, 중원절中元節, 하원절下元節을 합하여 삼원이라고 부른다. 삼원절
   은 음력 정월 대보름, 7월 15일, 10월 15일로 '원'은 음력 보름이라는 뜻이다. 봉호蓬壺:
   봉래산蓬萊山.

4 운소雲韶: 교방教坊.

5 난학鸞鶴: 난과 학. 신선이 탄다고 전해지는 새의 의미도 있고 신선을 칭하기도 한다.
   서왕모가 허공을 걷는 것을 가르쳐서 삼원절에 인간 세상으로 내려보내어 음악에 맞춰
   보허 걸음으로 춤을 추는 것을 읊고 있다.

248. 낙양 기생의 관사 담벼락에 적다
題東都妓館壁[1]

呂 巖
여 암

생황을 한번 불자 태청이 열리고	一吸鸞笙裂太淸[2] 일 흡 난 생 열 태 청
녹의동자가 허공을 걷는 소리 들리네	綠衣童子步虛聲[3] 녹 의 동 자 보 허 성
옥루에서 천년의 꿈 깨니	玉樓喚醒千年夢[4] 옥 루 환 성 천 년 몽
푸른 복숭아 가지 위에 금계가 울고 있네	碧桃枝上金鷄鳴[5] 벽 도 지 상 금 계 명

---

1 『全唐詩』권858. 동도東都: 동쪽에 둔 도성을 말하는데 수당 시기에는 낙양을 말한다.

2 난생鸞笙: 생笙의 미칭. 태청太淸: 삼청[玉淸·上淸·太淸] 중의 하나.

3 녹의동자綠衣童子: 푸른 새의 정령. 수나라 때 조사웅趙師雄이 나부산羅浮山을 구경하다
가 해가 저물자 머물 곳을 찾기 위해 불빛을 따라갔다. 그곳에서 소복을 입은 미인의 정중
한 대접을 받는다. 함께 술을 즐기는데 한 녹색 옷을 입은 동자가 나와 춤을 추며 흥을
돋우었다. 한참을 즐기다 조사웅은 술에 취해 잠이 들었고 후에 추위를 느껴 깨어보니
큰 매화나무 아래 누워 있었다고 한다. 이때 새 한 마리가 창공을 날아갔는데 매화나무는
그 미인의 정령이며 새는 녹의동자의 정령이었다는 이야기가 전한다(『廣東通志』권64 柳
宗元, 『龍城錄』「趙師雄醉憩梅花下」).

4 옥루玉樓: 신선이 거처하는 곳. 환성喚醒: 불러서 깨움. 정신을 차리게 함.

5 벽도碧桃: 서왕모가 한 무제에게 주었다고 전해지는 선도. 금계金鷄: 전설상의 신성한 새.

【참고】

‖ 보허자步虛子

조선 성종시기의 저작인 『악학궤범樂學軌範』에도 '보허'라는 말이 등장한다. 바로 고려 때 중국 송宋나라에서 전래한 당악정재의 하나인 〈오양선五羊仙〉의 보허자령 步虛子令이라는 악곡의 형식에 전한다.

〈오양선〉은 다섯 마리의 양을 타고 내려온 신선이 군왕을 송도頌禱하는 내용으로 구성되어 있다. 이와 관련된 고사는 송나라 악사樂史[1]가 찬술한 『태평환우기太平寰宇記』[2] 권157에 "옛말에 다섯 명의 신선[五仙]이 오색五色의 양羊을 타고 한 줄기에 여섯 이삭이 돋은 수수[六穗秬]를 가지고 나타났는데 그곳을 오양성五羊城이라고 불렀다.[3]라고 전한다.

이와 관련된 내용은 『악학궤범』의 당악정재 〈오양선〉에서 죽간자 치어의 '양의 수레를 탄 진선을 기꺼이 만나고[悅逢羊駕之眞仙]'와 보허자령步虛子令의 「벽연롱효사碧煙籠曉詞」에 '완연히 함께 아름다운 좋은 벼의 상서 가리키며[宛然共指嘉禾瑞]' 등과 같은 내용에서 확인된다. 이로써 보면 고려 때 송나라에서 전래한 〈오양선〉은 중국의 고사를 배경으로 한 춤인데 조선에서 그 춤을 재현하면서 이 고사를 바탕에 두었던 것으로 볼 수 있다.

---

1 악사樂史: 송나라 무주撫州 의황宜黃사람으로 자는 자정子正이다. 남당南唐에서 비서랑秘書郎을 지냄.

2 『태평환우기太平寰宇記』: 송나라 악사樂史가 편찬. 현존하는 세계에서 가장 오래된 지지地誌. 979년 송이 천하를 통일한 후 그 영역과 그들이 주변의 민족을 설명하기 위해 편찬되었다.

3 樂史 撰, 『太平寰宇記』 권157: "舊說有五仙人騎五色羊, 執六穗秬而至, 至今呼五羊城是也."

249. 하운곡
夏雲曲[1]

齊己
제 기

높이 우뚝 선 붉은 산	紅嵯峨[2] 홍 차 아
저물녘 파도에 밝게 빛나네	爍晚波 삭 만 파
괴룡이 게을리 누우니 가뭄이 길고	乖龍慵臥旱鬼多[3] 괴 룡 용 와 한 귀 다
무더위가 만리로 천참을 누르네	爊爊萬里壓天塹[4] 충 충 만 리 압 천 참
천둥소리 우르릉~ 번갯불 번쩍번쩍한데	颺雷電光空閃閃[5] 양 뢰 전 광 공 섬 섬
호우 내리지 않고 호풍도 불지 않네	好雨不雨風不風[6] 호 우 불 우 풍 불 풍
부질없이 높고 험한 절벽에서 하늘에 의지해	徒倚穹蒼作巖險[7] 도 의 궁 창 작 암 험

---

1   『全唐詩』 권847
2   차아嵯峨: 산이 높고 험한 모양. 산시성에 있는 산 이름.
3   괴룡乖龍: 전설 중의 얼룡孽龍. 얼룡은 물을 일으켜 해를 주고 악을 저지르는 용의 첩이라
    고 함. 한귀旱鬼: 한발旱魃과 같은 말. 한발은 가뭄을 일으키는 괴물로 마을에서 죽은 지
    100일 된 사람이 괴물로 변한 것이다. 어떤 사람이 죽었는데 가뭄이 들어 그 시체가 썩지
    않고 무덤에 풀도 자라지 않았다. 봉분에 물이 스며드는 날이면 한발이 밤에 집마다 물을
    길어다 주었다고 한다.
4   충충爊爊: 가뭄으로 몹시 무더운 모양을 형용. 천참天塹: 천연적으로 이루어진 참호. 후
    에 강의 범칭으로 쓰였다.
5   양颺: 소리가 높고 맑은소리. 섬섬閃閃: 빛이 번쩍이는 모양을 형용.
6   호우好雨: 때를 맞춰 알맞게 오는 비. 풍風: 호풍. 호풍은 만족스럽고 기분 좋은 바람이라
    는 뜻인데 호우와 같은 의미로 때에 맞춰 알맞게 부는 바람이다.

남녀 무당이 교대로 주혼을 하며 　　　男巫女覡更走魂[8]
　　　　　　　　　　　　　　　　　　　남 무 여 격 갱 주 혼

향을 태우며 하늘에 빌어도 하늘이 듣지 못하네 　焚香祝天天不聞
　　　　　　　　　　　　　　　　　　　분 향 축 천 천 불 문

하늘이 만약 듣는다면 　　　　　　　　　　　天若聞
　　　　　　　　　　　　　　　　　　　천 약 문

반드시 이 땅을 윤택하게 만들 것이고 　　必能使爾爲潤澤
　　　　　　　　　　　　　　　　　　　필 능 사 이 위 윤 택

세속의 더러운 기운을 씻어 내어 　　　　　洗埃氛
　　　　　　　　　　　　　　　　　　　세 애 분

또 오색으로 변하게 할 것이라네 　　而又變之成五色
　　　　　　　　　　　　　　　　　　　이 우 변 지 성 오 색

태양을 받들면 　　　　　　　　　　　　捧日輪[9]
　　　　　　　　　　　　　　　　　　　봉 일 륜

장차 이로써 요순과 같은 명군을 드러낼 것이라네 　將以表唐堯虞舜之明君
　　　　　　　　　　　　　　　　　　　장 이 표 당 요 우 순 지 명 군

7　궁창穹蒼: 높고 푸른 하늘.

8　무巫: 굿을 하여 신이 내리도록 하는 사람으로 남녀를 가리지 않고 쓰다가 후대로 내려오
　면서 여자에게만 씀. 격覡: 남자 무당. 후대에는 무당의 범칭. 주혼走魂: 무당이 굿을 하는
　데 영혼이 몸과 분리되어 귀신의 하소연을 말하고 복을 빌어 재앙을 푸닥거리하는 것을
　말함.

9　일륜日輪: 태양.

250. 저담묘 대력 3년 무신년 늦여름 윤월 임자일, 대력 5년 경술년 여름 6월 갑오일의 별에 감응하다

儲潭廟 大歷三年戊申歲季夏閏月壬子日 感應至大歷五年庚戌歲夏六月甲午建¹

裴諝
배 서

강 상류 물살 화살처럼 빠르게 흘러	江水上源急如箭 강 수 상 원 급 여 전
물가 북쪽에서 급하게 휘도니 눈앞이 아찔하네	潭北轉急令目眩 담 북 전 급 령 목 현
……	……
농사꾼이 하늘의 말씀 바라니	老農老圃望天語² 노 농 노 포 망 천 어
저담의 신이 비를 보내주시어	儲潭之神可致雨 저 담 지 신 가 치 우
어두운 새벽 상복을 입고 몸소 제사 지내러 가서	質明齋服躬往奠³ 질 명 재 복 궁 왕 전
희생과 단술을 정갈하고 정성스레 올리네	牢醴豊潔精誠擧⁴ 뇌 례 풍 결 정 성 거
무당이 어지럽게 당 아래에서 춤추는데	女巫紛紛堂下儛 여 무 분 분 당 하 무
신기를 받은 듯 뜻을 베풀려 하니	色似授兮意似與⁵ 색 사 수 혜 의 사 여

---

1 『全唐詩』권887
2 노농老農: 나이 많은 농부. 농사일에 경험이 많은 사람. 노포老圃: 농사일에 경험이 많은 사람.
3 질명質明: 날이 샐 무렵. 새벽녘.
4 뇌례牢醴: 제사에 쓰는 희생과 단술. 결정潔精: 순결한 정수.
5 색色: 얼굴에 나타난 신기神氣와 모습.

산에 걸려있던 구름과 숲속에 있던 바람

바람과 구름이 홀연히 일어나 못이 더욱 깊어지네

……

雲在山兮風在林
운 재 산 혜 풍 재 림

風雲忽起潭更深
풍 운 홀 기 담 갱 심

……

251. 중화악무 가사
中和樂舞詞[1]

李 適
이 적

『당회요』에 이르기를 "정원 14년(798) 덕종은 중화절에 중화무를 스스로 만들었는데
춤 가운데에 팔괘를 이루었다"라고 하였다
또 그 춤을 시연하면서 말하기를 "내가 중춘이 맨 앞의 절기가
되도록 중화의 모습을 형상하는 중화의 춤을 만들었다"라고 하였다
살펴보면 이 곡은 〈계천탄성악〉을 계기로 지은 것이다[2]

『唐會要』曰 "貞元十四年 德宗以中和節自製中和舞 舞中成八卦"
당 회 요 왈　정 원 십 사 년　덕 종 이 중 화 절 자 제 중 화 무　무 중 성 팔 괘

又叙其舞曰 "朕以 中春之首紀爲令節 象中和之容 作中和之舞"
우 서 기 무 왈　짐 이　중 춘 지 수 기 위 령 절　상 중 화 지 용　작 중 화 지 무

按此曲盖因繼天誕聖樂而作也
안 차 곡 개 인 계 천 탄 성 악 이 작 야

향기로운 봄은 아름다운 절기에서 시작되니　　　　芳歲肇佳節[3]
　　　　　　　　　　　　　　　　　　　　　　　방 세 조 가 절

사물은 마땅히 중춘에 화려하게 피어나네　　　　物華當仲春
　　　　　　　　　　　　　　　　　　　　　　　물 화 당 중 춘

1 　『全唐詩』 권15
2 　『당서』에도 덕종이 〈중화악무〉를 지은 것으로 전한다. "대력 원년(766)에 또 〈광평태일
　　악〉이 있었다. …… 그 뒤에 사방의 진에서 악무를 많이 제작하여 바쳤다. …… 소의군
　　절도사 왕건휴는 덕종의 탄신일에 대악이 없자 이에 〈계천탄성악〉을 만들었는데 궁으로
　　조를 삼았다. 황제가 (그것을) 계기로 〈중화악무〉를 만들었다[『唐書』 권22 「禮樂志」: 大歷
　　元年, 又有〈廣平太一樂〉. …… 其後方鎮多製樂舞以獻. …… 昭義軍節度使王虔休以德宗誕辰未
　　有大樂, 乃作〈繼天誕聖樂〉, 以宮爲調. 帝因作〈中和樂舞〉]."
3 　방세芳歲: 향기로운 봄.

온 세상은 이미 청명하고 편안하게	乾坤旣昭泰[4] 건곤기소태
아름다운 봄 음양을 머금고 있네	煙景含氤氳[5] 연경함인온
덕이 미천하지만 하늘이 하사한 상을 책임지려고	德淺荷玄貺[6] 덕천하현황
악무를 이루며 백성 다스릴 일을 생각하네	樂成思治人 악성사치인
궁궐 앞에 악기를 배열하고	前庭列鐘鼓 전정열종고
넓은 궁궐에 여러 신하를 불러 모으네	廣殿延羣臣 광전연군신
팔괘는 춤의 뜻을 따르고	八卦隨舞意 팔괘수무의
오음은 곡을 바꿔 새롭게 연주하네	五音轉曲新 오음전곡신
생각해보니 〈함지〉 곡이 아니라	顧非咸池奏[7] 고비함지주
〈남풍가〉와 화합하기를 바란 것이니	庶協南風薰[8] 서협남풍훈
연례의 귀중함을 본받아	式宴禮所重 식연례소중
기쁨의 정이 반드시 모두에게 두루 미칠 것이네	浹歡情必均 협환정필균
함께 화합하고 믿는 마음이 여기에 있으니	同和諒在玆 동화량재자
온 나라가 친애하기를 희망하네	萬國希可親 만국희가친

---

4 건곤乾坤: 하늘과 땅. 온 세상을 의미한다.

5 연경煙景: 아름다운 봄 경치. 인온氤氳: 음양의 기가 한데 모여 분화되지 않은 상태.

6 현황玄貺: 하늘이 상을 내림.

7 함지咸池: 육대무의 하나로 황제의 악이다. 함지는 황제의 덕이 온 세상을 덮었다는 뜻이다.

8 남훈南薰: 우임금과 순임금이 지었다는 〈남풍가〉.

252. 남교에서 태위가 무무 개안악을 지어 바치다
南郊太尉酌獻武舞作凱安之樂[1]

張九齡
장 구 령

형향은 황후의 덕을 생각하게 하고 　　　馨香惟后德[2]
　　　　　　　　　　　　　　　　　　　형 향 유 후 덕

성스러운 명령은 나라의 운명을 밝게 비추네 　明命光天保[3]
　　　　　　　　　　　　　　　　　　　명 명 광 천 보

엄숙한 제사는 성령을 존중하는데 　　　肅祀崇聖靈
　　　　　　　　　　　　　　　　　　　숙 사 숭 성 령

신표를 펼치니 황도가 나타나네 　　　陳信表黃道[4]
　　　　　　　　　　　　　　　　　　　진 신 표 황 도

옥척은 비로소 발양도려하지만 　　　玉戚初蹈厲[5]
　　　　　　　　　　　　　　　　　　　옥 척 초 도 려

1　『全唐詩』권47. 태위太尉: 관직명. 군사에 관한 일을 맡음. 개안악凱安樂: 당나라 아악雅
　　樂 이름.
2　형향馨香: 멀리까지 풍기는 향기. 후대에까지 전하여지는 명성에 비유.
3　명명明命: 성스러운 명. 제왕의 명을 뜻한다. 천보天保: 『시경詩經』 「소아小雅」의 편명.
　　천보구여天保九如의 뜻. 하늘이 임금의 지위를 안정되게 해주는 것으로 나라의 운명을
　　일컬음.
4　신신信: 신표. 황도黃道: 황도길일黃道吉日을 뜻한다. 즉 모든 일이 잘 펼쳐진다는 의미다.
　　'황도길일'은 중국 전통 역법인 황력[萬年曆]의 고유어로 모든 일이 다 잘 되는 날을 가리
　　킨다. 황력에서 '십이신살十二神煞'의 청룡靑龍·명당明堂·금궤金匱·천덕天德·옥당玉堂·
　　사명司命을 육황도일六黃道日이라고 하고, '십이치일十二値日'의 제除·위危·정定·집執·
　　성成·개開를 소황도일小黃道日이라고 한다. 이 황도육진이 당직을 설 때 모든 일이 잘
　　풀려서 '황도길일'이라고 부르게 되었다.
5　옥척玉戚: 옥으로 꾸민 도끼. 무무에 쓰이는 춤도구. 도려蹈厲: 발양도려發揚蹈厲를 뜻함.
　　기세 있게 팔을 펼치고 발을 구르며 춤을 추는 모습을 형용하는 말로 무무의 춤사위를
　　묘사한 말이다.

팔음은 처음부터 고요하고 아름다웠었네   金匏旣靜好⁶

금 포 기 정 호

큰 복이 얼마나 무르익었는지   介福何穰穰⁷

개 복 하 양 양

참된 마음이 높아 푸른 하늘을 감동시키네   精誠格穹昊⁸

정 성 격 궁 호

---

6   금포金匏: 고대 악기의 총칭인 팔음을 의미한다. 즉 금金·석石·사絲·죽竹·포匏·토土·
혁革·목木을 재료로 하여 만든 악기의 총칭으로 쓴 말이다.

7   개복介福: 개지介祉와 같은 말로 큰 복을 말한다. 양양穰穰: 풍성하게 무르익은 모양.

8   정성精誠: 참되고 성실한 마음. 궁호穹昊: 높고 푸른 하늘.

253. 석전일에 국학에서 제례를 보고 아송을 듣다
釋奠日國學觀禮聞雅頌[1]

滕珦
등 향

태학시절 석전제를 보고 있을 때	太學時觀禮 태 학 시 관 례
동쪽의 새벽빛이 선명하게 밝아왔네	東方曉色分 동 방 효 색 분
위의가 어찌 그리 위엄이 있던지	威儀何棣棣[2] 위 의 하 체 체
패옥소리는 또 끝없이 이어졌었지	環珮又紛紛[3] 환 패 우 분 분
고악은 하늘을 따라 완수하고	古樂從空盡 고 악 종 공 진
청아한 노랫소린 어딘가에서 들렸네	淸歌幾處聞 청 가 기 처 문
육화는 행진하는 고취악대로 완성하고	六和成遊吹[4] 육 화 성 유 취
구변의 악무는 지나가는 구름을 진동케 했지	九奏動行雲[5] 구 주 동 행 운
황제는 유학을 숭상하여	聖上尊儒學 성 상 존 유 학

---

1 『全唐詩』 권253
2 체체棣棣: 점잖고 위의가 있는 모양을 형용.
3 환패環珮: 둥근 옥패. 고대인들이 옷에 매달았던 패옥. 분분紛紛: 끝없이 이어지는 모양 형용.
4 육화六和: 천신의 제사에서 쓰이는 육변의 악을 말하는 듯함. 유遊: 행진하다. 취吹: 고취 鼓吹를 말함. 일반적인 의장 악대를 가리킨다.
5 구주九奏: 인신人神인 선농·선잠·우사·문선왕에게 제사를 지낼 때의 아홉 번 변하는 악을 말함. 지신地神에는 팔변의 악을 쓴다.

봄가을이면 뛰어난 공훈에 제사 지냈네

나란히 함께 배열한 것은

에오라지 그 문덕을 칭송하기를 바랐기 때문이네

春秋奠茂勳[6]
춘 추 전 무 훈

幸因陪齒列[7]
행 인 배 치 열

聊以頌斯文
요 이 송 사 문

---

6   무훈茂勳: 매우 뛰어난 공적.

7   치열齒列: 나란히 배열했다는 뜻.

254. 석전일에 국학에서 예를 보고 아송을 듣다
釋奠日國學觀禮聞雅頌[1]

令狐峘
영호 환

엄숙한 공자의 묘

사모하는 마음으로 국자학의 생원들

뜰에 가득히 모여 옛날 예식을 펼치며

문을 열고 고결한 덕행에 절을 하네

만무는 화촉 앞에 펼쳐지고

〈소소〉는 푸른 구름 속으로 들어가네

칭송하는 노래는 새벽에 맑게 들리고

아송의 악은 바람 너머에서 들리네

肅肅先師廟[2]
숙 숙 선 사 묘

依依冑子羣[3]
의 의 주 자 군

滿庭陳舊禮
만 정 진 구 례

開戶拜淸芬[4]
개 호 배 청 분

萬舞當華燭[5]
만 무 당 화 촉

簫韶入翠雲[6]
소 소 입 취 운

頌歌淸曉聽
송 가 청 효 청

雅吹度風聞[7]
아 취 도 풍 문

---

1 『全唐詩』권253. 석전釋奠: 음력 2월과 8월의 상정일上丁日에 문묘나 각 향교의 대성전에서 공자와 성현들에게 올리는 제사. 우리나라는 석전을 국가무형문화재로 지정하여 매년 공자의 사망일인 5월 11일과 탄신일인 9월 28일에 각각 성균관과 전국 234개 향교에서 공자를 포함한 다섯 성현과 우리나라와 중국의 성현들에게 제례를 지낸다.
2 선사先師: 공자를 가리킴.
3 의의依依: 사모하는 마음을 형용. 주자冑子: 국자학 생원.
4 청분淸芬: 고결한 덕행.
5 만무萬舞: 무무와 문무를 가리킴. 춤의 범칭으로도 쓰임.
6 소소簫韶: 순임금의 악무명.
7 아취雅吹: 아송雅頌의 악을 불고 연주함.

담박하게 원기를 조절하고　　　　　　　　　　澹泊調元氣[8]
　　　　　　　　　　　　　　　　　　　　　　담 박 조 원 기

중화절에 성군을 찬미하니　　　　　　　　　　中和美聖君
　　　　　　　　　　　　　　　　　　　　　　중 화 미 성 군

오직 공자의 손님만 남고　　　　　　　　　　唯餘東魯客[9]
　　　　　　　　　　　　　　　　　　　　　　유 여 동 노 객

춤은 〈남풍가〉를 따르네　　　　　　　　　　蹈舞向南薰[10]
　　　　　　　　　　　　　　　　　　　　　　도 무 향 남 훈

8　담박澹泊: 조용하고 욕심이 없다는 말. 즉 공명功名과 이익 등을 바라지 않는 마음.

9　동노東魯: 춘추시대 노나라를 가리키는 것으로, 여기서는 노나라에서 태어난 공자를 말함.

10　남훈南薰: 우임금과 순임금이 지었다는 〈남풍가南風歌〉

255. 문공태자에게 제사 지내는 묘악 2수
享文恭太子廟樂章二首[1]

馮伉
풍 황

날을 잡아 상황을 살펴보고	撰日瞻景[2] 찬 일 첨 경
정성스레 악무를 펼쳐 베푸네	誠陳樂張 성 진 악 장
제례의 모습은 엄숙하고	禮容秩秩[3] 예 용 질 질
문무는 아름답네	羽舞惶惶[4] 우 무 황 황
엄숙하게 깨끗이 씻어내려고	肅將滌濯 숙 장 척 탁
삼가 향기로운 제물을 올리네	祇薦芬芳[5] 지 천 분 방
오래도록 많은 복을 주시니	永錫繁祉 영 석 번 지
사모하는 깊은 마음으로 제사를 지내네	思深享嘗 사 심 향 상
문무와 무무 서로 부족한 것을 가리며	干旄羽籥相虧蔽[6] 간 모 우 약 상 휴 폐
일진일퇴하니 행철이 빼어나네	一進一退殊行綴[7] 일 진 일 퇴 수 행 철

---

1 『全唐詩』 권330.
2 찬일撰日: 택일擇日.
3 질질秩秩: 엄숙하고 공경하는 모양 및 질서정연한 모양을 형용.
4 우무羽舞: 문무를 말함. 황황煌煌: 환하게 빛나는 모양을 형용.
5 분방芬芳: 향기. 훌륭한 덕행이나 명성에 비유하여 쓰이는 말.
6 간모우약干旄羽籥: 간모는 무무, 우약은 문무를 상징함.

옛날 삼옹에서 바치던 성대했던 예식의 형상이 　　　昔獻三雍盛禮容[8]
　　　　　　　　　　　　　　　　　　　　　　석 헌 삼 옹 성 예 용

지금은 육일무를 진열하며 의제를 존중하네 　　　　今陳六佾崇儀制[9]
　　　　　　　　　　　　　　　　　　　　　　금 진 육 일 숭 의 제

7　행철行綴: 철조綴兆. 무자의 간격 및 춤추는 공간을 의미한다. 정현鄭玄(127~200)은 "'철綴'을 보조를 밟아가는 무원舞員 사이의 간격이 성글고 조밀한 정도라고 하였다. 왕부지王夫之(1619~1692)는 "행철은 무인舞人이 서로 밟아 나가는 수로 사람이 적으면 간격이 멀고 사람이 많으면 간격이 가깝다. 백성이 편안하면 무인이 많으니 백성을 불러들임이 성대함을 상징한다."라고 하였다.

8　삼옹三雍: 주나라 때 예를 행하던 궁으로 벽옹辟雍·명당明堂·영대靈臺를 총칭함.

9　육일六佾: 제후국의 춤을 뜻함.

256. 태상에서 신악을 연주하는 것을 보다
觀太常奏新樂[1]

孔德紹
공 덕 소

천자가 황위를 받고 　　　　　　　　　　大君膺寶曆[2]
　　　　　　　　　　　　　　　　　　　　대 군 응 보 력

출예로 이룬 공을 드러내네 　　　　　　　出豫表功成[3]
　　　　　　　　　　　　　　　　　　　　출 예 표 공 성

균천악의 종경소리 울리고 　　　　　　　鈞天金石響[4]
　　　　　　　　　　　　　　　　　　　　균 천 금 석 향

동정호에서 관현소리 맑게 울리네 　　　洞庭弦管淸
　　　　　　　　　　　　　　　　　　　　동 정 현 관 청

팔음은 웅장하게 음조를 울리고 　　　　八音動繁會[5]
　　　　　　　　　　　　　　　　　　　　팔 음 동 번 회

구변은 희성으로 화합하네 　　　　　　　九變叶希聲[6]
　　　　　　　　　　　　　　　　　　　　구 변 협 희 성

1　『全唐詩』권733. 태상太常: 직관명으로 태상시太常寺를 말한다. 종묘 의례를 관장했다. 진나라 때 봉상奉常을 설치했는데 한나라 때 이름을 태상太常으로 바꾸었으며 역대로 계속 사용되었다. 조선시대에는 명칭이 봉상시로 바뀌었고 제사나 시호詩號 등의 일을 관장했다.

2　보력寶曆: 국조國祚. 황위皇位.

3　출예出豫: 미리 괘卦로 나타냄을 가리킴. 남조 시기 제齊나라 왕융王融의 「삼월삼일곡수시三月三日曲水詩」서에 이르기를 "미리 상象으로 드러내고 균천의 악무를 베푸는 것이다."라고 했다. 『역易』「예豫」에는 "선왕이 악을 제작하여 덕을 숭상한다[先王以作樂崇德]."라는 말이 전한다.

4　균천악鈞天樂: 천상의 음악을 말하며 균천광악鈞天廣樂이라고도 한다.

5　번회繁會: 팔음이 서로 뒤섞여서 연주되는 것을 뜻함.

6　희성希聲: 들리지 않을 정도의 극히 작은 소리를 가리킴. 『노자老子』41장에 "대음은 극히 작은 소리이고 대상은 형체가 없는 것이다[大音希聲, 大象無形]."라고 전한다.

화운은 천자의 감상에 머무르고

따뜻한 바람은 천자의 마음을 기쁘게 하네

성대한 업적은 〈소〉·〈호〉를 빛내니

풍속이 바뀌어 〈함지〉와 〈육영〉을 초월하네

몰래 훔친 것으로는 능히 취할 수 없는 것으로

손뼉 치자 만물이 춤을 추네

和雲留睿賞[7]
화 운 류 예 상

熏風悅聖情[8]
훈 풍 열 성 정

盛烈光韶濩[9]
성 렬 광 소 호

易俗邁咸英[10]
역 속 매 함 영

竊吹良無取
절 취 량 무 취

率舞抃羣生[11]
솔 무 변 군 생

---

7 화운和雲: 금슬 등의 악기를 가리킨다. 여기서는 악기 연주 소리를 뜻한다. 예상睿賞: 천자의 감상을 이르는 말.

8 훈풍熏風: 따뜻한 바람. 동남풍 또는 남풍을 말함.

9 성렬盛烈: 성대한 업적. 소호韶濩: 순舜임금의 〈소韶〉와 탕湯임금의 〈호濩〉의 병칭.

10 함영咸英: 황제의 악무인 〈함지咸池〉와 제곡帝嚳의 악무인 〈육영六英〉의 병칭.

11 솔무率舞: 춤추며 따른다. 『서경書經』「우서虞書」에 우임금이 기에게 이르는 말 중에 전한다. "시는 뜻을 읊은 것이요. 노래는 말을 길게 늘인 것이네. 소리는 가락을 따르고 음률은 소리가 조화로워야 하오. 팔음을 조화시키고 질서를 잃지 않게 하면 신과 사람들이 화해하게 될 것이요.'하셨다. 이에 기가 말하기를 '제가 경을 치고 두드리니 짐승들도 다 같이 춤추었습니다'['詩言志, 歌永言. 聲依永, 律和聲. 八音克諧, 無相奪倫, 神人以和 '夔曰: '於予擊石拊石, 百獸率舞']"라고 하였다. 군생羣生: 일체의 생물.

257. 양쪽 계단 앞에서 무무와 문무를 춤추다
舞干羽兩階[1]

石倚
석 의

무무와 문무는 먼 나라까지 위로할 수 있으니　干羽能柔遠[2]
　　　　　　　　　　　　　　　　　　　　　　간 우 능 유 원

계단 앞에서 바르게 늘어서서 춤을 추네　　前階舞正陳
　　　　　　　　　　　　　　　　　　　　　　전 계 무 정 진

문덕의 성대함을 드러내고자　　　　　　　欲稱文德盛
　　　　　　　　　　　　　　　　　　　　　　욕 칭 문 덕 성

음악을 먼저 드러내는 것이 새롭네　　　　先表樂聲新
　　　　　　　　　　　　　　　　　　　　　　선 표 악 성 신

엄숙하게 맨 앞의 행렬이 나아가자　　　　肅肅行初列
　　　　　　　　　　　　　　　　　　　　　　숙 숙 행 초 열

위엄의 기운이 더욱 떨쳐 일어나네　　　　森森氣益振[3]
　　　　　　　　　　　　　　　　　　　　　　삼 삼 기 익 진

춤추는 모습은 율려에 화합하고　　　　　動容和律呂
　　　　　　　　　　　　　　　　　　　　　　동 용 화 율 려

변곡은 풍진을 잠재우네　　　　　　　　變曲靜風塵[4]
　　　　　　　　　　　　　　　　　　　　　　변 곡 정 풍 진

감화의 훌륭함은 천고를 뛰어넘어　　　　化美超千古
　　　　　　　　　　　　　　　　　　　　　　화 미 초 천 고

1　『全唐詩』권781

2　유원柔遠: 먼 곳의 백성이나 먼 곳에 있는 나라를 평안하게 위로함.

3　삼삼森森: 엄숙하고 질서 있는 모양을 형용. 두려울 정도로 위엄이 있는 모습을 묘사한 것이다.

4　풍진風塵: 어지럽고 혼란스러운 사회를 뜻한다.

은혜가 오랜 세월 동안 이르네

천하가 복종할 것을 이미 알았는데

홀로 묘족만 남아 있네

恩波及七旬⁵
은 파 급 칠 순

已知天下服
이 지 천 하 복

不獨有苗人
부 독 유 묘 인

---

5   칠순七旬: 나이 70세. 일흔 살까지 산다는 것은 옛날에는 드문 일이었으므로 매우 오랜
    세월을 뜻함.

258. 함의관에 묵다
宿咸宜觀[1]

許渾
허 혼

깃털 소매 휘날리니 밤바람에 아득했는데

푸른 깃발 전으로 돌아가니 옥단이 비었네

허공을 걷는 소리 사라져도 하늘은 아직 어두운데

이슬 맞은 복숭아꽃과 달빛만 도관에 가득하구나

羽袖飄飄杳夜風[2]
우 수 표 표 묘 야 풍

翠幢歸殿玉壇空[3]
취 당 귀 전 옥 단 공

步虛聲盡天未曉
보 허 성 진 천 미 효

露壓桃花月滿宮
노 압 도 화 월 만 궁

1　『全唐詩』권538. 함의관咸宜觀은 장안에 있던 도관道觀이다.

2　표표飄飄: 가볍게 날리는 모습을 형용한 의태어. 杳이 香인 판본도 있다.

3　옥단玉壇: 도단道壇의 미칭.

抛毽·打毽

'포구'는 군무의 일종으로 많은 무자가 추는 것이다. 춤은 채색의 공을 '풍류안 風流眼'이라는 구멍으로 던져서 구멍을 통과하는 놀이를 묘사한다.

『송사宋史』에 송나라 교방악教坊樂의 여제자대女弟子隊에 포구악대가 있는 것으로 볼 때[『宋史』 권142: 隊舞之制, 其名各十, 小兒隊 … 三曰 抛毬樂隊] 당나라의 포구가 전승된 것으로 볼 수 있다.

또한 『고려사』 「세가世家」 권18 의종毅宗(1146~1170) 21년(1167) 하청절河淸節 (임금의 생일을 기념하던 날)에 대악서大樂署와 관현방管絃房에서 다투어 〈헌선 도〉·〈포구악〉 등을 상연하였다는 기록이 있는 것으로 볼 때[『高麗史』 「世家」 권18: 戊寅以河淸節 … 〈獻仙桃〉·〈抛毬樂〉 等聲伎之戲] 송나라의 〈포구악〉이 고려에 전해진 것으로 추측할 수 있다. 현재 〈포구악〉은 우리나라에서 당악정재의 한 종목으로 전승되고 있다. 『악학궤범』에는 고려에서 조선으로 전승된 〈포구악〉의 대형과 절차가 전한다.

'타구'는 말 위에서 공을 치는 유희의 일종이다. 당 태종시기에 성행하였으며 장안성 안에 많은 구장을 만들었다고 한다. 『명집례』에 따르면 정관 초에 위정 공魏鄭公이 조서를 받들어 만든 것이라고 한다[『明集禮』 권185 〈打毬樂〉: 蓋唐貞觀初, 魏鄭公奉詔所造, 其調存焉]. 당 대에는 또한 여자들이 공을 칠 때는 달리지 않는 말 위에서 했다고 전한다.

259. 포구악사
抛毬樂詞[1]

劉禹錫
유 우 석

화려하게 수놓은 둥근 공

그대의 화려한 연회석에 오르네

처음엔 마땅히 홍촉 아래에 두었다가

한쪽 편만 떨어진 꽃 앞으로 부르네

귀빈이 먼저 일어나는 듯하니

마땅히 술 한 잔을 드려야 하리

봄날 이른 아침 꽃가지를 보려는데

매일 아침 늦게 일어나니 원망스럽네

五綵繡團圓
오 채 수 단 원

登君瑇瑁筵[2]
등 군 대 모 연

最宜紅燭下
최 의 홍 촉 하

偏稱落花前
편 칭 낙 화 전

上客如先起
상 객 여 선 기

應須贈一船
응 수 증 일 선

春早見花枝
춘 조 견 화 지

朝朝恨發遲
조 조 한 발 지

1　『全唐詩』 권354. 〈抛毬樂〉은 우리나라에서는 현재 〈포구락〉으로 불리고 있다. 이는 조선
　　후기 『정재무도홀기』에 '포구락'이라고 기록된 것에서 기인하는 것으로 여겨진다. 그러나
　　악무명으로는 '포구악'이라고 칭하는 것이 더 적절하다고 생각한다. 그것이 악무명이기
　　때문이다. 이에 이 책에서는 포구악으로 칭했다.
2　　대모연瑇瑁筵: 대모는 열대 지방에 사는 바다거북인데 등 껍데기에 황갈색 검은 반점이
　　있어 대모갑玳瑁甲이라고 한다. 대모연은 대모갑으로 장식한 화려하고 진귀한 연회석을
　　말한다.

꽃잎이 떨어지는 것을 본 후에는

도리어 아직 꽃이 피기 전을 그리워하네

다행히 〈포구악〉이 있으니

술 한잔을 그대는 사양하지 마오

及看花落後
급 간 화 락 후

却憶未開時
각 억 미 개 시

幸有抛毬樂
행 유 포 구 악

一杯君莫辭[3]
일 배 군 막 사

---

3 君이 更인 판본도 있다.

260. 포구악
抛毬樂[1]

皇甫松
황 보 송

미인의 발랄한 노랫소리 바람에 나부끼고 　　　紅撥一聲飄
　　　　　　　　　　　　　　　　　　　　　　　　홍 발 일 성 표

가벼운 가죽옷 드리우니 비단을 초월하네 　　　輕裘墜越綃[2]
　　　　　　　　　　　　　　　　　　　　　　　　경 구 추 월 초

허리띠에는 금실로 수놓은 공작새 날아가고 　　帶翻金孔雀
　　　　　　　　　　　　　　　　　　　　　　　　대 번 금 공 작

수놓은 가는 허리엔 향기 가득하네 　　　　　　香滿繡蜂腰[3]
　　　　　　　　　　　　　　　　　　　　　　　　향 만 수 봉 요

잠깐 나뉘어 몇 번 던지더니 　　　　　　　　少少抛分數[4]
　　　　　　　　　　　　　　　　　　　　　　　　소 소 포 분 수

꽃가지는 진정 많이 모았구나 　　　　　　　　花枝正索饒
　　　　　　　　　　　　　　　　　　　　　　　　화 지 정 색 요

금실로 누빈 화구는 작고 　　　　　　　　　　金蹙花毬小[5]
　　　　　　　　　　　　　　　　　　　　　　　　금 축 화 구 소

진주 장식 수놓은 띠는 늘어져 있네 　　　　　眞珠繡帶垂
　　　　　　　　　　　　　　　　　　　　　　　　진 주 수 대 수

몇 번이나 밀랍 초에 닿았던가? 　　　　　　　幾回衝蠟燭
　　　　　　　　　　　　　　　　　　　　　　　　기 회 충 납 촉

1　『全唐詩』권369
2　경구輕裘: 가볍고 따뜻한 가죽옷.
3　봉요蜂腰: 벌의 허리. 가는 허리에 비유. 오늘날 가는 허리를 개미허리에 비유한 것과
　　유사하다.
4　소소少少: 오래지 않아. 얼마 안 되어.
5　금축金蹙: 일종의 자수방법. 금실로 누빈 것.

천 번이나 향기롭게 가슴으로 들어오니

손님이 마침내 취해

술잔을 또 함부로 밀치는구나

千度入香懷[6]
천 도 입 향 회

上客終須醉
상 객 종 수 취

觥盂且亂排[7]
굉 우 차 란 배

---

6   천도千度: 천회千回. 천편千遍. 매우 많은 차례와 숫자를 말함. 입入: 지나치게 정신이
    쏠려서 헤어나지 못함.
7   굉우觥盂: 술잔.

261. 이원정에 행차하여 타구를 보고 황제의 시에 화답하다
幸梨園亭觀打毬應制[1]

沈佺期
심 전 기

올봄 향기 가득한 동산에 나들이 갔는데	今春芳苑遊[2] 금 춘 방 원 유
아름다운 누각 위에 사람들이 많네	接武上瓊樓[3] 접 무 상 경 루
완연한 향기 에워싸고 말에 올라타더니	宛轉縈香騎 완 전 영 향 기
회오리바람처럼 빠르게 채색 공을 치네	飄飆拂畫毬 표 요 불 화 구
몸을 구부려 받아치려는데 아직 떨어지지 않아	府身迎未落 부 신 영 미 락
고삐 돌려 옆으로 떨어지는 것을 쫓아가네	迴轡逐傍流 회 비 축 방 류
다만 꽃과 새를 바라보다가	祈爲看花鳥 기 위 간 화 조
때때로 잘못하여 투호를 잃어버리네	時時誤失籌[4] 시 시 오 실 주

---

1 『全唐詩』 권96. 이원정梨園亭: 장안 금원정禁苑亭 중 하나. 광화문光化門 북리원北梨園
　안에 있었다. 응제應制: 황제나 왕의 시에 화답한 시를 말함.
2 방원芳苑: 꽃이 만발하여 향기가 가득한 정원.
3 접무接武: 사람이 많아서 붐빔.
4 주주籌: 투호살.

262. 타구를 보고 시를 짓다
觀打毬有作[1]

楊巨源
양거원

친히 구장을 판판하게 쓸고	親掃毬場如砥平[2] 친 소 구 장 여 지 평
늠름하게 올라타 말을 달리니 새벽이 밝아오네	龍驤驟馬曉光晴[3] 용 양 취 마 효 광 청
들어가 백번 절하며 호방한 기세로 우러러보더니	入門百拜瞻雄勢 입 문 백 배 첨 웅 세
땅이 흔들리도록 군대가 아름다운 노래를 부르네	動地三軍唱好聲[4] 동 지 삼 군 창 호 성
옥 재갈은 돌아올 때 붉은 땀에 젖어있고	玉勒回時霑赤汗[5] 옥 륵 회 시 점 적 한
아름다운 말갈기 갈라진 곳에 붉은 고삐 덮여있네	花鬃分處拂紅纓[6] 화 종 분 처 불 홍 영
온 세상 전쟁의 기운을 잠재우려고	欲令四海氛煙靜[7] 욕 령 사 해 분 연 정
장대 아래 작은 먼지도 감히 일으키지 않는구나!	杖底纖塵不敢生 장 저 섬 진 불 감 생

---

1 『全唐詩』권333

2 지평砥平: 숫돌처럼 판판함.

3 용양龍驤: 용처럼 뛰어오름. 기세가 왕성함.

4 동지動地: 땅을 움직임. 세상을 놀라게 함. 삼군三軍: 군대의 총칭. 호성好聲: 호음好音. 좋은 소식. 아름다운 소리.

5 옥륵玉勒: 옥으로 장식한 재갈을 말하는데 말의 범칭으로 쓰임. 적한赤汗: 붉은 땀. 한漢나라 때 서역 대완국大宛國에서 생산되는 천마天馬인 적한마赤汗馬. 일명 한혈마汗血馬라고 하는데 땀을 흘리면 온몸 색이 핏빛이 된다고 한다.

6 분처分處: 나누어서 안치함. 영纓: 말 가슴에 걸어 안장에 매는 가죽끈.

7 분연氛煙: 봉화의 연기. 전쟁의 불을 비유.

263. 낙천과 함께 미지의 심춘 20수에 화답하다
同樂天, 和微之深春二十首[1]

劉禹錫
유 우 석

......

늦은 봄엔 어디가 좋은가?

늦은 봄엔 군대의 진영이 좋지

앞에서 (휘날리는) 깃발은 햇빛에 빛나고

뒤에서 달리는 말은 꽃을 재촉하지

절원에서 군대를 쉬게 하면

구장으로 마차 타고 구경하러 모이고

넓은 대자리에서 가무 펼치니

서호는 석양에 기운다네

......

......

何處深春好[2]
하 처 심 춘 호

春深大鎭家[3]
춘 심 대 진 가

前旌光照日
전 정 광 조 일

後騎蹙成花
후 기 축 성 화

節院收衙隊[4]
절 원 수 아 대

毬場簇看車
구 장 족 간 차

廣筵歌舞散[5]
광 연 가 무 산

書號夕陽斜[6]
서 호 석 양 사

......

---

1 『全唐詩』 권357. 낙천樂天: 백거이. 미지微之: 원진. 원진은 젊어서부터 백거이와 창화倡
和했다. 당시에 두 사람을 '원백元白'으로 병칭하고 그들의 시를 '원화체元和體'라고 했다.

2 심춘深春: 늦은 봄. 모춘暮春과 같은 말. 20수 모두 "늦은 봄엔 어디가 좋은가?[何處深春
好]"로 시작한다.

3 대진大鎭: 큰 번진藩鎭, 절도사節度使를 말함.

4 절원節院: 당 대 절도사 관아의 정원.

5 광연廣筵: 큰 연회.

6 서호書號: 군대의 명호名號.

264. 송주 전대부의 타구를 보다
觀宋州田大夫打毬[1]

張祜
장 호

백마의 붉은 말고삐를 잡아당기자	白馬頓紅纓[2] 백 마 돈 홍 영
공을 치는 자줏빛 소매 가볍게 날리네	梢毬紫袖輕[3] 소 구 자 수 경
새벽 얼음은 발굽 아래 금이 가고	曉氷蹄下裂 효 빙 제 하 열
차가운 기와는 장대 끝에서 울리네	寒瓦杖頭鳴 한 와 장 두 명
의수의 아교가 떨어져 나가고	義手膠黏去[4] 의 수 교 점 거
나뉜 말갈기가 도로에 이어져 있는데	分鬃線道絣[5] 분 종 선 도 병
스스로 전쟁의 공로가 없이	自言無戰伐 자 언 무 전 벌
허벅지에 이미 다시 살이 쪘다고 말하네	髀肉已曾生[6] 비 육 이 증 생

---

1 『全唐詩』 권510
2 돈頓: 잡아당김.
3 소구梢毬: 부딪침.
4 의수義手: 손이 없는 사람이 쓰도록 나무나 고무 따위로 만든 손. 교점膠黏: 긴밀한 결합.
5 말들의 행렬이 나뉘어 있는 것을 말한다.
6 비육이증생髀肉已曾生: 말을 많이 타면 허벅지에 살이 붙을 틈이 없어 허벅지가 말라 있다. 그런데 허벅지에 살이 쪘다는 것은 그만큼 말을 탈 일이 없었다는 것을 말한다. 즉 전쟁에 출전한 지 오래되었음을 표현한 것이다.

265. 군재에서 홀로 술을 마시다
郡齋獨酌[1]

杜 牧
두 목

......

업적을 이루어 인덕전에서 연회를 베푸는데

원숭이가 뛰고 송골매가 스쳐가는 넓은 구장을

삼천궁녀가 고개를 기울이며 보다가

서로 밀치며 귀걸이 한 쌍을 밟아 부수네

......

......

功成賜宴麟德殿[2]
공 성 사 연 인 덕 전

猨超鶻掠廣毬場
원 초 골 략 광 구 장

三千宮女側頭看
삼 천 궁 녀 측 두 간

相排踏碎雙明璫[3]
상 배 답 쇄 쌍 명 당

......

---

1 『全唐詩』 권520. 군재郡齋: 군수가 기거하는 곳.
2 인덕전麟德殿: 당나라 수도 장안성 대명궁 내에 있는 연회장. 대명궁 안에서 가장 큰 건물이다.
3 명당明璫: 진주나 구슬을 꿰어 만든 귀걸이.

266. 궁사
宮詞[1]

花蕊夫人
화 예 부 인

......

못 가장자리 굽은 곳 가까운 작은 구장에서

조서를 내려 공신을 불러 타구를 치는데

맨 처음 누각을 향하여 임금의 장막을 치자

관현소리 울리고 깃발 세워 둥실 떠올리네

......

小毬場近曲池頭[2]
소 구 장 근 곡 지 두

宣喚勳臣試打毬[3]
선 환 훈 신 시 타 구

先向畵樓排御幄[4]
선 향 화 루 배 어 악

管弦聲動立浮斿
관 현 성 동 립 부 유

......

---

1 『全唐詩』권798
2 지두池頭: 못의 변두리.
3 선宣: 조서를 내려 부르다. 훈신勳臣: 공훈이 있는 신하.
4 화루畵樓: 화려하게 채색하여 꾸민 누각.

267. 궁사
宮詞[1]

花蕊夫人
화 예 부 인

......

궁녀에게 스스로 타구를 배우게 했는데

말안장에 가는 허리를 처음 걸치는데 유연하구나

누각에 오르니 이곳이 관가임을 알겠으니

두루두루 여름날엔 상책이로구나

......

......

自教宮娥學打毬[2]
자 교 궁 아 학 타 구

玉鞍初跨柳腰柔[3]
옥 안 초 고 유 요 유

上棚知是官家認[4]
상 붕 지 시 관 가 인

遍遍長嬴第一籌[5]
편 편 장 영 제 일 주

......

---

1 『全唐詩』권798

2 궁아宮娥: 궁녀.

3 옥안玉鞍: 옥으로 장식한 안장. 유요柳腰: 여자의 가늘고 부드러운 허리.

4 관가官家: 나랏일을 보는 기관. 조정. 천자 또는 황실.

5 장영長嬴: 여름의 별칭.

268. 궁사
宮詞[1]

花蕊夫人
화 예 부 인

......

서쪽 구장에서 공을 치고 돌아오는데

정원에서 연회가 벌써 시작되었네

임금이 교방의 모든 기예를 오라 하자

연못가에서 빨리 배를 들여보내라고 외치네

......

......

西毬場裏打毬回
서 구 장 리 타 구 회

御宴先於苑內開
어 연 선 어 원 내 개

宣索敎坊諸伎樂[2]
선 색 교 방 제 기 악

傍池催喚入船來
방 지 최 환 입 선 래

......

---

1 『全唐詩』 권798
2 선색宣索: 임금이 하교를 내림.

269. 사주 이상시의 타구를 관람하다
觀泗州李常侍打毬[1]

張祜
장호

해 뜨니 나무는 안개 속에서 붉게 (보이고)

구장을 여는 화고 소리 웅장하네

달리는 말안장 위에 달이 떠 있는데

바람 앞에서 등자를 가볍게 튕기더니

동틀 무렵 기세가 오르자

다가가 공을 치니 순식간에 하늘로 솟아오르네

......

日出樹煙紅
일 출 수 연 홍

開場畫鼓雄[2]
개 장 화 고 웅

驟騎鞍上月
취 기 안 상 월

輕撥鐙前風[3]
경 발 등 전 풍

斗轉時乘勢[4]
두 전 시 승 세

旁捎乍迸空
방 소 사 병 공

......

---

1 『全唐詩』권883. 사주泗州: 지명. 대략 오늘날 밍광시明光市·톈창시天長市·쓰홍현泗洪縣·쉬이현盱眙縣 일대. 상시常侍: 산기상시散騎常侍. 직관명으로 진나라 때 설립되었다. 황제의 시종으로 궁궐을 출입할 수 있었다. 동한 시대에는 환관이 전담하여 조령詔令과 문서 관리 등의 일을 했다. 위魏나라에 이르러 중상시中常侍와 산기散騎가 합쳐져 산기상시散騎常侍라 칭하면서 정식 관리로 바뀌고 환관이 전담하지 않게 되었다.

2 화고畫鼓: 화려하게 꾸민 북.

3 등자鐙: 등자鐙子. 말을 타고 앉아 두 발로 디디는 제구. 안장에 달아서 말의 양쪽 옆구리로 늘어뜨렸다.

4 두전斗轉: 북두성이 방향을 바꿈. 북두삼횡斗轉參橫은 북두성이 방향을 바꾸고 삼수參宿가 가로로 기우는 것으로 동틀 무렵을 일컫는다.

百戲・踏歌・
雜舞・劍舞

'백희百戱'는 산악散樂이라고도 하고 산악백희라고도 한다. 서역악의 영향을 받아 이루어진 민간 잡희의 총칭으로 모든 잡예를 가리킨다. 장대타기[尋橦]·줄타기[走索]·환검丸劍·각저角抵 및 말과 투계의 서커스 등 매우 다양하다. 백희는 중국 한나라 때 비롯되었는데 수 문제가 중국을 통일하고 각종 악무와 산악백희를 모으기 시작했고 당대는 이를 계승해 오다가 집약했다. 백희는 한반도와 일본에까지 전파되었다.

  '답가踏歌'는 민간에서 유래한 것으로 2000여 년 전 한나라 때 시작되어 당대에 이르러 더욱 유행하였다. 노래 부를 때 발로 땅을 밟으며 절주에 응하는 것이다. 당 대의 민간풍속으로 중추절 부인들이 달 아래에서 어깨를 나란히 하고 답가를 불렀다.

  '잡무雜舞'고대 연희에 쓰였던 수많은 춤종목의 총칭으로 쓰였다.『악부시집樂府詩集』「무곡가사舞曲歌辭·잡무雜舞」에 "한나라 이후부터 점점 악무가 성행하였다. 그래서 아무와 잡무를 구분했다. 아무는 교묘와 조정의 잔치에 쓰고 잡무는 연회에 썼다[自漢以後, 樂舞寖盛. 故有雅舞, 有雜舞. 雅舞用之郊廟朝饗, 雜舞用之宴會]."라고 전하고 또 "잡무라는 것은 〈공막〉·〈파투〉·〈반무〉·〈비무〉·〈탁무〉·〈불무〉·〈백저〉 등의 부류를 말한다. 모두 민간에서 나온 것인데 후에 점점 궁전에서 펼쳐졌다[雜舞者, 〈公莫〉·〈巴渝〉·〈槃舞〉·〈鞞舞〉·〈鐸舞〉·〈拂舞〉·〈白紵〉之類是也. 始皆出自方俗, 後寖陳於殿庭]."라고 했다. '잡무'에는 앞에서 살펴보았던 종목들이 모두 포함되어 있다. 여기서는 그 종목들 이외의 것들을 소개하였다.

  '검무劍舞'는 대체로 군사들이 군중에서 췄던 내용을 소개한다. 무자에 의해 추어졌던 검무는 상권에서 '검기劍器'항목에서 소개하였다.

270. 발하 민속 연극을 관람하다
觀拔河俗戲¹

玄宗
현 종

풍속에 전하는 이 연극[戲]은 반드시 풍년이 들게 하므로

북군에게 명하여 해마다 곡식을 구한다

俗傳此戲必致年豊 故命北軍以求歲稔
속 진 차 희 필 치 년 풍　고 명 북 군 이 구 세 임

장졸들이 항시 용맹을 떨치니
壯徒恒賈勇
장 도 항 고 용

줄다리기가 황하에 이르네
拔拒抵長河²
발 거 저 장 하

영웅의 뜻을 단련하고자 하는 것이니
欲練英雄志
욕 련 영 웅 지

반드시 여러 차례 승부를 가려야 하네
須明勝負多
수 명 승 부 다

소란스러움은 산과 나란히 드높고
譟齊山岌嶪³
조 제 산 급 업

기세는 물이 되어 파도를 일으키니
氣作水騰波
기 작 수 등 파

한해의 풍년을 미리 기약하며
豫期年歲稔
예 기 년 세 임

먼저 이 음악으로 그때와 화합하려네
先此樂時和
선 차 악 시 화

1　『全唐詩』권3. 발하拔河: 줄다리기.

2　발거拔拒: 줄다리기. 장하長河: 황하.

3　급업岌嶪: 높고 험준한 모양.

271. 괴뢰음
傀儡吟[1]

玄宗
현 종

나무를 깎고 실을 묶어 노인을 만들었는데

쭈글쭈글한 피부와 백발이 진짜 노인 같네

잠깐 놀다가 마치자 고요해져 아무일 없었던 듯하니

사람의 일생이 꿈을 꾸다 돌아온 듯하구나

刻木牽絲作老翁[2]
각 목 견 사 작 노 옹

雞皮鶴髮與眞同[3]
계 피 학 발 여 진 동

須臾弄罷寂無事[4]
수 유 롱 파 적 무 사

還似人生一夢中[4]
환 사 인 생 일 몽 중

---

1 『全唐詩』 권3.
2 괴뢰傀儡: 꼭두각시. 괴뢰사傀儡師: 꼭두각시를 조종하는 사람. 괴뢰자傀儡子와 괴뢰희傀儡戱는 모두 꼭두각시놀음을 가리키는 말이다.
3 계피학발雞皮鶴髮: 닭의 살갗 같은 쭈글쭈글한 피부와 학의 깃털처럼 하얗게 센 머리. 노쇠한 모습을 형용.
4 수유須臾: 잠시.

272. 낙양성에서 잔치를 보고 황제의 시에 화답하다
洛城觀酺應制[1]

陳子昻
진 자 앙

......

수의로 다스려 금책을 받더니

음악을 성대하게 펼치며 화려한 누각에서 연회를 여네

봉황의 좋은 징조 가득하더니

어룡잡희가 나오는구나

......

......

垂衣受金冊[2]
수 의 수 금 책

張樂宴瑤臺[3]
장 악 연 요 대

雲鳳休徵滿[4]
운 봉 휴 징 만

魚龍雜戲來[5]
어 룡 잡 희 래

......

---

1 『全唐詩』 권84. 포酺: 잔치할 포. 나라에 경사가 있어서 백성이 모여 잔치를 벌인다는
  뜻을 담고 있다. 응제應制: 황제나 왕의 시에 화답한 시를 말함.
2 수의垂衣: 수의상垂衣裳. 옷을 늘어뜨림. 아무런 일도 하지 않음을 형용. 제왕의 무위無爲
  의 다스림을 칭송하는 말. 금책金冊: 금박으로 만든 책봉 조서. 국사를 기록한 책.
3 요대瑤臺: 옥으로 꾸민 누대. 즉 화려한 누대.
4 운봉雲鳳: 봉황. 휴징休徵: 좋은 징조
5 어룡魚龍: 고대 백희의 하나로 물고기와 용의 형상으로 연출함.

273. 백중승을 모시고 장사들에게 연회를 배품을 관람하다
陪柏中丞觀宴將士 二首[1]

杜甫
두 보

수놓은 비단으로 처마의 현판을 장식하고	繡段裝簷額[2] 수 단 장 첨 액
금화는 요고에 붙였네	金花帖鼓腰[3] 금 화 첩 고 요
한 남자가 먼저 검무를 추고	一夫先舞劍 일 부 선 무 검
백희가 끝난 후 망루에서 노래하네	百戲後歌樵[4] 백 희 후 가 초
강 숲의 성은 멀리서 외로운데	江樹城孤遠 강 수 성 고 원
높은 누각이 적막하고 쓸쓸하게 만드는구나	雲臺使寂寥[5] 운 대 사 적 요
한나라는 자주 장수를 뽑았는데	漢朝頻選將 한 조 빈 선 장
마땅히 곽거병을 공경했다네	應拜霍嫖姚[6] 응 배 곽 표 요

---

1 『全唐詩』 권231. 중승中丞: 관직명. 어사대부에 소속된 관직으로 도서를 관장함.
2 수단繡段: 아름답게 수놓은 피륙.
3 금화金花: 사물이나 옷, 신발 위에 새기거나 수놓은 꽃무늬.
4 초樵: 망루. 譙와 통용.
5 운대雲臺: 하늘 높이 솟은 누각.
6 곽표요霍嫖姚: 표요교위票姚校尉를 지낸 한나라 곽거병郭去病을 말함. 곽거병은 전한 시대의 장군으로 위청衛靑과 더불어 한무제 때 활약한 명장이다. 한고조 시절부터 한왕조를 압박하던 흉노를 격파하는 데 큰 공을 세웠다.

274. 험간가
險竿歌[1]

顧況
고 황

완릉의 소녀 날렵한 손으로 잡고

허공에 걸쳐있는 장대의 위아래를 다니네

이미 위험을 평지처럼 경솔히 여기니

어찌 기꺼이 스스로 한 집안의 부인이 되겠는가?

......

몸을 뒤집어 그림자 드리우며 제멋대로 뛰어오르니

트레머리 돌개바람처럼 돌아가네

트레머리 도니

비스듬히 새가 나는 듯하고

놀란 원숭이처럼 에워싸니

宛陵女兒擘飛手[2]
완 릉 여 아 벽 비 수

長竿橫空上下走
장 간 횡 공 상 하 주

已能輕險若平地
이 능 경 험 약 평 지

豈肯身爲一家婦
기 긍 신 위 일 가 부

......

翻身挂影姿騰蹋[3]
번 신 괘 영 자 등 답

反綰頭髻盤旋風[4]
반 관 두 계 반 선 풍

盤旋風
반 선 풍

撇飛鳥
별 비 조

驚猿遶
경 원 요

---

1 『全唐詩』 권265. 험간險竿: 높은 장대에 올라 여러 가지 곡예를 한다는 뜻.
2 완릉宛陵: 선성宣城으로 옛 지명이다. 항저우에 가깝다.
3 등답騰蹋: 훌쩍 뛰어오름.
4 반관反綰: 머리카락을 높게 모아 뒤집어서 만든 것으로 높은 상투의 머리 모양에 속한다.
　머리를 뒤로 모아 비단실로 묶고 여러 가닥으로 나누어 다양한 모양을 만들었다.

나뭇가지를 휘감는 듯하네

맨 꼭대기에서 북을 쳤는데 못들었을 때

손이 미끄러지고 발을 헛디디면 거미줄이 나오고

갑작스런 천둥소리엔 별똥별 꼬리가 잘리고

번쩍하는 번개엔 치우 깃발 찢어지네

선녀가 되려고 해도 될 수 없으니

도적놈한테 시집가서 도적놈의 아이를 낳겠구나

……

樹枝裊
수 지 뇨

頭上打鼓不聞時
두 상 타 고 불 문 시

手蹉脚跌蜘跌絲[5]
수 차 각 질 지 주 사

忽雷掣斷流星尾[6]
홀 뢰 체 단 류 성 미

曤睒劃破蚩尤旗
학 섬 획 파 치 우 기

若不隨仙作仙女
약 불 수 선 작 선 녀

卽應嫁賊生賊兒
즉 응 가 적 생 적 아

……

5　수차手蹉: 손이 미끄러짐. 각질脚跌: 발을 헛디뎌 넘어짐. 지주사蜘跌絲: 거미줄.
6　뢰체雷掣: 굉뢰체전轟雷掣電. 천둥소리가 요란하고 번개가 번쩍임.

275. 대포악 2수
大酺樂 二首[1]

張祜
장 호

임금이 동쪽에서 오시어 태평시대를 여니

낙양성에서 큰 연회가 삼일간 펼쳐지네

어린 예인은 장대 꼭대기에서 절묘하니

천하가 만세를 외치네

대로에서 술 먹고 돌아가는데 해 기울려 하고

붉은 먼지는 설왕의 집으로 길을 여네

여자아이는 누각 앞에서 북소리에 대해 웃으며 말하는데

두 의장은 수레 다투며 가더니
꽃 떨어지는 것을 좋아하는구나!

車駕東來値太平[2]
거 가 동 래 치 태 평

大酺三日洛陽城
대 포 삼 일 낙 양 성

小兒一伎竿頭絶
소 아 일 기 간 두 절

天下傳呼萬歲聲[3]
천 하 전 호 만 세 성

紫陌酺歸日欲斜[4]
자 맥 포 귀 일 욕 사

紅塵開路薛王家[5]
홍 진 개 로 설 왕 가

雙鬟笑說樓前鼓[6]
쌍 환 소 설 누 전 고

兩仗爭輪好落花[7]
양 장 쟁 륜 호 낙 화

---

1 『全唐詩』 권511. 대포大酺: 제왕이 민간에 특별히 허가하는 큰 연회. 사패명이기도 하다.
2 거가車駕: 임금이 타는 수레. 임금을 상징함.
3 전호傳呼: 크게 소리를 지름.
4 자맥紫陌: 도성의 길. 서울 둘레의 도로.
5 설왕薛王: 현종의 아우.
6 쌍환雙鬟: 양쪽으로 틀어 올린 젊은 여자의 머리. 결혼하지 않은 여자를 상징함. 笑가
   前인 판본도 있다.
7 仗이 妓, 落이 結인 판본도 있다.

276. 심당가

尋橦歌[1]

王 建
왕 건

세상의 백희는 모두 배울 수 있는데	人間百戱皆可學 인 간 백 희 개 가 학
〈심당〉은 다른 기예와 비교할 수 없네	尋橦不比諸餘樂 심 장 불 비 제 여 악
거듭 빗질한 짧은 상투 아래엔 금비녀가 있고	重梳短髻下金鈿 중 소 단 계 하 금 전
붉은 모자와 푸른 두건은 각각 한쪽에 있네	紅帽靑巾各一邊 홍 모 청 건 각 일 변
몸은 가볍고 발은 빨라 남자보다 나아	身輕足捷勝男子[2] 신 경 족 첩 승 남 자
장대를 사면에서 에워싸고 먼저 오르려고 다투네	繞竿四面爭先緣[3] 요 간 사 면 쟁 선 연
항상 기운 장대에 의지해도 미끄러우니	習多倚附欹竿滑[4] 습 다 의 부 기 간 활
위아래로 너울너울 춤추려고 모두 버선을 신었네	上下蹁躚皆著襪 상 하 편 선 개 착 말
몸 재치고 목 드리워 땅으로 떨어지려다가	翻身垂頸欲落地[5] 번 신 수 경 욕 낙 지
다시 일으켜 세워 허리 잡더니 비로소 쉬는 듯하네	却住把腰初似歇 각 주 파 요 초 사 헐

1　『全唐詩』 권298. 심당尋橦: 장대타기.

2　첩捷: 빠를 첩. 날래다.

3　요繞: 에워싸다. 쟁선爭先: 앞을 다투다.

4　의부倚附: 의지하여 따름. 欹가 欺인 판본도 있다.

5　경頸: 목. 목덜미.

큰 장대는 백 사람이 들어 세우지 못할 정도이고

절반은 휘청거리며 푸른 구름 속에 있네

가는 허리 여자아이는 낯 색도 변하지 않고

높이 올라 가서 곧장 춤추니 한 곡이 끝나네

머리 돌려 남들이 본다는 것을 알아채면

어려움 무릅쓰면서도 하늘에 바람 한 점 없기를 바라며
조심하는 듯하네

위험한 중에 더욱 위험하지만 어찌 실수를 하겠는가?

다람쥐는 머리에 매달려 있고 원숭이는 무릎에 붙어 있네

大竿百夫擎不起[6]
대 간 백 부 경 불 기

裊裊半在青雲裏[7]
요 뇨 반 재 청 운 리

纖腰女兒不動容[8]
섬 요 여 아 부 동 용

戴行直舞一曲終[9]
대 행 직 무 일 곡 종

回頭但覺人眼見[10]
회 두 단 각 인 안 견

矜難恐畏天無風[11]
긍 난 공 외 천 무 풍

險中更險何曾失[12]
험 중 갱 험 하 증 실

山鼠懸頭猿掛膝[13]
산 서 현 두 원 괘 슬

---

6 백부百夫: 많은 사람.
7 요뇨裊裊: 흔들리는 모양. 가늘고 길며 부드러운 모양. 雲이 天인 판본도 있다.
8 腰가 橦인 판본도 있다.
9 대戴: 높이 오르다.
10 안견眼見: 눈동자. 사물을 분별하는 견식.
11 공외恐畏: 두려워함.
12 何曾이 無蹉인 판본도 있다.
13 산서山鼠: 다람쥐. 산지서山地鼠라고도 하고 율서栗鼠·송서松鼠·화서花鼠라고도 한다.

한 손을 아래로 드리우고 춤추며 몸을 꺾으며 도는데　　　小垂一手當舞盤[14]
　　　　　　　　　　　　　　　　　　　　　　　　　소 수 일 수 당 무 반

기울기가 심해지자 미인이 지는 해를 바라보네　　　　斜慘雙蛾看落日[15]
　　　　　　　　　　　　　　　　　　　　　　　　　사 참 쌍 아 간 낙 일

이윽고 곡이 바뀌면서 새롭게 풀어가는데　　　　　　斯須改變曲解新[16]
　　　　　　　　　　　　　　　　　　　　　　　　　사 수 개 변 곡 해 신

평지의 다른 사람을 기쁘게 하려 욕심을 내네　　　　貴欲歡他平地人[17]
　　　　　　　　　　　　　　　　　　　　　　　　　귀 욕 환 타 평 지 인

내려와선 얼굴 가득 화색이 돌았지만　　　　　　　　散時滿面生顔色[18]
　　　　　　　　　　　　　　　　　　　　　　　　　산 시 만 면 생 안 색

걸음걸이는 예전만큼 기력이 없네　　　　　　　　　　行步依前無氣力
　　　　　　　　　　　　　　　　　　　　　　　　　행 보 의 전 무 기 력

14　반盤: 반곡盤曲. 꺾어지며 도는 것.

15　쌍아雙蛾: 미인의 양미간. 즉 미인을 가리킨다.

16　變이 遍인 판본도 있다.

17　귀욕貴欲: 욕심을 부린다는 뜻. 欲이 舞인 판본도 있다.

18　滿面이 自覺, 面이 地인 판본도 있다.

277. 오나라 여인 10수
吳姬 十首[1]

薛能
설 능

......

누대가 구름 속에 겹겹이 꽉 차 있고

크르릉 크르릉 악어 울음소리 세상에 들리네

이날 버드나무 꽃 처음으로 하얗게 눈 내린 듯한데

여자아이가 곡을 연주하며 〈참군희〉를 공연하네

......

......

樓臺重疊滿天雲[2]
누 대 중 첩 만 천 운

殷殷鳴鼉世上聞[3]
은 은 명 타 세 상 문

此日楊花初似雪
차 일 양 화 초 사 설

女兒弦管弄慘軍[4]
여 아 현 관 농 참 군

......

1　『全唐詩』권561
2　천운天雲: 하늘에 떠 있는 구름.
3　은은殷殷: 짐승의 우는 소리를 묘사한 의성어.
4　농참군弄參軍: 〈참군희參軍戲〉를 말함. 춘추시대의 배우가 했던 풍자와 우스개는 남북조
　　시대에 참군희라는 놀이로 계승된다. 바로 당 대에 크게 유행한 골계희滑稽戲이다. 참군
　　은 본래 군대의 지휘관 아래서 군무를 관장하는 직책이다. 참군희란 이름은 후조後趙의
　　고조高祖 석륵石勒의 참군 주연周延에게서 비롯되었다. 몸짓과 대사를 주요 표현수단으로
　　사용하는 참군희는 희곡은 아니지만 하나의 연극 양식으로 인정하기에 충분하다.

278. 잡기
雜伎[1]

陸龜蒙
육 구 몽

절하는 코끼리 순한 코뿔소 호방한 각저

공 던지기 칼 던지기는 꽃나무보다 높네

육궁은 천자와 가까워지기를 바라며 다투니

수많은 여인을 곤룡포로 끌어안는구나!

拜象馴犀角觝豪[2]
배 상 순 서 각 저 호

星丸霜劍出花高
성 환 상 검 출 화 고

六宮爭近乘輿望[3]
육 궁 쟁 근 승 여 망

珠翠三千擁赭袍[4]
주 취 삼 천 옹 자 포

---

1 『全唐詩』 권629
2 각저角觝: 각저角抵라고도 한다. 전국시대에 시작되어 진한과 수당 시대에 모두 성행했
   다. 당나라 장안에서는 연회가 있을 때 각저희를 많이 즐겼으며, '상박相撲'이라고도 불렀
   다. 궁중과 군대에서의 주요한 놀이 중 하나였다.
3 육궁六宮: 고대 후비들이 거처하던 곳. 승여乘輿: 천자가 탄 마차. 곧 천자를 가리킨다.
4 주취珠翠: 부녀자의 화려한 장신구를 가리키며 여인을 상징한다. 자포赭袍: 임금의 곤룡포.

279. 왕대랑이 장대를 들고 있는 것을 읊다
詠王大娘戴竿¹

崔珪
최 규

누각 앞 백희 새 묘기 다투는데	樓前百戲競爭新 <small>누 전 백 희 경 쟁 신</small>
오직 장대묘기만이 입신의 경지로구나	惟有長竿妙入神² <small>유 유 장 간 묘 입 신</small>
누군가 비단옷의 여인이 용맹하고 힘이 세다고 말하자	誰謂綺羅番有力³ <small>수 위 기 라 번 유 력</small>
오히려 스스로 가볍다고 불평하며 사람을 더 태우는구나!	猶自嫌輕更著人 <small>유 자 혐 경 갱 저 인</small>

---

1 『全唐詩』 권120
2 입신入神: 기예가 매우 뛰어나고 정묘함.
3 기라綺羅: 화려한 옷을 입은 사람.

280. 원숭이 재롱을 감상하시고 벼슬을 내려주시다
感弄猴人賜朱紱[1]

羅隱
나 은

십 이 삼년 전 과거시험을 보던 날

오호의 연월과 어찌하여 어긋났단 말인가

원숭이를 사서 재주를 부리게 했으면 어떻게 됐을까?

빙그레 한번 웃고 임금이 벼슬을 곧바로 내려주셨겠지

十二三年就試期
십 이 삼 년 취 시 기

五湖煙月奈相違[2]
오 호 연 월 나 상 위

何如買取胡孫弄[3]
하 여 매 취 호 손 롱

一笑君王便著緋[4]
일 소 군 왕 편 저 비

---

1 『全唐詩』 권665. 주불朱紱: 고대 예복을 갖출 때 붉은색으로 무릎을 가렸다. 후에 관직을 받았다는 뜻으로 쓰였다.

2 오호五湖: 동정호洞庭湖. 연월煙月: 운무에 가려진 희미한 달빛. 시험에 낙방하여 관직을 얻지 못한 것을 한탄하고 있다.

3 호손胡孫: 원숭이의 별칭. 買取胡孫弄가 學取孫供奉으로 된 판본도 있다.

4 저비著緋: 붉은색의 관복. 관복 색상은 품계에 따라 달랐는데 붉은색 옷은 대체로 중급 관원의 관복 색상이었다.

281. 주호자
酒胡子[1]

徐夤
서 인

화려한 연회석에 음악 소리 조화로우니	紅筵絲竹合[2] 홍 연 사 죽 합
너를 부려 즐거운 놀이를 하려네	用爾作歡娛 용 이 작 환 오
손가락 뻗어서 한쪽 편을 가리키게 하니	直指寧偏黨 직 지 녕 편 당
공정하여 허튼수작 절대 못하지	無私絶覬覦[3] 무 사 절 기 유
노랫소리에 누군가 소매 걷어주자	當歌誰攬袖 당 가 수 환 수
장단에 맞춰 몸을 점점 가볍게 움직이는데	應節漸輕軀 응 절 점 경 구
진짜 사람과 흡사하게	恰與眞相似 흡 여 진 상 사
모피옷도 입고 턱에 수염도 가득하구나	氈裘滿頷鬚[4] 전 구 만 함 수

---

1 『全唐詩』 권708. 주호자酒胡子: 수당 시기 벌주 놀이에 쓰던 도구다. 주호자를 상 위에 놓고 주인이 빙빙 돌리고 멈췄을 때 주호자의 손가락이 가리키는 곳에 앉은 사람이 잔을 들어 술을 마시는 방식이다. 위는 가볍고 아래는 무거워 넘어지면 자동으로 세워지는 오뚝이와 비슷한데 주호자를 돌리면 빙글빙글 돌다가 멈출 때 손가락이 가리키는 방향에 있는 사람이 술을 마시기 때문에 '순호巡胡'라고도 한다. 주호자의 모양은 호인처럼 푸른 눈에 머리카락은 구불구불하다.

2 홍연紅筵: 여자가 술 시중을 드는 연회석. 사죽絲竹: 현악기와 관악기. 악기의 총칭.

3 기유覬覦: 분수에 넘치는 야심으로 가질 수 없는 것을 갖기 위해 기회를 노리고 엿봄.

4 전구氈裘: 고대 서북부의 호인들이 입었던 모피로 만든 옷.

282. 흘나곡 2수
紇那曲 二首[1]

劉禹錫
유 우 석

버드나무 푸른숲 울창하고

楊柳鬱青青
양 유 울 청 청

대나무의 정은 무한한데

竹枝無限情
죽 지 무 한 정

낭군과 함께 한 번 돌아보며

同郎一回顧
동 랑 일 회 고

흘나곡을 듣네

聽唱紇那聲
청 창 흘 나 성

답가의 흥은 끝이 없는데

踏曲興無窮
답 곡 흥 무 궁

곡조는 같고 가사는 다르지만

調同詞不同
조 동 사 부 동

낭군이 천만수를 누리며

願郎千萬壽
원 랑 천 만 수

오래 주인옹이 되게 해달라고 원하네

長作主人翁
장 작 주 인 옹

1　『全唐詩』권890. 흘나곡紇那曲: 사패명詞牌名.

283. 15일 밤 천자 앞에서 답사 2수를 구호하다
十五日夜御前口號踏歌詞 二首[1]

張說
장 설

화악루 앞 임금의 은택 새롭고	花萼樓前雨露新[2] 화 악 루 전 우 로 신
장안성 안은 태평시절의 사람들로 (가득하네)	長安城裏太平人 장 안 성 리 태 평 인
용이 밝은 등불을 여러 개 입에 물어 환하고	龍銜火樹千重焰[3] 용 함 화 수 천 중 도
닭이 연꽃을 밟으니 오랜 세월 봄이네	雞踏蓮花萬歲春[4] 계 답 연 화 만 세 춘

궁궐의 보름날 춘대에서 노닐 것이니	帝宮三五戲春臺[5] 제 궁 삼 오 희 춘 대
내리는 비와 부는 바람은 시샘하여 오지 말거라	行雨流風莫妬來 행 우 류 풍 막 투 래
서역의 대형 꽃등이 수많은 그림자 모아 오니	西域燈輪千影合[6] 서 역 등 륜 천 영 합
천자의 궁궐 문이 여러 번 열리는구나	東華金闕萬重開[7] 동 화 금 궐 만 중 개

---

1 『全唐詩』권89. 구호口號: 덕을 송축하는 시의 일종. 대개 황제에게 바치는 내용이다.

2 현종 시기 흥경궁 서남쪽에 꽃받침이 서로 비추는 누각을 건설했는데 이를 화악루라고 칭했다(『舊唐書』권95 「列傳」 45: "玄宗於興慶宮西南置樓, 西面題曰花萼相輝之樓"). 우로雨露: 빗물과 이슬. 임금의 은택에 비유.

3 화수火樹: 밝은 등불. 重이 燈인 판본도 있다.

4 연회를 밝히는 수많은 등불 중에 연꽃을 밟고 있는 닭의 그림이 그려져 있는 등을 묘사한 것이다. 踏이 上, 歲가 樹인 판본도 있다.

5 제궁帝宮: 임금이 거처하는 궁전. 춘대春臺: 산수의 경관이 매우 아름다운 곳.

6 등륜燈輪: 대형 채색 꽃등.

7 동화東華: 동화문東華門을 가리킴. 옛 궁성의 동문 명칭. 금궐金闕: 천자가 거처하는 궁궐.

284. 왕륜에게 보내다
贈汪倫[1]

李白
이 백

이백이 경현의 도화담을 여행할 때
촌부 왕륜이 항상 맛있는 술을 빚어 이백을 기다렸다
白遊涇縣桃花潭 村人汪倫常醞美酒以待白

이백이 배를 타고 떠나려고 하는데　　　　　　李白乘舟將欲行
　　　　　　　　　　　　　　　　　　　　　이 백 승 주 장 욕 행

갑자기 언덕 위에서 〈답가〉가 들리네　　　　忽聞岸上踏歌聲
　　　　　　　　　　　　　　　　　　　　　홀 문 안 상 답 가 성

도화담의 물이 천 척 만큼 깊어도　　　　　　桃花潭水深千尺[2]
　　　　　　　　　　　　　　　　　　　　　도 화 담 수 심 천 척

왕륜이 나를 떠나보내는 마음에는 미치지 못하리라　　不及汪倫送我情
　　　　　　　　　　　　　　　　　　　　　불 급 왕 륜 송 아 정

1　『全唐詩』 권171
2　도화담桃花潭: 물이 깊은 못의 이름. 안후이성安徽省 경현涇縣 서남쪽에 있으며 일찍이
　이백이 이곳에서 자적自適했다.

285. 답가사
踏歌詞¹

崔液
최 액

궁녀는 금옥에서 맞이하고	綵女迎金屋² 채 녀 영 금 옥
선녀는 화당에서 나오네	仙姬出畫堂 선 희 출 화 당
원앙 무늬의 비단소매를 만들고	鴛鴦裁錦袖³ 원 앙 재 금 수
비취새 모양의 화황을 붙였네	翡翠帖花黃⁴ 비 취 첩 화 황
노랫소리 울려 퍼지고 춤 나뉘어서 추니	歌響舞分行 가 향 무 분 행
아름다운 색이 빛에 따라 출렁이네	艷色動流光 염 색 동 류 광
뜰 가장자리의 꽃 조용히 떨어지는데	庭際花微落 정 제 화 미 락
누각 앞의 은하수는 벌써 기울었구나!	樓前漢已橫 누 전 한 이 횡

---

1 『全唐詩』권28
2 채녀綵女: 궁녀. 금옥金屋: 금옥장교金屋藏嬌를 가리킨다. 금옥장교는 한 무제가 아교阿
   嬌를 얻은 후 금옥을 짓고 그곳에서 살게 한 데에서 유래한 말이다(班固, 『漢武故事』).
   '아교'는 한무제 진황후를 가리킨다. 이후 아름다운 여인의 의미로 쓰였다.
3 원앙의 모습을 수놓은 소매를 만든 것을 말한다.
4 화황花黃: 고대 여성의 얼굴 장식. 남북조 시대에는 불교가 성행하여 일부 부녀자들이
   금칠을 한 불상에서 영감을 받아 이마를 황금색으로 장식하는 풍조가 형성되었다. 처음에
   는 붓에 노란색 염료를 묻혀 이마에 발랐는데 나중에는 노란색 꽃잎 장식품으로 이마에
   붙였다. 이를 '화황'이라고 칭했다.

물시계는 밤을 재촉하며 (임무를) 다 했는데

金壺催夜盡[5]
금 호 최 야 진

비단 소매는 가볍게 찬 공기를 떨치네

羅袖拂寒輕
나 수 불 한 경

웃으며 즐거운 감정을 표현하다 보니

樂笑暢歡情
낙 소 창 환 정

반도 안 된 것 같은데 새벽이 밝아오는구나!

未半著天明
미 반 저 천 명

5   금호金壺: 물시계.

286. 답가행
踏歌行[1]

劉禹錫
유 우 석

봄 강에 달이 떠 큰 둑과 나란하고

제방 위의 여인들 연이어 가네

신곡 다 부르더니 모습 보이지 않고

붉은 노을빛 나무 그림자에서 자고새만 울고 있네

복사꽃 가득한 기원은 시간이 지나도 아름다우니

등불 아래서 단장하고 달빛 아래에서 노래 부르네

양왕의 옛 궁궐터였기 때문인지

지금도 여전히 가는 허리의 미인이 많네

春江月出大堤平
춘 강 월 출 대 제 평

堤上女郎連袂行
제 상 여 랑 연 몌 행

唱盡新詞看不見[2]
창 진 신 사 간 불 견

紅霞影樹鷓鴣鳴[3]
홍 하 영 수 자 고 명

桃蹊柳陌好經過[4]
도 혜 유 맥 호 경 과

燈下妝成月下歌
등 하 장 성 월 하 가

爲是襄王故宮地[5]
위 시 양 왕 고 궁 지

至今猶自細腰多
지 금 유 자 세 요 다

---

1 『全唐詩』 권28. 행行: 악부와 고시의 체. 〈단가행短歌行〉, 〈비파행琵琶行〉 등이 여기에
   속한다.
2 看이 歡인 판본도 있다.
3 影이 映인 판본도 있다.
4 도혜桃蹊: 복사꽃이 많은 지방. 유맥柳陌: 기원妓院.
5 양왕襄王: 초나라 양왕.

신곡은 완연하게 번갈아 가며 서로 전하고

차가운 바람 앞에 트레머리 기울고 소매 날리네

달 지고 까마귀 울자 운우 흩어지고

놀던 아이는 길 위에서 화전을 줍네

해 저문 강기슭에서 〈죽지사〉를 듣는데

남인은 즐거워하고 북인은 슬퍼하네

눈 속에서 신곡을 불렀더니

곧바로 봄날의 꽃이 다 지는 때에 이르네

新詞宛轉遞相傳
신 사 완 전 체 상 전

振袖傾鬟風露前[6]
진 수 경 환 풍 로 전

月落烏啼雲雨散[7]
월 락 오 제 운 우 산

遊童陌上拾花鈿[8]
유 동 맥 상 습 화 전

日暮江頭聞竹枝
일 모 강 두 문 죽 지

南人行樂北人悲
남 인 행 락 북 인 비

自從雪裏唱新曲
자 종 설 리 창 신 곡

直至三春花盡時
직 지 삼 춘 화 진 시

---

6 풍로風露: 차가운 바람.

7 운우雲雨: 초나라 양왕이 무산의 신녀를 만났다는 운우지정雲雨之情의 고사를 떠올릴 수 있다. 남녀의 만남을 의미한다.

8 화전花鈿: 보석으로 장식한 비녀.

287. 답가사 3수
踏歌詞 三首[1]

謝偃
사 언

봄빛이 춘대를 아름답게 비추니   春景嬌春臺
춘 경 교 춘 대

새 이슬은 새 매화를 울리고   新露泣新梅
신 로 읍 신 매

봄 잎이 어지럽게 돋아나니   春葉參差吐[2]
춘 엽 참 치 토

새 꽃도 겹겹이 피어나네   新花重疊開
신 화 중 첩 개

꽃 그림자에 꾀꼬리 날아갔다가   花影飛鶯去
화 영 비 앵 거

노랫소리에 새 날아오고   歌聲度鳥來
가 성 도 조 래

바람에 나부끼는 눈처럼 아름답게   倩看飄颻雪
천 간 표 요 설

춤추는 소매 휘도니 어떠한가?   何如舞袖廻
하 여 무 수 회

구불구불 향합을 지나고   逶迤度香閣[3]
위 이 도 향 합

천천히 난규에서 걸어 나와   顧步出蘭閨[4]
고 보 출 난 규

1 　『全唐詩』권38
2 　참치參差: 참치부제參差不齊. 길고 짧고 들쭉날쭉하여 가지런하지 아니함. 뒤죽박죽인 모양.
3 　위이逶迤: 구불구불 선회하는 모습. 향합香閣: 젊은 여인이 거처하는 방.
4 　난규蘭閨: 여인이 거처하는 방.

원앙전을 에워싸려고

먼저 복사꽃 오얏꽃 길을 지나가네

풍대는 풀렸다 다시 감기고

비녀에 달린 꽃은 오르락내리락했는데

오늘밤 즐거웠는지 물어보려는데

노랫소리 일제히 널리 퍼지네

밤 깊어 별은 사라지고

야심한 밤 달빛도 기우는데

치마 가벼우니 곧 패옥 흔들리고

쪽진머리 얄팍해서 꽃을 이기지 못하네

가벼운 바람 살며시 버선발을 부추기고

살짝 내린 이슬 붉은 비단 적시는데

서로 보며 즐기는 것을 멈추지 않으니

난등이 온갖 장식을 아름답게 비추네

欲遠鴛鴦殿[5]
욕 요 원 앙 전

先過桃李蹊
선 과 도 리 혜

風帶舒還卷[6]
풍 대 서 환 권

簪花擧復低
잠 화 거 부 저

欲問今宵樂
욕 문 금 소 락

但聽歌聲齊
단 청 가 성 제

夜久星沈沒
야 구 성 침 몰

更深月影斜
갱 심 월 영 사

裙輕纔動佩
군 경 재 동 패

鬟薄不勝花
환 박 불 승 화

細風吹寶襪
세 풍 취 보 말

輕露濕紅紗
경 로 습 홍 사

相看樂未已
상 간 락 미 이

蘭燈照九華[7]
난 등 조 구 화

---

5   원앙전鴛鴦殿: 한나라 미앙궁未央宮의 궁전 이름. 황후가 거처하는 궁전을 가리킨다.
6   풍대風帶: 치마 위에 달리 표대飄帶. 표대는 옷이나 모자·깃발 따위에 달아서 멋을 내는
    댕기·띠·술 등을 일컫는다.
7   난등蘭燈: 밝고 아름다운 등. 구화九華: 궁궐 장식의 색채가 화려한 것.

288. 입파
入破[1]

無名氏
무명씨

천년 만에 한 번 만나는 천자의 조정

임금과 짝하여 가는 허리로 춤추기를 바랐지만

갑자기 곰과 맞서 생사에 맞닥들이더니

봉황과 짝하여 하늘로 오른 이 누구였던가?

千年一遇聖明朝[2]
천 년 일 우 성 명 조

願對君王舞細腰
원 대 군 왕 무 세 요

乍可當熊任生死[3]
사 가 당 웅 임 생 사

誰能伴鳳上雲霄[4]
수 능 반 봉 상 운 소

1　『全唐詩』권27

2　성명聖明: 천자를 뜻한다.

3　당웅當熊: 곰과 맞섬. 위험에 처했을 때 여자가 자신의 생명을 돌보지 않고 용감하게 나서는 것을 비유한 말이다. 한나라 원제元帝(BC48~BC33)가 여러 비빈들과 함께 짐승들의 싸움을 구경할 때 곰이 우리에서 나와 원제에게 달려들려 하자 풍첩여馮倢仔가 곰을 막았다는 고사가 전한다(『한서』「외척전」下「풍소전馮昭傳」). 풍첩여는 이후 원재의 총애를 받았다.

4　운소雲霄: 높은 하늘. 높은 지위에 비유.

289. 당당 당당은 각조곡이고 본래 진 후주가 지은 것인데 당대에
법곡이 되었다.
堂堂¹ 堂堂 角調曲 本陳後主所作 唐爲法曲

李義府
이 의 부

달을 새겨 가선을 만들고 鏤月成歌扇²
누 월 성 가 선

구름을 잘라 춤옷을 만들었네 裁雲作舞衣
재 운 작 무 의

스스로 눈 내리듯 빙글빙글 아름답게 돌더니 自憐回雪影
자 련 회 설 영

좋은 것을 취해 낙수로 돌아가네 好取洛川歸
호 취 낙 천 귀

1 『全唐詩』 권27. 당당堂堂: 당대 법곡法曲.
2 가선歌扇: 가수가 들고 있는 부채. 부채로 입을 가리고 노래를 불렀다.

290. 종군행 7수
從軍行 七首[1]

王昌齡
왕 창 령

봉화성 서쪽 높은 누각에서

황혼 녘에 홀로 앉아있자니 바닷바람이 가을이네

다시 강적으로 〈관산월〉을 부니

어찌 아녀자가 저 멀리서 근심하지 않겠는가?

비파소리에 일어나 춤추려는데 새 곡조로 바뀌더니

모두 관산의 옛 이별의 정을 노래하네

복잡한 변방의 근심 소리 다 들을 순 없지만

높이 뜬 가을 달은 장성을 비추네!

……

烽火城西百尺樓[2]
봉 화 성 서 백 척 루

黃昏獨坐海風秋[3]
황 혼 독 좌 해 풍 추

更吹羌笛關山月[4]
갱 취 강 적 관 산 월

無那金閨萬里愁[5]
무 나 금 규 만 리 수

琵琶起舞換新聲
비 파 기 무 환 신 성

總是關山舊別情[6]
총 시 관 산 구 별 정

撩亂邊愁聽不盡
요 란 변 수 청 부 진

高高秋月照長城
고 고 추 월 조 장 성

……

---

1 『全唐詩』 권143
2 봉화성烽火城: 봉화대를 축조한 성.
3 上이 坐인 판본도 있다.
4 관산월關山月: 악부의 곡명. 『악부시집』에 "〈관산월〉은 이별을 슬퍼한 것이다[『樂府詩集』 「橫吹曲辭」: 樂府解題曰, 關山月, 傷離別也]."라고 전한다. 羌이 橫인 판본도 있다.
5 금규金閨: 처자를 말함. 無那가 誰解인 판본도 있다.
6 舊가 離인 판본도 있다.

291. 춤을 노래하다
詠舞[1]

楊師道
양 사 도

열여섯 명이 눈처럼 휘도니

봄에 일찍 핀 꽃들 같구나

행렬을 나누어 촛불을 향하여 돌아가더니

촛불처럼 바람 따라 비스듬히 서네

二八如回雪
이 팔 여 회 설

三春類早花[2]
삼 춘 류 조 화

分行向燭轉
분 행 향 촉 전

一種逐風斜[3]
일 종 축 풍 사

---

1 『全唐詩』 권34
2 삼춘三春: 봄 계절의 석 달 동안. 즉 맹춘孟春·중춘仲春·계춘季春.
3 일종一種: 같은 모양. 바람에 기우는 촛불처럼 비스듬히 선 것으로 풀었다.

292. 9월 9일 근정루 아래에서 백관들이 헌수하는 것을 보다
九月九日勤政樓下觀百僚獻壽[1]

王涯
왕 애

......

곡이 연주되자 따뜻한 바람이 일고

술 한 잔 마시자 상서로운 그림자 모이네

해마다 가무를 살펴 봤는데

이 땅의 황제를 송축하는 것에 그치네

......

樂奏薰風起[2]
악 주 훈 풍 기

盃酣瑞影收
배 감 서 영 수

年年歌舞度
연 년 가 무 도

此地慶皇休
차 지 경 황 휴

---

1 『全唐詩』권346. 九月九日: 음력 9월 9일은 중양절로 양수인 9가 두 번 겹쳐[重陽] 길한
   날이라고 여겨 예부터 명절로 정했다. 『역경』에 "6은 음수, 9는 양수"라고 하였다. 헌수獻
   壽: 장수를 비는 뜻으로 술잔을 올리는 일.
2 훈풍薰風: 온화한 바람. 초여름에 부는 동남풍.

293. 천추악
千秋樂[1]

張祜
장 호

팔월의 평화로운 시절 화악루에서

만방이 함께 〈천추악〉을 연주하네

미인들이 장대가 나오는 것을 보고 있는데

하나의 재주를 조해수가 비로소 완성하는구나!

八月平時花萼樓
팔 월 평 시 화 악 루

萬方同樂奏千秋[2]
만 방 동 악 주 천 추

傾城人看長竿出
경 성 인 간 장 간 출

一伎初成趙解愁[3]
일 기 초 성 조 해 수

---

1 『全唐詩』 권511
2 奏가 是인 판본도 있다.
3 조해수趙解愁: 당 현종시기의 장대타기에 매우 뛰어나서 이름이 났던 소년의 이름.

294. 장차 삭방군에 부임하여 황제의 시에 화답하다
將赴朔方軍應制[1]

張說
장 설

......	......
한나라는 하남땅을 지키고	漢保河南地 한 보 하 남 지
호족은 북쪽 변방의 먼지를 깨끗하게 했네	胡清塞北塵[2] 호 청 새 북 진
기나긴 세월 대전투를 치른 이후	連年大軍後 연 년 대 군 후
오래지 않아 세상이 안정되었을 때	不日小康辰[3] 불 일 소 강 진
검무는 이별을 가볍게 하고	劍舞輕離別 검 무 경 이 별
노래는 흥겨워 고통을 잊게 했네	歌酣忘苦辛 가 감 망 고 신
예로부터 장건을 그리며	從來思博望[4] 종 래 사 박 망
나라에 몸 바치며 제 몸을 생각하지 않았네	許國不謀身[5] 허 국 불 모 신

---

1 『全唐詩』권88
2 새북塞北: 북쪽의 변방 지역.
3 불일不日: 오래지 않아. 소강小康: 소란하던 세상이 조금 안정됨.
4 박망博望: 박망후博望侯. 한나라 장건의 봉호. 장건張騫은 한무제 때 월지국의 사신으로
   갔다가 흉노의 포로가 되었고 13년 만에 고국에 돌아와 박망후에 봉해짐.
5 허국許國: 나라에 몸을 바침.

295. 가을의 수심 3수
秋思 三首[1]

李白
이 백

호풍은 기러기 날개에 불어오는데	胡風吹雁翼 호 풍 취 안 익
멀리 떠나 헤어져서 사람 없는 곳에 있네	遠別無人鄉[2] 원 별 무 인 향
그대는 기러기 날아오는 곳과 가까이 있었으니	君近雁來處 군 근 안 래 처
몇 번이나 그대의 애간장을 태웠겠는가?	幾回斷君腸 기 회 단 군 장
옛날에 천 일 만에 편지를 받고	昔奉千日書 석 봉 천 일 서
마음을 어루만지며 세월을 원망했는데	撫心怨星霜[3] 무 심 원 성 상
편지가 오지 않은 것이 또 천일이니	無書又千一 무 서 우 천 일
세상살이 아득히 멀기만 하구나	世路重茫茫[4] 세 로 중 망 망
연나라에 미인이 있고	燕國有佳麗[5] 연 국 유 가 려
미인의 나이 어린 청춘이라지만	蛾眉富春光[6] 아 미 부 춘 광

---

1 『全唐詩』권486
2 원별遠別: 아주 먼 곳으로 떠나와 이별하게 됨.
3 성상星霜: 몹시 힘들고 괴로움. 여기서는 타향에서의 고된 세월을 뜻한다.
4 세로世路: 세상을 살아가는 길. 망망茫茫: 광대무변한 세월.
5 가려佳麗: 미인.
6 아미蛾眉: 미인. 춘광春光: 봄철의 풍광이나 경치를 일컫는데, 여기서는 청춘을 가리킨다.

그대가 늦게 돌아오니 저절로

그대의 빈방에서 꽃이 졌네

그대가 만약 이렇게 늦게 오지 않았다면

연말에 원앙쌍이 되었을텐데

토끼가 잠식한 잔월을 돌아보니

어두운 빛이 별빛만 못하네

여아는 만년에 남편을 섬기니

안색이 가을날 반딧불 같지만

가을날 변방의 말을 생각하는

무사는 편안하지 못하네

自然君歸晩
자 연 군 귀 만

花落君空堂[7]
화 락 군 공 당

君其若不然
군 기 약 불 연

歲晩雙鴛鴦[8]
세 만 쌍 원 앙

顧兎蝕殘月[9]
고 토 식 잔 월

幽光不如星[10]
유 광 불 여 성

女兒晩事夫
여 아 만 사 부

顏色同秋螢
안 색 동 추 형

秋日邊馬思[11]
추 일 변 마 사

武夫不遑寧[12]
무 부 불 황 녕

---

7 공당空堂: 텅 비고 적막한 대청.
8 세만歲晩: 한 해가 저묾. 연말.
9 잔월殘月: 날이 샐 무렵까지 남아 있어 빛이 희미해진 달. 새벽달.
10 유광幽光: 깊숙한 곳에서 빛나는 희미한 빛.
11 변마邊馬: 변방의 말.
12 무부武夫: 용맹스러운 사람. 무사武士. 황녕遑寧: 평안하다. 편안하다.

연가는 역수에서 슬프게 울리고 燕歌易水怨[13]
연 가 역 수 원

검무는 교룡의 비린내를 풍기네 劍舞蛟龍腥[14]
검 무 교 룡 성

바람은 연리지 나무를 꺾어버리고 風折連枝樹[15]
풍 절 연 지 수

물살은 꽃받침 없는 부평초를 뒤집네 水翻無蔕萍
수 번 무 체 평

출세한 이는 집집마다 많은데 立身多戶門
입 신 다 호 문

하필이면 연산에서 이름을 남기려 하는가? 何必燕山銘[16]
하 필 연 산 명

세상에 태어나 새보다 못하니 生世不如鳥
생 세 불 여 조

쌍으로 나란히 날아가는 비익조보다 못하구나 雙雙比翼翎[17]
쌍 쌍 비 익 령

…… ……

---

13 연가燕歌: 비장한 곡조의 노래를 말한다. 전국시대 연燕 나라의 자객 형가荊軻가 진왕秦
    王을 죽이려고 떠날 때 역수易水 위에서 "차가운 역수 가에 바람 쓸쓸한데 장사 한번 떠나
    면 다시 돌아오지 못하리라[『史記』 권86 「刺客列傳」 26: 風蕭蕭兮易水, 寒 壯士一去兮不復
    還]"라는 가사의 노래를 불렀다.
14 교룡蛟龍: 구름과 비를 일으키고 홍수는 낸다는 전설상의 용.
15 연지수連枝樹: 두 나무의 가지가 이어져 함께 남. 연리지連理枝.
16 연산燕山: 연연산燕然山을 가리키며 변방을 의미한다.
17 비익比翼: 비익조比翼鳥를 말함. 암수가 서로 나란히 나는 새. 비익조는 암수가 각각 눈
    하나에 날개가 하나씩이라서 짝을 짓지 않으면 날지 못한다. 연리지連理枝처럼 남녀(부
    부)의 사이가 깊고 애틋한 것을 의미한다.

296. 중양절에 파릉에 올라 주연을 베풀고 동정호의 군영을 바라보다
九日登巴陵置酒望洞庭水軍[1]

李白
이 백

중양절 하늘의 기운은 맑고	九日天氣淸 구 일 천 기 청
높은 곳에 오르니 가을 하늘에 구름 한 점 없네	登高無秋雲[2] 등 고 무 추 운
조물주는 산과 물을 일구어	造化闢川嶽[3] 조 화 벽 천 악
초나라와 한나라를 분명 나누었었네	了然楚漢分[4] 요 연 초 한 분
사나운 바람에 파도가 흔들렸지만	長風鼓橫波[5] 장 풍 고 횡 파
차례차례 잔잔한 물결을 재촉하네	合沓蹙龍文[6] 합 답 축 용 문
……	……

---

1 『全唐詩』 권180. 구일九日: 음력 9월 9일 중양절을 말함. 파릉巴陵: 산 이름. 파구巴丘라고도 하고 천악天岳이라고도 한다. 호남 악양성岳陽城(옛지명 巴陵)의 남서쪽 모퉁이에 둥팅호洞定湖가 있다.

2 등고登高: 높은 곳에 오르는 것. 중양절에 높은 산에 오르는 풍속이 있었다.

3 조화造化: 대자연의 창조자. 천악川嶽: 산과 시내.

4 요연了然: 분명한 모양. 명확한 모양.

5 장풍長風: 사나운 바람.

6 합답合沓: 차례차례로 그치지 않고 계속 옴. 용문龍文: 잔잔한 물결.

전쟁의 북소리 멀리서 서로 들었지만

검무가 석양을 되돌려 놓았었지!

그때 해는 황혼빛에 머물고

흥겨운 노래는 장수를 격려했으니

불길한 기운을 무너뜨릴 만했었네

......

戰鼓遙相聞
전 고 요 상 문

劍舞轉頹陽[7]
검 무 전 퇴 양

當時日停曛
당 시 일 정 훈

酣歌激將士[8]
감 가 격 장 사

可以摧妖氛
가 이 최 요 분

......

---

7   전국시대 노양공魯陽公이 한韓나라와 전쟁을 하다가 해가 저물었는데 창으로 해를 밀자
     해가 물러났다는 이야기가 전한다(『太平御覽』 권351 「兵部」 82).

8   감가酣歌: 흥이 고조된 노래. 또 술에 취해 노래 부르고 춤을 춘다는 뜻도 있다.

297. 웅율의 노주행을 전송하고 이중승을 만나다
餞雍聿之潞州謁李中丞[1]

韋應物
위응물

억수로 내리는 비를 만났지만

집 밖을 나오니 초원은 푸르고 푸르네

술 거나하여 검무를 추며

강개하게 그대의 행차를 전송하네

말을 달려 큰 강을 건넜는데

해 저물자 낙양을 그리워하네

......

鬱鬱雨相遇[2]
울 울 우 상 우

出門草青青
출 문 초 청 청

酒酣拔劍舞[3]
주 감 발 검 무

慷慨送子行
강 개 송 자 행

驅馬涉大河
구 마 섭 대 하

日暮懷洛京
일 모 회 낙 경

......

---

1 『全唐詩』 권189. 웅율雍聿: 위응물의 친구 혹은 동료로 추측된다. 노주潞州: 주명州名.
　 지금의 산시성 창즈시長治市. 이중승李中丞: 이중승은 중당 시대의 중신 이포진李抱眞이
　 다. 국토를 수호하고 지방 절도사의 반란을 견제하고 방어하는 데에 많은 공을 세웠다.
2 울울鬱鬱: 폭우가 내리는 모습을 묘사한 말. 상우相遇: 만나다. 마주치다. 雨가 兩인 판본
　 도 있다.
3 주감酒酣: 술을 얼큰하게 마시고 흥이 난 상태.

298. 칠언
七言[1]

呂 巖
여 암

......

진눈깨비가 부슬부슬 내리고 하늘은 이미 저무는데

금종소리 가득하니 금 연주를 권하네

시를 자리에서 한참 동안 읊는데

연회석 앞에서 바람처럼 빠르게 검무를 추네

무슨 일로 한밤중에 술잔 띄우고

갑자기 성난 눈은 곧바로 하늘을 향하는가?

충효를 무너뜨린 사람이 누구인지 몰랐는데

몇 사람의 머리를 가지고 좌중으로 들어오네

......

......

雨雪霏霏天已暮[2]
우 설 비 비 천 이 모

金鍾滿勸撫焦桐[3]
금 종 만 권 무 초 동

詩吟席上未移刻[4]
시 음 석 상 미 이 각

劍舞筵前疾似風
검 무 연 전 질 사 풍

何事行杯當午夜[5]
하 사 행 배 당 오 야

忽然怒目便騰空
홀 연 노 목 변 등 공

不知誰是虧忠孝
부 지 수 시 휴 충 효

携箇人頭入坐中
휴 개 인 두 입 좌 중

......

1　『全唐詩』권857

2　비비霏霏: 비가 약하게 내리는 모양.

3　초동焦桐: 좋은 금琴.

4　이각移刻: 잠깐. 잠시.

5　행배行杯: 술잔을 띄워 보냄. 즉 술잔을 돌리는 것을 말함. 고대 풍속에 굽이진 물가에 모여 앉아 상류에서 술잔을 띄워 놓고 술잔이 흐르다 멈추면 그 앞에 앉은 사람이 술을 마신 일에서 유래함.

299. 유주의 밤 술자리
幽州夜飲[1]

張說
장 설

서늘한 바람이 밤비를 불어와	涼風吹夜雨[2] 양 풍 취 야 우
소슬하게 차가운 숲을 흔드네	蕭瑟動寒林[3] 소 슬 동 한 림
때마침 고당에서 연회가 열린다니	正有高堂宴 정 유 고 당 연
늙어가는 쓸쓸한 마음을 잊을 수 있겠네	能忘遲暮心[4] 능 망 지 모 심
군중에서는 마땅히 검무를 추고	軍中宜劍舞 군 중 의 검 무
변방에서는 갈대피리 소리 거듭 울리겠지	寒上重笳音 한 상 중 가 음
변방의 장수가 되지 않았더라면	不作邊城將 부 작 변 성 장
누가 은우의 깊음을 알겠는가?	誰知恩遇深[5] 수 지 은 우 심

---

1 『全唐詩』 권87. 유주幽州: 당나라 때 범양군范陽郡으로서 지금의 북경 부근의 탁현涿縣. 당시 동북의 변방이었다.
2 양풍涼風: 서늘한 바람.
3 소슬蕭瑟: 가을바람 소리. 쓸쓸하고 처량함. 한림寒林: 가을과 겨울철의 숲.
4 지모遲暮: 만년晚年.
5 은우恩遇: 천자의 지우知遇. 지우는 자기의 재능이나 인품을 남이 잘 알고 잘 대우함을 가리킨다.

300. 종군행을 전하다
貽從軍行[1]

儲光羲
저 광 희

......

꿈에 신선의 세계로 떠났다가

꿈에 창해궐로 돌아왔네

만 리 끝까지 온통 어두컴컴한데

어찌 나를 위해 이별하는가?

말 위에서 피리를 부니 찬 바람이 일고

길가에서 검무를 추니 봄 눈이 날리네

사내가 활을 거는 것은 하루가 아니니

그대는 가서 높은 절개를 지키게

......

夢出鳳林間[2]
몽 출 봉 림 간

夢還滄海闕
몽 환 창 해 궐

萬里盡陰色
만 리 진 음 색

豈爲我離別
기 위 아 이 별

馬上吹笛起寒風
마 상 취 적 기 한 풍

道傍舞劍飛春雪
도 방 무 검 비 춘 설

男兒懸弧非一日[3]
남 아 현 호 비 일 일

君去成高節
군 거 성 고 즉

---

1 『全唐詩』권138. 종군행從軍行: 악부 상화가사의 곡 이름이다. 대부분 변방의 정황과 군사들의 생활을 읊었다. 현존하는 가장 오래된 작품은 삼국시대 위魏나라 좌연년左延年의 작품이며 이후 많은 작가가 읊었는데 당나라 왕창령王昌齡의 작품이 가장 유명하다.

2 봉림鳳林: 선경. 봉황이 사는 곳.

3 현호懸弧: 옛날 풍습으로 집안에서 남자아이를 낳으면 문 왼쪽에 활을 한 장 걸었다. 현호는 곧 남자아이의 생일을 의미한다.

만랑의 검무를 예찬하다

漫浪舞歌[1]

李 達
이 달

기이하구나! 만랑옹은 산과 바다 가운데 있으면서 서하에서 깃든 달빛 즐기며

마음은 높이 나는 기러기를 생각하네

奇乎哉! 漫浪翁海山中 棲霞弄月 神想雲鴻[2]
기 호 재　만 랑 옹 해 산 중　서 하 농 월　신 상 운 홍

백원옹의 칼을 헤아리고 청의동자의 춤을 배워서

봉래산에서 서왕모를 뵙고 다시 천풍을 타고 내려왔네

說劍白猿[3] 學舞青童[4] 蓬山謁金母[5] 却下乘天風[6]
설 검 백 원　학 무 청 동　봉 산 알 금 모　각 하 승 천 풍

1　만랑무가漫浪舞歌: 만랑옹漫浪翁이라는 검무가劍舞家의 신묘한 검무 솜씨를 악부시의 형식을 빌려 만랑옹의 검무 동작을 읊은 것. 『손곡시집蓀谷詩集』 권2 「가歌」 「만랑무가」에 전하는 내용이다. 중국사신 주지번朱之蕃은 이 시를 두고 이백의 시와 차이가 없다고 감탄하였다 한다. 이달李達(1539~1610) 자는 익지益之 호는 손곡蓀谷·서담西潭·동리東里. 박순朴淳의 문인으로 최경창崔慶昌·백광훈白光勳과 함께 삼당시인三唐詩人으로 불림(한국고전종합DB 한국문집총간 해제 부분 인용).

2　서하棲霞: 산 이름. 운홍雲鴻: 하늘을 나는 기러기.

3　백원白猿: 백원공白猿公. 백원공은 고대에 검술을 잘했다고 전해지는 사람이다.

4　청동靑童: 청의동자靑衣童子. 선동仙童. 신선의 시중을 드는 푸른 옷을 입은 아이를 말한다.

5　금모金母: 서왕모西王母. 곤륜산에 산다는 전설상의 여신.

6　천풍天風: 하늘 높이 부는 바람.

연회 자리의 휘장 화당에 높이 펄럭이고 수 적삼 금박 띠 비단옷 향기로운데

봉황이 퉁소를 불고 난새 피리 연주하자

옹이 춤추려 하니 정신이 휘날리네

瓊筵寶幄敞畫堂[7] 繡衫鈿帶羅衣香 鳳吹簫兮鸞鼓簧 翁欲舞神飄揚

경 연 보 악 창 화 당　　수 삼 전 대 나 의 향　　봉 취 소 혜 난 고 황　　옹 욕 무 신 표 양

한 박자에 비로소 손을 빼서 올리니 붕새가 느리게 두 날개로

바다 물결을 치고 멀리 가려고 당기니 힘찬 기세로구나

一拍手始擧 鵬騫兩翼擊海浪 遠控扶搖勢[8]

일 박 수 시 거　　붕 건 양 익 격 해 랑　　원 공 부 요 세

두 번째 박자에 옷 소매를 돌리니 놀래키는 천둥과 급한 번개가

푸른 하늘에 날고 세 박 네 박의 변화 예측할 수 없이

용이 오르고 범이 움켜쥐듯 서로 엉기어 휘두르네

再拍衫袖旋驚雷急電飛靑天 三拍四拍變轉不可測 龍騰虎攫相奮搏

재 박 삼 수 선 경 뢰 급 전 비 청 천　　삼 박 사 박 변 전 불 가 측　　용 등 호 확 상 분 단

순식간에 활시위를 떠난 화살 같고 급히 틈을 지나는 망아지처럼

앞으로 기울고 뒤로 넘어져 버티지 못할 것 같고

좌로 돌다 우로 쫓으니 견디지 못할 것 같네

倏若箭離弦 疾如駒過隙 前傾後倒若不支 左盤右蹙如不持

숙 약 진 리 현　　질 여 구 과 극　　전 경 후 도 약 부 지　　좌 반 우 축 여 부 지

7　경연瓊筵: 푸짐하고 진귀한 잔치. 보옥寶幄: 아름다운 장막. 화당畫堂: 궁중의 채색한 전당.

8　부요扶搖: 붕새가 북명北冥에서 남명南冥으로 날아갈 때 회오리바람을 치고 9만리로 올라갔다(『장자』「소요유」).

신이 출몰한 듯 귀신이 숨는 듯 나타나고 사라짐이 때가 없고

벼락처럼 도끼를 휘두르며 비바람에 성내는 소리를 내네

神之出兮鬼之沒 出沒無時 霹靂揮斧 風雨聲怒
신 지 출 혜 귀 지 몰　출 몰 무 시　벽 력 휘 부　풍 우 성 노

동해 위 금강산 일만 이천 봉우리

언덕과 산을 차고 오르니 바위와 골짜기 가파르게 높구나

東海上金剛一萬二千多少峯 丘巒騰躑 巖壑寵嵸
동 해 상 금 강 일 만 이 천 다 소 봉　구 만 등 척　암 학 롱 종

가장 높은 비로봉은 하늘을 찌르고 충진 낭떠러지는

거꾸로 매달려 구룡폭포를 감추고 폭포 만 척 길이는

옥의 허물을 씻으려고 부질없이 삼백 굽이에 내뿜는구나!

最高毗盧峯揷空 層厓倒掛藏九龍 懸流萬尺洗玉壁[9] 噴石三百曲
최 고 비 로 봉 삽 공　층 애 도 괘 장 구 룡　현 류 만 척 세 옥 벽　　분 석 삼 백 곡

노인이 이를 깨달아 아주 작은 것도 다 마음속에 옮기니 홀로 오묘한 대자연의

이치를 빼앗고 너울너울 춤추는 긴 소매 마음이 좋아

대자리 앞으로 향해 오며 천만 가지를 나타내네

此翁得之豪髮盡移胸中[10] 獨奪造化妙 長袖蝙躚性所好 向來筵前千萬狀
차 옹 득 지 호 발 진 이 흉 중　　독 탈 조 화 묘　장 수 편 선 성 소 호　향 래 연 진 천 만 상

9　현류懸流: 높은 곳에서 쏟아지는 물줄기. 폭포를 가리킨다.

10　호발毫髮: 가느다란 털, 아주 작은 물건을 가리킴.

이 산에 더불어 모여 호기롭게 씩씩함 다투니

기이하구나 만랑옹이여! 혼탈무는 언제 끝낼 것인가?

會與此山爭豪壯[11] 奇乎哉漫浪翁 渾脫何時窮[12]
회 여 차 산 쟁 호 장　　기 호 재 만 랑 옹　혼 탈 하 시 궁

공손대랑과 동시대에 태어나지 않아

칼춤으로 자웅을 겨루지 못해 한스럽고

세상에 장욱이 없으니 누가 능히 기이한 글자를 배우겠는가?

恨不與公孫大娘生同時 舞劍器決雌雄 世上無張顚[13] 誰能學奇字
한 불 여 공 손 대 랑 생 동 시　무 검 기 결 자 웅　세 상 무 장 전　　수 능 학 기 자

설령 공손대랑과 같은 시대에 살았어도

공손대랑이 반드시 그보다 뛰어나다고 하진 못할 것이네

縱使公孫大娘生同時[14] 公孫大娘未必能勝此
종 사 공 손 대 랑 생 동 시　　공 손 대 랑 미 필 능 승 차

11　호장豪壯: 호기롭고 씩씩함, 세력이 강하고 왕성함, 호화롭고 굉장함.

12　혼탈渾脫: 혼탈무渾脫舞. 당나라 교방의 기녀 공손대랑은 검무를 매우 잘 췄다. 그가 혼
탈무를 출 때, 회소懷素는 그 춤을 보고서 초서草書의 신묘함을 터득했고, 서예가인 장욱
張旭도 공손대랑의 검무를 보고 난 후 그의 초서가 신묘함에 이르렀다고 한다.

13　장전張顚: 서예가 장욱의 별칭. 초서를 아주 잘 썼는데 술이 한껏 취하면 머리털에다
먹을 묻혀 미친 듯이 초서를 썼으므로 남들이 전장顚張이라고 했다(『唐書』 권202 참조).

14　공손대랑公孫大娘: 현종玄宗 개원開元 연간의 유명한 무용수. 『태평어람』에는 『명황잡록』
을 인용하여, "공손대랑은 〈검무〉를 잘 췄다. 〈인리곡隣里曲〉과 〈배장군만당세裵將軍滿堂
勢〉, 〈서하검기혼탈劍器西河渾脫〉을 잘 춰서 당시에 으뜸이었다."라고 전한다(『태평어람』
권22).

저자 소개

고적高適(702?~765)

자는 달부達夫. 발해渤海 수현蓨縣(지금의 허베이성 경현景縣) 사람. 생업에 종사하지 않고 산동과 하북 지방을 방랑하며 이백·두보 등과 사귀었다. 시는 호쾌하면서도 침통하다. 특히 전쟁으로 인한 변경에서의 외로움과 이별의 비참함을 읊은 변새시邊塞詩가 뛰어나다. 잠삼과 이름을 나란히 해 '고잠高岑'으로 불렸다. 저서에 『고상시집高常詩集』이 있다.

고황顧況

생몰연대 미상. 자는 포옹逋翁, 자호는 화양산인華陽山人이다. 시가를 잘 지었고 산수화에 능했다. 정원 5년(789) 탄핵을 받아 요주사호饒州司戶로 폄적되자, 집안을 모두 이끌고 모산茅山에 은거했다. 시는 평범하고 통속적인 언어로써 뜻을 중시했으며 하층 민중의 생활상을 담는 데 노력했다. 대표작에 「죽지사竹枝詞」와 「공자행公子行」, 「행로난行路難」 등과 『화양집華陽集』이 있다.

공덕소孔德紹

생몰연대 미상. 회계會稽 사람이며 대략 수나라 말기와 당나라 초에 살았다. 공백어의 아들이자 공종호의 손자이자 공자의 34세손이며 공민행의 5세조이다. 두건덕竇建德을 섬겼으며 후에 내사시랑內史侍郎이 되었다. 두건덕이 패하자 태종이 그를 죽였다.

교연皎然(720?~800?)

당나라 중기의 선승禪僧. 성은 사謝 이름은 주畫 또는 청주淸晝. 만년의 자는 청기淸晝. 저장성 오흥吳興 사람. 진나라의 시인 사령운謝靈運의 10대손이다. 현종 때 태어난 것으로 추정되는데 젊어서는 경사經史와 백가百家를 섭렵했으나 삽계雪溪에 은거하여 불도에 입문했다. 출가한 뒤에도 시를 좋아하고 고전에 관한 조예가 깊어 안진경을 비롯한 당시의 명사들과도 교제하면서 이름을 떨쳤다. 저산杼山 묘희사妙喜寺에 거주하며 육우陸羽·오계덕吳季德·이악李崿·황보증皇甫曾 등과 교유했다. 시는 근체보다 고체시나 악부에 뛰어났으며 중후한 형식 속에 솔직한 감회가 흐르고 있다. 제기齊己·관휴貫休와 함께 당나라의 삼대시승三代詩僧으로 꼽힌다. 저서에 시문집 10권과 시론『시식詩式』과『시평詩平』이 있다.

대숙륜戴叔倫(732~789)

자는 유공幼公 또는 차공次公. 시를 잘 지었고 청담을 잘했으며 문학으로 유명했다. 어렸을 때 소영사蘇穎士에게 배웠다. 덕종德宗 건중建中(780~783) 때 무주자사撫州刺史에 올랐다. 주민들이 해마다 관개 때문에 싸우는 것을 보고 균수법을 실시해 골칫거리를 해결했다. 정원貞元 4년(788) 용주자사容主刺史로 옮기고 어사중승御史中丞 용관경략사容管經略使를 겸했다. 다음 해에 도사가 되려 했으나 얼마 뒤 죽었다. 저서에『술고述稿』10권이 있는데 이미 산실 되었다. 명나라 사람이 집본한『대숙륜집』이 있다. 그의 시는『전당시』에 2권으로 편집되어 있다.

두목杜牧(803~852)

자는 목지牧之 호는 번천樊川 당나라 경조京兆 만년萬年 사람. 두우杜佑의 손자다. 일찍이『손자병법』에 주석을 달았고 문장과 시에 능했다. 이상은李商隱과 더불어 '이두李杜'로 불렸다. 작품이 두보와 비슷해서 '소두小杜'로도 불렸다. 나중에 병이 들자 스스로 묘지墓志를 지었는데 자신이 지은 문장을 모두 불태우라고 했다. 만당 시대의 시인에 어울리게 말의 수식에도 능했지만 내용을 보다 중시했다. 대표작으로 「아방궁부阿房宮賦」 외에 「강남춘江南春」과 『번천문집樊川文集』 20권 등이 있다.

두보杜甫(712~770)

자는 자미子美. 진晉나라 두예杜預의 13대손이며 두심언杜審言의 손자이다. 두보는 유가의 가정에서 성장하여 천보 초에 장안으로 와서 과거에 응시했으나 낙방했다. 이에 8, 9년 동안 남쪽으로는 오월 지역과 북쪽으로는 제조 지역을 여행하며 이백·고적 등과 사귀었다. 안녹산의 난이 일어나서 장안이 함락되자 두보는 가족을 거느리고 부주鄜州 강촌羌村으로 피난을 갔다가 반란군의 포로가 되었다. 현종이 촉으로 피난가고 숙종이 영무靈武에서 즉위하자 두보는 탈출하여 영무로 가서 배알하고 좌습유左拾遺에 임명되었다. 건원乾元 2년(759)에 벼슬을 버리고 서쪽으로 가서 진주秦州와 동곡同谷을 거쳐 촉으로 들어가서 성도의 초당草堂에 안주했다. 대력 3년(768)에 기주를 떠나 여러 곳을 떠돌다가 침주郴州로 가는 도중 뇌양耒陽에서 빈곤과 병으로 배 안에서 객사했다. 향년 59세였다.

등향滕珦(754~840)

무주婺州(지금의 저장성 금화金華) 사람. 천성이 총명하고 학문이 깊다. 당나라 건중 원년(780)에 진사가 되었다. 원화 7년(812) 태학박사에 임명되었으며 대화 3년 우서자右庶子를 역임했고 노년에 무주로 돌아왔다. 소박하게 살면서 얽매이는 것을 싫어했다. 도연명을 늘 동경했다. 『신당서』「예문지」에 저서 『등향집滕珦集』 7권이 있었는데 지금은 모두 없어졌다. 『전당시』 권253에 시 한 수가 있고, 『당문습유唐文拾遺』 권29에 문장 한 편이 전한다.

나은羅隱(833~909)

여항餘杭 사람. 자는 소간昭諫이고 호는 강동생江東生이며 본명은 횡横이다. 일찍이 십여 차례 과거에 낙방하자 이름을 바꿨다. 주전충朱全忠(852~912, 후량後梁의 개국 황제)이 그의 인물을 아껴 불렀지만 응하지 않았다. 어려서부터 재능이 있었고 특히 시에 뛰어나 이름이 높았다. 많은 저작이 있었으나 현재 남아 있는 것은 『참서讒書』·『갑을집甲乙集』·『양동서兩同書』 등이다.

맹교孟郊(751~814)

자는 동야東野 호주湖州 무강武康(지금의 저장성 덕청현德淸縣) 사람. 장적張籍이 내린 시호는 정요선생貞曜先生이다. 곤산昆山에서 태어났고 젊어서 숭산嵩山에 은거했다. 덕종 정원 12년(796)에 진사에 합격하고 율양위溧陽尉가 되었으나 곧 사직했다. 헌종憲宗 원화 원년(806)에 협률랑을 지냈다. 원화 9년(814)에 정여경鄭餘慶이 산남서도절도사山南西道節度使가 되어 흥원군참모興元軍參謀로 맹교를 추천하여 가족을 이끌고 부임하러 가던 도중에 하남河南 문현閿縣에서 병사했다. 가도賈島와 이름을 나란히 해서 '교도郊島'라 불렸으며 한유韓愈와 친했다. 맹교는 오언시가 뛰어났는데 시풍은 수경瘦硬하여 '교한도수郊寒島瘦'라 하였다. 외면적인 고풍 속에 예리하고 창의적 감정과 사상이 담겨 있다. 북송의 강서파에 영향을 끼쳤고 저서에 『맹동야시집孟東野詩集』 10권이 있다.

방간方干(836~888)

자는 웅비雄飛 호는 현영玄英 목주睦州 청계淸溪(지금의 저장성 순안현淳安縣) 사람. 사람됨이 질박하고 꾸밈이 없었으며 사람을 보면 세 번 절을 하고 "예교의 수는 삼이다"라고 말해 사람들이 '방삼배方三拜'라 불렸다. 서응徐凝이 한 번 보고는 기이하게 여겨 시율을 가르쳐 진사시험에 응시하게 했지만 합격하지는 못했다. 의종懿宗 함통咸通(860~873) 중에 회계會稽의 감호鑑湖에 은거했다. 태수왕구王龜가 표를 올려 천거하려고 했지만 왕구가 갑자기 죽는 바람에 일이 이루어지지 않았다. 죽은 뒤 제자들이 '현영선생玄英先生'이라고 시호를 지었다. 공명을 얻지는 못했지만 시명은 꽤 컸던 시인이다. 『전당시』에 6권 348편이 전한다.

배서裵諝

생몰연대 미상. 본적 원적 출생지 모두 분명치 않다.

백거이白居易(772~846)

자는 낙천樂天, 하봉下封(陝西省 渭南縣) 사람. 정관 16년(800)에 진사가 되어 원진과 함께 비서성교서랑에 임명되었다. 만년에 낙양洛陽 향산사香山寺에 우거寓居하여 자호를 향산거사香山居士라고 했다.

『구당서』「백거이전」에 "계림雞林(新羅)의 상인들이 백거이의 시를 사서 구하려 함이 몹시 간절했다. 스스로 말하기를 본국의 재상께서 항상 일금으로 시 한 편과 바꿔주었는데, 심하게 위작된 것은 재상께서 금방 판별해 낼 수 있었습니다"라고 전한다.

사언謝偃(599~643)

수나라 말기 당나라 초 위주衛州 위현衛縣(지금의 허난성 준현浚縣과 위현衛賢) 사람으로 본래 성은 직륵씨直勒氏인데 산기상시散騎常侍에 임명된 후 성을 사씨謝氏로 바꾸었다. 현재 시 네 수가 남아 있다.

사공도司空圖(837~908)

자는 표성表聖. 하중河中(지금의 산시성 영제현永濟縣) 사람이다. 당말에 환관이 발호하고 당쟁이 극심해지자 887년 관직을 사임하고 중조산中條山 왕관곡王官

谷에 은거하며 시작詩作에 전력했다. 그가 지은『24시품二十四詩品』은 '웅혼雄渾'에서 '유동流動'까지 24종류의 미적 범주를 사언시로 서술한 시평론서로서 그의 문학사상을 잘 보여주고 있다. 그밖에『여왕가평시서與王駕評詩書』·『여이생론시서與李生論詩書』등의 시론 저작과 시문집『사공표성문집司空表聖文集』10권이 전한다.

서인徐夤

생몰연대 미상. 당대 문학가. 서인徐寅 또는 서인徐夤으로 칭한다. 자는 소몽昭夢. 보전현莆田縣(지금의 푸젠성 포전시莆田市) 사람이다. 박학다식하고 다재다능했다고 전한다. 특히 부를 짓는 데에 뛰어났다고 한다. 당말에서 오대 사이에 문학가로 이름이 났다. 문집에는『서정자시부徐正字詩賦』2권이 있는데 부 여덟 수와 68수의 시가 실려 있다.

서현徐鉉

생몰연대 미상. 당나라 말기로부터 송나라 초기에 걸쳐 산 대학자. 북송 양주揚州 광릉廣陵 사람이다. 자는 정신鼎臣이고 서연휴徐延休의 아들이다. 10여세에 이미 문장을 잘 지었고 한희재韓熙載와 더불어 '한서韓徐'로 병칭되었다고 한다. 일찍이『설문해자』를 다시 교정하고『문원영화文苑英華』의 편찬에도 참여했다. 저서에『기성집騎省集』과『서문공집徐文公集』30권이 전한다.

서원정徐元鼎

생몰연대 미상. 당대 시인. 대표작으로「태상시에서 성수악 춤을 보다太常寺觀舞聖壽樂」가 전한다.

석의石倚

생몰연대 미상. 본적 원적 출생지 모두 분명치 않다.

설능薛能(817?~880)

분주汾州 사람. 자는 대졸大拙. 무종武宗 회창會昌 6년(846) 진사가 되었다. 의종宣宗 함통咸通 연간(860~874)에 가주자사嘉州刺史와 경조윤京兆尹 그리고 공부상서工部尚書 등을 역임했으며 서주절도사를 끝으로 관직에서 은퇴했다. 희종僖宗 광명廣明 원년(880) 주급周岌이 그를 몰아내고 그의 가족들을 도살했다. 시를 잘 지었는데 날마다 부 한편씩을 지었다. 저서에 문집 10권과 『번성집繁城集』 1권과 『강산집江山集』·『허창집許昌集』이 있고, 『전당시』에는 시가 4권으로 편성되어 있다.

설요薛曜

생몰연대 미상. 자는 이화異華. 적포주籍蒲州 분음汾陰(지금의 산시성 만영현萬榮縣 서쪽) 사람. 대대로 문인 집안이며 문학으로 이름을 알렸다. 성양공주城陽公主(당 태종의 딸)에게 장가를 갔고 아들 소는 태평공주(당 고종의 딸)에게 장가를 갔다. 관직은 정간대부正諫大夫. 문집 20권이 있으며 『전당시』에 시 8수가 전한다.

시견오施肩吾(780~861)

자는 희성希聖. 지금의 저장 성 동려현桐廬縣 분수진현分水鎭賢 덕촌德村 사람. 헌종 15년(820) 원화 때에 진사시험에 급제하였다. 목종穆宗 장경長慶(821~824) 때에 벼슬을 내놓고 은거하였다. 홍주洪州의 서산西山으로 물러나 몸을 감춘 뒤에는 다시는 벼슬길에 나아가지 않았다. 스스로 칭하기를 원화진사元和進士라고 하였다. 저서에 『서산집西山集』 10권과 「한거시閑居詩」 백여 수가 전한다.

심전기沈佺期

생몰연대 미상. 상주相州 내황內黃 사람. 자는 운경雲卿. 고종 상원 2년(675) 진사에 급제했다. 무측천 장안長安 연간(701~705)에 거듭 승진하여 통사사인通事舍人에 올라 『삼교주영三教珠英』 편찬에 참여했다. 협률랑을 거쳐 급사중給事中과 고공원외랑考功員外郎에 올랐다. 중종 신룡神龍(705~707) 초에 장역지張易之에게 아첨한 죄로 중종 때 환주驩州로 유배되었다. 나중에 기거랑起居郎에 오르고 수문관직학사修文館直學士가 더해져 항상 궁중의 연회에 참여했다. 중서사인과 태자첨사太子詹事를 역임했다. 시를 잘 지었고 칠언시에 능해 처음으로 칠언율시 체제를 완성했다. 송지문宋之問과 함께 '심송'이라 병칭되었다. 초당사걸의 뒤를 계승하여 율시라는 새로운 시형의 운율을 완성했다. 칠언율시 「고의古意」는 『당시선』에도 수록이 될 정도로 유명하다.

양형楊衡

대략 766년 전후에 살았다. 자는 중사仲師, 오흥吳興 사람. 천보 연간(742~756)에 강서江西에 피해 살았다. 부재符載·이군李群·이발李渤(『전당시』에는 符載·崔群·宋濟로 되어 있다) 등과 함께 오두막집에 은거했다. 결초당結草堂이 오로봉五老峰 아래에 있어서 '산중의 4명의 벗[山中四友]'이라고 불렀다. 매일매일 금琴과 술로 서로 즐겼다. 양형이 지은 시집 1권과 『당재자전唐才子傳』이 세상에 전한다.

양거원楊巨源(755~832?)

자는 경산景山 하중河中(산시성 영제永濟) 사람. 정원 5년(789)에 진사에 합격하고 장홍정張弘靖의 종사관을 지냈다. 양거원은 시에 뛰어나서 한유·장적·백거이 등에게 지우를 받았고, 영호초令狐楚·이봉길李逢吉과 매우 친했다. 『시수』에서 양거원의 시를 평하여 "중당의 격조 가운데 최고이다"라고 했다.

양경술楊敬述

생몰연대 미상. 하서절도사河西節度使를 지냈고 작품에 「봉화성제하일유석종산奉和聖制夏日遊石涼山」과 사패詞牌 〈바라문婆羅門〉이 전한다.

양사도楊師道

생몰연대 미상. 자는 경유景猷, 화음華陰사람. 수隋의 종실宗室이다. 당나라 정관(627~649) 중에 조정의 일에 참여했는데, 마음이 나약하고 경험이 부족하여 위급한 일은 마음 놓고 맡길 수 없는 인물이었다고 한다.

소욱蘇郁

생몰연대 미상. 정원(785~804)과 원화(806~820) 연간의 시인으로 『전당시』에 「앵무사鸚鵡詞」가 전한다.

여암呂巖

생몰연대 미상. 당나라 때 선인仙人으로 자는 동빈洞賓이다. 호는 순양자純陽子이고 회도인回道人이라 자칭했다. 종남산終南山에서 수도한 팔선八仙의 한 사람으로 전해진다. 『열선전전列仙全傳』에 보면 과거에 실패한 다음 64살 때까지 장안의 술집을 전전하다가 종리권鍾離權을 만나 종남산 학령鶴嶺에 가서 상청비결上淸秘訣을 전수받았다고 한다. 그의 이론은 연단법鉛丹法을 내공법內功法으로 바꾸었고 검술을 탐욕과 애욕번뇌 등을 자르고 제거하는 지혜로 여겼다는 데에 있으며 이후 북송 도교 교리의 발전에 큰 영향을 끼쳤다.

영호환令狐峘(?~805)

의주宜州 화원華原(지금의 산시성 요현耀縣) 사람. 영호덕분令狐德棻의 5대손으로 사학자이다. 그는 박학하고 시문을 잘 지었다. 당 현종 천보(742~756) 말년에 진사에 들었는데 '안사의 난'이 발생하여 결국 남산으로 피신했다. 숙종 조에 그는 비로소 화원현에 부임했다. 대종 대력 연간(766~779)에 형부원외랑刑部員外郎으로 부임했다가 사봉랑중司封郎中으로 옮겼으며 곧 사관의 일을 겸하였다. 그는 지식이 깊고 넓었으나 성격이 고집스러웠기 때문에 여러 차례 핍박을 받았다고 한다.

오균吳筠(?~778)

화주華州 화음華陰 사람. 자는 정절貞節이다. 어려서부터 경전에 통달하고 문장을 잘 지었다. 진사시에 합격하지 못하자 남양 의제산倚帝山에 은거하여 도사가되었다. 현종 천보(742~756) 초에 불려 서울[京師]에 와서 대조한림待詔翰林이 되어 「현망玄綱」 세 편을 지어 바쳤다. 이백·공소부孔巢父 등과 섬중剡中에 근거하여 때때로 시를 주고받았다. 현종이 도에 대해 묻자 "임금께서 유의할 바가 아니다[非人主所宜留意]"라고 대답하기도 했다. 그가 진술한 것은 모두 명교와 세상에 관한 것이었다. 고력사에 참소당하자 극구 숭산嵩山으로 돌아갈 것을 희망하다가 나중에 회계會稽 섬중에서 죽었다. 제자들이 종원선생宗元先生이라는 시호를 바쳤다. 문집 10권이 있었지만 전해오지 않고 후대 사람이 편찬한 『종원집』에 시 120여 수와 문장 20여 편이 실려 있다. 은거 생활을 묘사하고 산천을 유유자적하는 심정을 그린 작품들이 대부분이다.

온정균溫庭筠(801?~866, 812~870?)

본명은 기岐 자는 비경飛卿 태원太原(산시성 기현祁縣) 사람. 재상 온언박溫彦博의 후손이다. 젊어서부터 영민했는데 재사才思가 염려艶麗하고 운격韻格이 청발淸拔했다. 사장詞章을 잘 지어서 이상은李商隱과 함께 '온리溫李'라고 병칭되었다. 대중大中(847~860) 초에 여러 번 진사시험에 응시했으나 낙방했다. 서상徐商이 양양襄陽을 진수鎭守할 때 그를 순관巡官으로 삼았다. 나중에 수현위隋縣尉를 지냈다. 당나라 해체기의 시정을 가장 잘 대표하는 따뜻하고 색채가 넘치는 관능적 세계를 만들어냈다. 유행가요였던 사를 서정시의 위치로 끌어올리는 데에도 많은 공적을 남겼다. 사는 풍격이 농염하고 규정의 정취를 물씬 풍겨 나중에 『화간집花間集』에 들었는데 화간파사의 으뜸으로 위장韋莊과 이름을 나란히 해 '온위溫韋'로 불렸다. 저서에 『온비경시집溫飛卿詩集』 7권과 『금전집金筌集』, 『채다록採茶錄』 등이 있다.

옹승찬翁承贊

생몰연대 미상. 오대십국의 하나인 민閩(892~946, 왕심지王審知가 복건성 지역에 세운 나라)의 평장사平章事였다. 자는 문요文堯, 복당福唐(지금의 푸첸성 복청福淸) 사람. 당 건영乾寧 3년(896)에 진사였고 경조부 장군이었으며 호부원외랑을 지냈다.

왕건王建(766?~830?)

자는 중초仲初 영천潁川(허난성 쉬창시許昌市) 사람이다. 헌종 원화(806~820) 때 처음으로 벼슬하여 소응현승昭應縣丞이 되었다. 태부시승·태상시승·비서승을 역임했다. 문종 태화 연간(827~835)에 섬주사마陝州司馬로 나가 왕사마로도 불린다. 만년에 벼슬을 버리고 함양咸陽에 은거했다. 일생을 한직에서 불우하게 지냈다. 악부시에 능해 장적張籍과 이름을 나란히 해서 '장왕악부'라 불렸다. 하층 민중들의 생활상을 시로 노래했다. 특히 궁사 1백수가 있어 인구에 널리 회자되었다. 문집에 『왕사마집王司馬集』이 있다.

왕애王涯(764~835)

자는 광진廣津 태원太原 사람이다. 대략 당 대종 광덕廣德 2년(764)에 태어나 문종 태화 9년(835) 70여 세에 죽었다. 박학하고 문장에 뛰어났으며 원정貞元

8년(792) 진사로 추천되었고 나중에 한림학사翰林學士가 되었다.

왕예王叡

생몰연대 미상. 호는 자곡자炙轂子. 원화 연간(806~820) 이후의 시인. 가도賈島 등과 교유했다.

왕유王維(701~761)

자는 마힐摩詰 원적은 태원太原. 기祁(지금의 산시성 기현祁縣) 사람. 나중에 하동河東으로 적을 옮겼다. 『하악영령집河嶽英靈集』에서 "왕유의 시는 사가 수려하고 조는 우아하고, 의意는 참신하고 이치는 적합하다. 샘물에서는 구슬을 이루고 벽에서는 그림을 이루는데 한 글자 한 구절이 모두 상경常境에서 벗어났다."라고 했다. 소식은 『동파지림東坡志林』에서 "마힐摩詰(왕유)의 시를 음미해보면 시 속에 그림이 있고, 마힐의 그림을 살펴보면 그림 속에 시가 있다."라고 했다. 왕유는 맹호연과 함께 성당의 산수전원시파를 대표하는 시인으로 후세에 많은 영향을 끼쳤다.

왕창령王昌齡(698?~757?)

자는 소백少伯, 태원太原 사람. 일설에는 강녕江寧 사람이라고 한다. 『전당시』에 "그의 시는 실마리가 긴밀하고 사상이 맑아 당시 왕강녕王江寧이라 불렀다. 은번殷璠이 말하기를 '원가元嘉 이후 4백 년 이내 조식曹植·유정劉楨·육기陸機·사조謝朓의 풍골이 없어졌는데 이윽고 태원太原의 왕창령과 노국魯國의 저광희儲光羲가 그 자취를 이을 수 있었다. 두 사람은 기氣는 같았으나 체體는 달랐는데 왕창령이 약간 더 명성이 높았다.'라고 전한다. 왕창령은 칠언절구에서 이백과 더불어 가장 뛰어난 시인으로 평가된다.

원진元稹(779~831)

자는 미지微之. 하남河南 하내河內(지금의 허난성 심양현沁陽縣 일대) 사람. 15세에 명경과明經科에 합격하여 교서랑校書郎이 되었다. 원화 원년(806) 제과대책制科對策에 일등으로 합격하고 우습유左拾遺가 되었다. 감찰어사를 지내다가 사건에 연좌되어 강릉사조참군江陵士曹參軍으로 좌천되었다. 태화太和 3년(829)에 소환되어 상서좌승尚書左丞이 되고 무창군절도사武昌軍節度使를 지내다가 53세에 죽었다. 원진은 젊어서부터 백거이와 창화하여 당시에 두 사람을 '원백元白'으로 병칭하고 그들의 시를 '원화체元和體'라고 했다.

위응물韋應物(737~792?)

경조京兆 만년萬年 사람. 위대가韋待價의 증손이다. 젊어서 임협任俠을 좋아했고 삼위랑三衛郎으로 현종을 받들었다. 나중에 뜻을 고쳐 독서에 전념해 숙종 때 태학에 들어갔다. 건원建中 3년(782)에 비부원외랑比部員外郎이 되고 저주자사滁州刺史와 소주자사蘇州刺史를 지냈다. 시를 잘 지었는데 전원산림의 고요한 정취를 소재로 한 작품이 많았다. 『전당시』에 "응물은 성품이 고결하여 머무는 장소에 향을 피우고 청소하고 앉았다. 오직 고황顧況·유장경劉長卿·구단丘丹·진계秦系·교연皎然의 무리만을 측근 빈객으로 삼아서 함께 시를 읊었다. 그 시는 한담간원閑澹簡遠하여 사람들이 도잠陶潛에 비견하고 '도위陶韋'라고 불렀다."라고 했다.

유언사劉言史(?~812)

한단邯鄲(지금의 허베이성에 속함) 사람. 조주趙州 사람이라고도 한다. 어려서부터 절개를 숭상했고 과거에 응시하지 않은 채 사방을 떠돌아다녔다. 이하李賀·맹교孟郊 등과 친하게 지냈다. 저서에 시가 6권이 있었지만 이미 없어졌다. 『전당시』에는 시 79수가 남아 있는데 1권으로 편성되었다.

유우석劉禹錫(772~842)

자는 몽득夢得, 낙양 사람. 그는 시문에 능하였으며 순종順宗 때 둔전원외랑屯田員外郎으로서 탁지 염철안度支鹽鐵案을 주관했다. 그러던 중 세도를 믿고 권세 있는 인사들을 함부로 대하다가 헌종 때에 벼슬을 빼앗기고 가련한 신세가 되었다. 이에 비분한 마음으로 「죽지사竹枝辭」·「문대균問大鈞」·「적구년謫九年」 등의 부를 짓기까지 하였다. 저서에 『유몽득문집』 30권과 『외집外集』 10권이 있다.

육구몽陸龜蒙(?~881?)

자는 노망魯望 호는 천수자天隨子 또는 보리甫里선생. 장주長州 사람이다. 명문가 출신으로 어렸을 때 이미 육경에 능통했는데 특히 『춘추』에 조예가 깊었다. 진사시험에 추천되었지만 합격하지 못하고 잠시 호주자사湖州刺史 장박張搏의 막료로 생활했다. 나중에 송강松江의 보리에 은거하며 농사를 장려하고 개간과 농업의 개량사업에 힘쓰는 한편 시서를 즐기며 유유자적한 생활을 보냈다. 얼마 후 조정에서 좌습유의 관직을 내려 불렀지만 곧 죽었다. 전원생활을 노래한 시에 송나라의 전원시와 일맥상통하는 섬세한 관찰력이 엿보인다. 친구인 피일휴皮日休와 서로 주고받은 화답시가 유명하다. 저서에 농서 『뇌사경耒耜經』 1권과 시문집 『당보리선생문집』 20권, 『입택총서笠澤叢書』 4권 등이 있다.

이백李白(701~762)

자는 태백太白 호는 청련거사靑蓮居士, 조적祖籍은 농서隴西 성기成紀(지금의 간쑤성 천수天水 부근). 이백이 태어날 때 그 어머니가 장경성長庚星을 꿈꾸었기 때문에 그로써 이름을 지었다고 한다. 젊어서는 종횡술과 격검을 좋아하여 임협이 되고자 했다. 이백은 정치적 뜻을 이루지 못하고 물러나 여산에서 은거했다. 만년에는 일가친척인 당도령當塗令 이양빙李陽冰에게 의지했는데 오래지 않아 병사했다. 향년 62세였다. 주희의 『주자어류朱子語類』에는 "이태백의 시는 법도가 없는 것이 없으니 법도 안에서 종용했다. 대개 시에 있어서 성자聖者이다."라고 전한다.

이약李約(751?~810?)

농서隴西 성기成紀(지금의 간쑤 성 태수현天水縣 부근) 사람. 자는 존박存博이고 자칭 소소蕭蕭다. 이원의李元懿의 증손이고 병국공洴國公 이면李勉의 아들이다. 원화 연간에 병부원외랑을 지내다 나중에 사직하고 은거했다. 매화 그림을 잘 그렸고 해서와 예서도 잘 썼다. 행실이 우아하고 절조가 있는 것으로 유명했다. 저서에 『동표인보東杓引譜』 1권이 있다. 시집은 이미 없어졌고 『전당시』에 시 10수, 『전당문』에 문장 2편이 실려 있다.

이하李賀(790~816)

자는 장길長吉 복창福昌(허난성 의양현宜陽縣) 창곡昌谷 사람. 정왕鄭王(唐高祖의 아들 亮)의 후손. 그의 부친의 이름이 진숙晉肅이었는데 진晉과 진사進士의 진進이 발음이 같아서 부친의 이름을 피휘避諱하여 진사시에 응하지 않았다. 나중에 협률랑을 지냈다. 27세에 요절했다. 『구당서』에 "이하는 …… 수필手筆이 민질敏疾하고 가편歌篇에 더욱 뛰어났다. 악부 수십 편은 운소雲韶[教坊]의 악공들이 풍송諷誦하지 않음이 없었다. 태상시 협률랑에 보임補任되었다."라고 전한다.

이가우李嘉祐

생몰연대 미상. 조주趙州(지금의 허베이성) 사람. 자는 종일從一. 현종 천보 7년(748)에 진사에 합격하고 비서정자秘書正字를 거쳐 전중시어사와 감찰어사를 지냈다. 일에 연루되어 파강령鄱江令으로 좌천되었다가 강음江陰으로 옮긴 뒤 입조하여 중대령中臺令이 되었다. 상원上元 중기에 태주자사台州刺史가 되었다가 대력(766~779) 중에는 원주자사袁州刺史가 되었다. 대력 후기에는 관직에서 물러나 오월 일대를 유람하며 지냈다. 시풍은 화려했고 제량풍齊梁風이 있었다. 문집 1권이 있으며 『전당시』에 시 130여 수가 2권으로 나누어 실려 있다. 엄유嚴維·유장경劉長卿·냉조양泠朝陽 등과 교유했다.

이구령李九齡

생몰연대 미상. 낙양사람. 당 말에 진사였고 송 대 건덕乾德 2년(964)에 또 진사가 되었다. 저서로는 『이구령시李九齡詩』 1권이 있는데 모두 칠언절구이다. 『전당시』에 시 23수가 전한다.

이상은李商隱(813~858)

자는 의산義山 호는 옥계생玉谿生이며 회주懷州 하내 사람. 온정균·단성식段成式과 이름을 나란히 해 36체로 불렸다. 이상은은 정아鄭亞와 노홍정盧弘正에게 의지했다. 나중에 유중영柳仲郢이 검남劍南과 동천東川 절도사를 지낼 때 판관判官과 검교공부원외랑檢校工部員外郎으로 삼았다. 임기를 마치고 형양榮陽에서 머물러 살다가 죽었다. 작품에는 사회적 현실을 반영시킨 서사시 또는 위정자를 풍자하는 영사시詠史詩 등도 있지만 애정을 주제로 한 「무제無題」 시에서 창작력이 유감없이 발휘되었다. 저서에 『이의산시집』과 『번남문집樊南文集』이 있다. 고시를 잘하여 두보의 유체遺體를 얻었다는 평을 받았다.

이의부李義府(614~666)

요양현饒陽縣 사람. 후에 영태(지금의 쓰촨성 염정현鹽亭縣)로 옮김. 이의부는 문장에 능하고 사무에 정통했다. 당 태종시기 그는 "사소한 선행이라고 가볍게 여기지 마십시오. 작은 것이 쌓여 이름이 나게 되는 것입니다. 작은 행동이라도 가볍게 여기지 마십시오. 작은 것이 쌓여 몸을 바르게 하는 것입니다."라는 내용의 승화잠承華箴을 써서 태종으로부터 40필의 비단을 상으로 받았다고 한다. 고종이 즉위한 뒤에 더욱 승진했으며 무측천을 황후로 세우려고 했을 때 극력 찬동하여 황제의 신뢰를 얻을 수 있었다. 그러나 이의부의 수많은 악행은 관아만이 아니라 백성들에게도 노여움의 표적이 되었다. 고종은 이의부를 유배보냈고 이의부는 유배 중에 병사한다. 저서에 『고금조집古今詔集』 100권과 『이의부집』 40권이 전한다.

이태현李太玄

생몰연대 미상. 본적 원적 출생지 모두 분명치 않다.

임걸林傑(831~847)

자는 지주智周, 복건福建 사람. 임걸은 어려서부터 총명하고 슬기로웠다. 여섯 살 때 시를 지을 수 있었고 붓을 대면 글이 완성되었을 정도라고 한다. 서예와 바둑 기술에도 능했다. 사망 당시 나이가 겨우 열여섯 살이었다. 『전당시』에는 그의 시 두 수가 보존되어 있는데, 그 중 「걸교乞巧」는 민간의 음력 칠월 칠석날 밤에 부녀자들이 바느질을 잘하게 해 달라고 직녀성에 빌던 민간풍속을 묘사한 유명한 시이다.

장설張說(667~730)

자는 도제道濟, 또 다른 자는 설지說之, 낙양 사람. 무후 때 현량방정賢良方正으로 추천되어 좌보궐에 임명되었다. 봉각사인鳳閣舍人을 지내다가 흠주欽州로 쫓겨났는데 중종 때 소환되어 수문학박사修文館學士 등을 지냈다. 예종 때 중서시랑과 지정사知政事를 지냈다. 개원 초에 중서령으로 승진하고 연국공燕國公에 봉해졌다. 나중에 집현전학사 및 상서좌승상을 지냈다. 문장에 뛰어나서 조정의 많은 문서가 그의 손으로 꾸며졌는데 허국공許國公 소정蘇頲과 함께 '연허대수필燕許大

手筆'로 불렸다. 악주岳州로 귀양 간 이후 시가 더욱 처완 해져서 사람들이 강산의 도움을 얻었다고 했다.

장적張籍(767?~830?)

자는 문창文昌. 오군吳郡 사람. 화주和州 오강烏江에서 살았다. 당시 명사들과 많이 교유했고 한유의 인정을 받았다. 시의 발전과정에서 볼 때 두보와 백거이의 연계선상에 있는 시인이다. 악부시로 이름이 났다. 현전하는 시 418수 가운데 7, 80수가 악부다. 왕건王建과 이름을 나란히 해 '장왕張王'으로 병칭되었다. 저서에 『장사업집張司業集』이 있다.

장천張薦(744~804)

자는 효거孝舉, 심주深州 육택陸澤 사람. 당 현종 천보 3년에 태어나 덕종 정원 20년인 61세에 죽었다. 문사文辭가 날카로웠으며 오로지 주관周官과 좌씨춘추를 말하였다. 대력(766~779) 중에 이함李涵이 천거하여 사관을 역임했다. 문집 30권이 『신당서』「예문지」에 전한다. 『영괴집靈怪集』은 이미 소실되었다.

장호張祜(?~859?)

자는 승길承吉, 청하淸河(허베이 청하현) 사람. 궁사로써 이름을 얻었다. 장경長慶 중에 영호초令狐楚가 추천했으나 임명받지 못하고 대신 제후부諸侯府에 임명했으나 뜻에 맞지 않아서 스스로 물러났다. 회남淮南 단양丹陽 곡아曲阿에서 은거하다가 생을 마쳤다.

장구령張九齡(673~740)

자는 자수子壽, 소주韶州 곡강曲江(지금의 광둥성廣東省 곡강현曲江縣) 사람. 일명 박물博物로 불렸다. 경룡(707~710) 초에 진사에 합격하고 개원 22년(737)에 중서령이 되었다. 이림보李林甫에게 배척당해 상서우승상尙書右丞相으로 옮겼다가 형주장사荊州長史로 좌천되었다. 명확한 논변과 직언으로 당시에 현상賢相이라는 평을 들었다. 시호는 문헌文獻이다. 문장으로 이름이 났고 작품 「감우시感遇詩」는 시격이 강건하여 칭송을 받았다. 저서에 『곡강집曲江集』이 있다.

장중소張仲素(?~819)

자는 회지繪之, 허베이성 하간河間 사람. 정원 14년(798)에 진사에 합격하고, 다시 박학굉사과博學宏辭科에 합격했다. 절강성 무강군武康軍의 종사從事에 임명되고 이후 사훈원외랑司勳員外郎으로 옮겼다. 헌종 때 한림학사가 되고 나중에 중서사인으로 관직을 마쳤다. 문집 1권과 『부추賦樞』 3권이 있다. 『전당시』에 시 1권이 수록되어 있고, 『전당문』에 문장 27편이 실려 있다.

저광희儲光羲(706?~762?)

곤주袞州(산동성) 사람. 개원 14년(726), 안녹산의 반란 때 장안에서 포로가 되어 적의 관작을 받았는데 반란이 평정된 후 영남으로 쫓겨나서 그곳에서 죽었다. 『하악영대집』에 "저공儲公의 시는 격이 높고 조는 일탕하고 취趣는 원대하고 정은 깊은데 평범한 말은 다 깎아내 버리고 풍아의 자취와 호연한 기를 담고 있다."라고 전한다.

전기錢起(722~780?)

자는 중문仲文 오흥吳興(저장성 오흥현) 사람. 천보 10년(751)에 진사에 급제하고 교서랑이 되었다. 촉으로 사신을 갔다 와서 고공낭중考功郎中이 되었다. 대력 중에 한림학사 등을 지냈다.

전기의 시는 청신하고 수려하며 대력십재자大曆十才子 중의 한 사람으로 불린다. 세상에서는 '전고공錢考功'으로 불렸으며, 저서에 『전고공집』 10권 외에 부

13편이 남아 있다.

정곡鄭谷

생몰연대 미상. 원주袁州 의춘宜春(지금의 장시성에 속함) 사람. 자는 수우守愚다. 희종僖宗 광계光啓 3년(887) 진사가 되었다. 이후 경조호현위京兆鄠縣尉를 제수받았고 우습유와 좌보궐 등을 지냈다. 소종昭宗 건녕乾寧 4년(897) 도관낭중都官郎中에 부임했는데 이로 인해 사람들이 그를 정도관鄭都官이라 불렀다. 이후 사직하고 돌아와 의춘앙산宜春仰山에 의거하며 북암별서北巖別墅에서 세상을 떠났다. 저서에 『운대집雲臺編』 3권과 『의양집宜陽集』 3권, 『선양외집宜陽外集』 3권 『국풍정결國風正訣』 1권 등이 있다. 『전당시』에 시가 4권으로 편집되어 있다.

정우鄭嵎

생몰연대 미상. 자는 빈광. 대략 당 선종宣宗 대중 연간(847~860) 말 전후에 죽었다. 개성開成(836~840) 중에 일찍이 석옹승원石甕僧院에서 공부했다. 대중 5년(851) 진사에 급제했다. 그는 「진양문」 시 한 수를 지었다.

제기齊己(863~937)

당대 시승詩僧. 속세에서의 성은 호胡 이름은 득생得生이다. 출가 전에는 이름이 호덕생胡德生이었다. 담주潭州 익양益陽(지금의 후난성에 속함) 사람이다. 성품이 총명하고 기예에 능하다. 불교의 출세사상을 선양하거나 민생의 고통을 반영한 작품이 있다. 풍격은 맑고 평범하지만 높고 차가운 느낌을 잃지 않았다. 저서에 『백련집白蓮集』·『풍소지격風騷旨格』이 있다. 『전당시』에 시 10권이 보존되어 있다.

조당曹唐

생몰연대 미상. 계주桂州(지금의 광시쫭족자치구 엄서계림广西桂林) 사람. 자는 요빈堯賓이다. 도사가 되었다가 사부종사使府從事가 되었는데, 함통 연간(860~874)에 죽었다. 작품에 유선사遊仙詞 백여 편이 있다.

진표陳標

생몰연대 미상. 대략 831년 전후에 살았다. 『전당시』에 12수의 시가 전한다.

진자앙陳子昂(661~702)

재주梓州 사홍射洪(지금의 쓰촨성 사홍현射洪縣) 사람. 자는 백옥伯玉. 개요開耀 2년(682)에 진사가 되었다. 장수長壽 2년(693)에 우습유로 승진했는데 성력聖歷 원년(698)에 관직을 버리고 고향으로 돌아왔다. 얼마 후 현령 은간殷簡이 그의 재산을 노리고 진자앙을 무고하여 옥에 가두었고 옥중에서 죽었다.

『신당서』「진자앙전」에는 "당나라가 일어나자 문장은 서릉徐陵과 유신庾信의 여풍을 계승하여 천하가 숭상했다. 진자앙이 처음으로 아정하게 변화시켰다."라고 했다. 한위의 풍골을 중히 여겨 강건하고 중후한 시를 지음으로써 초당에서 성당으로 넘어가는 시풍 전환에 커다란 영향을 끼쳤다. 대표작「감우感遇」 38수는 시세에 대한 감개를 어두운 필치로 읊은 것이다. 저서에『진백옥문집陳伯玉文集』 10권이 있다.

최규崔珪

생몰연대 미상. 자는 몽지夢之. 본적 원적 출생지 모두 분명치 않다.

최액崔液(?~714)

자는 윤보潤甫 정주定州 안희安喜(지금의 허베이성 정주定州) 사람. 벼슬이 전중시어사에 이르렀다. 친구인 배요경裵耀卿이 그의 유작을 문집 10권으로 편찬하였다.

최융崔融(653~706)

자는 안성安成 제주齊州 전절全節(지금의 산둥성 지난시 장추구濟南市章丘區) 사람. 당나라의 대신이자 문학가이며 두심언杜審言·소미도蘇味道·이교李嶠 등과 함께 초당의 '문장사우文章四友' 중 한 사람이다. 최융의 문장은 화려하고 아름다웠는데, 당시에는 그보다 뛰어난 사람이 없었다고 말할 정도였다. 작품 「낙출보도송洛出寶圖頌」과 「측천애책문則天哀冊文」은 특히 그의 공력이 잘 드러나는 작품이라고 평가받는다.

포용鮑溶

생몰연대 미상. 자는 덕원. 처음에는 강남의 산에 은거했다가 이후 사방을 떠돌아다녔다. 헌종 원화 4년(809) 진사에 합격했지만 벼슬길에 뜻을 얻지 못하다가 결국 삼천三川에서 객사했다. 이익李益과 가깝게 사귀었다. 고시와 악부에서 독보적인 실력을 보였다. 원래 문집 5권이 있었다. 현재 『포용시집』 6권이 있는데, 『전당시』에는 시가 3권으로 수록되어 있다.

허훈許渾(?~858?)

자는 용회用晦, 윤주潤州 단양丹陽(지금의 장쑤성 단양현) 사람. 태화太和 6년(832)에 진사에 합격하고 당도當塗와 태평太平 두 현의 현령을 지냈는데 병으로 사직했다. 산수를 좋아하고 명리를 좇지 않았다. 시의 격조는 호방하면서도 아름다운데 특히 율시에 탁월했다. 회고시를 많이 지었다. 약 500수의 시가 수록된 『정묘집丁卯集』 2권이 전한다.

현종玄宗(712~756)

당 현종은 이름이 이융기李隆基(685~762)이다. 예종의 셋째 아들이다. 이융기는 처음에 초왕楚王에 책봉되었다가 나중에 다시 임치왕臨淄王에 책봉되었다.

일찍이 노주별가潞州別駕를 역임하였으나 위황후韋皇后의 모함을 받고 710년 파직되어 경성으로 소환되었다. 그는 파직되어 한적한 생활을 보내면서도 비밀리에 용사들을 소집하는 등 적극적인 활동을 전개하였다. 얼마 후 위황후는 중종을 독살하고 그것을 비밀에 부친 다음 위씨 집안사람들과 그녀의 측근들에게 5만 군사를 거느리고 경성을 방위하라 명하고 직접 황제에 오를 준비를 하였다. 이융기는 그녀가 황제에 등극하기 전에 궁중으로 진격하여 위황후와 안락공주(위황후의 딸)를 죽이고, 위씨와 무씨武氏 집단에 속한 사람들을 거의 다 죽였다. 그런 다음 태평공주(현종의 고모)에 의해 전면에 나서서 예종의 복위를 주도하고, 평왕平王에 임명되었다가 다시 황태자에 책봉되었다. 서기 712년 8월 경자일 예종의 선위를 받고 연호를 '선천先天'이라 하였다. 현종의 치세를 '개원의 치'라 한다.

호직균胡直鈞

생몰연대 미상. 본적 원적 출생지 모두 분명치 않다. 작품에「태상시에서 표국의 신악을 보고太常觀閱驃國新樂」가 전한다.

화응和凝(898~955)

오대五代 운주鄆州 수창須昌(지금의 산동성 동평현東平縣) 사람. 사인詞人. 자는 성적成績이다. 17살 때 명경明經으로 천거되었고, 19살 때 진사가 되었다. 몸을 닦고 정리하기를 좋아했으며 성품이 선행을 즐겨 항상 후진들을 칭찬했다. 문장은 대개 풍부했고 단가短歌와 염사艶詞에 뛰어났다. 시로「궁사」1백수가 있고 원래 문집이 1백여 권 있었지만 이미 없어졌다. 『화간집花間集』에 사 20수가 남아 있고, 『전당시』에 시 1권이 실려 있다.

화예부인花蕊夫人(886?~926)

화예부인은 오대五代 때 사람으로 여류 시인이다. 성은 서徐씨인데 이름이나 출생지는 모두 자세하지 않다. 촉왕 왕건王建의 비로 소서비小徐妃라 불렸고 호가 화예부인이다. 동광同光 3년(925) 후당의 장종莊宗이 촉을 멸하자 아들 왕연王衍과 함께 당나라에 투항했고 이듬해 그의 언니와 아들 왕연과 함께 처형되었다. 낙양으로 보내져 가는 도중 언니 대서비와 함께 시를 지었는데 애처로워 감동을 주었다. 현재 『화예부인궁사』 129여 수가 전하는데 그녀의 작품이 확실한 것은 약 90여 수라고 전해진다. 한편, 오대십국시기 후촉 맹창孟昶의 비와 남당 후주 이욱의 궁인도 화예부인으로 불리었다고 한다.

황보송皇甫松

생몰연대 미상. 목주睦州 신안新安(지금의 저장성 순안현淳安縣) 사람. 일명 숭嵩이고 자는 자기子奇이며 호는 단란자檀欒子다. 황보식皇甫湜의 아들이다. 사를 잘 지었다. 『전당시』에 시 13수가 수록되어 있는데 그 가운데 9수가 사다. 또 『당오대사』에 사 22수가 집록되어 있다. 당대 초기 사인의 한 사람으로 그가 지은 소사는 생활의 분위기가 풍부하고 민가의 풍취를 지니고 있다. 작품에 「취향일월醉鄉日月」과 「대은부大隱賦」 등이 있다.

황보염皇甫冉(717?~770?)

자는 무정茂政, 안정安定 사람. 윤주潤州 단양丹陽(장쑤성 진강鎮江)으로 옮겨가 살았다. 동생 황보증과 함께 재명이 있었는데 당시 사람들이 장재, 장협과 비교했다. 10살 때 이미 글을 지을 줄 알았다. 천보 15년(756)에 진사에 합격하고 무석위無錫尉에 임명되고 좌금오병조左金吾兵曹를 지냈다. 왕민王縉이 하남절도사가 되자 그를 장서기掌書記로 삼았다. 대력(766~779) 초에 우보궐로 승진했는데 이후 사신으로 강남에 왔다가 죽었다. 그때 나이 54살이었다. 저서에 시집 3권이 있는데 『전당시』에 2권으로 실려 있다.

역자 후기

"연탄재 함부로 발로 차지 마라. 너는 누구에게 한 번이라도 뜨거운 사람이었느냐" 안도현 시인의 「너에게 묻는다」라는 유명한 시입니다. 우리는 이 시를 읽으며 마음이 따뜻해지는 경험을 하기도 하고, 또 쓸모없다고 여겨지는 존재의 의미를 되새겨 보기도 합니다. 그것은 '연탄'과 '연탄재'에 담긴 함의를 읽어낼 수 있기에 가능한 경험입니다. 이처럼 詩人의 詩語에는 함축된 내용이 있기에 지면 위에 놓인 글자의 뜻만으로는 시인이 전하고자 하는 뜻을 알아채기 어렵습니다. 특히 천 년이 넘은 시간 이전에 쓰인 唐詩에 담긴 뜻을 온전히 이해하기는 쉽지 않습니다. 당나라의 역사를 알아야 하고 시인이 처한 상황도 이해해야 하기 때문입니다. 이에 당나라 역사 속에서 그리고 시인이 처한 상황 속에서 당대 시인의 목소리를 들으려고 노력했습니다.

그러나 같은 문자라도 시인에 따라 필체의 기운과 율동성 그리고 울림이 서로 같지 않기에 그것을 번역어가 담아내지 못할 수 있다는 우려와 아쉬움이 번역을 하는 내내 역자의 마음을 무겁게 했습니다. 그 무게를 조금이나마 덜어내기 위해 시의 의미를 이해할 수 있도록 참고할 수 있는 내용을 함께 실었고, 또 2천여 개의 주석을 덧붙였습니다. 번역을 마치면서 그 시간과 함께 전고를 찾고 독음을 한 글자 한 글자 표시하던 지난한 시간이 주마등처럼 스쳐 지나갑니다. 그 시간 속에서 현종과 양귀비의 애절한 사랑에 눈시울을 붉히기도 하고, 술자리에서 벌주를 마실 자를 손가락으로 가리키는 주호자를 만나기도 했습니다.

또 화려하게 장식하고 박자에 맞춰 춤을 추는 한혈마와 장대 위에서 아슬아슬한 묘기를 펼치는 미인이 눈앞에 있는 것 같기도 했습니다. 모두 춤사위를 묘사한 시어를 찾아 떠났던 여정에서 뜻하지 않게 만나게 된 정경들입니다. 그 외에도 당시 속에서 만난 가는 허리의 아리따운 무희와 각종 기예를 펼친 예인들의 모습은 오래도록 기억에 남을 것 같습니다.

이 책이 나올 수 있었던 것은 한학자이신 기태완 선생님 덕분입니다. 선생님은 늘 "저 나무 이름이 뭐냐? 저 꽃은 무슨 꽃이냐? 이 물고기 이름이 무슨 뜻이냐?"라고 물으십니다. 세월을 함께 보낸 덕분에 닭의 벼슬인 맨드라미, 천상을 꿈꾸는 능소화를 이전과 다르게 만나게 되었습니다. 또 나무껍질을 손으로 긁으면 잎이 움직여서 간지럼 나무라고도 부르는 배롱나무(백일홍 나무)에 간지럼을 태워보기도 하고, 입술이 은색이라 은구어라 불리는 물고기도 알게 되었습니다. 이처럼 자연의 시어를 알려주시면서도 번역한 시의 오류를 정성스레 살펴주신 덕분에 이 책이 세상의 빛을 보게 되었습니다. 아낌없이 시간을 내어 주시고 초학자의 어설픈 번역도 인정해 주시며 응원해 주신 기태완 선생님께 진심으로 감사의 마음을 전합니다.

출판을 흔쾌히 허락하신 보고사 김흥국 사장님과 의미 있는 작업이라며 따뜻하게 응원해 주신 박현정 편집장님, 그리고 꼼꼼하게 교정작업을 해 준 이순민 편집자에게 고마움을 전합니다.

2023년 6월 15일
以山 김미영 씁니다.

기태완

1954년생. 지난 30여 년간 동아시아 각국의 한시와 고전을 연구, 번역해 온 한학자이자 인문고전학자이다. 중앙대 문예창작과 졸업 후 성균관대 국문학과에서 매천 황현의 한시 연구로 박사학위를 취득하였다. 이후 성균관대 대동문화연구소 선임연구원, 연세대 연구교수와 홍익대 겸임교수를 역임하면서 동아시아 각국의 한문 고전을 광범위하게 연구해왔다.

그간의 성과로 『한위육조시선』, 『당시선』(상·하), 『송시선』, 『요금원시선』, 『명시선』, 『청시선』 시리즈를 완간하여 중국 시인들의 한시 문학 세계를 정리한 바 있다.

한시 연구 외에도 지난 2500년간 동아시아의 문학 세계에 등장하는 꽃과 물고기를 소개하는 『꽃 마주치다』와 『물고기 뛰어오르다』를 발간하여 각각 2014년 세종도서, 2016년 우수출판콘텐츠 제작지원 사업에 선정된 바 있다. 또 대중을 위해 출간한 『천년의 향기-한시 산책』, 『우리 곁의 한시』, 『퇴계 매화시첩』 등을 비롯하여 48종의 학술연구서와 번역서를 출간하였다.

현재는 학아재 동아시아인문연구소 소장으로서 그동안의 연구결과를 집약하고 후학을 기르는 사명에 힘쓰고 있다.

김미영

경기도 성남의 故 정금란 선생에게 춤의 첫발을 떼고, 세종대학교 무용과와 숙명여자대학교 대학원에서 故 정재만 선생에게 벽사류 춤을 사사했으며, 악학궤범 당악정재의 사상성과 규칙성 연구로 성균관대학교 동양철학과에서 박사학위를 취득했다.

연구자로서 춤동작에 관한 문학적 형상화를 추출하고, 이를 동아시아 미학 이론으로 설명하는 데에 뜻을 두고 있으며, 왕양명의 心學을 바탕으로 한 舞者의 마음에 관심을 두고 연구를 진행하고 있다. 다른 한편으로 국가무형문화재 승무 이수자, 국가무형문화재 판소리 고법 전수자로서 예술가의 길을 작고 느린 걸음으로 가고 있다.

저서에 『『악학궤범』 악론의 동양사상 2580』(단독, 2018), 『21세기 유교 연구를 위한 백가쟁명』(공저, 2019), 『유도사상과 생태미학』(공저, 2020)이 있으며, 「무예도보통지 검술을 기초로 한 조선검무의 춤동작과 사상성 연구」, 「전쟁과 춤 그리고 유교: 〈파진악〉 연구」, 「唐詩에서의 춤동작에 관한 문학적 형상화」, 「『詩經』 속 춤동작의 문예적 표현 탐구」, 「왕양명의 心學 이론으로 본 한국전통춤의 私慾과 天理體認」, 「왕양명의 '良知'와 길버트 라일의 'Intelligence'를 바탕으로 한 '마음이 고와야 춤이 곱다'라는 한국전통춤 테제 해석」 외 다수의 논문이 있다.

현재 성균관대학교 동양철학·문화연구소 연구 교수로 재직 중이며, (사)한국전통춤협회 성남지부장, 경기전통예악원 2580 대표로 예술 활동을 이어가고 있다.

춤추는 唐詩 300 下

2023년 8월 18일 초판 1쇄 펴냄

지은이 기태완·김미영
펴낸이 김흥국
펴낸곳 도서출판 보고사

책임편집 이순민
표지디자인 김규범

등록 1990년 12월 13일 제6-0429호
주소 경기도 파주시 회동길 337-15 보고사
전화 031-955-9797(대표)
    02-922-5120~1(편집), 02-922-2246(영업)
팩스 02-922-6990
메일 kanapub3@naver.com / bogosabooks@naver.com
http://www.bogosabooks.co.kr

ISBN 979-11-6587-529-9 94820
    979-11-6587-409-4 (세트)

ⓒ 기태완·김미영, 2023

정가 25,000원

이 저서는 2020년 대한민국 교육부와 한국연구재단의 지원을
받아 수행된 연구임(NRF-2020S1A5B5A16083250)